하늘에 새긴
신념

하늘과 함께한 전투조종사 임 대령의 임무수행과 삶

하늘에 새긴 신념

임종국

'빨간 마후라' 탄생과 비행, 공군 이야기부터
1983년 중국민항기 춘천 불시착에 얽힌 숨은 진실과 직무발명,
몸과 정신을 변화시킨 기천문(氣天門) 수련의 힘까지

전투 조종사 임 대령

임종국

경상북도 울진군 온정 태생
후포 고등학교 졸업
공군 기수: 조간 6기/ 조종 23기/ 공군 제2사관학교 특1기
예비역 공군대령

| 군 경력(1974. 10. 07. ~ 2008. 6. 30.) |

- 1976. 10. 01.   공군소위 임관, 조종 장교
- 1979. 5. ~ 1981. 7.   제216고등비행훈련대대 비행교관
- 1984. 6. ~ 1986. 4.   제16 전투비행단 품질관리실 실장
- 1988. 2. ~ 1989. 7.   제16 전투비행단 기지작전과장
- 1990. 5. ~ 1992. 1.   제81 수리창 시험비행담당관
- 1992. 1. ~ 1994. 4.   공군본부 지휘통제실 운영담당관
- 1994. 4. ~ 1995. 9.   제205 전투비행 대대장
- 1997. 5. ~ 2000. 7.   제18전투비행단 기지지원 전대장
- 2000. 7. ~ 2001. 12.   공군 교육사령부 계획부장
- 2001. 12. ~ 2003. 1.   국방부 계룡대근무지원단 참모장
- 2003. 6. ~ 2004. 11.   제16 전투비행단 부단장
- 2005. 12. ~ 2007. 1.   작전사령부 근무지원단장

| 상훈 |

- 입선 장(경남 도지사 1981. 7. 20.): 제4회 경남 미술전람회 공모전 서예 부문
- 보국포장(대통령 1983. 7. 1.): 중국 민항기 춘천 불시착 유공
- 안전표창(공군참모총장 1991. 5. 25.): F-5E/F 300회 무사고시험비행 상
- 표창장(국방부 장관 1991. 12. 27.): 컴퓨터를 이용한 저고도 대공방어작전체계 직무발명
- 표창장(공군참모총장 1995. 11. 29.): 95년도 보라매공중사격대회 종합 최우수 대대 공로 표창
- 표창장(국무총리 1996. 10. 1.): 국군의 날 공로
- 표창장(한·미연합공군구성군 사령관 1998. 10. 9.): 미F-16 강릉 앞바다 추락사

고 현장 확보

- 표창장(공군참모총장 1998. 12. 30): 화생방방호 제독차량 개선 직무발명
- 표창장(대통령 2002. 10. 1.): 국군의 날 공로
- 표창장(육군 제9군단장 2002. 10. 8.): 계룡대 대공방어작전체계 발전 공로
- 보국훈장 삼일장(대통령 2007. 10. 1.): 국군의 날 공로

| 직무발명 |

- 과학적인 탐조등 운용방법(1988)
- 8방향 구역화망 사격절차(1988)
- 재래식 대공포의 운영방법 개선(1991) … 국방부장관상
- 화생방 방호 제독차량 개선(1998) … 공군참모총장상

| 특허등록 |

- 실용신안등록(특허청장 1994. 6. 7.): 등록 제080462호, 자동차용 전향 장치
- 미국 특허등록: patent no. US8, 276, 815B2
  High-Speed Automatic Fire Net-Based Fire Instruction Control System
  For Short-Range Anti-Aircraft Gun
- 대한민국 특허등록(특허청장 2013. 1. 15.): 특허 제10-1224498호, 단거리대공포
  고속 자동화망 사격지시 통제체제

| 저작권 등록 |

- 프로그램등록증(한국저작권위원회): 제C-2016-023415호, 단거리 대공사격
  프로그램

| 기타 저작 |

- F-5E/F 비상 조언 집(1985년 발간, 1990년 재발간)
- 예천기지 대형사고 방지대책(16전비 교범 7-22, 1990년 6월 발간)

| 자격증 |

- 기능자격: Commercial Pilot (번호 1063), 1985년 4월 – 교통부 장관
- 골프 생활체육지도자 3급(제138261호), 2011년 9월 7일 – 문화체육부 장관

어려서부터 나는 어떠한 고통이나 어려움이 닥치면, 새로운 세상에서 필요로 하는 사람으로 만들어 주기 위하여 신께서 사전준비를 시켜주는 것이라 생각하고, 이를 긍정적인 마음으로 받아들이며 살아왔다.

경북 울진군 후포면에 있는 후포고등학교를 졸업하고, 1974년 10월부터 공군과 인연을 맺은 나는 2008년 6월까지 33여 년을 공군에 몸담으며 살아왔다. 입대 기수(조종간부 6기 / 조종 23기 / 공군제2사관학교 특1기)만 보더라도 내가 어떻게 살아왔는지 어느 정도 짐작할 수 있을 것이다. 이러한 어려운 여건이었지만 그래도 함께해준 사람들이 더 많았기에 여기까지 올 수 있었다.

책은 맡겨진 임무를 성공적으로 수행한 내용을 중심으로 서술하였으며, 발생한 시기 순으로 엮었다. 살아온 과정에서 있었던 일들을 제외한 것은 있어도 더한 것은 없다. 있었던 그대로 서술하였고, 임무를 수행하면서 마음속으로 느끼며 생각하였던 내용과 그 시절에 내부적으로 쉬쉬하며 전파되었던 일부 내용을 함께 수록해 두었다.

책의 내용 중 일부는 지나간 역사 속에서 소수에 의하여 발생된 일이라는 것을 먼저 밝혀둔다. 그 소수가 저지른 일 중에 바로 잡아야 할 역사는 바로잡고, 개혁하여야 할 부분은 반드시 개혁해야 한다고 생각한다. 그래서 이 글의 여러 항목은 벗어날 수 없는 이야기들만 기록했을 뿐이다. 실제 임무를 수행하고 있었을 때는 출신 기수의 서러움과 더불어 무척 고통스럽고 견디기 어려울 때도 있었다. 이러한 가운데도 내가 걸어야 할 길은 있었다. 결과적으로 지금에 와서는 그 사람들이 이 글을 쓸 수 있는 소재를 만들어 준 셈이 되었다. 이러하기에, "인생은 더하기 빼기 하면 영(0)이 된다"는 말이 탄생한 것 같다.

글 중에 군사적인 내용은 오랜 시간이 흘러 그때 사용하던 장비와 작전절차는 모두 바뀌어 역사 속으로 들어갔다. 이 때문에 '이제는 말할 수 있다'라고 판단하였다. 그래도 조심스러운 마음으로, 이미 공개된 내용 위주로 기술하였다. 읽다가 잘못되었다고 판단되는 내용이 보인다면 이는 독자가 타산지석으로 삼아서 유사한 과오를 범하지 않기를 바라는 마음으로 쓴 것이니 나의 뜻이 전달되기를 바란다.

마지막으로 거짓 없는 올바른 역사를 남기는 것이 건강한 나라를 만든다는 사실을 인식하고 용기를 내었음을 밝히며, 나의 기록이 모두가 소망하는 사회를 이루는 데 작은 밑거름이라도 된다면 나로서는 큰 기쁨이겠다.

2018년 여름의 초입에서 임중국

차례

머리말   6

1장 * 꿈을 꾸는 소년

6·25 전쟁 중에 세상을 만나다   12
12Km 통학 길   19
나를 단련하기 위한 자아 극기 훈련   30

2장 * 공군, 그 꿈을 향하여

고향을 뒤로하며   34
설렘과 두려움의 입대   37
가슴 아픈 면회   39

3장 * 꿈의 날개를 향한 땀방울

초등비행훈련   44
중등비행훈련   55
고등비행훈련   64

4장 * 보라매가 되어 날아간 둥지

자유의 투사, F-5A/B 전투조종사로   74
TIGER 2, F-5E/F 기종으로 전환   88

5장 * 고등비행훈련대대 비행교관

훈육관의 임무와 보람   96

한꺼번에 밀어닥친 인생 폭풍   105

서예로 세상을 잠시 잊다   112

단장의 지시를 거스르다   116

6장 * 공군연락장교(ALO)로 해군과 육군을 체험하다

해군을 이해하다: 해군 ALO(Air Liaison Officer)   124

하늘에서 얻지 못한 깨달음을 얻다: 육군 ALO(Air Liaison Officer)   130

7장 * 중국 민항기 춘천 불시착, 그 진실을 말한다

진실의 역사를 향하여   140

'브랜다 23' 스크램블(Scramble)   143

수용할 수 없는 사후처리   160

이해 불가한 항적 및 전술조치   175

17분 만에 끝난 공중작전   186

8장 * 시험비행 조종사(Test Pilot)가 되다

최저계급으로 T-33 시험비행조종사가 되다   192

조종사의 참맛을 느낀 제16 전투비행단 품질관리실장   198

좋은 자리는 스스로 만든다: 81수리창 시험비행 담당관   215

9장 * 끊임없는 직무발명과 특허등록

모두가 자신의 직무를 다했을 때 강한 군대가 된다   222

'과학적인 탐조등 운용방법' 직무발명   224

육군 방공포부대를 인수하다   231

고속 침투기 방어 대안 '8방향 구역화망사격절차'를 만들다   236

최초 컴퓨터를 이용한 저고도 대공방어작전 체계구성 255

'단거리 대공포 고속자동화망사격지시통제체계' 특허등록 262

유사하다던 '비행기지사격통제체계'? 278

생각이 선행되어야 발전할 수 있다 295

10장 * 대관령 계획 임무 수행

조종사의 꽃 전투비행대대장 보직을 받고… 298

전투비행대대장 앞에 놓인 숙제 302

기지의 참주인이 되어가는 205전투비행대대 315

보라매 공중사격대회, 지옥에서 천당까지 328

11장 * 기천문(氣天門) 수련을 만나다

서서히 나타난 기천문 수련의 힘 342

몸과 정신의 변화가 시작되다 348

정통 기천문과 갈수록 커지는 수련의 힘 355

12장 * 마지막 지휘관

미군과의 연합과 공조는 영어실력이 아니다 370

부대 복지기금의 불합리를 개선하다 373

미군과의 유대관계 380

13장 * 전투기의 선물, 국가유공자

애기(愛機)가 준 난청 388

나는 국가유공자다 392

불공정한 난청 상이 396

아는 사람만 받는 장애보조금 399

마음을 바꾸면 세상이 바뀐다 404

1장

꿈을 꾸는 소년

6·25 전쟁 중에 세상을 만나다

나는 한국전쟁(6·25전쟁) 중인 1952년 12월 9일(음력) 경북 울진군 백암온천으로 가는 길목 자그마한 산촌에서 태어났다. 이곳은 행정구역으로 경북 울진군 온정면 광품2리 657번지로서 '새동막'이라고 부르고 있는 동네이다. 태어난 시간은 저녁준비를 위해 굴뚝에 연기가 피어오를 즈음이다.

할아버님(보훈번호: 26-044099)께서는 한국전쟁(6·25전쟁) 때 경상북도 영천 일대에서 국군이 전열을 가다듬고 반격작전을 할 시기에 자원하여 입대하였으며, 육군본부 직할부대로 편성된 전투부대에서 임무를 수행하였다. 할아버지는 '일'자 '용'자로 '공훈명감 인명 편'에는 "공격작전에 투입되어 동부전선에서 수많은 전투를 치렀으며, 강원도 고성군에 있는 건봉산 지구 전투에서 적탄에 맞아 장렬하게 순국하였다"라고 기록되어있다. 할아버지는 이렇게 국가를 위해 몸을 바쳐 헌신한 분이시다.

가족 중에 한 사람도 할아버님의 시신을 확인하지 못하고 군부대에서 주는 유골함을 모시고 와서 고향에 묘지를 조성해 관리하고 있으며,

현재 서울 동작동 국립묘지에는 할아버님의 위패만 모셔져 있다. 세월이 많이 흘러간 후 2003년 4월에 당시 노무현 대통령께서 재직 중에 '국가유공자 증서'를 만들어 주셨다.

조부의 국가유공자 증서

아버님께서는 좌측 다리를 오므릴 수 없는 장애인이셨다. 아버님께서는 불편한 몸을 이끌고 할머니, 어머니와 나를 포함하여 8남매, 이 많은 식구들을 먹여 살리느라 고생이 이만저만이 아니었다.

전쟁 직후 폐허가 된 땅에서 모두가 넉넉지 못한 삶을 살고 있었다. 심지어 '춘궁기(보릿고개)' 때에는 양식이 떨어져 나물죽을 끓여 먹는 집들도 심심찮게 볼 수 있었다. 그러다 보니 사람들 대부분이 자식 교육보다는 토지 구입 등 당장 먹고사는 일에 중점을 둘 수밖에 없었다. 이러한 삶의 환경에서도 아버님께서는 남달리 자식 교육에 더 관심을 두신 분이었다.

우리나라 나이로 8살이 되자 나는 집에서 약 2Km 떨어져 있는 금천 초등학교에 입학하였다. 이 학교를 6년 동안 걸어서 통학하였다. '사라호' 태풍 때는 길이 끊어져 학교에 갈 수 없었던 시기도 있었다. 학교 가는 길은 낭떠러지에 꼬불꼬불한 비포장도로였는데 그 아래에는 자그마한 '굿빌폭포'가 있다. 폭포 아래 파란 맑은 물속에는 피라미 떼가 노니는 평화로움을 보여주기도 하였지만, 어느 날에는 돌풍이 불어 바람에 날려가지 않으려고 나무를 잡고 피하기도 하였던 길이다.

학교에 갔다 오면 으레 소먹이를 찾아다녀야 했다. 그 소가 집안에 가보였다. 이 소를 잘 먹여서 송아지를 얻어야 다음 해에 땅을 구입할 수가 있고 또 집안에 필요한 물건을 살 수가 있다. 그래서 좋은 풀이 있는 곳으로 매일 이 산 저 산으로 옮겨 다니면서 풀을 뜯어 먹게 하였다.

밤이 되면 할머니와 함께 사랑방에서 잠을 잤다. 잠들기 전에 할머니께서는 누워서 천자문을 외우기 시작한다.

하루는 "하늘 천, 따 지, 검을 현, 누를 황"으로, 다음 날은 "천지현황이요, 우주홍황이라…" 하시면서 초성도 구성지게 읊어주셨다. 이렇게 할머니께서는 매일 밤 자장가 대신으로 천자문을 들려주셨다.

할머니께서는 성격이 완고하시고 욕도 잘하셨다.

나의 어머니인 며느리에게 시집살이를 많이 시키신 분이라고 주위에서들 이야기하곤 하였다. 하지만 할머니께서는 나를 장손이라는 명목으로 모든 것을 우선하여 챙겨 주셨다. 수시로 암탉이 꼬꼬댁 꼭꼭, 꼬꼬댁 꼭꼭 하고 울면 즉시 닭장으로 달려가 따끈따끈한 달걀을 꺼내서 깨어 마셨다. 누나나 동생들에게는 그 달걀을 만지지도 못하게 하였을 뿐만 아니라 아예 닭장 가까이에 얼씬도 못 하게 하였다. 하지만 내가 먹고 나면 잘했다고 하셨다. 이렇게 할머니의 사랑을 독차지하며 살아왔었다.

가끔 며칠 만에 한번씩 지나가는 엿장수의 가위질 소리가 들리면 집으로 곧장 달려가면서 "할매 엿 장사가 왔어, 엿 사줘" 하고 졸랐다. 그러면 할머니는 그동안 다 떨어진 흰 고무신을 보관해 두셨다가 꺼내어 엿을 사주곤 하셨다. 그러던 어느 날, 그날도 엿장수가 와서 "할매 엿 사줘" 하고 졸랐더니, 할머니께서는 "야, 이놈아! 뒷동산에서 돈이 줄 줄 줄 흘러 내려온다더냐? 얼른 소나 먹이러 가라" 하며 호통을 치셨다. 사주고는 싶으나 돈도 없고 모아둔 헌 고무신짝도 없으니 할머니는 사주지 못하는 비통한 마음을 감추려 일부러 야단치셨겠으나 어린 내가 그런 할머니의 마음을 어찌 알 수 있었겠는가?

나는 시큰둥하며 할머니의 마음을 후벼 파놓고, 아래채 고방에 가서 감자 대여섯 개를 보자기에 싸서 소를 몰고 냇가로 나갔다. 냇가에 동

할머니와 나

내에서 키우는 소가 모두 나오면 굿빌, 황박골, 희골, 밤토골, 생골 등으로 매일 돌아가면서 소에게 풀을 뜯기러 갔다. 그곳에 도착하면 나는 소가 풀을 뜯어 먹는 동안에 집에서 먹일 풀을 베어서 지게에 한 짐 묶어둔다. 그리고 소를 몰고 나온 아이들과 나무를 주워 모아 모닥불을 피우면서 감자를 구워 먹고 또 산등성이와 계곡을 오르내리면서 머루 다래를 따 먹고 놀았다. 해가 서산마루에 걸리면 흩어져 풀을 뜯고 있는 소들을 한데 모은다. 동네 전체 소 머릿수를 확인한 다음, 모두 같이 집으로 돌아오곤 하는 것이 하루 일과였다.

나도 자라 어느덧 6학년이 되었다.

당시 작은아버님께서 대구사범학교 부속 초등학교 교사로 근무 중이

교기수여

셨다. 작은아버님은 내가 다니는 금천 초등학교에 '교기'가 없다는 것을 아시고 교기 및 우승기를 제작하여 기증하기로 하였다.

그해 가을 운동회에 때를 맞추어 교기 및 우승기를 만들어 보내주셨다. 운동회 하던 날 할머님이 단상에 올라가서 처음 만들어온 금천초등학교 교기를 교장 선생님께 수여하였다.

이 자리에는 온정, 선미, 덕산초등학교 교장 선생님들도 참석하셨다. 어느 해 운동회보다도 많은 사람들이 참석하였으며 교기 수여식을 돋보이게 준비한 것으로 기억된다. 조카의 초등학교 졸업 기념으로 교기와 우승기를 만들어 보내주신 작은아버님이 고맙고 자랑스러웠다.

작은 아버님의 함자는 '상'자 '규'자이며, 1965년 중학교 입학 시험에서 800점 만점에 800점을 획득한 제자가 있었다. 그래서 신문에 게재되기도 하였다. 그 이후 서울 경복초등학교로 정근하여 선생님을 하셨다. 이 초등학교에서 교장 선생님까지 하시고 정년 퇴직하셨으며, 한평생 교육에 몸을 바치신 교육자로서 국민훈장 동백장을 받으셨다.

작은아버님이 받은 국민훈장 동백장

이러한 작은아버님께서는 내가 어릴 때 삶의 희망을 심어 주셨고, 정신적인 지주가 되어 주셨던 분이시다.

12Km 통학 길

나는 초등학교를 졸업하고 중학교에 입학하게 되었다. 내가 다니던 후포중·고등학교는 경북 울진군 후포면에 소재한다. 태백산맥의 마지막 봉우리라 할 수 있는 백암산(1,004m)에서 동쪽으로 약 20Km 떨어진 동해 바닷가에 위치한 학교이다. 내가 태어나서 살고 있었던 곳은 백암산 봉우리 주위에 즐비하게 분포된 산 중에 동쪽 산기슭으로서, 백암산으로부터 약 8Km 떨어져 있다. 이곳은 태백산맥의 정기가 한데 모여 있는 곳으로서, 가파르게 치솟은 산들은 도전정신과 기백을 배우게 하였다. 중고등학교 앞에는 거침없이 펼쳐져 있는 푸른 동해가 있다. 이 바다는 넓은 마음과 희망과 포부를 가슴에 싹트게 하며 꿈을 만들어 주었다. 자연이 주는 교훈은 받아들일 마음의 준비가 되어 있는 사람만이 자연의 지혜와 그 기백과 힘을 배울 수 있다. 받아들일 준비가 되어 있지 않은 사람에게는 아무것도 가르쳐주지 않는 것이 자연의 법칙이라고 나는 일찍부터 생각하며 살아왔다.

중학교에 입학하면서 먼 친척 집에서 하숙을 하게 되었다. 그 집도 세 들어 살고 있는 형편이었다. 사방 여섯 자인 방 한 칸에 그 집 아주머니, 누나, 형, 그리고 나, 모두 네 명이 생활을 같이하였다. 말이 하숙이지 고작 일주일에 쌀 한 되 주고 같이 살았으니, 불편함은 친척 집 식구들이 나보다 더했을 것은 말할 것도 없다. 불편하였지만, 함께 해준 아주머니와 누나와 형에게 아직도 감사하게 생각하고 있다. 아주머니가 살아 계실 때 물질적으로나 정신적으로 도와 드리지 못한 것이 지금 이 순간에도 마음 아프다.

중학교 1학기를 마치고 여름방학을 맞이하였다. 집에 올라와서 하숙 생활에 대하여 곰곰이 생각해 보았다. 생각 끝에 나 자신이 힘들고 어렵다 하더라도 더 이상 남에게 피해를 주지 말자고 마음먹었다. 그래서 2학기부터는 집에서 학교에 다니기로 결심하였다. 그리고 학교에 가지 않는 방학 동안이나 주말이 되면 집안일을 열심히 도울 수밖에 없었다.
이때부터 장애인이신 아버님의 일을 도와드리기 위해 농사일을 배우기 시작하였다. 어린 나이에도 불구하고 소의 힘을 빌려 논과 밭을 갈아엎는 쟁기질을 배웠다. 모내기하기 전에 논을 평탄하게 작업을 하는 써레질까지 배워 나름대로 집안일을 열심히 도와왔다. 농사일이 없을 때는 산으로 가서 땔감을 해왔다. 지게에 한 짐 짊어지고 오면 어머님의 부엌일을 다소 덜어드릴 수 있고, 아버님 일을 덜어드리며, 따뜻하게 잠을 잘 수가 있었다. 이렇게 내가 해야 할 일이라 생각되면 주저하지 않고 하였다.
방학이 끝나고 개학 첫날 아침 4시 반에 일어나서 학교 갈 준비를 했다. 동이 트기 전에 아침을 먹고 새벽 5시부터 걷기 시작하여 8시 10분쯤에 학교에 도착하였다. 집에서 학교까지는 약 12Km 거리였다. 아마이 정도 거리를 걸어서 통학하는 사람은 무척 드문 일이라고 생각된다. 학교 수업이 끝나고 저녁 5시나 6시에 학교에서 출발하여 집에 도착하면, 밤 8시 반이나 9시 반이 되었다. 저녁 식사를 마치면 곧장 잠자리에 들어야 할 시간이었다. 말할 수 없을 정도로 힘들고 어려웠지만 나 자신이 결심을 하고 시작한 통학생활이기 때문에 누구에게 하소연할 때도 없었다. 그래서 주어진 환경을 스스로 이겨 내야만 했다.

걷다 보면 힘이 드니까 조금이라도 걷는 길을 줄이기 위하여 샛길을 이용하는 횟수가 늘어났다. 최단거리인 산길을 택하였다. 새벽에 동이 틀 무렵 인적 없는 산길, 노폭은 50㎝밖에 되지 않는다. 이슬이 맺혀 늘어진 풀잎을 발로 차면서 걸어야 하는 길이었다. 이 샛길을 얼마 걷지 않았는데도 종아리 밑 바짓가랑이는 젖어 올라온다. 그리고 소나무가 빽빽이 들어서 있어서 앞뒤 10m밖에는 볼 수 없는 오솔길을 혼자 걷노라면 머리카락이 쭈뼛쭈뼛 섰다. 이런 무서움을 느끼게 하는 굽이가 수없이 많았다. 가쁜 숨을 몰아쉬며 산꼭대기에 올라서면, 저 멀리 동해의 푸른 바다와 사람이 사는 동네가 보이기 시작한다.

이 길은 하굣길에는 다니지 않고, 토요일 하굣길에만 자주 이용하였다. 토요일 하굣길에 8부 능선쯤에 올라오면 바위가 있다. 거기에 걸터앉아 잠시 쉬고 있노라면 하늘에서 흰 줄을 치며 지나가는 비행기를 가끔 볼 수가 있었다. '저 비행기 속에는 사람이 아닌 신선들이 타고 다니겠지' 생각하기도 하고, '저 비행기를 타면 집까지는 몇 초밖에는 걸리지 않겠지?'라고 중얼거리며 바라보곤 하였다. 험한 산길을 마음 졸이며 걷던 그때부터 담력은 저절로 길러지고 다리 힘도 저절로 강해지고 있다는 것을 느낄 수 있었다. 어느 날 귀신이 나타난다고 하는 구간에서 3m 밖은 식별이 곤란할 정도의 짙은 어둠이 깔려 있었다. 책가방을 옆구리에 끼고 바짝 긴장한 상태에서 샛길을 걷고 있었다. 이제 오르막만 올라가면 신작로에 도착한다고 생각하면서 오솔길을 걷고 있는데 바로 옆에서 갑자기 시커먼 물체가 벌떡 일어나는 것을 보고 깜짝 놀랐다.

"어 어 억" 하는 외마디 소리가 끝나자마자 약 7m 정도의 높이에 경사도는 약 40%인 곳을 단숨에 뛰어 올라가서 내가 뒤를 내려다보고 서 있는 것이 아닌가! 공포감과 긴장 속에서 놀라 뛰기 시작하여 내려다보는 데까지, 약 1초도 걸리지 않은 것으로 기억된다. 바로 이 순간 발걸음이 초능력을 발휘했다는 것을 느낄 수 있었다. 나를 놀라게 하며 그 길옆에서 휘청거리며 일어난 것은 귀신이 아니라 술 취한 사람이었다. 놀란 가슴을 쓸어내리며 무서운 마음에 뒤돌아볼 새 없이 바쁜 걸음을 재촉하였다.

2번째 지름길은 보편적으로 사람들이 많이 이용하던 길이었다. 어두운 새벽을 열며 길을 걷는 것이 나의 하루 일과의 시작이었다. 이 길은 산길도 아니고 신작로도 아닌 길이다. 무서움이 들지 않을 만큼 사람들이 많이 다니는 길이지만 강을 건너야 하는 곳이 많은 길이다. 이 길은 '무능기재'를 비켜 가는 길로서 '자린곡'을 지나고, '태봉 재'를 비켜 가기 위한 길로서 '팔선대'를 지나 둑길로 가는 길이다. 대부분 강에는 사람들이 건널 수 있는 돌다리가 놓여 있었다.

팔선대는 물이 깊어 돌다리를 놓을 수 없는 곳이어서 이곳에 도착하면 신발을 벗고 바지를 무르팍 이상 걷어 올리고 건너야 했다. 여기는 호랑이가 나타난다는 곳이기도 하며 '개구리 바위 나들목'이라 하기도 한다. 오른편 저 멀리에서부터 이어져 내려오는 산등성이는 뱀을 닮았다 하며, 강 한가운데 엎드려있는 바위가 개구리를 닮았다 하여 붙여진 이름이라고 하였다. 특히 겨울에 이 강을 건너면 물이 너무 차갑게 느껴진다. 잠시 내 다리가 없는 듯한 느낌으로 다시 걷곤 하였다. 밤길에는 물을 건너기 위해 멈추어서 바지를 걷어 올릴 때는 무엇인가 뒤에서 끌어당기는 느낌을 받는다. 이와 함께 나타나지도 않는 호랑이 때문에 마음 졸이며 무서움을 극복하려고 애쓴 곳이기도 하였다.

그러나 한가로이 흐르는 강은 언제나 나를 반겨 주었다. 강바람이 불어와 물가에 피어난 잡풀들을 마구 흔들어 파도치듯 손짓을 하며 반겨 주는 곳이었다. 그 강바람은 나의 젖은 볼을, 겨울에는 오려내듯 아리게 하고, 여름에는 시원하게 식혀주었다. 이곳은 물떼새들이 아침저녁으로 꼬리를 흔들며 나를 반겨 주는 곳이기도 했다. 또한 띄엄띄엄 아름답게 피어있는 해당화꽃과 찔레꽃 향기는 내 마음속의 향기로 간직하게끔 깊숙이 스며들었다. 익어가는 해당화 열매와 찔레꽃 넝쿨의 새순은 허기진 배를 채워 주기도 하였다. 길게 늘어져 있는 약 2Km 정도 되는 남대천 둑길은 공부하며 걷는 길이었다. 이곳에 도착하면 대부분 평탄한 길이기에 손에 책을 들고 보면서 걸어 다녔다. 다른 통학로에서는 준비된 단어장이나 수학 공식 등을 손에 쥐고 외우며 걸었다.

학교 수업이 끝나고 집으로 돌아올 때 늦어지는 날이면 항상 책가방을 옆구리에 끼고 뛰기 시작하였다. 이럴 땐 계절에 관계 없이 땀으로

옷이 흠뻑 젖어서 집에 들어오곤 하였다. 이렇게 학교에 다니는 것을 보신 아버지께서 안쓰러워 보였던지 중학교 2학년으로 올라갈 때 중고 자전거를 사 주셨다. 그 이후 주로 자전거를 이용하여 통학을 하였다.

중고 자전거이다 보니 자전거 통학도 만만치 않았다. 우선, 키가 작다 보니 다리가 짧아서 안장 좌우로 엉덩이를 내리면서 페달을 밟아야 했다. 그러다 보니 탈 때도 뒤뚱뒤뚱하며 탈 수밖에 없었다. 조금 가다 보면 체인이 이탈하여 항상 손에는 기름이 묻어 있을 정도였다. 또, 타이어가 펑크 나면 그 자리에서 직접 타이어를 벗기고 튜브를 확인하여 펑크 난 곳을 때워서 다시 조립하여 가기도 하고, 자전거포까지 끌고 가서 수리하기도 하였다. 세상일이 쉬운 것이라곤 하나도 없다는 것을 느끼게 하였다.

3번째 통학 길은 신작로였다. 이 길은 비포장도로로 약 12Km 거리로 자전거를 타거나, 비나 눈이 와서 강을 건너기 귀찮거나 싫을 때 다니는 길이었다. 이 길 중에 자전거를 타고 올라갈 수 없는 재(고개 또는 령)는 두 군데 있었다. 그 하나는 태봉재인데 자전거를 끌고 걸어서 올라가야 한다. 정상에서 다시 자전거에 올라타기 시작한다. 왼발로 페달을 밟고 오른쪽 다리를 안장 위로 넘어 올릴 때쯤, 도로를 만들면서 묘지가 반 정도 허물어져 있는 곳이 있다. 거기에 사람의 뼈가 보이는 채로 방치되어 있었다. 이곳을 지날 때는 항상 섬뜩한 느낌을 받았다. 특히 어두운 밤에는 그 느낌이 배가된다.

여기에서 약 2Km쯤 더 가면 '무능기재'로서 내려서 자전거를 끌고 올라가야 한다. 이곳은 약 500m 되는 오르막이다. 늦은 하굣길에 여기에 다다르면 인적은 없고 어둠 속에 간혹 소쩍새 울음소리만 들리는 곳이다. 고갯길을 굽이굽이 홀로 걸어 보면 엄습해 오는 공포감은 말로서 표현하기가 어려울 정도이다. 정상에 도착하여 자전거에 올라탔다고 해서 빨리 달릴 수 있는 길이 아니다. 비포장도로라서 움푹 파인 곳이나, 자갈이 모여 있는 곳을 피해서 가야 한다. 정상에서 조금 내려가면, 다리가 없는 허연 노인이 산에서 내려오는 것을 보았다고 소문이 나 있는 곳이 있다. 이러하니, 이곳을 지날 때는 무엇인가 뒤에서 잡아 끌어당기는 듯한 느낌에 온몸이 움츠러들 수밖에 없었다.

정상에서 약 2Km 더 가면 두 강의 물이 합쳐지는 합수가 나온다. 이곳을 조금 지나 '진갱빌'에서, 신발을 벗고 바지를 걷어 올리고 사시사철 자전거를 어깨에 둘러메고 강을 건너야 했다. 이곳에서 강 아래쪽 약 200m 되는 곳이 합수이다. 여기서 '사라호' 태풍 때 아기가 빠져 죽었다고 하였다. 날씨가 흐리고 비가 많이 오는 날에는 아기 울음소리가 난다고 하는 곳이다. 만들어진 얘기라고 치부해 보지만 컴컴한 밤에 혼자인 나로서는 밀려오는 공포감을 뿌리칠 수 없는 것이 현실이었다.

어느 날 저녁부터 비가 많이 내렸다. 집에서 학교까지 그 시절에 버스 차비는 5원이었다. 하루 왕복 차비가 10원이었지만 그 돈이 없어서 버스를 타지 못하고, 걷거나 자전거를 타고 다녀야 했다. 비 내리던 그날, 아침 일찍 일어나서 강물을 건널 수 있는지 확인하기 위하여 강으로 나가 보았다. 집에서 강까지 거리는 약 1Km 정도 된다. 건널 수 없을 정도로 강물이 불어나서 흐르고 있었다. 그래서 빨리 집으로 가서 학교

갈 준비를 하여 오늘은 버스를 타고 학교에 가야겠다고 생각하였다. 그러고 집으로 올라가고 있는데 버스가 이미 내려오고 있었다.

버스 기사가 물이 더 불어나기 전에 강을 건너기 위해서 일찍 출발한 것 같았다. 이 지역에서 유일하게 하루에 한번 다니는 버스이다. 저녁에 올라와서 백암온천장 동네에서 자고 이튿날 아침에 내려간다. 이제 이 버스마저 내려갔으니, 강물을 건널 수 없기 때문에 학교에 가는 것은 포기상태였다. 그렇지만 가던 길을 멈추고 버스가 제대로 강을 건널 수 있는지 보고 싶었다. 그래서 다시 강으로 돌아가고 있는데 "사람 살려 주세요" 하는 소리가 들렸다. 그래서 급히 강으로 달려갔다.

강가에 도착했을 때, 버스는 강가로부터 약 5m 정도에서 엔진이 꺼진 상태로 서 있었다. 버스가 서 있는 곳이 가장 깊은 곳이었으며 물살의 흐름도 가장 빠른 곳이었다. 버스 창문 밑까지 약 30Cm 정도 남겨진 상태로 물이 차오르고 있었다. 버스 안에서 나를 보고는 밧줄을 던지면서 "살려 주세요"라고 하였다. 던져준 그 밧줄을 혼자 잡고 있기에는 역부족이라는 생각이 들었다. 그래서 버스보다 강 아래쪽 가까이에 있는 어린 나무에 밧줄을 묶었다. 그러고 나서, 그 나무가 뽑힐 것 같아서 밧줄을 같이 잡고 있었다. 그때부터 밧줄을 잡고 한명 한명이 급물살을 견디며 겨우 밖으로 나왔다. 먼저 밖으로 나온 승객 한 명이 구조 요청하러 군부대로 달려갔다. 그 군부대는 강에서 약 4Km 정도 떨어져 있었다.

강물 중간에서 버티고 서있는 버스는 강 상류 쪽으로 조금씩 기울어지고 있었다. 이러한 상황이었지만, 구조대가 도착할 때까지 물살을 견디며 나올 수 있는 능력이 되는 사람은 계속 밧줄을 잡고 밖으로 나왔다. 10여 명이 밖으로 나왔을 때 드디어 구조차량이 도착하였다. 구조 대원들이 일사불란하게 구조차량을 조작하더니 버스에 줄을 묶어서 버스와 승객 모두를 안전하게 구조하였다. 만약에, 그때 내가 강물을 확인하러 나가지 않고 집 앞에서 그 버스를 탔더라면! 나를 포함하여 버스에 타고 있었던 승객들 모두가 아마 저세상 사람이 되었을지도 모를 일이었다. 생각해 보면 정말 아찔한 순간이었다.

네 번째 통학 길은 가장 가까운 길로서 자취하는 것이었다. 자전거 통학도 너무나 멀고 어려워 가끔 친구 집에서 자기도 하고, 겨울에는 자취를 하기도 하였다. 자취할 때, 비 오는 날 밤이 되면 누가 오라고 하는 사람도 없는데, 자꾸만 어디론가 가고 싶은 마음이 생겨났다. 그럴 땐 목적지도 없이 한쪽 손에 대나무로 만든 비닐우산을 받쳐 들고 무작정 걸었다.

한참을 걷다 보면 발길이 닿아 있는 곳은 후포항 어판장 광장이었다.

띄엄띄엄 서 있는 희미한 가로등 불빛 외에는 보이는 것이 없었다. 꽁치, 오징어, 울진대게가 나오는 날이면 발 디딜 틈 없이 북새통을 이루던 어판장이었다. 하지만, 밤이 깊어가고 있으니 사람들은 간데없고 행하니 펼쳐진 광장으로 변해 있었다.

'처얼썩 철썩 쏴아~'

먼바다에서부터 밀려오는 큰 파도는 항구 앞 방파제에 부딪히며 내항으로 넘쳐흐르는 소리가 들려왔다. 내항에 정박해 둔 어선들은 잔물결이 일고 있는데도 견디지 못하고 흔들리면서 바닷물과 비비대며 철썩거리고 있었다. 그리고 배와 배가 부딪칠 때 충격완화를 위해 달아둔 타이어는 저들끼리 부딪쳐서 삐꺽 삐꺽하며 몸부림치듯 하고 있었다.

비 내리는 후포항 광장에 홀로 서 있는 외로움과 쓸쓸함은 마음 저 밑바닥까지 밀려 들어왔다. 이러한 주변 환경과 아무도 없는 광장에 서서, 현재 어렵다고 생각되는 나의 삶을 깊은숨과 함께 몰아 내뱉으며 시간을 보내고 있었다. 내리는 빗물이 마음의 눈물로 대신해 주고 있으니, 말 그대로 처절하기 짝이 없는 밤이었다.

밤이 늦어지면 모든 세상이 죽은 듯이 조용하게 느껴지지만, 후포항은 그렇지가 않았다. 깜깜한 한밤중에 인적도 없고 눈에 보이는 것도 없었지만, 모든 것이 살아 움직이고 있는 소리가 들리는 곳이었다. 반겨주는 사람은 없었지만 이 살아있는 소리를 들으려고, 나도 모르게 가고 싶어지는 곳이었는지도 모르겠다. 이 소리가 어린 나에게 분명하게 들려왔기에 꿈과 희망의 싹을 키울 수 있었다고 생각하고 있다.

이러한 생활환경으로 고등학교까지 6년간 다닐 수밖에 없었던 삶의 현실이 나에게는 너무나 큰 고통으로 기억된다. 하지만 이 6년은 나에게 담력과 끈기와 인내심을 키워 주었고, 다리의 근력을 발달하게 하여 주었다. 무거운 책가방을 들고 먼 길을 다닌 탓인지, 나의 키는 조회 때 앞에서부터 가까운 곳에 서야 할 만큼 작았다.

나의 이러한 어려움보다 마음으로나 육체적으로 더 고생하셨던 분은, 뒷바라지를 해주신 아버님과 어머님이실 것이다. 이렇게 어려운 삶의 환경이 나에게 주어졌지만, 이 세상에 태어난 나의 삶은 내 스스로 해결해야 할 문제라고 생각하며 항상 긍정적으로 받아들였다. 이러한 어려운 상황을 벗어나려는 생각 때문인지는 모르겠으나 매사에 노력하는 사람으로 변화하고 있음을 스스로 느낄 수 있었다.

나를 단련하기 위한
자아 극기 훈련

　1971년 1월에 고등학교를 졸업하였다. 가정 형편이 어려워 대학교에는 갈 수가 없었다. 자력으로 해결하기 위해서 해군사관학교에 응시하려고 원서를 접수하였다. 그러나 호적 나이가 2년이나 늦어서, 나이가 모자라다는 이유로 응시할 수가 없었다.

　그래서 영화배우가 되겠다는 꿈을 가지고 1년여 동안 학원에서 연기 공부를 하며 서울 충무로를 헤매고 다녔다. 여기에서 만나는 사람들은 주로 조연급 배우들이었다. 가끔 빈대떡 안주에 막걸리 한잔을 나누며 생활상을 들을 수가 있었다. 그리고 가끔 강의하러 오는 조연급 배우들을 만날 수 있었다. 그러면서 스타가 되지 않으면 인생을 살아가는 길이 너무 어렵고 힘든 것을 알 수 있었다. 또 나 자신이 연기자의 자질도 부족함을 느끼고 이 길이 나의 길이 아니란 것을 알아차리게 되었다.

　결국 시골집으로 다시 내려왔다. 고향 집으로 내려왔으나 마땅히 할 일은 없었다. 오히려 고등학교 나온 사람이 빈둥빈둥 집에서 놀고 있다고 주위 사람들에게 핀잔을 많이 들었다. 이러한 말을 들을 때는 견디기가 매우 어려웠다. 그러나 나에겐 아직 나이가 찰 때까지 준비해야 할 시간이 남아있었다. 마음속으로 '그래 핀잔을 많이 주라. 내 반드시 성공하여 고놈의 주둥아리들을 확 닫게 해 주리라'라고 다짐하면서 그 상황을 이겨 내었다. 이때부터 본격적인 미래 준비를 하기 시작하였다.

평소 아버님께서 내가 '임경업 장군' 할아버님의 14대손이라는 것을 강조하시면서 '우리 집안은 본래 무관 출신 집안'이라고 하신 말씀이 내 마음 저변에 자리 잡고 있었다. 그래서 나는 군 장교로 살아가는 것이 꿈이었다.

이 꿈을 이루기 위하여 여름부터 약 3Km를 달린 후 합수에서 발가벗고 수영을 하였다. 시작하면서부터 사시사철 지속하겠다는 결심을 하였다. 만약에 '중도에서 포기한다면 꿈을 꾸고 있는 목표에 도달할 수 없다'고 생각하며 굳게 결심하고 시행하였다. 구보를 하고 물에 들어가면 약 5분간 헤엄치다 나와서 옷을 입고 집으로 들어와서 저녁 식사를 하였다. 이렇게 한 후 초저녁에는 친구들과 모여 놀다가 집으로 돌아오면 책을 들고 공부하기 시작하였다. 첫닭이 울 때까지 책을 보다가 잠자리에 들었다. 그 이튿날 11시 정도에 일어나 아점(아침 겸 점심)을 먹고 들에 일하러 나가는 것이 일과 수순이었다. 봄, 여름, 가을, 겨울, 비가 오나 눈이 오나 하루도 빠짐없이 일과를 진행하였다.

겨울철에 구보를 하고 나서 수영을 하고 있을 때, 주위의 냇가는 하얗게 꽁꽁 얼어붙어 있었다. 그러나 내가 수영하던 그곳은 얼음이 얼지 않고 항상 15℃ 정도가 유지되는 곳이었다. 실오라기 하나 걸치지 않고 물속에 들어가서 약 5분간 헤엄을 치다가 물 밖으로 나온다. 강한 추위가 밀려올 때는 미쳐 옷을 걸치지 못한 피부에 바늘을 붙여 둔 듯, 살

얼음이 만들어지면서 살갗을 오려 내는 듯한 통증을 느끼기도 하였다. 이러한 고통을 이겨 내며 '끈기와 물면 놓지 않는 불도그 정신'을 배우고 있었던 것 같았다. 빨리 옷을 주워입고 집까지 약 1Km를 걸어서 들어왔다.

이렇게 하다 보면 평해 장날(2일, 7일), 장에 갔다 돌아오시는 할머니, 아저씨, 아주머니들이 추위를 막기 위하여 온몸을 동여매고 걸어왔다. 그러면서 수영하고 있는 나를 보고는 지나가는 사람 대부분이 "아이고 저기 미친놈이 있네, 이 추운 날에 발가벗고 목욕을 하고 있다니? 미친놈이 아니고서야, 이 추운 날에 발가벗고 목욕할 놈이 어디 있어?" 하며 한마디씩 했다. 하지만 나는 아랑곳하지 않고 실행하였다. 내가 가야 할 길을 계획대로 꾸준히 남모르게 진행하고 있었다.

지금에 와서 돌이켜보면 태어날 때부터 주어진 삶의 환경이 나를 전투조종사로 만들기 위하여 체력과 담력, 정신력을 준비하게 해준 것 같았다.

2장

공군,
그 꿈을 향하여

고향을 뒤로하며

새벽 첫닭이 올 때까지 공부하며 지낸 날들도 2년이 지나가고 있었다.

어느 날 육군 병장계급을 달고 제대 휴가를 나온 고등학교 동창을 만났다. 그 친구를 보니 호적이 늦은 내 신세가 한심하기 짝이 없었다. 친구는 제대를 하는데 이제 군에 입대해야 한다니 앞이 캄캄해 왔다.

이튿날 무작정 급행버스에 몸을 싣고 대구 병무청으로 갔다. 병무청 들어가는 입구 좌측에 '조종간부 후보생 모집'이라는 벽보가 붙어있었다. 다가가서 그 벽보를 세심히 보았다. 응시할 수 있는 학력은 고졸 이상이었으며, 6개월간 '기본군사훈련'을 받고 나서 소위로 임관하게 되어 있었다. 임관한 후에 비행훈련을 받고 전투조종사가 되는 것이었다. 반가운 마음 이루 말할 수 없었다. 그 즉시 병무청 사무실로 들어가 즉시 지원서를 구입하였다. 그리고 마지막 피치를 올리며 공부에 몰입하였다.

우리가 살고 있는 이 세상은 '하려고 노력하는 사람에게는 기회를 준다'라는 것을 느끼게 하였다. 시험을 치르는 전날 '평해'에서 대구까지 약 4시간이 소요되는 제일 빠른 직행버스를 탔다. '간추린 5과'란 책을 구입하여 버스가 대구에 도착할 때까지 이 책을 모두 읽었다. 다음날 시험장에서 시험지를 받아보니, 버스 안에서 본 내용을 응용하여 출제한 것처럼 느낄 정도로 유사한 내용이 많이 출제되어 있었다. 그래서 쉽게 시험을 치르고 나온 것으로 기억된다. 행운이었다.

집으로 돌아와서 똑같은 일과를 반복하며 지내던 중 합격증이 날아왔다. 세상에서 이렇게 반가운 일이 또 어디에 있겠는가? 태어나서 가장 반가운 일이었다.

입대 날짜는 1974년 10월 7일이었다. 입대 전까지 친구들과 마음 부담 없이 즐길 수 있었던 기간이었다. 저녁을 먹고 나면 가끔 친구와 4~8Km 정도의 거리에 있는 옆 동네로 걸어서 놀러 다녔다. 동내에 도착하면 그 동네 친구들이 으레 막걸리 상을 차려 나온다. 그 막걸리를 마시면서 세상사는 얘기를 나누거나, 젓가락 장단을 맞추며 노래를 부르다가 집으로 돌아오곤 하였다. 또한 초등학교에서 가을 운동회를 한다고 하면 어김없이 찾아가서 청년들의 달리기대회에 참가하였다. 나는 먼 길을 통학했던 덕분에 체력적으로 자신이 있었다. 그래서 항상 1등 아니면 2등을 하여 비눗갑이나 성냥갑을 상품으로 타오곤 하였다.

세상 부러울 것 없는 이 시간도 잠시였다. 입대 날짜가 도래하였다. 간단하게 준비하여 입대하기 위해서 집에서 나왔다. 마을 어귀에는 동네 할아버지, 할머니, 아저씨, 아주머니들 모두가 나와서 기다리고 계셨다. 마음 뿌듯하였다. 동네에서 병사로 입대하는 사람이 있었을 때는 눈물을 훔치는 분들이 대부분이었다. 그러나 오늘은 모두가 웃으면서 배웅을 해주었다. 이렇게 환송을 받으며 이제 태어나 살던 보금자리를 떠나고 있었다.

버스에 올라타고 나서 뒤돌아보니 신작로에 나와 계시던 모든 분들이 손을 흔들고 계셨다. 잠시 후 버스가 고개를 돌기 시작하니 금세 모든 것이 사라졌다.

설렘과 두려움의 입대

대구에서 하룻밤을 지내고 기차를 타고 대전으로 갔다. 다시 버스를 타고 공군 교육사령부 '항공병 학교'에 도착하였다. 전국에서 '조종간부 6기'로 입대한 사람은 나를 포함하여 총 45명이었다.

여기에서 체력 테스트를 받았다. 나에겐 모든 항목이 만점이었다. 특히 2Km 달리기는 연병장 400m 트랙을 다섯 바퀴를 도는데 마지막에 들어오는 친구를 한 바퀴 반 가까이 뒤처지게 하였다. 턱걸이는 15회째 올라가는데 그만하라고 하여 끝냈다. 그동안 노력한 덕분에 체력은 여타 동기생들보다 월등함을 느꼈다. 그래서 훈련받기 전에 기본 군사훈련에 대한 자신감이 생기기 시작하였다.

이렇게 하면서 가입교 기간이 끝났다. 입고 온 옷과 소지품 모두를 싸서 고향 집으로 보냈다. 약복으로 갈아입고 연병장 가장자리에 전시되어 있는 T-6 항공기 앞에서 개인별 사진을 찍었다.

이제 모든 입소준비를 완료하였다. 다시 전투복으로 갈아입고 본격적인 군사훈련에 돌입하였다. 먹는 것이고 입는 것이고 자는 것이고 모두 나에겐 집에 있을 때보다 형편이 좋아졌다는 느낌을 받았다. 목표가 확실하고 희망이 있으니까 모든 것이 좋게 보인 것 같았다.

모든 사람들이 어렵고 고된 훈련이라고들 하지만 나에겐 유격 훈련조
차도 어려움이라고는 전혀 느낄 수가 없었다. 완전무장 구보도 힘들다
고 느껴본 적은 한 번도 없었다. 이런 과정을 겪으며 '준비된 사람은 세
상이 쉽게 받아들여 준다'라는 것을 확인할 수가 있었다.

T-6 앞에서

가슴 아픈 면회

기본 군사훈련을 마칠 즈음, 구대장이 첫 면회가 계획되어 있는 날을 미리 알려주었다. 고향의 아버님 앞으로 면회 날짜를 알려드리는 편지를 올렸다. 그렇지만 멀리 대전까지 오시지 못할 것이라고 생각하고 있었다.

면회 전날 내무실에서 면회를 하니까, 관물함 정리를 할 수 있는 시간을 주고 일석점호(취침 전에 인원파악, 건강상태, 병기점검 등을 하는 일) 시간에 관물함 정리정돈 상태를 점검한다고 하였다. 정복, 약복, 전투복, 잠바, 트렌치코트 등 상의는 옷걸이에 걸었다. 바지는 전면이 가로 25㎝, 세로 5㎝로 각을 만들어 쌓아야 했다. 그리고 내의와 세면도구 등은 따로 정돈을 하였다. 옷을 정리하는데 각을 세우는 곳은 아마도 군대밖에는 없을 것이다. 정리를 완료하고 보니 작품 같았다.

이튿날 면회 시간이 되어 약복으로 갈아입고 내무실에서 호출이 있을 때 뛰어나가 큰 소리로 '필승' 하면서 거수경례로 부모님을 맞이하게 하였다. 침상에 앉아 체념을 하고 있었다. 주위 침상에는 부모님, 형제자매, 조카 등 많은 사람들이 면회 오면서 준비해온 음식들을 자랑이나 하는 듯이 펼쳐 놓고 '시끌벅적'하게 얘기하며 먹고 있었다. 음식은 주로 불고기, 통닭, 잡채, 김밥, 과일 등이며 자라면서 보지도 못한 음식도 있었다. 풍기는 음식 냄새가 배고픔을 더 강하게 느끼게 하였다. 음식을 조금 나누어 주기를 은근히 바라는 마음이 생기기도 하였다.

시간이 어느 정도 지나면서 나의 이름을 불렀다. 그동안 배운 대로 뛰어나가 보니 아버님께서 혼자 오셨다. "필승" 하면서 아버님께 인사를 드리고 나의 침상으로 안내하여 관물함을 보여드리고 자리에 앉았다. 아버님께서 가지고 온 것은 삶은 밤 한 되였다. 배는 고팠으나 먹을 것은 삶은 밤뿐이었다. 주위 사람들과 너무나 차별된 모습을 보니 서글픈 마음 감출 수 없었다. 아버님은 나보다도 더 마음이 찢어지도록 아팠을 것이다.

이러한 문화를 모르고 살아오셨는데, 어디에 하소연할 수 있을까? 새로운 세상을 살아가려면 이 정도 아픔은 받아들여야 한다고 생각하면서 서글픈 마음을 꾹 누르고 밤을 까먹기 시작하였다. 옆자리에 있던 동기생 어머니께서 이 광경을 보시더니 자리를 옮겨 준비해온 음식을 같이 먹으라고 하였다. 고맙기도 하였지만 창피한 마음이 생기기도 하였다. 부대에서는 점심 준비를 아예 하지 않으니 다른 대안은 없었다. 감사의 말씀을 드리고 음식을 먹기 시작하였다. 너무나도 맛이 있었다. 짬밥(군대에서 나오는 밥)에 익숙해지려고 하는데 태어나 처음 먹어보는 음식이 혀끝에 녹아내렸다. 이 모습을 지켜보시는 아버님의 마음을 나는 조금이라도 헤아릴 수 있었을까? 고향에서는 자랑스러운 최고의 아들이다. 아버님은 그 아들이 커 나가는 모습을 보기 위해 오셨다가 형용할 수 없는 쓰라린 마음을 안고 돌아가셨을 것이다. 마음은 쓰라리지만 어떻게 할 도리가 없었다.

계획된 면회시간이 다 되어 헤어져야 할 시간이 도래하였다. 면회객들 모두가 부대를 떠나가고 난 뒤에 갑자기 당직사관이 집합하라는 불호령이 떨어졌다. 뛰어나가 대형을 맞추면서 집합을 하였다. 당직사관이 면회 중에 행동이 장교 후보생답지 않다는 둥 하면서 시비를 걸기 시작하였다. 그러더니 제식훈련을 몇 번 시키고 난 다음, 이내 땅바닥에 눕게 하였다. 그리고 '굴러 이동'을 시켰다.

부모님들께서 맛있게 해온 음식으로 대부분 동기생들이 과식을 하였다. 그런데 이 기합이 시작되면서 먹었던 모든 음식물을 먹었던 입으로 토해내었다. 나는 먹은 것도 별로 없는데, 토해진 그 음식물 위로 굴러 이동을 시키는 당직사관이 무척이나 미웠다. 하지만 전투조종사가 되려면 이 정도의 고통은 참아야만 갈 수 있는 길이 열리게 된다. 그러니 참을 수밖에는 다른 도리가 없었다. 1시간 이상 이러한 기합을 주더니 목욕을 하고 옷을 갈아입게 하였다. 그러고 나니 불러있던 배는 어디론가 사라지고 말았다.

저녁 식사를 마치고 외워야 할 것을 외우고 또 신변정리를 하였다. 이렇게 하면서 일석점호 시간이 되었다. 일석점호 후에 간식으로 빵이 나온다. 이것을 점호 빵이라고 부른다. 그날따라 이 점호 빵이 그 어떤 음식보다도 맛있게 느껴졌던 것으로 기억된다.

첫 면회 이후부터 주말에 면회가 허락되었다. 그러나 나에겐 면회 올 사람이 없다고 생각하고 생활했다. 주말이 되면 독서실로 가서 항공용어 및 보충해야 할 공부를 하다가 귀영시간에 맞추어 돌아오곤 하였다. 조종사가 되기 위해 투자하는 데는 모든 것을 우선하였다.

어느 날 외출 후 귀영시간에 맞추어 부대로 들어왔다. 그 날은 훈육관이 당직사관이었는데 귀영하자마자 나를 불렀다. 외출 중에 무슨 잘못을 저지른 일도 없었는데 왜 부를까? 궁금한 마음으로 갔다. 훈육관은 나를 보자마자 "여동생이 면회 와서 하루 종일 기다리고 있으니, 잠깐 나가서 만나보고 와라" 하였다. 점호시간이 다 되었는데 동생을 만나러 보내주는 게 너무나도 감사하였다. 내무실에서 면회실까지 단숨에 뛰어갔다. 부산에서 살고 있는 바로 밑 여동생이 면회를 와서 기다리고 있었다. 미안하기 그지없었다. 오빠를 이해해주기를 마음속으로 기대할 수밖에 없었다. 동생과 서로 간단한 인사만 하고 돌아서야 했다. 이러한 나의 쓰라렸던 마음을 알아줄 사람은 이 세상에서 아무도 없을 것이다.

그 먼 길을 찾아와서 하루 종일 기다리다가 잠깐 만나게 되었지만, 급한 마음에 하고 싶은 얘기는 물론 안부도 제대로 나누지 못하였다. 내무실로 들어오면서 떠나는 동생의 뒷모습을 바라보니 눈물을 감출 수가 없었다. 반사적으로 흐느낌이 밀려왔다. 슬픈 마음을 가눌 수 없는 상황이었지만 동생이 너무나도 고마웠다. 나에게도 면회 올 사람이 있었다는 게 더욱 고맙게 느껴졌다. 지금도 그때를 생각하면 울적한 마음이 생겨난다.

기본군사훈련이 끝나고 특기교육까지 모두 끝내는데 6개월이 소요되었다. 그런데 임관 이야기는 온데간데없고 조종 23기로 기수 명칭을 바꾸어서 후보생 신분으로 비행훈련에 입과 하게 하였다. 그리고 우리 기수는 조종사가 되지 못하면, 하사나, 병으로 전향하여 나머지 의무복무 기간을 채우고 병역필을 할 수 있도록 하였다. 여기에 따르지 않을 경우 '고향 앞으로 가'이었다.

3장

꿈의
날개를 향한
땀방울

초등비행훈련

　6개월여 동안 기본군사훈련과 비행기를 타기 위한 소정의 교육을 마치고 초등비행훈련과정에 입과하였다. 꿈에 그리던 조종사, 이제 시작된다는 것이 가슴을 쿵쿵 뛰게 했다.

　신고식이 끝나고 조종복과 초등비행훈련 대대의 '빨간 모자'(Base Cap)를 지급 받았다. '정말로 조종사가 되기 위한 길로 접어드는구나!' 이제는 꿈이 아니고 현실임을 실감하였다. '이제는 죽어도 하늘에서 죽자. 어떠한 고난이 오더라도 꼭 전투조종사가 되어야겠다'는 각오가 더욱 굳건해졌다.

　기본 군사훈련을 받았던 항공병학교와 비행대대에서 비행훈련받는 과정의 대우는 너무나 많은 차이가 있었다. 우선 외형상으로 조종복과 조종화와 베이스 캡(비행대대 모자)이 추가 지급되었다. 숙소에는 개인 침상과 공부할 수 있는 책상이 개별적으로 지급되었다. 먹는 것은 호텔 수준으로서 특히 점심시간에는 햄버그스테이크, 돈가스, 불고기, 어묵국 등등 매일 바뀐 메뉴로 나왔다. 그때 시절에 이 정도로 먹고사는 건 극히 상류층에서나 가능한 일이었다. 비행훈련을 받고 있었지만 조종사 증식비가 지급되기 때문에 누릴 수 있었다. 국가에서 꼭 필요한 요원들이기에 훈련을 받는 중인데도 이렇게 대우를 해준다는 것을 스스로 느끼게 해주었다.

초등비행훈련 대대에서 비행에 필요한 기본지식을 습득하도록 지상교육이 약 1개월 동안 진행되었다. 이 교육이 끝나고, 태어나서 처음으로 하늘에 날아 올라가는 날이 도래하였다. 비행이 시작된다고 하니까 또 다른 걱정이 생겨났다. 지상에서는 체력적으로 우수하였으나, 들리는 얘기에 의하면 공중에 올라가면 고소공포증(강박 신경증의 한가지로서 높은 곳에 올라가면 무서워하는 증세)이 나타나는 사람이 있다고 하였다. 그래서 나도 혹시나 하며, 공중에서도 과연 견딜 수 있는 육체인지 걱정이 앞서기 시작하였다.

때는 1975년 4월 중순, 기종은 T-41(세스나 항공사, 4인승)로 단발 프로펠러 비행기였다. 낙하산을 메고 나가서 교수와 항공기 외부점검을 마치고 좌석에 탑승하여 벨트를 타이트하게 메고 절차대로 내

최초 조종복

부점검을 마쳤다. 시동을 거는데, '부르릉' 하면서 프로펠러가 앞에서 돌아가니까 그동안 달달달 외우고 있었던 절차들이 어디로 도망을 갔는지 더 이상 생각이 나지 않았다. 무엇이 꽉 막히듯 기억이 전혀 나지 않았다. '아이고 이제 비행기 타기는 틀렸구나'라고 생각하며 마음을 졸이고 있었다. 이러고 있는데 교수가 조언과 도움을 주어 시동 후 점검을 마치게 되었다.

주기장에서부터 지상 활주하기 시작하였다. 프로펠러가 돌아가면서 앞으로 전진하고 있으니 꿈을 꾸고 있는 것 같았다. 활주로에 진입하기 직전 최종점검지역에 정지하여 활주로 진입 전 점검을 하였다. 그리고 관제탑으로부터 이륙허가가 나왔다. 활주로에 진입해서 이륙 전 점검을 하고 이륙 준비를 마쳤다.

그다음 스로틀(Throttle: 엔진 가속 감속을 조절하는 손잡이)을 최대로 밀어 넣었다. 항공기가 요동을 치며 활주하기 시작하였다. 수초 후에 교수가 휠(Wheel: 핸들, 조종간)을 뒤로 슬며시 당겼다. 순간 바퀴가 땅에서 떨어지며 하늘로 올라가는 것을 느낄 수가 있었다.

'아! 정말 하늘에 날고 있구나! 정말 내가 조종사가 되는 길을 가고 있구나!' 하는데 벌써 활주로 가장자리 풀밭이 반석으로 변화하며 점점 멀어짐을 느낄 수가 있었고, 교육사령부 전체가 한눈에 들어왔다. 잠시 후 대전 시내가 한눈에 들어 왔다. 하늘에서 내려다보이는 세상은 더없이 아름답게 보였다.

첫 비행은 교수가 시범비행을 하면서 '공역 관숙'을 시켜주었다. 그러면서 공중에서만 나타나는 '가상 수평선'을 볼 수가 있었다. 가상 수평선은 바다 저 멀리 수평선처럼 선명하지는 않지만, 그 선과 다를 바 없이 공중에 떠 있는 수평선과 같은 선으로서 하늘에 올라가야만 볼 수 있는 선이다. 이 선을 기준으로 하여 비행을 하도록 가르쳐 주었다. 하늘에서 한눈에 들어오는 '공역' 내에 산과 들과 굽이굽이 돌아가는 강들은 아름다움 그 자체였다. '공역'에서 몇 가지 시범기동으로 신체적응을 테스트하고 있었다.

지금도 잊혀지지 않는 기동은 실속 과목이었다. 휠을 뒤로 당겨 상승하면서 스로틀을 아이들(idle: 최저작동 상태)로 줄이고 속도가 줄어들게 한 후, 항공기에서 작은 흔들림(버블)이 올 때 휠을 놓게 되면 앞부분이 확 떨어지게 된다. 이때 몸에 오는 느낌은 높은 곳에서 떨어지는 느낌이며 눈이 감기면서 무엇이든지 잡고 싶은 마음뿐이었다. 바이킹을 타면서 내려올 때 느껴지는 느낌과 비슷하다고 하면 이해될 것이다.

공역에서 시범비행을 끝내고 비행장으로 돌아와서 '이착륙' 시범비행으로 첫 비행을 마쳤다. 착륙 후 계류장에 들어와서 엔진을 끄고 내려서 비행 후 항공기 외부점검을 마치고 대대로 들어왔다. 교수는 비행을 잘할 수 있을 것이라고 하면서, 희망적인 '디 브리핑'을 해주었다. 교수의 이 말 한마디가 나의 세상을 바꾸어 주는 듯하였다.

하늘에 날았다는 것이 너무나 감사하고 자랑스러웠다. 첫 비행 날은 마음뿐만 아니라, 나의 모든 것이 공중에 붕 떠 있는 하루였다. 세상에 태어나서, 몸도 하늘을 날고 마음도 하늘을 날고 있는 이 기분을 만끽할 수 있는 사람이 몇 명이나 될까? 아마도 내가 태어날 때 신께서 특별한 선물을 주신 것이 분명하다는 생각마저 하게 하였다. 이렇게 푸른 꿈에 도취해 있는 시간도 잠시였다.

모든 비행이 끝나고 일과 후 매스 디 브리핑(Mass Debriefing: 전체 비행 후 비행에 대한 상황을 설명하는 시간)시간이 되었다. 해가 뉘엿뉘엿 서산으로 넘어가고 있는 이 시간에 무슨 일인지, 현역 비행교관들이 모두 시커먼 선글라스를 쓰고 들어왔다. 뒤에 앉아서 비행 관련한 질문과 비행하기 위한 준비자세 등으로 꼬투리를 잡기 시작하였다.

현역 비행교관들이 우리들을 바짝 긴장하게 하더니, 비행 첫날부터 단체 몽둥이질과 단체 기합을 주었다. 교관들이 몽둥이질을 해주는 것은 위험스러운 직업이니, 나를 끝까지 살아남게 하도록 주는 약이라 생각하며 맞았다. 몽둥이질이 끝나자마자 바깥에 집합시키더니 기합을 주기 시작하였다. 기합은 그동안 단련된 체력이 동기생들에 비해 잘 견딜 수 있었다. 그러나 견디는 것도 시간 차이일 뿐 사람으로서 참기 힘든 고통이 오고 있었다. 하지만 더 강한 체력을 만들어주기 위해 운동을 시켜주고 있다고 생각하며 받았다. 이처럼 기왕에 전투조종사가 되려고 마음먹은 거 '긍정적인 마인드로 매사를 받아들이자'라고 마음속으로 굳게 다짐하였다.

비행대대 생활이 하루하루 지나면서 비행 이외에 딴생각은 할 수가 없었다. 이 초등비행훈련 대대에서 조종사가 되기 위한 훈련을 계속 받을 수 있느냐, 없느냐는 오직 Solo 비행(단독비행: 교관 없이 혼자서 비행하는 것)을 할 수 있느냐, 없느냐에 달려있었다. 비행훈련을 시작한 지 어느덧 중반을 넘어서고 있었다. 최초 단독으로 비행할 수 있는지 없는지, 확인 점검하는 비행은 다른 교관과 비행을 하게 하였다. 나는 중대장인 현역 교관과 점검비행을 하여 합격을 하였다. 다음날 단독비행 계획이 잡혀 있었다. 저녁 식사 후 단독비행을 위한 준비를 완료하고 잠자리에 누워서 또 '머리 비행'을 하며 준비하였다.

드디어 날이 밝아왔다. 대대에 출근하여 아침 매스 브리핑(Mass briefing: 일과를 시작하기 전에 전원이 참석하여 금일 비행계획에 대한 상황설명과 지시하는 시간)을 마치고 계획되어 있는 비행 한 시간 반 전에 교수가 개별 '프리 브리핑'을 해주며 격려의 말을 해주었다. 파라슈터(Parachute: 낙하산)를 메고 계류장으로 나가는데 긴장 그 자체였다. 내가 비행할 항공기에 나가서 외부점검을 마쳤다. 그리고 교수께 거수경례하면서 "필승, 탑승 준비 끝" 하고 보고했다. 교수는 어깨를 툭 치면서 "잘 갔다 와, 평소에 하던 되로 하면 돼"라고 하였다.

항공기에 탑승하여 시동을 걸고 택시(Taxi: 비행기를 지상에서 빠른 도보 속도로 활주시키는 일) 하여 이륙 전 최종 점검지역에서 점검을 마쳤다. 관제탑에서 활주로 진입 및 이륙허가가 나왔다. 이륙 준비를 위해 활주로에 정대하였다. 옆에 있어야 할 교수가 없으니 허전하기까지 하였다. '정신을 바짝 차려야지 비상이 걸려도 이제는 나 혼자 해결해야 한다. 기왕에 하는 것 깔끔하게 하자'라고 생각하면서 이륙 전 점검을 완료하고 스로틀을 최대로 밀어 넣었다.

항공기가 움직이면서 뜨기 위해 몸부림을 치며 가속되고 있었다. 이륙속도에 도달되기 바로 전에 휠을 뒤로 당기고 있으니까 조금 뒤에 바퀴는 땅을 박차고 하늘로 올라가기 시작하였다. 드디어 혼자 하늘을 날고 있었다. 이 기분은 더도 아니고 덜도 아닌 그야말로 비행기 타는 기분이었다. 더 이상 무슨 말로 표현할 수가 있겠는가?

외곽 장주를 돌다가 내곽 장주로 들어와서 착륙을 위해 베이스 턴(Base Turn: 내각장주에서 착륙하기 위해 강하하면서 선회 시작하는 지점)을 하였다. 곧이어 파이널 턴(Final Turn: 착륙하기 위해 강하하면서 활주로에 정대하기 위한 마지막 선회)을 하고 착륙하기 위하여 활주로에 정대하였다.

목측 조절로 하강해서 땅에 접지를 할 때 당김을 잘 해주어야 한다. 새가 땅에 앉듯이 사뿐히 앉아 주는 것이 착륙을 잘하는 것이다. 여기에서 정신을 바짝 차리지 않으면 낭패를 볼 수가 있다. 정상 착륙속도보다 많거나 적은 상태에서 당김을 많이 해주면 바루닝(Ballooning: 착륙 시 기체의 부상) 현상이 일어나서 접지하지 않고 오히려 하늘로 올라가게 되고, 정상속도보다 많거나 적은 상태에서 당김을 적게 해주면 하드 랜딩(Hard Landing: 활주로에 강하게 부딪히는 착륙)을 하게 된다. 이러한 상태에서 다음 조작을 잘못하게 되면 바로 사고로 이어질 수도 있다. 다행히 첫 단독비행을 잘 마무리하였다.

두 번째 단독비행은 공역에 가서 공중조작을 하고 비행장으로 돌아와서 착륙을 하였다. 이때는 공중 통제기를 한 대 운영하였다. 이 비행기에는 교관이 탑승하여 주어진 공역에서 공중대기하며 조종학생들의 단독비행 중에 발생할 수 있는 비상상황을 대비하였다. 다행히도 아무 일 없이 무사히 두 번째 단독비행을 마쳤다.

세 번째는 교관님의 공중 통제기도 없이 학생 조종사들의 단독비행기만 이륙하여 각자 주어진 공역에 가서 공중조작을 하고 비행장으로 돌아와 착륙을 하였다. 이렇게 하여 세 번째 단독비행까지 무사히 마쳤다.

이러한 비행훈련은 마치 어미 새가 새끼를 키우면서 털이 송송 나고 나서 하늘을 날 수 있다고 판단될 때, 가까이 나는 법과 둥지에 들어와서 앉는 법을 가르치고, 그다음 능력을 판단한 후에 멀리 나는 법을 가르치며, 자유자재로 날 수 있을 때 먹이 잡는 법을 가르치는 것과 다를 바가 없었다. 초등비행훈련과정은 이륙하여 가까이 나는 법과 둥지에 들어와서 앉는 법을 배우고 있는 단계였다.

훈련 기간에 비행도 어느 정도 익숙해지고 있을 무렵이었는데, 미스코리아 선발대회가 있었다. 잠시 TV를 시청하며 시간 가는 줄 모르고 미스코리아 미인들에게 심취되어 있었다. 언제 왔는지, 뒤에 서서 이러한 모습을 본 훈육관이 "자습시간에 비행준비는 하지 않고 TV를 보고 있어?" 하고 호통을 치더니 "팬티바람으로 집합" 하면서 불호령이 떨어졌다. 후다닥 옷을 벗고 팬티바람으로 뛰어나가 정렬하였다. 이후 약 한 시간여 동안 팬티차림으로 엉덩이에 몽둥이질과 오리걸음, 팔굽혀펴기 등으로 기합을 받았다. 미인들에게 홀려 쌀쌀하게 느껴지는 봄날에 팬티만 입고 기합을 받았다. 마치 미스트 후보생 선발대회를 한 것 같은 기분이 들었던 날이었다.

하늘에 난다는 꿈으로 부풀어 있는 중에 예기치 못한 사고가 발생하였다. 비행기는 신이 만든 것이 아니고 사람이 만든 기계이다. 그러므로 정비사들이 아무리 정비를 잘한다고 하더라도 언제든지 결함이 발생할 수 있다는 것을 항상 염두에 두면서 비행하여야 한다.

가장 베테랑 교수인 J교수와 K조종학생이 이착륙 훈련을 하고 있었다. 활주로에 바퀴가 접지한 후에 다시 이륙하여 상승하고 있었다. 이때 갑자기 엔진이 프레임 아웃(Flame Out: 엔진의 갑작스러운 정지)되었다. 엔진이 꺼져서 추력이 없어졌으니, 항공기 기수를 돌려서 활주로에 착륙할 수 있는 여건이 되지 않았다. 교수는 침착하게 둔산 논바닥에 착륙할 것을 결심하고 활공하여 내려갔다. 논에 접지한 후 앞으로 밀리다가 논둑에 걸려 프로펠러가 땅에 닿으면서 코방아를 찧고, 계속 넘어가서 날개가 땅에 닿고 바퀴다리가 하늘을 향해서 멈추었다.

조종석에서는 거꾸로 매달려있는 상태였다. 침착한 J교수가 먼저 "괜찮아?"라고 물었다. K조종학생은 "저는 괜찮습니다. 교수님께서는 괜찮으십니까?" 하면서 서로의 안전을 확인한 후, 벨트를 풀고 거꾸로 떨어져서 항공기를 이탈하였다. 그런 후에 교수와 나란히 논두렁에 앉아 비행에 대한 이런 저런 얘기를 하면서 사고처리반을 기다리고 있었다. 잠시 후 사고처리반이 도착하여 그들은 구급차를 타고 부대병원으로 들어왔다. 병원에서 진찰을 받고 이상이 없어서 숙소로 돌아왔다. 일련의

과정을 사고를 당한 K조종학생이 들려주었다.

비행기를 타기 위하여 최초 훈련하는 과정에서 일어난 사고이다 보니, 마음의 동요도 만만치 않았던 것으로 기억된다. 더구나 K조종학생은 대구에서 같이 시험을 치르고 같이 입대한 동기생이었다. 그래서 마음의 동요가 조금 밀려 왔던 것은 사실이었다. 하지만 '운명은 하늘에 맞기고 기왕에 마음먹은 거 사나이답게 살다가 하늘의 뜻이라면 하늘에서 죽자'라고 생각하였다.

사고항공기에 탑승하고 있었던 교수와 조종학생이 멀쩡하게 살아있다는 것이 확인되었다. 내가 그 사고현장을 목격한 것도 아니었다. 그래서 그런지 이 사고가 조종사가 되겠다는 나의 꿈을 접게 하지는 못하였다. 하지만 K조종학생은 그 사고 이후 공포감 때문에 더 이상 비행기를 탈 수 없다고 하면서 그만두게 되었다.

이러한 과정을 거치면서 같이 입대한 동기생 45명이 다 함께 수료할 수가 없었다. 첫 단독비행 시작부터 동료들이 도태(Wash out: 조종사 부적격자로 처리)되기 시작하였다. 약 3개월여간의 초등비행훈련과정을 받으면서 24명이 도태되고 21명이 남았다. 이렇게 어려운 '초등비행훈련과정'을 모두 마치고 수료식 전날 사은회를 하였다.

그 자리에는 머리가 허옇게 되신 할머니 한 분이 참석하였다. 그 할머니께서 손수 만든 빨간 마후라를 가져오셔서 개인별로 증정해 주셨다. 정말로 할머니가 고마웠다. 이제 '빨간 마후라'의 주인공이 된 것 같은 마음을 심어 주었다. '반드시 모든 훈련을 마치고 전투조종사가 되어 우

리의 하늘을 내가 지키겠다'는 다짐을 하게 만들어 주었다. 다음날 초등

비행훈련과정 수료식을 하였다.

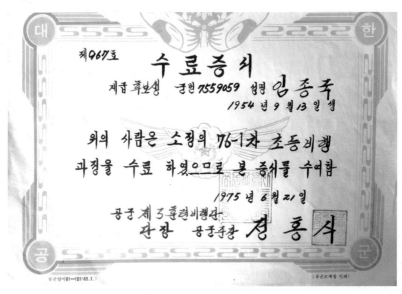

초등비행훈련과정 수료증

중등비행훈련

대전에 있는 공군 교육사령부에서 기본 군사훈련을 포함하여 약 9개월 동안의 생활을 마치게 되었다. 잠시였지만 정들었던 숙소에서 짐을 꾸렸다. 이튿날 중등비행훈련을 받기 위해 대전역으로 나가서 기차에 몸을 실었다. 그 기차는 기적 소리와 함께 철거덕 척, 철거덕 척하며 경상남도 진주역으로 향해 달리고 있었다. 우리들의 목적지는 사천에 있는 훈련비행단이었다.

기차 안에서 초등비행훈련과정 수료기념으로 할머니께서 선물해주신 빨간 마후라를 목에 두르고 '하늘의 사나이'라는 것을 한껏 뽐내고 싶었다. 괜히 소변보러 가는 척하면서 다른 칸을 건너다니기도 하였다. 그 순간에는 지금 당장 죽는다 하여도 세상 부러울 것이 하나 없었다.

차창 밖으로는 생전 처음 보는 마을들과 아름다운 산과 강들이 눈에 스쳐 지나가고 있었다.

하지만 뇌리에 떠오르는 것은 '어떠한 어려운 일이 있더라도 전투조종사가 돼야 한다'는 생각뿐이었다. 대전역에서 기차에 올라탄 지 약 6시간이 지나가고 있었다. 어느덧 기차는 다시 기적을 울리면서 진주역에 도착하였다.

플라잉 백(Flying bag: 조종사들에게 지급되는 가방 이름)을 챙겨 들고 부산하게 진주역 광장에 나갔다. 언제부터 기다렸는지는 모르겠으나 시커먼 선글라스를 쓰고 까무잡잡한 대위 한 분이 서 있었다. 그는 조종복을 입고 우리가 타고 갈 버스 옆에 서서 우리를 기다리고 있었다. 인원파악을 하고 일사분란하게 버스에 올라탔다. 버스 안은 긴장 속의 고요함이 이어졌다. 이분이 중등비행훈련과정에서 6개월여 동안 우리들을 지도할 훈육관이었다.

짧은 인사말 한마디가 우리들에겐 중압감을 느끼게 했다.

비행장까지는 약 30분이 소요되었는데, 왜 그렇게나 멀게 느껴졌는지 모르겠다. 버스는 비행장 정문을 들어서고 있었다. 헌병들이 우렁찬 목소리로 "필승" 하며 절도 있게 거수경례를 하였다. 이러한 모습은 '내가 가야 하는 길임이 틀림없다. 반드시 가야 할 길이다'라는 더 굳건한 생각이 들게 하였다.

아직 정리가 마무리되지 않은 새로 지어진 숙소에 짐을 풀었다. 이제 여기에서 약 6개월여 동안 비행준비와 사생활이 이루어지는 공간이다. 이튿날 신고식을 마치고, 비행훈련 전 지상교육을 받기 시작하였다.

기종은 T-28(North American 항공사, 2인승) 단발 프로펠러 비행기였다. 초등과정의 비행기보다 육중하게 생겼다. 좌석이 높아 사다리를 비행기에 걸쳐 놓고 탑승하여야 한다. 이륙할 때 바퀴다리가 동체에 접혀 들어가는 비행기로서 엔진소리 또한 요란스럽고 묵직하면서 크게 들렸다.

T-28

중등비행훈련과정에 입과할 때 유급되어 있던 공군사관학교 출신 장교 한 명이 우리 기수들과 같이 교육을 받게 되었다. 그래서 피교육자가 총 22명이 되었다. 이 유급된 장교는 자기가 훈육관이나 되는 듯 착각하며 살아가는 듯하였다. 아침에 일어나면 매일 숙소 앞에 집합시켜놓고 "에! 오늘도 아침 해는 밝았다"로 시작하면서 스피치 연습을 하였는데 매우 못마땅했다. 지금 이 순간에도 외워야 할 것이 너무나도 많은데 쓸데없이 시간을 빼앗았고, 또 똑같이 훈련을 받는 입장이고, 우리도 공군에서 모집 공고한 그대로 임관을 했으면 한 달 이내의 차이로 임관했을 사람들인데 너무 심한 행동을 하는 것 같이 느껴졌다. 하지만 그의 행동으로 하나의 구심점이 될 수도 있기 때문에 긍정적인 효과도 있을 것이라는 생각이 들기도 하였다.

비행 전 지상교육을 받는 중에 담당교관이 배정되었다. 한 명의 교관 밑에 나를 포함하여 3명이 같은 조로 편성되었다. 담당교관은 호랑이같이 가장 무서운 분으로 알려진 비행교관으로서 웃음이라고는 찾아볼 수 없었다. 그야말로 찬바람만 씽씽 불어오는 분으로 기억된다.

중등비행훈련과정에서 우리의 앞 차수 반인 공군사관학교 23기들이 비행훈련을 받고 있었다. 비행훈련 후 수시로 몽둥이질 소리와 욕설로 디 브리핑하는 것을 들을 수 있었다. 이러한 소리를 들을 때마다 긴장감은 더해 왔었다. 그러나 전투조종사가 되기 위하여 피할 수 없이 건너야 하는 과정으로 생각하고 두려움에서 벗어나야만 했다. 그때 그 시절에 전투조종사가 되기 위해 훈련받은 모든 기수들이 감내해야 할 전통적인 교육방법이었기 때문에 누구도 이 교육의 틀을 벗어날 수가 없었다.

지상교육이 끝나고 비행훈련이 시작되었다. 정상비행을 하기 위한 정상절차(Normal Procedure)와 비행 중 항공기에 비정상 상황이 발생했을 때의 비상처치절차(Emergency Procedure)를 아이템(Item)별로 달달달 외워야만 비행을 할 수가 있다. 그래서 식사하러 식당에 가고 올 때나, 화상실에서나, 잠자리에 누워서도 눈을 뜨고 있는 모든 시간에 외워야 한다. 지상에서 제아무리 달달달 잘 외운다 하더라도, 공중에 올라가면 50%밖에는 생각나지 않는다는 것이 선배 조종사들의 한결같은 이야기였다.

비행 중에 중요한 결함이 발생한다면 공중에서 비행기를 세워놓고 수리를 한다거나, 다시 생각하며 여유 있게 대처해 나갈 수는 없는 일이다. 이러하니 마음의 여유가 없는 초긴장 상태에서 발생되는 현상이 아닌가 생각되었다. 그래서 취하여야 할 기재취급을 미스(Miss)하게 되고 또 빠른 속도로 달리고 있기 때문에 시행해야 할 타이밍(Timing)을 놓치면 정상적인 비행을 할 수 없다. 이렇기 때문에 초긴장상태로 임무를 수행하는 과정에서 마음의 여유를 찾거나, 또는 숙달될 때까지는 똑같은 현상이 계속 반복되리라는 생각이 들었다. 그리고 또 그렇게 경험을 하였다.

비행교육이 시작되고 얼마 지나지 않아, 언제나 그랬듯이 정신상태 운운하면서 기합이 뒤따랐다. 이번에는 파라슈터를 메고 대대 앞에 집합하라는 지시가 있었다. T-28 비행기의 파라슈터는 백 시트(Back seat: 낙하산 밑에 방석이 붙어있는 종류) 타입이다. 이 파라슈터를 어깨에 짊어지고 나면 파라슈터는 등에 닿고, 시트는 허벅지에 닿는다. 이 때문에 양손으로 시트를 잡고 들어 올려야만 뛰는데 지장을 덜 받는다.

집합이 끝나면 늘 하듯이 욕설로 시작하여 긴장을 시키며, 준비운동을 겸하여 간단한 기합으로 정신무장이 되도록 한 다음 뛰도록 하였다. 시멘트 바닥 위를 파라슈터를 짊어지고 대대에서부터 바다 쪽 끝까지 유도로를 뛰게 하였다. 왕복 약 3Km 되는 거리였다. 바다 쪽 유도로(Taxi Way) 끝에서 돌아오는데 동기생 한 명이 입가에 거품이 나오기 시작하였다. 그래서 그 동기생의 파라슈터를 내가 추가하여 메고 뛰었다. 나는 앞뒤로 파라슈터를 메고 뛰었지만 일찍이 만들어온 체력이라 대열에 흐트러짐이 없이 뛰었다.

출발점에 도착하여 이제 살았구나 하는데, 푸른 하늘에서 날벼락이 떨어지는 소리를 듣게 되었다. "다시 한 바퀴!" 끝날 줄 알면서 마음속으로 좋아하고 있었는데, 다시 한 번 더 되돌아가게 만드는 시점에서는 숨이 탁 막힐 정도였다. 그 더운 여름날에 정말 인간한계를 벗어나 죽음의 길로 들어서는 것 같았다. 조종복만 입고도 헉헉거리며 지휘하는 훈육관이 너무나도 미웠다. 구석진데 끌고 가서 지근지근 밟아주고 싶은 마음의 충동도 일어났다. 정말 무식한 기합이었다.

그러나 전투조종사가 되기 위한 길이기 때문에 참고 견디어야만 했다. 이것이 내가 걸어 가야 할 길이며 감내해야만 하는 길이었다. 그러나 나에겐 낙오란 것은 있어서도 안 되고 있을 수도 없는 일이었다. 다시 활주로 끝에 가서 돌아오는데, 조종복은 모두 다 땀에 흠뻑 젖었다. 2개의 백 시트를 잡은 양손에서는 물집이 잡혔다가 터졌다. 쓰라려 오기 시작하였다. 어려운 상황이었지만 동료애를 발휘하였다. 이렇게 서로 도와 가면서 한 명의 낙오자도 없이 구보를 끝냈다. 목욕탕에 들어가 보니, 견디어 낸 동기생들이 대견스럽게 보였다. 이 파라슈터 구보 기합도 시간이 지나면서 알게 되었지만, 우리 기수들이 잘못을 저질러서 받게 된 기합이 아니었다. 중등비행훈련과정 중에 이미 계획되어 있었던 하나의 과정이었다는 것을 알게 되었다.

이렇게 긴장되고 어려운 비행훈련 기간이었지만, 더운 여름철에는 피서를 겸하여 해양훈련이 수 개 차수로 나누어 계획되어 시행하였다. 잠시 비행을 잊으며 비행장에서 삼천포까지 버스를 타고 간 다음 삼천포에서 배를 타고 남해군에 있는 상주해수욕장으로 갔다. 흰 물줄기를 뒤로하며 뱃길이 변할 때마다 눈에 들어오는 풍경은 그렇게 아름다울 수가 없었다. 유행가로만 듣고 있었던 그 한려수도에서 꿈같은 다도해의 아름다운 절경을 감상하며 목적지에 도착하였다.

백사장 끝부분에 미리 준비되어있는 텐트 속에 짐을 풀고 집합시간에 맞추어 백사장으로 나갔다. 국군 도수체조를 하고 난 다음 간단한 몸풀기 운동을 하고 바다에 들어갔다. 남해의 바닷물에 몸을 적시는 것까지 모든 것이 환상적이었으며, 지금까지 살아온 삶과는 다른 삶을 시작하고 있다는 것을 느낄 수가 있었다.

수영 중에 선배 차수들과 대열을 맞추면서 '진주 조개잡이' 노래를 부르며 해수욕장을 횡단하였다. 해수욕장에 온 민간인 피서객들 모두가 우리들이 훈련하는 것을 바라보고 있었다. 힘은 들었지만 마음은 뿌듯하였다. 때맞추어 저녁에는 '울고 넘는 박달재'를 부른 박재홍 씨를 비롯하여 가수들이 상주 해수욕장에서 공연이 있었다. 비행훈련을 받는 사람들이 바다에서 해양훈련과 피서를 하는 중에, 운 좋게도 또 다른 추억거리가 만들어졌다. 짧은 기간 해양훈련을 마치고 복귀하여 일상의 생활로 돌아왔다.

중등 비행훈련과정에서는 연속적인 긴장조성과 함께 중등과정에서 받아야 할 '기본비행'과 '단독비행'을 마쳤다. 이 중등비행훈련과정은 초등비행훈련과정과는 완전히 달랐다. 추가된 비행과목은 앞으로 전투조종사가 되어 비행하려면 이러이러한 비행들을 하여야 한다는 것을 가르쳐 주는 듯한 비행이었다. 이런 훈련을 받으면서 어느덧 수료할 시기가 되었다.

이 과정에서 한 명은 완전히 도태(Wash out)되었다. 그리고 6명은 재분류가 되었다. 재분류된 동기생들은 프로펠러 비행기인 O-1, O-2 항공기 기종으로 가게 되었다. 나와 같은 조로 편승되어 훈련을 받고 있던 한 명도 여기에 포함되었다. 이제 남은 동기생은 14명으로 줄어들었다.

이 시기에 지급되는 물품은 생환을 위한 호신용 칼이 있다. 이 칼은 비행 중 항공기에 이상이 발생하여 공중탈출을 했을 때, 낙하산을 타고 내려오면서 방향조절을 잘할 수 있도록 하기 위하여 폴 라인 컷(Pole Line Cut: 낙하산 줄을 자르다) 해주어야 한다. 이때 이 줄을 자르기 위한 것으로 잭나이프(Jack Knife: 접었다 폈다 할 수 있는 칼)를 지급받았다.

잭나이프

또 하나는 야간비행 전에 암순응(밝은 곳에서 어두운 곳으로 들어갔을 때, 처음에는 보이지 않던 것이 시간이 지남에 따라 차차 보이기 시

작하는 현상)을 하기 위하여 쓰고 다니
는 선글라스이다. 이 두 물품을 지급
받고 나니 전투조종사가 다 된 것 같은
기분이 들었다.

선글라스

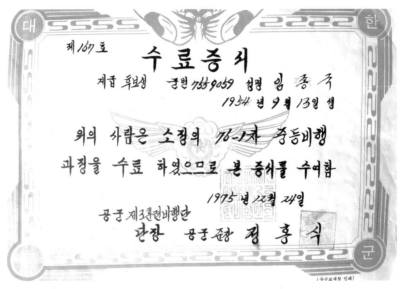

중등비행훈련과정 수료증

고등비행훈련

중등비행훈련대대 바로 앞 건물이 고등비행훈련대대였다. 중등비행훈련을 받으면서 늘 봐왔기 때문에 고등비행훈련대대 분위기를 어느 정도 느끼고 있었다. 그 분위기는 고등비행훈련답게 매우 무겁게 느껴졌다.

T-33 고등비행훈련기

조종학생들의 입에서 입으로 전해 내려오는 대대별 별명은 중등비행과정은 파라다이스(Paradise: 천상 또는 지상의 낙원)라고 하고, 고등비행훈련과정은 크렘린(Kremlin: 크렘린 궁전, 소련의 정부)이라 하였다.

고등비행훈련과정 입과 신고할 때 공군사관학교 23기 장교 2명이 추가되어 3명이 함께 훈련을 받았다. 그래서 모두 17명이 고등비행훈련과정 입과 신고를 하였다.

고등비행훈련은 처음으로 접해보는 제트비행기로서 더욱 기대되기도 했다. 이 비행기는 T-33(Lockheed 항공사, 2인승 단발엔진 제트항공기)으로서 티 버드(T-Bird)라는 닉네임을 가지고 있다.

T-33은 프로펠러 T-28에 비하여 외워야 할 정상절차와 비상절차 아이템이 배 이상이었다. 모두 다 외우지 못하면 도태라는 결과밖에는 없다. 그러니 눈만 뜨면 외워야 한다. '이제 이 비행과정만 무사히 마치면 조종사가 되는 것인데 여기서 멈출 수야 없지 않은가?' 출퇴근할 때도, 식사하러 갈 때도, 화장실에서도, 잠자리에 들 때도, 언제든지 눈만 뜨고 시간만 나면 외워야 했다.

이 고등비행훈련과정의 주된 훈련은, 날씨가 좋지 않을 때 계기에 의존하여 구름을 뚫고 임무를 하러 가거나, 귀환할 때 비행장을 찾아서 활주로에 무사히 착륙할 수 있는 계기비행 능력을 키우는 것이다. 그리고 60-1(계기비행능력) 점검 비행을 하여 합격해야만 조종사 자격을 부여하며 조종사의 상징인 윙(Wing: 조종사를 상징하는 날개 모양

표식)을 달아준다. 그러면서 중등비행훈련과정에서 훈련하던 과목 및 기본비행에 추가하여 전투비행단에 가서 전투임무를 수행하는 데 필요한 '공중 전투기동'과 '폭격훈련' 등의 훈련을 시켜준다.

은색 윙

이 고등비행훈련과정에서 가장 기억에 남는 비행은 어느 날 계기비행이었다. 일상적으로 오후 중반이 지나면서 명일 비행계획이 확정되어 게시된다. 게시되어 있는 그 스케줄을 보자마자 긴장되기 시작하였다.

오버 웨이터(over Weight: 몸무게 120kg 이상인 사람은 비행할 수 없다)에 가까운 교관과 계기비행이 계획되어 있었다. 욕설과 몽둥이 휘두르기로 소문난 교관 중 한 사람이다. 스케줄을 확인하는 순간부터 비행이 끝날 때까지 바짝 긴장되는 교관이다.

이튿날 날이 밝아왔다. 호랑이 같은 교관과 계기비행으로 김해비행장을 접근하였다가 돌아와서 모 기지인 사천기지 접근하는 비행임무로 프리브리핑을 마치고 비행준비를 위해 비행기가 있는 계류장으로 먼저 나갔다. 그날따라 조종복이 칭칭 감기며 행동이 느려지는 것 같았다. 비행을 위해 시동을 걸 시간은 다 되어가는데 비행을 하기 위한 준비는 늦어지고 있었다.

교관이 이미 비행기로 나오고 있었다. 이 교관은 워낙 육중해서 파라슈터의 다리 끈을 완전히 풀어두어야 한다. 그런데 좌측 다리 끈은 다 풀어두고, 우측 다리 끈은 풀지 못하고 비행기에 탑승하였다. 후방석에 올라가서 준비하고 있는데 벌써 교관이 앞 좌석에 올라오자마자 욕하는 소리가 귓가에 맴돌고 있었다. 그것도 그럴 것이 무더운 날씨에 계류장(항공기를 매어 놓는 곳) 바닥의 시멘트는 태양의 열을 받아 한껏 달아올라 있었다. 더해진 열기가 비행기까지 걸어오는데 조종복이 땀에 감기기 시작하였다. 항공기 외부점검을 하고 나면 조종복이 젖어들기 시작하는 더위였다. 이러한 분위기에 짜증이 나지 않는 사람이 어디에 있겠는가? 오늘 비행은 고사하고 비행 후에 터져야 할 생각을 하니 앞이 캄캄해 왔다.

기왕에 쏟아진 물이 되었는데, 비행에만 열중하자고 다짐하였다. 임무는 후드(Hood: 조종석 외부가 보이지 않게 커튼같이 덮는 것)를 덮어쓰고 모 기지에서부터 김해비행장에 가서 TACAN(Tactical Air Navigation: 전술공중항법장비) 장비에 의한 계기접근비행을 하고 이어서 GCA(Ground Control Approach: 지상통제접근장비) 장비에 의한 계기접근비행을 하게 되어 있었다. 그런 다음 모 기지로 돌아와서 GCA 장비에 의한 계기접근비행을 한 후에 시계비행으로 착륙하는 임무이다.

이륙한 후 후드를 덮어쓰고 계기에 의존하여 항법비행을 하면서 김해비행장으로 비행하였다. 김해비행장에서 실수 없이 TACAN 장비에 의

한 계기접근비행을 마쳤다. 그리고 GCA에 컨택(Contact)하여 GCA 장주로 진입하여 비행하였으며, 착륙 마지막 단계에서 GCA 파이널 콘트롤러(Final Controller: 착륙지점까지 적극 통제하는 관제사)의 '적극적인 유도'(관제사가 육성으로 직접 통제하는 것)에 의해 계기접근비행을 하고 있었다. 최종접근지점(Final Approach Fix)에서부터 시작하여 결심 고도까지 내려가고 있는데 그날따라 운 좋게도 처음부터 지속 '온 글라이드 패스, 온 코스'(ON Glide Pass, On Course: 강하율도 정상이고 방향도 정상), 온 글라이드 패스, 온 코스로 받으면서 디씨젼 하이(Decision High: 착륙 또는 상승 결심고도) 고도까지 접근한 후 스로틀을 풀로 밀어 넣은 후 바퀴다리를 올리고, 윙 플랩(Wing Flap: 비행기의 날개부분)을 올린 후 사천기지로 돌아가기 위하여 상승비행자세를 취하고 있었다.

모 기지로 돌아가야 하는데 호랑이 같은 교관이 갑자기 "아이 갓(I Got: 조종간을 내가 잡겠다) 후드 오프(Hood Off: 덮어둔 커튼을 열어라)"라고 하였다. '이게 웬 떡이냐?' 하면서도 내가 잘못 들었을지도 모르니까 대답을 하지 않았다. 다시 재차 "아이 갓 후드 오프(I Got, Hood Off)" 하면서 조종간을 좌우로 흔들면서 수신호까지 하였다. 그 즉시 배운 그대로 조종간을 앞뒤로 흔들며 수신호에 응답하면서 "유 갓 써(You Got Sir)"라고 하고, 후드를 뒤로 밀어제쳤다.

눈부신 태양이 비치며 푸른 하늘과 검푸른 바다가 일색으로 한눈에 들어왔다. 새로운 내 세상을 얻은 기분이 들었다. 한편으로는 내려가서 얻어터질 생각을 하니, 섣불리 행동할 수가 없어 숨죽이며 있었다. 거제도 해금강 쪽으로 기수를 돌렸다. 시계비행을 하면서 느닷없이 '남쪽나라 바다 멀리 물새가 날~으고' 하면서 노래를 불러주었다. 노래 솜씨는 수준급이었다. 그래서 "교관님 노래 참 잘하십니다"라고 하니까 "야, 인마 따리 붙지 마"라고 하였지만 기분 나쁘다는 느낌은 아니었다. 그 이후에도 파라슈터 끈 때문에 숨죽이고 있는데 '모기지' '접근비행'까지 취소하고 '시계비행'으로 착륙하였다.

대대로 돌아와서 디 브리핑 준비를 하면서 커피와 몽둥이를 준비하여 터질 각오를 하고 교관에게로 갔다. 교관이 자리에 앉으면서 디 브리핑은 매우 간단하게 해주었다. 그리고 "오늘 같이만 해라"라고 하면서 파라슈터 끈에 대해선 아무런 말없이 커피잔을 들고 교관실로 갔다.

이렇게 '디 브리핑'이 예상외로 간단하게 끝났다. 하마터면 야호! 하면서 함성을 지를 뻔했다. 이러한 호탕한 면도 있는 교관이었다. 찻잔을 들고 나의 자리로 돌아오니, 지옥 갔다가 천당에 온 기분이라 할까, 아무튼 세상을 다 얻은 기분이었다.

마침내 긴장이 연속되는 고등비행훈련을 마치게 되었다. 이 고등비행훈련과정에서 동기생 한 명이 또 프로펠러 항공기로 재분류되었다. 이렇게 해서 나의 동기생들은 총 45명이 입대 하여 13명이 전투조종사가 되었다.

중등비행훈련과정과 고등비행훈련과정 중에 가장 아쉽고, 가장 서글픔을 느끼게 하는 일이 있었다. 그것은 중등, 고등비행훈련과정에서 훈련 주기수인 조종간부 6기 동기생 중에 1등은 없었다. 앞 차반에서 유급하여 중등비행훈련과정부터 함께한 공군사관학교 출신 장교가 중등, 고등과정에서 1등을 하였다. 이분에게는 매스 브리핑 시간에 교관들도 질문을 잘하지 않았지만 어쩌다 한번씩 질문하면 답변을 잘한다고 할 수 있는 사람이 아니었다. 그런데 시험만 치르면 우리들은 88~90점 정도 받는데 그는 92~95점 정도 받고 있었다.

우리 동기생들만 있을 때는 "역시 사관학교 나온 사람이니, 대갈통은 좋구만" 하면서 빈정대기도 하였다. 반드시 저 사람보다 더 좋은 점수를 받아보자고 하면서 노력하였다. 그러나 단 한번도 그 장교보다 더 좋은 점수를 받아본 동기생이 없었다.

고등비행훈련과정에서 거의 마지막 시험을 치를 때였다. 그 장교와 동기생인 조종학생 장교에게 듣지 말아야 할 것을 듣게 되었다. 한순간에 모든 신뢰가 무너졌다. 이러하였지만 전투조종사가 되려면 모든 것을 참으며 현실을 받아들일 수밖에 없었다. 그래서 조간 6기인 우리 기수는 중등, 고등비행훈련과정에서 1등이 없는 기수가 되었다. 그렇지만 공군생활을 하면서 공군구성원에 대하여 그 누구에게도 주눅 들 일이 없었다. 오히려 자신감이 넘치는 생활을 할 수 있도록 만들어 준 계기가 되었다.

살아오면서 수없이 들어온 말 중에 '집안에서 새는 바가지는 밖에 나가서도 샌다'라는 속담이 진리라는 것을 되새기게 해주었을 때, 씁쓸한 마음이 들기도 하였다. 인생을 살아가면서 '쉬운 길을 찾는 것보다는 어렵고 힘든 길이라 하더라도, 정도(正道)를 걷는 것이 자신 있게 살아가는 길이다'라는 진리를 배울 수 있었다. 1등보다 더 값진 것을 얻을 수 있었다.

이제 조종사가 되기 위한 훈련과정의 모든 비행을 마쳤다. 고등비행 훈련과정 수료식을 하는데 행사 임석상관은 공군참모총장이다. 수료식을 하면서도 후보생 마크를 달고 수료식을 하였다.

그놈의 임관식은 언제나 해줄는지? 임관식을 언제쯤 한다는 얘기를 해주는 사람도 없었다. 그러니 기약(期約) 없이 기다려야만 했다. 임관보다도 더 기다리고 기다렸던 것은 조종사가 되는 것이었다. 수료식을 하면서 그 증표로 윙(Wing)을 가슴에 달아주었다. 이제 정말 꿈이 아닌 진짜 조종사가 된 것이다.

고등비행훈련 수료증

수료식이 끝나고 부여받은 주 기종을 타기 위해 꾸려놓은 짐을 들고 나왔다. F-5A/B(Northrop 항공사, 소형 경량 초음속 전투기) 전투기 '기종 전환훈련'을 위해 수송기를 타고 광주비행장으로 이동하였다. 조종사가 되고 나니 이동하는 것도 지상이 아닌 공중 길(수송기)로 해주었다.

세상살이가 모두 마찬가지이지만 '험난한 길을 지나고 나면 그 길보다 더 험난하지 않으면 순탄하게 느껴진다'라는 비교 논리가 좋은 방향으로 나의 삶이 지속되기를 바랐다.

이제까지 꿈을 꾸고 있었던 진짜 그 전투조종사가 되기 위해 또 다른 낯선 곳에 와서 짐을 풀고 정리하였다. 그리고 그날은 그토록 고대(苦待)하고 또 고대하였던 윙(Wing)을 가슴에 달아둔 조종복을 입고 그대로 잠이 들었다.

4장

보라매가 되어
날아간 둥지

자유의 투사,
F-5A/B 전투조종사로

나의 주 기종은 F-5A/B로서 기종 전환훈련이 시작되었다. 이 기종의 닉네임은 '자유의 투사'이다.

F-5A 앞에서

지금까지 비행한 프로펠러 항공기나 아음속 항공기와는 다른 음속 1.6배의 속도를 낼 수 있다. 그야말로 초음속 전투기이다. 이 부대에서는 기종 전환훈련뿐만 아니라, 전투비행대대에서 모든 비행임무를 수행할 수 있도록 훈련을 시켜준다. 지금까지의 훈련으로 하늘을 날아다니는 데 익숙해진 덕분에, 비행훈련은 큰 문제점 없이 진행되었다.

조종사가 되기 전 초등, 중등, 고등비행훈련과정과 조종사가 되고 난 다음의 기종 전환훈련은 확연히 달랐다. 조종사로서의 대우를 해주면서 교육을 시켰다.

초등, 중등, 고등비행훈련과정이 끝날 때마다 담당교관으로부터 저녁 식사를 대접받았다. 그 자리에서 그동안 훈련을 하면서 욕설을 하고 엉덩이에 몽둥이질을 하고, 찬바람이 불듯 행동한 것은 미워서가 아니라 긴장감을 주기 위한 하나의 수단이었음을 알게 되었다. '비행임무를 수행하는 동안에 긴장을 늦추지 말고, 죽는 일은 없어야 한다'라는 강한 동기를 부여하려는 의도였던 것이다. 그동안 비행훈련을 받으면서 힘들었던 모든 것을 녹여 주는 시간이었다.

여기에서 비행교육은 담당교관이 피교육자 1명만 맡아서 1대1 교육을 했으며, 나의 담당교관은 총각이었다. 마찬가지로 전환훈련 과정을 끝내고 예외 없이 저녁 식사를 대접받았다. 교관은 총각이다 보니 나를 데리고 광주 시내 충장로에 있는 고깃집으로 갔다. 비행훈련에 관한 디브리핑보다는 앞으로 전투비행대대에 가서 행동해야 할 내용들을 주로 얘기하면서 소주잔을 나누며 저녁 식사를 하였다.

식사가 끝나고 일어서면서 교관은 2차를 가자고 하였다. 교관님을 따라간 곳은 충장로에 있는 '유토피아'라는 술집이었다. 계단을 따라 내려가서 문을 열고 들어갔다. 어두컴컴한 홀 안 천장에서는 점박이 오색 불빛이 현란하게 돌아가고 색소폰 소리와 함께 생음악이 흐르고 있었다.

교관이 맥주를 시키고 도우미도 불렀다. 내 옆에도 도우미가 앉았다. 그 순간부터 손바닥에 땀이 나고, 콧등에도 땀이 나기 시작하였다. 도우미와 자리에서 엉덩이가 닿지 않으려고 몹시도 애를 썼다. 의자에서 도우미가 모르게 조금씩 비켜 앉기를 여러 번 했다. 엉덩이가 의자 반쪽 이하에 걸터앉게 되었다. 이 모습이 재미가 있었던지 도우미는 점점 더 내 쪽으로 오면서 엉덩이를 밀착하며 웃고 있었다.

시골에서 어르신들로부터 배운 것이라고는 '엄지손가락 후퇴 작전(노름질)'을 하지 말라, 그리고 여자를 멀리해야 한다는 말씀이었다. 누차 들어서 뇌리에 박혀 있었는데, 이 자리에 적응하기가 너무 힘이 들어 빨리 나가고 싶었다. 이때 교관은 도우미를 데리고 나가더니 음악에 맞추어 춤을 추기 시작하였다. 도우미와 손을 잡고 좌로 돌렸다가 우로 돌렸다가 하였다. 손을 놓으면서 같이 반대로 돌았다가 손을 잡고 돌리면서 우측 팔 안에 껴안은 채 스텝을 밟고 또 밀면서 돌렸다가 다시 손을 잡고 돌리면서 당겼다 밀었다 하였다. 돌아가는 오색찬란한 불빛과 생음악이 흐르는 가운데 교관이 보여 주는 모습이 나에게는 정말 환상적이었으며, 말 그대로 미지의 세계 한쪽 편에 머물러 있는 것 같았다. 이 또한 조종사로서의 살아가는 방법을 가르쳐 주는 것인지 모를 일이었다. 또 국제신사로서 갖춰야 할 한 항목인지도 모를 일이다. 이러한 술집은 내가 태어나서 최초로 접해본 술집이었다. 언제라도 광주에 갈 기회가 온다면 그 장소에 먼저 가보고 싶다.

지금까지 몸과 마음으로 직접 체험하고 느끼게 하면서 주입교육을 시켜준 교관들이었다. 앞에서도 언급했지만, 교관들의 가르침이 어미 새가 새끼 새에게 하늘을 나는 법을 가르쳐 주는 것과 다를 바 없다고 생각되었다. 어느 정도 혼자서 날아다닐 수 있는 능력을 키워주면서 하늘을 알게 하고, 또 어느 정도 능숙하게 날게 되면 먹이 잡는 법을 가르쳐 주고, 그리고 나서 혼자 살아가게 하는 것과 무엇이 다르겠는가? 담당해 주신 교관들께 항상 감사할 따름이다.

광주에서 고향으로 가려면 대구나 부산으로 가서 포항을 경유하여 울진으로 가야 한다. 버스를 타야 하는 시간만 약 13시간 이상이다. 그리고 환승할 버스가 연결되지 않기 때문에 반드시 중간지역인 부산이나 대구에서 하룻밤을 묵어야 한다. 휴가를 받지 않으면 고향 쪽으로는 갈 수가 없었다. 그래서 주말이 되면 무등산과 '증심사' 절에 가는 것이 고작이었다. 가끔 고향이 그리워지는 마음을 달래려고 '내 고향 실개천'이라는 시도 써 보았다.

밤하늘에 늘어진

은하수 물결 아래로

내려앉은 달빛 바수며 흐르는

내 고향 실개천

낮이면 송아지 음매 하며 풀을 뜯고

그 더운 여름날

무더위 씻게 해준

내 고향 실개천

골 바람맞고 오르노라면

자그마한 굿빌 폭포가 있고

나 어릴 때 꿈을 심어주던

내 고향 실개천

시냇가 물풀 밟으며

미꾸라지 잡고 놀던 그곳

망향가 부르며 달려가고 싶은

내 고향 실개천.

기종 전환훈련이 끝나갈 무렵 입대 2년 만에 '공군 제2사관학교 특 1
기'라는 기수로 만들어서 공군소위로 임관하게 하였다. 기종 전환훈련을 마치고 내가 가야 할 임지는 수원비행장이었다. 이제 모든 훈련이 끝나고 동기생들과 뿔뿔이 흩어지면서 그토록 고대하던 전투비행대대에서 전투임무를 수행하는 순간이 다가온 것이다. 제102 전투비행대대에 동기생 4명이 배속되었다.

생각과 달리 또 전투준비훈련(CRT: Combat Ready Training)이 기다리고 있었다. '자대'에서 이 훈련이 끝나고 나면 그야말로 전투조종사로서 임무를 수행하게 된다. 소위 계급을 달고 전투비행대대에 입성하니까, 소위가 전투비행대대에 왔다고 하면서 선배 조종사들이 가는 곳마다 환영해 주었다.

이 훈련과정 중에서 가장 기억에 남는 비행은 어느 날 공중에서 교관과 1:1 '공중전투기동훈련'을 하고 있었다. 그런데, 갑자기 웨더 리콜(Weather Recall: 기지 기상이 좋지 않으니 임무를 중지하고 빨리 귀환하라) 지시가 비상 주파수로 방송되었다. 즉시 임무를 중지하고 편대 집합하여 기지로 귀환하고 있었다. 비행장에 기상예보에도 없었던 돌풍이 불어온 모양이었다. 조종사가 비행하면서 어렵게 생각하는 것 중 하나는 갑작스러운 기상변화에 대처하는 하는 것이다. 항상 바람을 가르며 날고 있지만, 그때는 그 바람 중에서도 돌풍에 대처해야 하는 상황이었다.

'장주'에 진입한 후 착륙하기 위하여 마지막 선회를 하였다. 강하하면서 정신을 바짝 차리고, 그동안에 배운 대로 나와 접근 쪽 활주로 끝 중앙지점과 접근 반대쪽 활주로 끝 중앙지점의 3점이 일직선이 되도록 하였다. 이렇게 하니까, 활주로 방향과 일치하지 않고 항공기 기수가 좌측으로 약 10도 가깝게 돌아가서 각이 생겨났다. 그래서 그 각을 유지하여 크랩 메소드(Crab Method: 게걸음 방식으로 착륙) 방식으로 축선을 맞추며 하강하였다.

활주로에 접지한 후 측풍이 불고 있기 때문에 드래그 슈터(Drag Chuter: 감속 낙하산)를 펴지 않고 브레이크만으로 속도처리 하여 활주로를 개방하였다.

비행을 마치고 대대에 들어가서 교관과 디 브리핑을 하고 있었다. 활주로 통제탑에 있던 대대장이 들어오면서 "야~ 임 소위, 휴게실로 와봐"라고 하였다. 비행훈련을 받으면서 항상 그렇게 느꼈듯이 착륙하면서 내가 모르는 무슨 잘못이 있었는지 걱정이 앞섰다. 교관도 "착륙하면서 뭐 잘못한 것 있냐?"라고 급히 물었다. 내가 고개를 갸우뚱하였더니 빨리 가보자고 하였다. 교관과 같이 긴장하면서 휴게실로 들어가는데 대대장이 허허허 웃으면서 "오늘 자~알 했어. 내가 차 한잔 사지, 거기 앉아"라고 하였다. 대대장이 차를 사준다고 하니 처음 접하는 일이라 몸 둘 바를 몰랐다. 하지만 교관 옆에 앉아 대대장께서 사 주시는 차를 마셨다.

비행장에 갑자기 돌풍이 35KTS 이상 불고 있었다고 하였다. 이런 상황에서 계급이 제일 낮고 전입한 지 얼마 되지 않는 '저등급' 조종사인 소위가 올라가 있었으니, 지상에서는 그야말로 '비상상황'으로 판단하고 있었던 것 같았다. 작전부장은 물론 단장까지도 활주로 통제탑에 나와 조종사들이 착륙하고 있는 상황을 지켜보았다고 하니 충분히 짐작이 갔다. 이러한 상황에서 대위, 소령계급의 조종사들도 불안하게 착륙을 하고 있었으니, 갓 부임한 나 때문에 느낄 불안감이 어느 정도였을지 이해할 것 같았다. 그런데 예상과 달리 갓 부임한 소위인 내가 안전하게 착륙을 잘하였으니, 대대장은 그 자리에서 단장에게 칭찬을 많이 받았다고 하며 싱글벙글하셨다.

또 하나 기억에 남는 것은 우리 기수가 비행훈련과정에서 여느 기수들보다 잘한다는 평가를 받고 있었다. '훈련용 폭탄'을 달고 '사격임무'를 하러 올라가면 한 편대에 동기생 2명이 함께 올라가는데, 둘 중 한 명은 목표물의 흑점인 불스 아이(Bull's Eye: 과녁 한복판의 흑점)에 한 발 이상 집어넣고 돌아왔을 정도였다. 우리 동기생들은 조종사가 되기 위한 비행훈련 과정에서 타 기수에 비해 비애를 느낄 정도로 인정사정없이 잘릴 만큼 다 잘렸다. 그러다 보니 걸러질 만큼 걸러져 비행에 대하여 지적받는 일이 타 기수에 비해 월등히 낮았다.

비행뿐만이 아니었다. 날씨가 나빠서 비행할 수 없을 때는 대대별 배구시합을 하였다. 그때 배구시합은 주로 9인제 배구를 하였다. 나는 키가 165㎝밖에 되지 않았다. 하지만 모교인 후포중·고등학교는 경상북도 동해 북부지역에서 배구로 이름을 날렸던 학교였다. 내 중학교 동창생도 국가대표 배구선수가 있었다. 그리고 선배·후배 중에도 국가대표 배구선수가 있었다. 학교에서 주운동으로 다루다 보니 배구운동에는 너나 할 것 없이 다른 운동보다 기본이 잘 갖추어져 있었다. 대대에서 나의 자리는 후위센터였다. 리시버로 받아 올리는 기본은 익숙한지라 상대방 대대에서 스파이크를 할 때 이리 뒹굴고 저리 뒹굴면서 거의 받아 올렸다.

　대대별 시합은 그야말로 불꽃 튀기는 전쟁이나 마찬가지였다. 누가 뭐라 하지 않아도 바짝 긴장되었다. 이기고 대대로 돌아오면 당연히 비어 콜이 있었다. 배구시합 하면서 있었던 일들에 대하여 디 브리핑을 하면서 웃고 즐기는 가운데 대대 결속이 되는 것을 느낄 수가 있었다. 내 동기생들이 대대 전입하고 난 다음 배구가 많이 보강되었다고 하였다. 이렇게 지상에서도 인정을 받게 되니 대대생활이 더 재미있을 수밖에 없었다.

　훈련이 끝나 가면서 3분에서 5분 안에 민첩하게 이륙할 수 있는 능력을 키우는 훈련으로 넘어갔다. 비상대기실에 앉아 있다가 달려나가 조종석에 오르고 좌석에 앉은 후 좌석벨트를 메고 시동 거는 데까지 훈련을 시켰다. 이 훈련까지 모든 훈련이 끝나고 비상대기실에서 비상대기 임무를 수행할 수 있는 그야말로 하늘을 지키는 전투조종사가 되었다.

　이 시기에 맞추어서 휴무 전날 주간비상대기 시간이 끝나고 총각장(총각 조종사 우두머리이며 회장님으로 호칭)께서 체크인(Check In: 출두하다)을 하여 총각 조종사 모두가 저녁 식사하러 수원 시내로 나갔다. 유신 고속버스 터미널에서 길 건너 2층에 있는 쇠고깃집이었다. 자리가 배정되고 총각장께서 건배 제의하면서 식사가 시작되었다.

　어느 정도 시간이 흐르면서 선배 조종사들로부터 소주 한 잔씩 모두 받았다. 지금까지 비행훈련을 받으면서 이러한 자리는 비행 이야기로 시작되어 비행 이야기로 끝났었다. 그런데 이 자리에서는 조종사로서, 또 국제신사로서의 언행 등에 대하여 강조를 많이 하였다. 그리고 전투조종사로서의 프라이드를 느끼게 하는 자리가 되었다.

어느덧 취기가 오르고 시간이 무르익어 가자 총각장께서 "자 이만 가지, 준비는 되어 있겠지?" 하니까, 부총각장이 "예, 준비되어있습니다"라고 하고는 모두 자리에서 일어났다. 총각장은 우리를 이끌고 수원 시내에 있는 남문 로터리를 돌아가는 듯하다가 '○○홀'이라는 간판 앞에 멈추더니 "어~이, 임 소위 앞장서"라고 하여 내가 앞장서서 계단을 올라갔다. 계단을 오르는데 밴드 소리와 함께 '사나이 우는 마음을 그 누가 아~랴' 하는 노랫소리가 들려왔다.

내가 문을 열고 들어서자마자 이게 어찌 된 일인지 민간인이 부르던 노래가 끝나지도 않았는데, 즉시 종료되고 '빨간 마후라' 노래가 연주되기 시작하였다. 그때 순간적으로 '아! 정말 내가 살아가야 할 곳이 맞구나'라는 마음이 생기기도 하였다. 민간인들로부터 이렇게 대우를 받으면서 살 수 있다는 것은 생각조차 할 수 없었던 일이었다.

홀 중앙에 모두가 앉을 수 있는 자리가 준비되어있었다. 웨이터가 안내하였으며, 그 자리 탁자에는 재떨이용으로 냉면 그릇 4개를 올려 두었다. 맥주는 아예 박스로 가져왔다. 도우미 아가씨 4명이 와서 내 동기생들에게만 한 명씩 앉게 해주었다. 총각장의 환영 인사와 건배 제의로 2차가 시작되었다. 선배 조종사들의 노래와 춤 솜씨가 정말 대단하였다. 광주비행장에서 전환교육을 마치고 담당교관이 보여준 춤 솜씨와 다르지 않았다.

시간이 어느 정도 흘렀을까? 총각장이 "시작하지"라고 하였다. 그 말에 부총각장이 그동안에 버린 담배꽁초와 재가 들어있는 냉면 그릇에 바닥에 떨어진 쓰레기까지 주워 담았다. 그런 후 4홉 되는 병맥주 한 병을 따르니, 그 냉면 그릇에 한가득 채워졌다. 그리고 휘휘 저어서 건더기를 대충 건져내더니 총각장에게 "이제 된 것 같습니다"라고 하였다. 총각장은 "내가 먼저 먹어보지 않고 주면, 나보고 개××라고 욕하겠지" 하면서 냉면 그릇을 들어 한 모금 마시더니 나와 동기생들에게 냉면 그릇을 하나씩 주었다. 그리고는 노, 틀, 카(술잔을 내려놓지 말고, 못 마신다 하면서 비비 틀며 나누어 마시지 말고, 마시고 난 다음 카~ 하지 말 것)로 한 번에 모두 마시라 하였다.

나는 그동안에 마신 술로 이미 비틀거리는 상태였다. 하지만 냉면 그릇을 들고 마시기 시작하였다. 꿀꺽꿀꺽 마실 때마다 가장자리에는 물결이 밀려왔다 밀려가듯 하였다. 가라앉은 담뱃재 가루 위의 맥주는 마치 파도가 모래를 쓸어내리듯이 하면서 줄어들었다. 모두 다 마시고 머리 위에 냉면 그릇을 덮어쓰고 나니, 곧바로 효과가 나타났다.

의자에 앉아 있는데 천장이 좌로 기울어졌다, 우로 기울어졌다 하면서 속이 메스꺼워 오기 시작하였다. 비틀거리며 화장실로 가서 토하려고 준비하는데, 누가 와서 등을 두드려 주고는 내복약을 가져와서 나에게 주었다. 자세히 보니 내 옆에 앉아 있던 도우미였다. 너무 고맙고 미안하였다. '내가 이런 모습을 보이면 안 되지, 이제부터는 정신적으로 버텨야 한다'고 생각하며 자리로 돌아왔다. 다행히 조금 뒤에 이제 들어가자는 총각장의 말이 고맙기까지 하였다. 밖에 나오는데 벌써 자정이 넘어가고 있었다.

그 시절에는 밤 10시가 되면 트럼펫 소리가 라디오를 통해 울려 퍼지면서 동시에 '청소년 여러분 밤이 깊었습니다'라고 시작하면서 통행금지 시간을 알려 주었다. 우리는 아무렇지도 않게 걸어서 중앙파출소에 가서 택시라고 하였다. 경찰관은 전투조종사들이라는 것을 알고는 잠깐만 기다리라더니 조금 지나니까 택시가 왔다. 그 택시를 타고 비행장에 들어왔다. 법도 초월하는 삶을 살 수 있는 생활 그 자체가 전투조종사라는 프라이드를 세워 주고 있다는 생각이 들기도 하였다.

우리 기수들은 몇 개월 동안 잠깐 맛만 보았지만 조종사 개인 호신을 위해 'KAL-38' 권총과 실탄 12발을 소지하고 다녔다. 그 시절에는 선택받은 사람만이 할 수 있는 최고의 삶이라고 생각하였다. 이러한 조처(措處)는 우리에게 국가의 중요 자산이라는 것을 심어주어 자발적인 충성심이 생기도록 하려는 것이라고 생각했다. 우리 역시도 평시에는 '억제전력'으로서, 유사시에는 '초동전력'으로서, 전쟁이 발발하면 전쟁승패를 결정 짓는 중요한 전력이라고 생각하고 있었다.

이러한 임무를 수행하려면 전투조종사들은 비행장 울타리 안에서 살아가야 한다. 그러면서 '살신보국'의 희생정신이 필요한 막중한 임무를 수행하는 사람들이기 때문에 초법적인 생활을 묵시해 주는 것으로 받아들였다. 또한 민간인들과 얘기를 나누다 보면 '전투조종사라면 당연히 그 정도의 대우는 받아야지'라고 말하는 사람이 대부분이었다. 그래서 그 당시에는 국민의 사고에도 부합되는 대우를 받은 것이라고 생각하며 살아왔다.

오늘날 후배 조종사들에게 이러한 자리를 만들어 준다면 참여하거나 행할 조종사는 아무도 없을 것이다. 그리고 이러한 행동을 이해해줄 국민 또한 아무도 없을 것이다. 사람 위에 사람 없고 사람 밑에 사람 없다는 인간 평등의 원칙에 부합되도록 수많은 소용돌이의 세월 속에서 선인(先人)들이 국민성을 바른길로 인도해 주었고, 문화도 많이 바꿔 주었다. 가끔 후배 조종사들과 얘기를 나누다 보면 세상이 참으로 많이 바뀌었다는 것이 저절로 느껴졌다.

또 하나 기억에 남는 일은 전투조종사로 임무를 수행하면서 참여한 한미 연합훈련인 1977년 '팀 스피릿 훈련'이다. 처음 맞이하는 미군과의 연합훈련은 가슴을 두근거리게 하였다. 내가 가장 걱정스러웠던 것은 소통문제였다. 하지만 훈련 중 소통은 항공용어 위주이고 또 함께하는 한국군이 있어 훈련하는 데 큰 문제는 되지 않았다.

미군의 파트너 비행대대는 F-4 전폭기 비행대대였다. 이 훈련 중에 기상관계로 비행을 하지 못하는 날에는 파트너 대대와 배구 시합을 하고 비어 콜을 하면서 유대관계를 돈독히 하였다. 기간 중 총각들의 파트너는 미군도 총각으로 파트너를 정해주었다.

미군 총각 중에 아직도 기억에 남아있는 조종사는 캡틴 스티브(스티브 대위)이다. 그는 보통의 미군 조종사들과 다르게 키나 몸집은 우리와 비슷한 수준이었지만 매우 당차게 보였다. 월남전에도 참전하여 많은 출격을 한 조종사였다. 참전한 경험담을 얘기할 때는 놓치지 않으려고 귀를 쫑긋 세우며 듣기도 하였다. 적지에 들어가서 가장 위협을 주는 것은 레이더가 없는 대공포라고 하였다. 이 대공포 화망은 어디에서 올라올지 예상을 할 수 없기 때문에 가장 위험스럽게 느꼈다고 하였다. 조종사 생활을 하면서 잊어서는 안 될 중요하고도 실질적인 정보라고 판단되어 마음에 간직하고 있었다.

팀 스피릿 훈련이 모두 끝나고 비행단 주관 자축연이 있었다. 이 파티에 참석할 때에는 원피스로 된 감색 조종사 예복을 입고 참석하였다. 이 자리에는 인기 연예인도 참석하여 여흥을 더욱 즐겁게 하였다.

조종사 예복

파티가 한창 무르익을 때 조종사들만이 이해할 수 있는 놀이를 하기도 하였다. 여러 개의 탁자를 붙여서 그 위에 맥주와 얼음을 뿌려두고 달려와서 가슴으로 탁자 위에 착륙하는 동작을 하여 누가 더 멀리 미끄러져 나가는지 시합하는 것이었다. 그런데 상대방이 멀리 미끄러지지 못하도록 탁자 양쪽에 서서 손을 잡고 배리어(Barrier: 장애물, 장벽)를 만들어서 방해를 한다. 이런 가운데서 탁자 끝가지 통과하는 사람이 이기는 게임이었다.

한·미군 간에 웃으면서도 서로 지지 않으려고 사력을 다하고 있었다. 입고 있던 조종사 예복의 앞부분이 다 젖어 축축하였고, 맥주 냄새가 코끝을 자극하였지만 기분은 좋았다.

이 파티를 하면서 그동안 선배 조종사들이 누차 국제신사로서의 언행을 가르쳐준 이유를 알 것 같았다.

TIGER 2, F-5E/F 기종으로 전환

수원비행장에 온 지도 어느새 몇 개월이 지나고 있었다. 그러던 어느 날 갑자기 인사명령이 하달되었다고 하면서 정복을 갈아입고 인사처로 오라고 하였다. 부산하게 정복으로 갈아입고 인사처장을 따라서 신고하러 단장실로 갔다. 그런데 단장이 신고를 받지 않겠다고 한다면서 기다리라고 하였다. 우리는 무슨 영문인지도 모르고 기다리고 있었다.

그사이에 인사처장의 얼굴색이 변하면서 단장실을 들락날락하고 있었다. 조금 있으니까 작전부장까지 단장실에 들어갔다 나왔다. 무슨 일인지는 모르지만 분명히 무슨 문제가 발생하였다는 것을 직감적으로 느낄 수 있었다. 이렇게 참모들이 부산을 떨더니 신고하러 들어오라고 하여 신고하게 되었다. 신고를 받고 난 후 단장이 말하였다. "자네들은 내가 꼭 데리고 있으려 했는데, 사전에 일언반구도 없이 일방적으로 상부에서 명단을 지정하여 하달하였다. 신형 비행기를 타러 간다니까 보내주기로 했다. 인사처장, 얘들에게 커피잔 선물세트 하나씩 줘라."라고 지시했다. 그래서 우리는 수원비행장 마크가 그려진 커피잔 선물세트를 받고 새로운 신형전투기로 전환하기 위하여 광주비행장에 있는 제105 전투비행대대로 전속을 가게 되었다.

여기에서 최신 기종인 F-5E/F(Northrop항공사, F-5A/B 개량형, 초음속 전투기) 기종으로 전환하였다. 이 항공기의 닉네임은 TIGER 2 였다.

F-5E 편대비행

105전투비행대대는 내가 전입하기 약 한 달 전에 공중 전투기동훈련 을 하다가 서해에 추락하는 사고가 발생한 대대이다. 전입할 때 대대 분위기가 밝지는 않았지만 전환훈련을 받는 데는 별문제가 없었다. 그 곳에서 기종 전환훈련을 마치고 전투비행대대 임무를 수행하였다.

여기에서 가장 기억에 남는 비행은 크리스마스이브의 박모캡(해가 넘어가 컴컴해지기 전까지의 초계비행) 비행이었다. 모든 국민이 크리스마스이브를 축하하며 즐기는 시간에 국가와 국민의 안전 보장을 위해 하늘에서 초계비행을 하니까, 남다른 뿌듯한 마음이 생겨났던 걸 잊을 수 없다. 무어라 형용하여 표현하기가 참으로 어렵지만 이러한 임무를 수행하면서 생긴 마음이 전투조종사의 참마음일 것이다.

이 초계비행을 마치고 숙소에 돌아와서 쓴 시 '야간 초계비행'이다.

저 멀리 가상 수평선에

곱게 물든 조각구름 하나가

부끄러운 새악시 얼굴처럼

수줍어 피다 말고

고개 숙인 채

달려가는 내 가슴에

안겨주듯 하네

태양은 하늘 끝에 걸리고

땅거미가 질 때

골골이 피어오른 저녁 짓는 연기는

산허리를 감고

내 마음을 감고

잔잔한 호수에 물풀 자란 듯

고요하게만 보이더라

어둠이 깔린 하늘에

날갯짓 소리 적막을 깨고

살신보국의 희생정신으로

이 젊음 하늘에 뿌리며

초계하는 보라매의 눈빛이

하늘을 가른다.

오늘도, 내일도…

전투조종사로서 비행을 하다 보면 지상에서는 볼 수 없는 아름다움을 하늘에서는 볼 수 있다. 푸른 하늘에 수놓고 있는 구름과 함께 살아가고 있으니 당연하다 할 것이다. 하늘에 떠 있는 구름 중 똑같은 형상은 단 한 번도 없었다. 볼 때마다 새로운 것을 보게 되니 지겹다는 생각이 들 수가 없다. 그리고 봄, 여름, 가을, 겨울, 계절에 따른 구름의 형상은 확연히 달랐다. 특히 6~7월에 만들어지는 구름은 장마를 만들어 내는 구름이다.

이러한 구름을 뚫고 올라가다 보면 또 다른 세상에 온 것 같은 느낌을 받는다. 층층이 쌓여있는 구름 사이 공간에는 동굴 속에 들어온 것 같기도 하고, 태고의 신비스러움을 간직하며 신선들이 사는 곳 같기도 하며, 묵화를 그려 놓은 듯이 아름다움을 보여 주기도 한다. 그리고 간혹 구름 사이로 뾰족이 드러나는 육지는 신대륙을 찾은 것 같은 느낌을 받기도 한다.

구름 밑은 어두컴컴하지만 구름 위에는 청천 하늘로서 구름 광야가 만들어지기도 한다. 솜털을 평평하게 깔아둔 모양이며, 뛰어내려 앉아 보고 싶은 충동이 생기는 구름이 형성되기도 한다. 이러한 구름 위에 낮게 붙어서 비행을 하게 되면 비행기의 빠른 속도감을 느낄 수 있다. 이때는 짜릿한 감정과 함께 눈 위에서 스키를 타고 있는 기분이 들기도 한다.

구름이 만들어내는 형태도 아름답지만 또 다른 아름다움을 볼 수 있는 것이 있다. 지상에서는 주로 소나기가 그친 뒤에 태양의 반대방향에 일곱 가지 색의 반원형으로 된 무지개를 볼 수 있다. 이것도 운이 좋아야 반원형을 볼 수가 있다. 그러나 하늘에서는 평평한 구름 위에서 태양을 등지고 구름 쪽으로 내려다보면, 지상에서 볼 수 없는 동그랗게 생긴 원형 무지개가 보인다.

하늘에 떠 있는 구름이 언제나 아름다운 것은 아니다. 구름을 뚫고 올라가거나 내려올 때 계기에 의존해서 비행하는 계기비행을 해야 한다. 이러한 비행을 할 때는 등에 땀이 차서 조종복이 젖는 게 일반적이다. 이렇게 될 수밖에 없는 것은 온 세상이 구름 속에 묻혀버리고 조종석 안의 계기판에 있는 계기만을 보면서 비행을 하다 보면 '비행착각'에 들어갈 수 있기 때문이다. 이 비행착각은 전날에 음주를 과하게 하였거나, 수면이 부족한 상태이거나, 다툼이 있어서 기분이 상해 있을 때는 더 쉽게 빠져들게 된다.

비행착각이 심해지면 계기를 믿지 못하고 자기 자신의 감각비행으로 자신도 모르게 전환되어 비행자세를 잃어버리고 죽음으로까지 몰릴 수도 있다. 그래서 비행착각에 빠져들지 않기 위해서 구름 속에서는 더욱 긴장된 상태로 비행하게 된다.

조종사들은 매일 24시간 동안의 생활 그 자체가 비행을 준비하면서 살아야 한다. 이렇게 하는 것이 비행안전을 지킬 수 있는 길이기 때문이다. 비행착각이나 사고를 미연에 방지할 수 있는 것은 바로 스스로 자기 자신을 콘트롤할 수 있는 능력이 있을 때이다.

지상에서 구름을 볼 때는 감성적으로나 시적으로 대부분 아름다움을 표현하지만, 이렇게 표현되는 뭉게구름 또는 꽃구름은 조종사들에게는 매우 위험스러운 구름이 된다. 그 뭉게구름 또는 꽃구름이 피어오를 때 가까이 가면 갈수록 비행기가 상하로 심하게 요동을 치면서 흔들리게 된다. 이러한 구름 속에는 크고 작은 우박이 섞여서 아래위로 움직이면서 꽃을 피우듯이 피어오른다. 만약에 비행기가 이러한 구름 가운데 들어간다면 살아 돌아오지 못할 수도 있다. 이러한 뭉게구름이 있을 때는 반드시 우회비행을 하면서 회피하여야 한다.

또 다른 어려움은 구름 속에서 편대비행을 할 때이다. 구름 속으로 편대비행을 해야 할 때는 편대장의 날개 끝에서 약 1m 정도의 간격을 유지하여 비행을 한다. 이때 어두컴컴하면서도 그 속에서 장대비가 쏟아지는 구름은 가까이에 있는 편대장의 비행기가 보일 듯 말 듯 하게 하여 날개를 겹쳐서 비행하도록 만들어주는 경우도 있어 등줄기의 식은땀이 조종복을 흠뻑 적시게 하기도 한다.

전투조종사는 이렇게 일반인이 보지 못하는 아름다움을 보기도 하고, 어려움을 겪기도 하는 그야말로 변화무쌍한 하늘에서 살아야 하는 직업이다. 전투조종사는 어디를 가더라도 초전전력으로서의 비상대기를 떼어버리고 살 수는 없다. 그래서 일반 사람들이 살아가는 것과는 다르게 항상 통제된 일상생활과 긴장 속에서 살아가야 한다. 전투조종사는 비행훈련 시작부터 나의 삶보다는 살신보국(殺身保國)의 희생정신을 배우며 살아야 한다.

이렇게 살아온 줄도, 살아갈 줄도 모르면서 전투조종사의 꿈을 좇아가며 정신없이 빡빡하게 살아왔다. 그러다 보니 흐르는 세월 속에 편승하여 어느새 날갯짓에 익숙해지며, 파란 하늘에서 나의 인생을 묻고 살아가야 할 보라매 둥지에 날아와서 기지개를 켜고 있었다.

5장

고등비행훈련대대
비행교관

훈육관의 임무와 보람

제206전투비행대대 창설요원으로 차출되어 고향 가까운 예천비행장으로 부임하게 되었다. 여기에서 분대장 교육과 편대장 교육까지 마쳤다. 예천비행장은 나의 고향으로부터 가장 가까운 비행장이었다. 이 비행단에서 정이 들 만하니까 비행훈련 교관으로 차출되었다. 비행교관은 조종사라고 해서 아무나 갈 수 있는 게 아니다. 고등비행훈련과정 비행성적이 3분의 1 이내여야만 비행교관으로 갈 수가 있었다. 여기에 해당되지 않을 경우 총 비행시간이 1,000시간을 넘어야만 갈 수 있는 곳이다.

임지는 다시는 돌아보지 않으려고 했던 사천훈련비행단이었다. 하지만 비행훈련 교관으로 부임하여 후배 조종사들을 키워낸다는 명예스러움과 함께 감회가 새로워지는 마음도 생겨났다.

대위 4명과 중위 1명이 지휘관께 신고를 하였다. 신고가 끝나고 대위들은 중등비행훈련과정 교관으로 배속되었다. 중위인 나는 고등비행훈련과정 교관으로 배속되었다.

제216고등비행훈련대대에서 1955년 창설 이래 현재까지도 중위 계급으로 비행교관을 한 사람은 극히 드물었다. 대대에서 소장하고 있는 역대 비행교관 기록부에 보면 C중위와 나, 단 2명밖에 없다.

비행 교관 보임 시

    소정의 교관 교육을 마치고 공군사관학교 26기부터 비행훈련을 가르치기 시작하였다. 교관 생활은 비상대기가 없기 때문에 개인 시간이 아주 많았다. 이 시간을 나 자신의 발전기회로 삼아야겠다고 생각하였다. 그동안 배우지 못한 군사지식을 쌓기 위해 육법전서를 구입하여 읽기 시작하였다. 내용 중에 마음에 와 닿는 '오자' 장군의 시를 발견하고 카피하여 머리맡에 두었다. 잠자리에 들 때도 읽어보고, 일어나자마자 읽어보면서 나의 인생 좌우명으로 생각하며 살아왔다.

南兒立志出鄕關(남아입지출향관)

學若無成死不還(학약무성사불환)

埋骨豈有墳墓地(매골기유분묘지)

人生到處有靑山(인생도처유청산)

남자가 태어나서 고향을 떠나오니

배워서 대성하지 않으면 고향으로 돌아가지 않으리

뼛골을 묻을 곳이 어찌 고향뿐이랴

인생 가는 곳마다 청산이 있거늘

내가 자라온 환경에서 꿈을 키우는데 딱 맞는 시라고 생각되었다. 아직도 나의 서재에 걸어두고 노력하고 있다.

나의 꿈은 전투조종사의 샘플이 되는 것이다. '손자병법'에 '지피지기이면 백전백승'이란 말이 있다. 나는 조종간부 후보생으로 들어왔다. 그러니 장군으로 진급하기도 쉽지 않고 참모총장 되는 것은 더더욱 불가능하다는 것을 짧은 기간이지만 인식할 수 있었다. 그렇기에 계급의 목표가 아닌 내가 할 수 있는 일로서, 나의 생활에 제약도 많이 받겠지만 전투조종사 그룹의 삶의 표본이 되는 것이었다. 그 꿈이 전투조종사의 샘플이다.

보통 사람들이 생각할 때 현직에 있을 때의 꿈이라고 생각할 것이다. 내가 생각하고 있는 전투조종사의 샘플이란 것은 비행할 때는 비행을 할 줄 알고, 일할 때는 일을 할 줄 알고, 놀 때는 놀 줄 알고, 죽을 때는 죽을 줄 아는 그런 사람이다. 나 자신을 통제할 수 있는 나 자신과의 약속이다. 이러하기 때문에 조종사의 품위가 떨어지는 행동은 하지 않는 삶을 말한다. 이 꿈은 이 세상을 떠날 때까지 전투조종사의 표본이 되는 것이다. 이렇게 하여 우리나라 국민들께서 마음에 담고 있는 진짜 '빨간 마후라'가 되는 것이다.

대대 전입 후 약 6개월이 지나갔다.

최말단 교관이다 보니 밀려오는 일들을 거부할 수가 없었다. 고등비행훈련과정에서 주과목이며, 지상교육 시간이 가장 많이 배정되어 있는 계기비행 이론 교관으로 내정되었다. 이때부터 비가 오거나, 바람이 불거나, 시정이 나빠서 비행할 수 없을 때면 학술교육장으로 가야만 했다.

그의 같은 기간에 조종학생 훈육관까지 맡으라고 하였다. 그래서 학생숙소 변동에서 학생조종사들과 함께 지냈다. 계급이 낮은 교관으로 보임되다 보니 맡은 보직 및 임무는 최장시간 유지되었다. 비행교관으로서 총 비행시간이 1,000시간도 되지 않은 말단 조종사임에도 불구하고 시험비행까지 나의 몫으로 돌아왔다. 그렇지만 비상대기가 없으니 전투비행대대보다는 개인 시간이 많았다. 2개 차수 교육수료를 시키고 나니, 더욱 개인 시간이 많아졌다.

이러한 여건 속에서 자칫 잘못하면, 잘못된 매너리즘(Mannerism: 버릇)에 빠지기 쉬운 시기라 판단되었다. 골프나 마작 등을 배우라는 유혹이 많이 들어왔지만 배우지 않았다. 내가 모자란다고 생각되는 군사지식을 쌓는데 우선하여 정진하기로 하였다.

시간이 지나면서 대위로 진급을 하였다. 계급장이 어깨를 가득 채우는 듯한 기분이었다. 어느 날 대대장이 "임 대위, 요즘 학생조종사 훈육을 어떻게 하고 있기에, 학생조종사가 병사를 구타하여 근무도 못 서게 하느냐?"라고 나를 질책하였다. 나는 모르는 일인지라 "금시초문입니다. 확인해서 보고드리겠습니다" 하고 나왔다. 그때는 어느 정도의 구타는 당연하다고 생각하던 시절이지만 얼마나 두들겨 팼기에 근무도 서지 못하게 만들었을까? 라는 생각이 들면서 현재 상태는 어떤지 그 병사가 걱정되었다.

나는 학생조종사 룸으로 들어가서 "여러분들 중에 헌병대대 병사를 구타한 사람 있냐?"라고 질문하였다. 그랬더니 학생조종사 모두가 나를 멍하니 쳐다보았다. 이러한 가운데 L소위와 H소위가 의아하다는 듯이 고개를 기우뚱하며 "구타를 한 것이 아니라 주의를 준 적은 있습니다"라고 하였다. 이 학생 조종사 두 명을 훈육관 방으로 데리고 왔다. 두 학생 조종사에게 그때 있었던 일들을 소상히 얘기하라고 하였다. 그들은 너무 억울하니 직접 만나서 얘기해 봤으면 좋겠다면서 그때 있었던 일을 자세하게 얘기해 주었다.

학생조종사들은 이동 중에 항상 '이열종대'로 대열을 맞추면서 가끔 군가도 부르며 군인다운 모습으로 보행하도록 하고 있었다. 그 날도 이열종대로 오와 열을 맞추어 가고 있었다. 가던 중 그 옆을 지나가는 한 병사가 군화 끈을 풀어 제치고 복장 상태 불량에 모자까지 삐딱하게 쓰고 걸어가고 있는 것을 목격하게 되었다. 이것을 본 L소위가 열외 하여 그 병사에게로 다가가서 주의를 주었다. 그 병사는 장교가 주의를 주는데도 엉거주춤 자세로 서 있었다. 병사의 이러한 태도를 보다 못한 H소위가 다가가서 엉덩이를 발로 한번 차면서 "똑바로 서지 못해" 한 것이 전부였다고 하였다.

이들은 이 이상 구타를 하거나 기합을 주었다면 무슨 처벌이라도 달게 받겠다면서 너무나 억울하다고 하였다. 그래서 나는 "좋다. 그렇다면 가자" 하고 지프에 두 학생조종사를 태우고 헌병 대대장실로 향하였다. 헌병대대장실에 도착하여 억울함을 얘기하니, 헌병대대장은 "나는 내 병사를 믿을 수밖에 없다"라고 하였다. 그 말에 나는 "여기 같이 온 학생조종사들은 장교들입니다. 이 학생조종사들의 얘기도 들어보고 판단하여 지휘관께 보고 드려야 하지 않습니까? 일방적으로 병사의 말만 듣고 지휘관께 보고 드린 자체가 잘못된 것 아닙니까? 정 그러하시다면 그 병사를 불러 대질을 한번 시켜봅시다"라고 강력하게 요구하였다. 그는 알았다고 하더니 나가서 병사를 데리고 들어왔다.

헌병 대대장이 병사에게 "사실대로 얘기해 봐" 하니까, 병사는 얼버무리는 말투로 "이분들한테 맞아서 허리도 아프고 허벅지도 아프고 하여 힘이 듭니다"라고 하였다. 그래서 내가 "여기 있는 학생 장교들은 엉덩이를 단 한 번 발로 찬 것이 전부라고 하는데 어디서 거짓말을 하고 있느냐? 너의 대대장 앞에서 구타가 어떤 것인지 내가 한번 보여 줄까?" 하고 겁을 주기도 하였으나 그는 계속 맞았다고 하였다. 몇 번을 강압적으로 얘기해 보았으나 똑같은 대답만 되풀이하였다. 나는 그 병사를 다시 설득했다.

"네가 지금 이 자리에서 순간적으로 모면은 할 수 있을지 모르지만, 네가 살아있는 동안 그 거짓 행동이 너의 머리에서 지워지지 않고 따라다닐 것이다. 그러나 지금 이 순간 욕을 얻어먹고 터지는 한이 있더라도 남자답게 솔직하게 얘기하고 털어 버린다면, 네가 살아가는 길에 자신 있고 건강한 삶을 사는 힘이 생길 것이라고 나는 생각한다."

내 말에 병사가 고개를 숙이며 "장교님 말씀이 맞습니다. 죄송합니다"라고 하였다. 이때 헌병대대장의 손이 병사의 얼굴 쪽으로 향하고 있었다. 내가 헌병대대장의 날아가는 손을 방어하여 주면서 그 즉시 "이 병사는 이제부터 죄가 없습니다. 만약에 헌병대대에서 이 병사에게 구타를 하거나 기합을 주는 등의 불리한 여건을 만든다는 소문이 들리면 제가 직접 지휘관께 역보고 드릴 겁니다"라고 하였다. 헌병대대장은 "제가 판단을 잘못하고 보고해서 죄송하게 되었습니다"라고 하였다. 나는 "사람은 누구나 실수할 수 있습니다. 이후에 똑같은 행동이 재발되지 않도록 해 주십시오" 하고 자리에서 일어나 밖으로 나왔다. 헌병대대장은 현관까지 따라 나와 "안녕히 가십시오" 하면서 거수경례를 하였다. 얼떨결에 받는 거수경례라 계급이 나보다 한참 높은 분의 거수경례를 거수경례로 답례한다는 것에 잠시 당황하였다. 그래서 묵례로 답례하고 지프를 타고 의기 당당하게 비행대대로 돌아왔다.

그다음 비행대대장실로 들어가서 있었던 일을 그대로 보고했다. 그랬더니 대대장님은 성질을 내면서 "이 새끼 이거, 이대로 두면 안 된다. 내가 다시 보고해야 된다"라고 하였다. 그래서 "헌병대대장과 약속을 하고 거수경례까지 받고 왔습니다. 대대장님께서 참아 주십시오"라고 하면서, 역보고를 하지 않도록 말렸다. 이렇게 하여 대위인 내가 중령으로부터 거수경례까지 받으면서 학생들의 억울한 사건을 해결하였다.

이 사건을 해결한 후부터 학생조종사들에게 내무생활에 변화를 주어보았다. '내무생활은 지금부터 자율적으로 운영한다. 자율적으로 운영하다가 문제가 발생할 때는 즉각 훈육관이 통제하는 체제로 다시 환원한다'는 내용이었다. 이렇게 한 후 내무생활을 자율운영하게 하였더니 너무나 잘 운영되었다. 기간 중 중등과정에서 비행훈련을 받는 사관생도들이 문제를 일으킨 사례는 있었다. 하지만 내가 훈육관으로 있는 고등비행훈련 대대 소위계급을 달고 있는 학생조종사들은 출퇴근 시 보행부터 내무생활 전반에 걸쳐 모범을 보이면서 생활하였다. 작전부장이 가끔 농담 삼아 "야! 너는 너 대대 학생들만 잘하면 되냐?"라고 하기도 하였다.

이렇게 생활하면서 개인면담 시간은 무제한으로 하였다. 면담시간에 가장 힘들었던 기억은 사귀는 여성 문제로 면담을 신청할 때였다. 그야말로 난감한 시간이었다. 나는 어려서부터 줄곧 '남녀칠세부동석'만 배우며 살아온 사람이었다. 그때까지 사귀어 본 여자라곤 없었는데, 여성의 속성을 어떻게 알고 답변을 해야 할지 가장 힘들었던 부분이었다. 이때에는 나의 속사정을 사실대로 얘기해 주고 그 이후부터는 그야말로 공자 왈 맹자 왈이었다. 그래도 들어주는 학생 조종사가 고마웠다.

또 하나는 담당교관을 바꾸어 줄 수 없느냐는 것이었다. 이 사안은 다른 교관들께 직설적으로 얘기하게 되면 바로 정신상태 운운하면서 도태시키려고 할 것이다. 이러한 어려움이 있다는 것을 학생조종사에게 얘기해 주고 "스케줄 장교에게 얘기해서 가끔 다른 교관과 비행할 수 있도록 노력해 보겠다"라고 답변을 하였다. 이러한 면담을 하고 난 후에는 스케줄 장교에게 "이 학생이 요즈음 비행이 잘되지 않는 모양인데 다른 교관과도 한번 태워주는 것이 도움이 될 것 같습니다"라고 건의하였다. 이렇게 건의할 때는 스케줄 장교와 나 단둘이만 알고 있는 상태에서 타 교관과 비행하도록 해 주었다.

어떤 학생조종사는 면담 시에 "훈육관님께서는 어떤 힘을 가지셨기에 그 엄격한 사관학교에서도 공동구역 청소를 안 하기로 유명한 B소위가 훈육관님을 만나고부터 공동구역 청소를 앞장서서 혼자 다 하고 있습니다"라고 했다.

이러한 분위기로 생활할 수 있었던 것은 학생조종사 신분이지만 장교로 인정을 해주고, 무엇이든지 이야기할 수 있는 분위기를 만들어서, 훈육관과 학생조종사 간의 소통으로 신뢰가 형성되었기 때문에 가능했으리라 생각된다. 정말 잊지 못할 비행훈련 기수였다.

한꺼번에 밀어닥친 인생 폭풍

비행교관 생활이 결코 쉬운 것이 아니라는 것을 느끼기 시작하였다. 하루에 1시간 20분가량 소요되는 훈련비행을 두 번씩 하고 나면 지치기도 하였다.

어느 날부터 피로가 풀리지 않고 더 쌓이면서 자꾸 졸리기만 하였다. 그래서 부대 병원을 찾아갔다. 비행군의관이 진찰을 하더니 어떻게 참고 살았냐면서 부대 밖 민간병원에 가보자고 하였다. 그 즉시 비행군의관은 나를 데리고 진주에 있는 민간병원으로 가서 채혈하고 검사를 하게 하였다. 그날부터 13일 동안 매일 부대병원에서 주사를 맞게 하였다. 그리고 저녁 식사는 반드시 자기 집에서 같이 하자고 하였다.

이렇게 하면서 비행군의관과 서로 얘기하다 보니 자라온 환경이 비슷하였다. 그 군의관의 부인과 아이들까지도 나 때문에 매일 저녁 된장국을 먹어야만 했다. 아마 그때 이 비행군의관을 만나지 못하였다면 나는 이 세상에 없는 사람이 되었을지도 모른다. 너무나 고마운 비행군의관을 만났다. Y군의관은 나의 병을 완치해 주었다. 이 군의관을 만난 것은 나로서는 천운이었다. 아직도 Y군의관과 가족 모두 보고 싶어질 때가 있다.

Y군의관이 어느 날 나에게 직업이 간호사인 아가씨가 있으니 선을 보라고 하였다. 나는 어릴 때 받은 여자를 멀리하라는 시골 어르신들의 교육이 뇌리에서 아직 사라지지 않았지만 이제 결혼할 나이도 되었고 하여 만나보기로 했다. 내가 허락하자 Y군의관이 날짜를 정하여 상대방을 만나게 해 주었다. 그 아가씨를 만나보고 호감이 든 나는 "나는 아주 깡촌에서 자랐으며, 집안은 넉넉지 못하고 8남매의 장남입니다"라고 소개한 다음 "보안 적부심사에 합격한다면 결혼할 용의가 있습니다"라고 얘기하였다. 그랬더니 아가씨가 자신은 7공주의 장녀라고 하였다. 비슷한 가정환경이라 가능성이 있어서 다음에 또 만나자고 하였다.

아가씨가 보안 적부심사란 것이 어떤 것인지 모르고 있었는지, 알고 있으면서 얘기하지 않으면 넘어가는 줄 알고 있었는지 모르겠으나, 이에 대하여 아무런 답변이 없었다. 나는 문제 될 만한 것은 없는 모양이라고 생각하면서 마음속으로 결혼하려고 하였다. 그래서 아버님께 대구에 나오시도록 하고 아가씨를 데리고 대구에 가서 아버님께 인사드린 것이 두 번째 만남이었다. 세 번째 만남은 아가씨 집으로 같이 가서 아가씨 부모님께 인사드렸다.

그런데 다음날 새벽에 청천벽락 같은 비보가 날아왔다. 나의 아버님께서 돌아가셨다는 연락이었다. 놀란 나는 그녀에게 "일단 결혼을 무기 연기하자"고 하고 비행단에 돌아와서 신고한 다음 버스를 타고 부산으로 가서 환승하여 고향으로 갔다. 약 9시간 남짓이 달려 고향 집에 도착하였다. 입관하여 장남인 나에게 아버님 얼굴을 볼 수 있도록 준비해 두었다가, 내가 확인을 한 후 관을 완전히 봉하였다. 얘기를 들어보니, 아버님께서는 돌아가신 날 저녁에 국화주를 드시고 그동안에 보지 못했던 그렇게 밝고 환한 웃음을 지으셨으며, 그 후 잠자리에 드셔서 아무런 인기척도 없이 돌아가셨다고 하였다.

아버님께서는 전쟁 후 폐허가 된 산촌에서 없는 살림살이지만, 불편하신 몸으로 동생인 작은아버님이 대구사범학교 다닐 때까지 뒷바라지를 해 주셨다. 그리고 슬하에 8남매를 키우시느라 고생이 이만저만이 아니었다. 그런 아버님의 모습이 떠오를 때마다 가슴이 찢어지는 듯하였다. 어찌 말로 다 표현할 수 있겠는가?

저! 푸른 하늘에
구름과 친구 되어
새처럼 살아가도
옮기는 발자국마다 천근만근이고
눈가에 이슬 샘은 마르질 않네.

애달픈 세상
땅을 치며 통곡해도
말없이
오색 깃발 앞세우며
너울너울

청산 깊은 곳으로

청풍 이는 곳으로

영생의 집 찾아

가시는 아버님

부디 안녕히 가십시오.

이 글은 1980년 말 아버님 장례식을 마치고 부대로 돌아와서 쓴 것이다.

그 뒤로 약 한 달이 지나고 나니, 할머님께서 식음을 전폐하시고 위독하다는 기별을 받았다. 다시 고향으로 돌아가 보니 말 그대로 위독하셨다. 음력 12월 그믐날 할머님께서 "종국(필자)이가 주는 밥을 먹어보자" 하시어 숟가락으로 밥을 서너 숟가락을 먹여 드리니, 그만 드시겠다고 하시며 눈시울을 적시셨다.

전쟁 후 폐허 위에서 너와 내가 아닌 모두가 겪어 나가는 어려운 상황이었지만, 가난에 찌든 산촌에서 6·25전쟁 중에 할아버님(할머님의 남편)은 전사하시었다. 할머니의 아들인 아버지는 장애인으로 54세에 먼저 세상을 떠나셨으니, 한 맺힌 세월을 남몰래 훔친 눈물도 많았을 것이다. 이 세상에서 이제 그 마지막의 눈물로 말없이 눈시울을 적시고 계셨다. 잠자리에 들면서 자장가 대신 천자문을 외어주시던 가락이 아직도 귓가에 맴돌고 있는데, 밤이 지나고 다음 날인 정월 초하룻날 새벽 6시에 세상을 떠나셨다.

마을 사람들은 설날 차례를 지내고 가족 친지가 모여서 즐거운 날을 보내고 있었다. 그러나 우리 가족은 정초부터 아침저녁으로 상식(上食)을 올리며 곡(哭)을 하여야 했다. 곡소리가 밖으로 나갈 수밖에 없으니 주변 사람들의 눈치를 보지 않을 수 없었다. 하지만 모든 것을 감수하면서 굴건을 쓰고 상복을 입고 상장(지팡이)을 짚으며 장례식을 치렀다. 한 달 25일 만에 두 번 장례식을 치르는 사람이 이 세상에서 몇 명이나 있을까?

세상이 참으로 원망스럽고 애달팠다. 하늘도 무심하게 느껴졌다. 하필 나에게 이러한 슬프고도 슬픈 시련을 한꺼번에 주시는 것일까? 생각하면서 혼자 울고 싶은 만큼 울며 흐느끼고 있었다. 그때 막내 고모부님께서 들어오셨다.

"이제 그만 멈추게. 살아있는 사람은 어떻게든 살아갈 수 있는 것이 세상이야. 이 세상에서 가장 어려운 일이 이승과 저승으로 헤어지는 것인데, 자네는 두 번이나 거뜬히 치러내지 않았느냐? 이제 어떠한 일이 닥친다 하더라도 자네는 거뜬히 쉽게 해낼 수 있을 것이야." 고모부는 울음 섞인 목소리로 억양이 격해지면서 위로의 말씀을 해주시었다. 고모부가 고마웠다.

장례식에 참석한 사람들 모두가 돌아가고 나니 집안이 너무나 썰렁하게 느껴지며 어머님과 동생들이 살아갈 앞날이 걱정되었다. 하지만 흐르는 시간은 붙잡을 수가 없으니 결심을 하여야 했다. '모두가 언젠가 한 번은 겪어야 하는 일이다. 나에게는 다른 사람들보다 조금 일찍 한꺼번에 찾아온 것뿐'이라고 스스로 위로하면서 어머님과 동생들이 살아가는데 내가 도와줄 수 있는 일이 무엇인지 확인하고, 다시 부대로 귀대하였다.

아버님, 할머님께서 돌아가신 그해는 몇십 년 만에 찾아온 추위라고 하였다. 그 추운 날에 굴건제복을 입고 옛날 장례예식 방식으로 두 번이나 상주를 하고 나니, 추위만 오면 아직도 무릎이 시큰거리며 통증이 찾아온다. 죄인이 받은 선물이라 생각하고 견디어 내고 있다.

집안의 일을 마치고 귀대하여 첫 출근을 하였다. 단장께서 찾는다고 하여 급히 단장실로 올라갔다. 내 생각에는 짧은 기간에 두 번씩이나 장례식을 치르면서 고생 많았다고 위로의 말을 해줄 것으로 생각하였다.

그런데 내가 단장실로 들어가자마자 단장은 다짜고짜로 "자네 그 아가씨가 보안 적부심에 부적격이네. 비행기를 그만 탈래, 결혼을 그만둘래"라고 하였다. 이 말을 듣는 순간 속으로는 단장이 너무 야속하였다. 그렇지만 분위기를 봤을 때 답변은 해야겠다는 생각이 들었다. 아가씨와는 세 번을 만났으니 정이 들어 헤어지지 못한다는 말을 할 만한 일도 아니었다. 지금까지 어렵게 쌓아온 내가 가야 할 길을 포기하기는 너무나 어려웠다. 그리고 또 다른 인생길을 찾아 나서기가 두려웠다. 다른 길을 찾을 때까지 둘 다 불행한 인생을 살아가야 할지 모를 일이었다. 그래서 나는 곧바로 "결혼하지 않고 비행하겠습니다"라고 대답하였다. 그러자 K 단장은 인간적으로 위로해 주는 말 한마디 없이 "알았네, 가보게"라고 하였다. 단장실을 나와 숙소로 돌아왔으나 지휘관이라는 분의 처신이 서글픈 마음을 더욱 서글프게 하였다.

단장도 단장이지만 나에게 너무나 가혹한 시련을 주고 있는 세상이

더 원망스러웠다. 이 마음 또한 내가 스스로 헤쳐 나가야 할 일이었다. 선을 본 아가씨에게 전화하여 결혼할 수 없음을 통보하였다. 아가씨는 '임 대위의 잘못이 없다'라고 부모님께 설득하였다는 얘기를 나중에 들었다. 이 또한 6·25전쟁이 남긴 상처가 아물지 않고 있는 사회에 살고 있다는 것을 말해 주는 것이었다. 연좌제(緣坐制: 친척이나 인척의 범죄 때문에 처벌이나 불이익을 받는 제도)는 나만 겪어야 하는 것이 아닌 시대의 아픔이었다. 어느 하늘 아래 사시더라도 행복하게 살아가기를 바랄 뿐이다.

폭풍해일(쓰나미)처럼 한꺼번에 불어닥친 크나큰 일들을 감당하기엔 너무나 힘이 들었다. 그래 '태풍을 경험해 보아야, 고요의 참(眞)을 알 수 있다'라는 자연의 가르침을 받아들이며 살아가자고 생각하였다. 그러면서 나 자신을 추스르며 굳게 결심하였다.

'이번에 슬기롭게 잘 이겨 낸다면 내 인생길에서 못할 것이 뭐가 있겠느냐? 나는 할 수 있다는 마음을 일으켜 세워놓고 인생을 살아 나가자. 견디기 어려운 환경이지만 여기에서 나의 인생을 멈출 수는 없지 않은가? 그래 이 상황을 이겨 나가자. 나 혼자서 해결해야 하는 나만의 길이다. 헤쳐 나가자.'

서예로 세상을 잠시 잊다

나는 마음을 추스르기 위하여 보직 이동을 요구하여 평가과에서 근무하게 되었다.

가능한 모든 것을 빨리 잊어버리기 위하여 내가 심취할 수 있는 일이 없을까? 고민하던 중에 평가과장께서 서예를 한번 배워보라고 추천하였다. 서예를 배우기로 결심하고 글방을 추천해 달라고 하니 기왕 배우려면 진주로 나가서 배우라면서 수월장을 추천해 주었다. 그다음 날 수월장 글방에 찾아가서 선생님을 찾아뵙고 서예를 배우기로 하였다. 가르쳐 주신 분은 '미성, 박춘기' 선생님이셨다.

먹을 가는데 한 시간이 소요되고 붓을 잡는 법부터 횡축과 종축을 긋는 법을 배우기 시작하였다. 먹을 가는 게 무척 지겹게 느껴지지만 이 지겨움을 이겨 내는 것이 마음의 수행이라고 생각하며 갈았다. 매일 내가 근무하였던 비행대대에 가서 하루에 한번 내지 두 번 비행을 지원해주고 평가과의 업무를 했다. 일과가 끝나면 숙소로 돌아와서 샤워를 하고 저녁 시사를 한 후, 부지런히 사천읍내 버스정류장에 가서 버스를 타고 글방에 도착하면 약 한 시간 정도 소요되었다.

글방에서는 한 시간 동안 먹을 갈고, 한 시간 동안 글을 쓴 다음 지체할 시간 없이 곧바로 시외버스터미널로 가야 했다. 그래야만 진주 시외버스터미널에서 삼천포로 가는 막차를 탈 수가 있었다. 그 막차를 타고 사천읍내에 내려서 숙소에 도착하면 밤 11시가 넘었다.

이러한 일과로 매일 진행하고 있었는데, 일주일 지날 때쯤 갑자기 코피가 주체할 수 없을 정도로 쏟아졌다. 그렇지만 '나는 할 수 있다'며 물러서지 않았다. 입대 전에 봄, 여름, 가을, 겨울, 사시사철 하루도 빠짐없이 냇가에서 발가벗고 수영까지 하였는데, 그것에 비하면 이 정도는 약소하게 느껴졌다. 한번 하겠다고 작심하면 물면 놓지 않는 '불도그' 정신을 키워왔지만 더욱 강하게 키워 나가야 했다.

서예를 시작한 지 한 달 보름 만에 기본 글씨체를 마무리하였다. 무척 진도가 빠른 모양이었다. 같이 글 쓰는 사람들과 주위 사람들이 글방에 신동이 나타났다고 하였다. "기본체가 끝났으니 배우고 싶은 글씨체가 있느냐?"고 선생님께서 물었다. "현판에 있는 글씨처럼 큰 글씨를 쓸 수 있으면 좋겠습니다"라고 대답하였다. 선생님께서는 웃으면서 "안진경체를 배워보게"라고 하셨다. 다음 날부터 '안진경체'를 쓰기 시작하였다. 글방에 있을 때만은 모든 것을 잊을 수가 있어서 좋았다. 이 시간이 나만의 시간이었다. 선생님은 나의 아호(雅號)를 백파(白波)로 지어서 아호 증을 주셨다.

서예를 배우기 시작한 때부터 3개월이 지나고 있을 때 선생님께서 "경상남도 미술전람회 공모전에 출품을 한번 해보게"라고 하시었다. 이 말씀을 듣고 당황하면서 "글 쓴 지 이제 3개월밖에 안 되는데 어떻게 제가 작품전에 출품할 수가 있겠습니까?"라고 말씀을 드렸더니 "기간이 뭐가 중요한가, 도전정신이 중요한 거지"라고 하셨다. 이 말을 듣고 나니 도전해 보고 싶은 마음이 생겨나 "그럼 한번 해 보겠습니다" 하고 준비에 들어갔다.

작품 제출기한은 열흘밖에 남지 않았다. 작품 크기는 전지 한 장 반을 붙여서 글을 쓰고 표구를 해서 출품해야 했다. 글방에 나오시는 '오산, 강용순' 선생님께서 개인지도 해 주듯이 도와주셨다. 이렇게 하여 '안근례비'라는 명제로 허겁지겁 서예부에 기간 내 출품할 수가 있었다. 붓글씨를 배우기 시작하면서부터 딱 100일 만에 만든 나의 처녀 작품이었다.

그런데, 대체 이게 어찌 된 일인가? 경상남도로부터 입선되었으니 상을 타러 오라는 소식이 왔다.

제 664 호

입 선 장

書藝部

명제 顔勤禮碑   林鍾國

귀하께서 제4회 경상남도 미술
전람회 공모전에 출품하신 작품이
두서와 같이 선정 되었기 이에
입선장을 드립니다

1981년 7월 20일

경상남도지사
경상남도 미술전람회장   최종호

경남도지사 상

부대에서도 경상남도 미술전람회 공모전에 출품한 것도 처음이면서 입선상장까지 받아 오니 축하를 해주는 분들이 많았다. 글방에서는 그야말로 환호를 하면서 축하를 해주었다. 삶의 어려움을 이겨 내기 위하여 집중한 것이 크게 한몫을 했지만 '나는 할 수 있다'라는 마음가짐이 이러한 결과를 만들게 해주었다고 생각되었다.

그 이후 더욱 발전된 글을 쓰기 위하여 하루도 빠지지 않고 글방에 다녔다. 발전된 글씨보다는 나에게 불어닥친 어려운 세상을 잊어버리려고 글방에 다녔다고 하는 것이 맞는 말일 것 같다.

한편으로는 이 비행단으로 부임하여 인생을 송두리째 빼앗긴 것 같은 생각이 들며 싫어졌다. 하루라도 빨리 이 지역을 벗어나고 싶었다. 그러나 내 마음대로 세상 삶이 만들어지지는 않았다.

그렇다면, 생각을 바꾸자고 마음먹었다. 그러려면 내 마음이 서글프고 어려운 삶이라고 생각하는 틀 속에서 머물지 않도록 그 마음의 틀 속에서 뛰쳐나와야만 한다고 생각했다. 그 마음의 틀이 녹아내리는 처방은 '그 서글프고 어려운 삶이라고 생각하는 마음을 바꾸는 것밖에 없다'라고 판단하였다. 이러한 마음을 바꿀 수 있는 것은 바로 수용하는 마음이며 긍정의 마음을 가지는 것이라고 생각하였다.

그와 함께 세상을 좀 더 넓게 보면서 살아가자, 그러면서 마음을 관리하자고 다짐하였다. '지금 당장 기뻐하거나, 슬퍼하거나, 노여워하거나, 즐거워하거나 하는 마음 등, 모든 것들은 이 찰나를 지나고 나면 추억이 되는 것'이라고 생각하면서, 어떠한 어려운 일이 나에게 주어진다 하더라도, 긍정적인 자세로 슬기롭게 받아들이기로 하였다.

보통 사람들이 볼 때는 말도 되지 않는 생각이라고들 하겠지만, 나는 힘들 때마다 내 인생 중에 신께서 나를 테스트하는 중'이라고 생각하며 지내왔다. 이 생각이 내가 어려울 때 극복하는 힘이 되어 주었다는 데는 의심할 여지가 없다. 이 세상 모든 것은 '마음에서부터 시작되어 마음에서 마무리된다'는 것을 스스로 배울 수가 있었다.

단장의 지시를 거스르다

훈육관을 하면서 또 하나 잊지 못할 사건은 K단장의 지시를 위반한 일이다.

훈육관으로 보임되어 생활하는 중에 조종학생 수료식을 맞이하였다. 고등비행훈련과정 수료식에는 반드시 참모총장이 임석한다.

수료식 당일 날 여명이 트기 전 새벽에 대대장의 지프를 타고 삼천포 어판장으로 갔다. 거기에서 살아있는 돔과 왕새우를 사 와서 식당에 맡겼다. 그런 후 아침 식사를 하고 출근하여 수료식 준비를 하였다.

행사할 시간에 맞추어 참모총장이 도착하여 수료식을 마쳤다. 그리고 장교회관으로 가서 다과회까지 모두 마친 후 참모총장이 떠났다. 이렇게 모든 행사가 끝난 후 대대로 돌아왔다.

그런데 느닷없이 생각하지도 못한 단장의 지시가 하달되었다.

그 지시는 오늘 수료식을 한 학생조종사들의 외출을 금지하라는 지시였다. 훈육관 입장에서는 매우 난감했다. 약 15개월여 동안 초등, 중등, 고등비행훈련과정을 모두 끝내고 그야말로 조종사가 되어 가슴에 날개 (Wing)를 단 날이다. 수료식을 마쳤지만 수송기 사정으로 다음 날 전투기 전환과정대대로 이동하게 되어 있는 조종사들이다. 어떻게 보면 수료식 후에는 훈육관에게 통제를 받아야 하는 학생들이 아니다. 장교로서 각자가 책임 있는 행동을 해야 하는 입지에 있는 조종사들이다. 그렇지만 아직 이들에게는 신고가 남아있었다.

'아무리 신고가 남아있다 하더라도 이런 조종사들의 마음을 전혀 생각하지 않고 외출금지라? 훈육관으로서 과연 이들의 외출을 막을 수 있을까?' 하는 생각이 앞섰다. 그리고 어떠한 연유에서 지휘관께서 이러한 결정을 내리게 되었는지 궁금하지 않을 수가 없었다.

훈육관으로서 고민을 거듭하는데, 수료한 한 학생조종사가 다가와서 "훈육관님, 오늘 저녁에 저희들과 술 한잔하시지요"라고 하였다. 이 말을 듣는 순간에 떠오른 생각과 판단으로는 개개인의 꽁무니를 따라 다니면서 외출하는 것을 막을 수는 없는 노릇이다. 오히려 단체로 같이 나가면 문제가 발생하지 않도록 통제할 수 있다는 생각이 들었다. 또 문제가 발생하게 되면 훈육관인 내가 나서서 해결하고 들어오면 된다는 순간적인 판단을 하게 되었다. 그래서 얼떨결에 그렇게 하자고 대답을 하였다.

이렇게 대답을 하였지만 나의 마음은 두 근 반, 세 근 반으로 쿵덕거리고 있었다. 순간 판단으로 내뱉은 이 말 한마디가 돌이킬 수 없는 길로 들어서고 있었기 때문이다. 들어올 때까지 문제가 발생되지 않도록 관리하는 일만 남아있을 뿐이었다.

부대 식당에서 저녁 식사를 마치고 숙소에 들어와서 신변정리를 하고 어둠이 깔려 누구인지 식별하기 어려울 때 단체로 외출을 하였다.

이 조종사들은 외출금지 명령이 하달되었는지 모르고 있었다. 이 사람들에게 외출금지 되었다고 사실대로 말을 하면 지휘관을 욕하는 게 자명했기 때문에 이러한 일로 지휘관을 욕 먹일 수는 없다는 마음이었다. 하지만 불안한 마음은 계속 두 근 반, 세 근 반으로 쿵덕거리고 있었다.

순간 판단이 매우 잘못되었다는 것을 느끼기도 하였다. 지휘관이 욕을 얻어먹든지 말든지 있는 그대로 전파했다면 이러한 마음고생은 하지 않았을 것이다. 시간이 지나갈수록 마음의 중압감은 더해 왔었다. 이제는 누구에게도 하소연할 수 없는 처지까지 와있는 상태가 되었다. 학생조종사들은 나의 이러한 심정을 조금이라도 헤아려 주지 않았다. 오히려 한 수 더 떠서 사천 시내가 아닌 진주로 나가자고 하였다.

'어디로 가든지 모두가 같이 있어 주기만 하면 나는 성공'이라고 생각하면서 진주로 나갔다. 진주 시외버스터미널 건너편 지하 술집으로 들어갔다. 자리 정돈이 되고 술을 한잔씩 나누었다. 그러면서 훈련 중 있었던 각 교관과의 재미있었던 일과 학생조종사로서의 어려웠던 일들을 얘기하였다. 이 시간이 진정으로 필요한 시간이었다. '비행교육의 발전을 위해서 형식에만 얽매이지 말고 정작 교관들이 앞장서서 만들었어야 하는 시간'이라는 생각이 들게 하였다.

이제 어느 정도 취기가 오르는데 한 학생 조종사가 "훈육관님, 노래 한 곡 하십시오"라고 하였다. 속으로는 지휘관의 명령을 어기고 여기까지 동행해 주었는데 노래는 무슨 놈의 노래냐고 뇌이면서 "나는 노래를 잘하지 못하니까 우리 앉아서 애기나 하면서 술이나 마시자"고 하였다. 그 말이 끝나자 "그러면 우리 훈육관님 헹가래 한번 치자"고 한 학생조 종사가 선동하였다. 순간 술집에서 헹가래를 치면 다른 손님이나, 종업 원들과 다툼이 일어나는 것은 불을 보듯 뻔하다는 생각이 들었다. 그래 서 "그러면 못하는 노래지만 내가 나가서 노래하고 올게"라고 하였다.

나는 밴드 마스터 앞으로 나가서 마이크를 잡고 "천등산 바 악 달재 ~를 울고 넘는 우−리 님~아" 하고 노래를 부르고 있었다. 그런데 이게 어떻게 된 일인가? 지금 꿈을 꾸고 있는 것인가? 외출을 금지한 호랑 이 같은 단장이 아가씨와 춤을 추러 나오고 있었다. 이 순간에 나의 정 신은 혼비백산(魂飛魄散)이 되며, 등줄기에서는 진땀이 흘러내리고 있 었다. 그 많은 술집 중에서 하필이면 이 집으로 오게 되었는가? 부르고 있던 노래를 중단하고 도망치고 싶은 마음이 순간적으로 생겨나기도 하 였다. 그야말로 만감이 교차하는 순간이었다. 기왕에 들킨 것을 어떡하 겠냐?

'그래 남자가 죽으면 한번 죽지 두 번 죽느냐?' 생각하며, 단장이 나온 쪽을 확인해 보았다. 같이 수행하여 나온 참모들이 보이지 않았다. 웬 일로 단장 혼자서 이런 곳에 왔을까? 하는 의문은 들었지만 그 의문은 나에게 중요하지 않았다. 현실타파를 어떻게 할 것인가가 중요하였다.

단장은 혼자 온 것이 확실한 것 같았다. 혼자서 이러한 곳에 오려고 학생조종사들에게 외출금지령을 내렸는가? 하는 생각이 순간적으로 들기도 하였다. '기왕에 죽는 거 끝까지 하고나 죽자'라고 생각하면서 노래를 마쳤다. 노래를 마침과 동시에 학생조종사들이 고성과 함께 박수를 쳤다. 그 자리에 단장이 도우미와 함께 합석하여 같이 박수를 치고 있었다.

우선 명령 불복종을 하고 있는 현장을 보여 주고 있는 상황에서, 단장 앞으로 가기가 민망하기도 하고 미안하기도 하였다. 몇 발자국 안 되는 거리이지만 앞에 가서 '무슨 말을 하여 이 위기를 모면할 수 있을까?' 하는 생각에 다가가기가 어려웠다. '그래, 이제는 쏟아진 물이다. 벌 받을 때 받더라도 학생 조종사들에게만은 비굴한 모습을 보이지 말자'라는 생각을 하며 다가가 거수경례하면서 "필승, 단장님 나오셨습니까?" 하니까, 단장은 옆에 앉으라고 하였다. 단장은 내가 옆에 앉으니 나의 어깨에 손을 얹고 나의 이름을 두 번씩 부르면서, "우리 오늘 저녁에 한잔하자. 응" 하기에 "예"라고 답변하니 똑같은 말을 여러 번 반복하였다.

함께 앉은 나는 가시방석이었으며, 마음은 공황(恐慌)상태였다. 하지만 단장은 보여 주어서는 안 될 모습을 나에게 보여 주고 있었다. 이제는 전세가 뒤바뀐 상황으로 변하고 말았다. 도우미 아가씨가 자리를 떠나고 1~2분 후에 단장께서도 나가며, "잘들 놀고 와, 나 먼저 갈게"라고 하면서 ㄱ 술집을 나갔다. 배웅을 하려고 내가 따라 나가려 하였다. 단장이 극구(極口) 혼자 가겠다고 하여 그렇게 하였다. 나의 속옷은 다 젖어있었고 얼굴엔 땀방울도 맺혀 있었다.

학생 조종사 중에서 한 명이 "훈육관님, 땀을 왜 이렇게 많이 흘리십니까? 우리가 훈육관님을 너무 고생하게 만든 것 아닙니까?" 하면서 농담 섞인 말을 하였다. 속으로는 '그래 네놈 말이 맞다'고 하면서 "오늘은 나도 모르게 땀이 많이 나네. 이 집이 너무 더운 것 같아" 하는 대답으로 얼버무렸다. 이 시간이 일 년이 지난 듯 길게만 느껴졌다.

학생조종사가 "훈육관님을 위해서 우리 모두의 정성을 담아서 한잔 올리도록 하겠습니다"라고 하면서, '모둠주'를 만들어 주었다. 학생 조종사들에게 땀을 흘리고 있는 이유를 설명할 수도 없었다. 또 이 분위기를 이어나가기 위해 모둠주를 안 마실 수도 없는 상황이었다. 그야말로 나에겐 이러지도 못하고 저러지도 못하는 진퇴양난(進退兩難)의 자리였다.

이 술자리가 끝나고 들어오려고 하는데, 뿔뿔이 흩어져 부대로 복귀하려고 하였다. 술에 못이기는 척하면서 "야! 내일이면 떠나는데, 오늘 우리 모두 함께 나하고 같이 들어가는 것이 어때"라고 하니까 좋다는 답변이 바로 돌아왔다. 이렇게 하여 택시를 불러서 나누어 타고 함께 귀영하였다. 그리고 인원을 확인한 후 잠자리에 들었다. 술에 취한 척하면서 훈육관의 임무는 잃지 않았다.

이튿날 비행단 청사 앞마당에서 단장에게 신고를 하는데 작전부장, 대대장, 그리고 훈육관인 내가 배석하고 있었다. 신고 후 개인별 악수를 하는 단장이, 내가 서 있는 반대쪽에서 악수하며 "어제 비어홀에서 만난 놈들이지!" 하는 것 같은데 확실히 듣지는 못했다. 이때 대대장이 "지금 단장님께서 뭐라고 하셨냐?"라고 하여, "저도 확실히 듣지 못했습니다" 하면서 대답을 얼버무렸다.

이후에도 외출금지령을 왜 내렸는지! 그 속뜻을 알지는 못하였다. 그렇지만 단장의 지시사항을 위반한 사건으로서 아찔했던 상황은 별 탈 없이 막을 내리게 되었다.

후배 조종사들을 양성하면서 그렇게도 견디기 어려운 환경이 한꺼번에 닥쳐왔지만 시간은 흘러가고 있었다. 아무리 슬프고, 아무리 기쁜 일이 있다 하더라도 그것을 움켜잡고 멈추어 살 수는 없는 일이었다.

찰나의 한순간이라도 멈춰있지 않고 변화하는 것이 세상이다. 나에게 이토록 모질고도 애통한 삶의 변화가 한꺼번에 닥쳐왔지만, 내일을 살아가야 하기에 훌훌 털고 일어서야만 했다. 이러한 생각을 하다 보니 '삶을 위한 희망의 씨앗은 내일에 있다'라는 것을 일깨워준 기간이기도 하였다.

이제 교관 생활의 임기를 마치고, 더 높이 더 빨리 날을 수 있는 전투기를 타러 떠나야 할 때가 되었다.

6장

공군연락장교(ALO)로 해군과 육군을 체험하다

해군을 이해하다
: 해군 ALO (Air Liaison Officer)

고등비행훈련대대의 비행교관을 마치고 전투비행대대로 돌아왔다.

기존에 있던 조종사들이 보이지 않는 자기 영역을 만들어 둔 것을 느낄 수가 있었다. 마치 동물들이 자기 영역을 표시하기 위하여 오줌을 누거나 나무껍질을 벗겨 놓고 으르렁대는 듯한 느낌이었다. 이러한 분위기가 영 마음에 들지 않았다. 내가 골프운동과 마작을 하지 않았다. 그래서 이러한 것을 더 많이 느끼게 되었는지도 모른다는 생각이 들기도 하였다.

기존에 있던 조종사 중에 파견을 다녀오지 않은 조종사들이 있었다. 그런데도 부임한 지 얼마 되지 않은 나는 파견이란 파견은 모두 다녀왔다. 파견 나갈 때는 비행대대에서 별로 쓸모없는 왕따가 된 느낌이 들었다. 그래서 착잡한 마음 이루 말할 수 없었다.

이러한 마음이 생겨 날 때마다 '타군에 파견근무 하러 나가는 것은 쫓겨나는 것이 아니라, 더 넓은 세상을 나에게 보여주기 위한 것'이라고 생각하며 마음을 추스르기 시작하였다. 한편으론 파견근무현장에서 후회되지 않는 시간을 보낸다면 실질적인 소득을 안고 오는 것이라고 생각하였다. 이렇게 나는 파견 나가는 것이 오히려 얻을 수 있는 것이 더 많을 수 있다고 생각하면서 긍정의 마음으로 애써 전환하기도 하였다.

이 파견임무 또한 현장에 가서 보니까 해야 할 일도 많이 있었다. 또한 타군에 대한 견문을 넓힐 좋은 기회였다.

타군으로의 최초 파견은 해군 ○함대사령부이었다.

해군에서 공군전력이 필요할 때 조치해 주는 공군연락장교로서 ○함대사령부 작전상황실에서 근무하였다. 해군의 작전개념을 이해할 기회가 되었다. 또 해군 장교들과 친분을 쌓는데도 큰 도움이 되었다.

2번째 3번째 파견은 ○함대 소속의 구축함에 승선하여 1주일 이상 바다에서 살다가 육지로 들어오는 것이었다. 최초로 겪어보는 구축함에서의 근무이었다. 그래서 그런지 한껏 부풀어진 마음으로 '인천함'이 정박된 부두로 나갔다. 부두에서 인천함에 승선할 때 주번사관과 병사가 절도 있게 거수경례하는 모습이 아직도 지워지지 않고 있다. 해군 특유의 냄새가 물씬 나는 그런 모습이었다.

함장은 A대령으로 내가 어릴 때 생각하고 있던 마도로스의 위용을 한 몸에 지닌 분이라고 느껴졌다. 접안되어 있는 그 큰 인천함을 바다로 출항하기 위하여 파이프를 우측 손에 들고 지휘하는 함장이 너무 멋있게 보였다. 내가 고등학교를 졸업하면서 한때 꿈을 꾸고 있었던 그 마도로스가 바로 눈앞에서 지휘하고 있는 것이었다.

인천함에 승선하여 한바다로 나가는데, 모든 것이 신기하게만 느껴졌다. 시간이 지나면서 육지는 점점 멀어져서 희미하게 보이던 땅끝 선마저 눈에서 사라졌다. 사방이 바다이며, 보이는 것이라고는 하늘에 떠 있는 태양밖에 없었다. 그야말로 망망대해 그 자체의 바다에 떠 있었다. 인천함은 이러한 환경에서 해상 초계임무를 수행하고 있었다.

인천함에서 나의 방은 사관실 바로 옆방으로서 인천함 내에서 가장 좋은 방을 배려해 주었다. 내가 가만히 있지 못하는 성격의 소유자라 인천함의 구석구석 견학을 하면서 구축함에 대한 이해를 많이 하게 되었다. 특히 수병들의 내무반에 들어가 보니 높이가 약 70~80㎝ 정도밖에 안 되는 공간으로 층층이 배열된 침대가 매우 답답하게 보였다. 이러한 환경이었지만 침대 머리맡에는 가족사진을 걸어두고 있었다. 이 어려운 환경에서 근무하면서도 잠자리에 들 때는 가족사진을 보며 가족을 생각하고 있는 수병들이었다. 그 사진으로 마음의 위안을 삼는 것 같이 느껴졌다. 이 광경을 보는 순간 코끝이 찡해오며 마음이 울컥해 왔다. 육, 해, 공군, 해병대 병사 중에 가장 고생하는 병사들은 땅을 밟지 않고 근무하고 있는 해군 수병이라는 것을 느끼게 하였다.

다음은 간부들이 기거하고 있는 방으로 들어가 보았다. 이곳에 들어온 지 10분도 안 되었는데, 속이 울렁거려 왔다. 나에게 배멀미가 오고 있었다. 그래서 안내자에게 빨리 나가자고 하여 그 방을 나왔다. 다행히 토하지는 않았지만, 거기에서 생활하고 있는 사람들의 체력이 대단하다는 것을 느꼈다. 아무나 비행기를 타지 못하듯이, 아무나 배를 탈 수 없다는 것을 알게 되었다.

인천함은 2차 세계대전 때 사용하던 구축함이라고 하였다. 어떤 힘으로 이렇게 육중한 배를 움직이게 하는지 궁금하였다. 그래서 기관실로 내려가 보았다. 기관실은 3층 이상의 높이가 되는 듯하며, 보일러가 수 대 설치되어 있었다. 밖은 추운데 기관실에서는 상의를 탈의하고 근무를 하고 있었다. 보일러가 돌아가고 있으니 더울 수밖에 없었다. 같은 배 안이지만 가는 곳마다 다른 곳에 와있는 느낌을 받았다.

이 배 안에서 탈영하면 약 한 달은 발견되지 않을 수도 있다고 하였다. 그러니 어느 정도의 큰 배인지 짐작할 수 있었다. 이 넓은 한바다에서 내가 승선하는 중에 부서별 장기자랑대회가 개최되었다. 함장 뒤로 참모들과 나란히 앉아서 관람하였다.

출연자들이 분장을 하고 공연을 하는데 매우 진지하였다. 내용구성 또한 노력한 부분이 돋보였다. 쌓인 스트레스를 푸는 데는 완벽할 수는 없겠지만, 어느 정도의 기분을 전환하는 데는 효과가 클 것이라고 생각되었다. 구축함 내에 구성원들의 마음까지도 엿볼 수 있는 자리였었다.

겨울철에 주로 발생하는 큰 덩어리의 고기압이 백두산 쪽으로 밀려 내려오면 바다의 물결은 가만히 있지를 않는다고 하였다. 그때 만들어지는 파도를 아마도 거친 파도 또는 성난 파도라고 말하는 것 같았다.

어느 날 울릉도 부근에서 배가 침수되고 있으니, 그 배를 예인하라는 명령을 받았다. 함장을 따라 레이더실로 가서 작전상황을 지켜보았다. 침수되는 배까지의 거리는 약 70NM(Nautical Mile: 해리 1NM=1,852m)이었는데, TOT(Time Over Target; 목표 도달시간)를 앞으로 4시간 후로 잡았다. 내가 타는 비행기로 간다면 약 10분이 소요되는 거리이다. 그래서 공군은 '초개념'의 작전을 하고, 해군은 '시간개념'의 작전을 수행한다는 말을 되새기게 하였다.

앞으로 4시간 후에 작전하는 것을 관람하려면 나의 방으로 가서 잠을 자두어야 했다. 현재 있는 이 위치에서는 파도가 그리 높지 않았다. 아직 배에 적응이 덜 된 듯 곤하게 잠들었다. 시간이 얼마나 지났을까? 잠결에 이불이 축축해진 부분이 감지되었다. 혹시나 배에 적응이 되지 않아 실수한 것이 아닌가 하고 쿵덕거리는 마음으로 팬티에 손을 넣어 보았다. 다행히 실수한 것이 아니었다.

그런데 배가 많이 흔들리고 있었다. 알고 보니 파도가 쳐서, 틈새 사이로 들어온 바닷물이 이불을 적시고 있었다. 2차 대전 때 사용하던 군함이었으니까 이해가 되기도 하였다. 밖으로 나가보고 싶어졌다. 그래서 '함교'에 올라가 보려고 나오는데 몸을 가누지 못할 정도였다. 손으로 잡지 않으면 쓰러질 정도로 배가 흔들리고 있었다. 간신히 함교로 올라가는 계단 앞까지 나왔다. 여기에 도착하자마자 발 앞에 있는 계단에서 물줄기가 허옇게 색깔을 내면서 주르륵 흘러내렸다.

더 이상 나갈 수가 없어, 다시 내 방으로 돌아왔다. 이야기할 사람도 없이 고독하게 시간을 보내야만 했다. 해군의 맛을 제대로 체험해보고 느끼고 있는 것 같았다. 그 넓은 바다에서 함정과 같이 바닷속으로 들어가는 것이 아닌가? 하는 생각도 들었다. 파도가 그 높은 함교 위에까지 덮치고 있었다고 나중에 부함장께서 얘기를 해주었다. 결국 울릉도에서 예인 작전은 취소되고 다시 초계지역으로 돌아와서 임무를 수행하고 있었다. 이렇게 오래된 함정과 함께하며, 거친 파도와 싸우면서 나라를 지키는 해군의 어려움을 조금이나마 이해하게 되었다.

초계임무를 마치고 귀항하고 있었다. 바다로 떠날 때 가물가물하게 보였던 땅끝 선이 눈에 들어왔다. 그렇게 반가울 수가 없었다. 새로운 세상을 만나는 기분이었다. 항만 부두에 접안을 한 후, 함장에게 신고하고 하선하였다. 하선할 때 주변사관과 근무병사의 경례 소리가 군인답고 얼마나 감동적이었는지 아직도 귓전에 들리는 듯하다. 육지를 밟는 순간 땅이 좌측으로 기울어졌다 우측으로 기울어졌다 하는 것같이 느껴졌다. 신체적인 착각이 일어난 것이다.

이렇게 어려운 환경 속에서도 묵묵히 임무를 수행하고 있는 해군 장병 모두에게 고맙게 생각하며 감사를 드린다.

하늘에서 얻지 못한 깨달음을 얻다

: 육군 ALO (Air Liaison Officer)

　해군부대 파견 임무를 마치고 비행대대로 돌아와서 본연의 임무를 수행하고 있었다. 그런데 이번에는 육군 ○군단 연락장교로 파견 명령을 받고 임지로 떠났다.

　언제나 그랬듯이 나를 또 파견 보낸다고 불평하기보다 새로운 곳에서 나에게 무엇을 더 배우게 해줄 것인지 기대된다는 마음으로 받아들였다. 긍정적으로 생각하니 불평의 마음을 누그러뜨릴 수가 있었다.

　○군단은 점촌에서 버스를 타고 서울에 도착해서 환승하여 속초로 가야 한다. 영동고속도로를 달리고 있었지만 구불구불한 길은 강원도라는 것을 알려 주는듯하였다. 그때가 1983년 1월 23일이었다. 태어나서 처음으로 넘어보는 대관령이었다.

막힌 듯하며 터지고

터진 듯하며 또 막아주는

비탈에 걸쳐진 산길이

강원도라 알려주네

큰 고개 넘고 나니
청파 백파 눈 아래 와 닿고
한눈에 들어온 설경은
한 폭의 동양화이어라!

아흔아홉 굽이마다
그 어느 때 전설을 담고
동풍에 매달린 나뭇가지마다
옛 예기 들려주려 손짓하고 있네!

먼 길을 가고 있지만, 새로이 만나게 되는 세상에 대한 기대감이 컸다. 창가에 밀리는 풍경은 놓치면 안 되겠다는 생각이 들 만큼 아름다운 풍경이 연이어 펼쳐지고 있었다. 이러하니 지루하지도 않고, 피로하지도 않았다.

버스는 영동고속도로를 지나서 7번 국도를 따라 속초로 향하고 있었다. 바다와 함께 어우러진 아름다움에 푹 빠져있었다. 잠시 쉬었다 간다면서, 버스가 선 곳은 38휴게소였다. 38도선 표지석을 보니 온몸에 전율이 감돌기 시작하였다. 아~ 여기가 38선이라니, 처음 와보는 곳이라 긴장도 되었다. 휴식을 마친 후 버스는 다시 출발했다. 창가에 밀리는 파도는 고향 파도와 같은데 모든 것이 낯설기만 했다.

이튿날 속초비행장 바로 옆에 위치해 있는 ○군단으로 출근했다. 군단장께 신고를 하고 업무파악에 들어갔다. 업무를 인수하여 보니 하는 일이 없었다. 군단 예하부대인 사단에 파견 나와서 전방통제 임무를 수행하는 몇 명의 조종사들을 관리하는 것이라고 하였다. 이러한 임무를 하기 위하여 이 자리를 만들어 놓지는 않았을 것이라는 생각이 들었다. 육군에서도 관심 밖에 있었다고 해도 틀린 말은 아니었다.

군단 상황실로 찾아갔다. 상황장교를 만나서 요구했다.

"나는 군단장님 참모로 여기에 파견 나왔습니다. 내일 아침부터 상황회의에 참석할 테니 자리를 만들어 주세요."

"지금까지 아침 상황회의에 참석한 공군은 한 명도 없었습니다. 안 나오셔도 됩니다."

상황장교 대답에 나는 쐐기를 박고 나왔다.

"나는 군단장님 참모로 파견 나왔으니까 회의에 참석할 겁니다. 내일 아침부터 참석할 테니까 그렇게 알고 자리를 준비해 주세요." 하고 나왔다.

이튿날 상황회의에 참석하였다. 브리핑을 들어 보니까 그야말로 전율이 감돌았다. 어디에 있는 어느 고지에서 무슨 전투가 있었고, 또 어느 고지에서는 무슨 전투가 있었다고 하면서 밤사이 북한군과 있었던 일들을 그대로 보고하였다. 군복을 입고 실제 이러한 상황보고를 접하니 진짜 군인이라는 맛을 느껴볼 수 있었다. 참석하기를 정말 잘한 것 같았다. 보고 마지막에 내가 일어나서 공군 연락장교로서 개인 소개를 했다. 이어서 군단 예하부대별 금일 계획되어 있는 육군을 지원하기 위한 공군훈련에 대하여 보고를 했다. 모든 사람이 물끄러미 바라보았다. 공군장교가 아침회의에 참석하여 보고하는 모습을 보면서, 모두가 의아해하는 눈치였다. 회의가 끝나고 나오는데, 작전참모 C대령이 차 한잔하자고 하여 방으로 따라갔다. 그의 방에 들어서니 첫 마디가 고맙다였다.

"회의에 참석해준 것도 고맙고, 공군이 파견 나와 있는데 챙겨 주지도 못하였고, 지금껏 뭐 하고 있었는지 궁금하였는데, 육군 작전을 돕기 위해 지속적으로 훈련하고 있는 상황까지 보고해 주니 정말 고맙다. 앞으로 작전요원으로서 항상 함께해 주게."

그의 말에 그렇게 하겠다고 대답하였다.

이제 무료하고 지루한 시간을 보낼 이유가 없어졌다. 회식할 때도 항상 함께하였다. ○군단 지역에서 육군 작전을 지원하는 근접항공지원작전 훈련통제와 예하부대에 파견된 인원들의 감독과 직무순찰이 주 임무였다. 이 임무 외에 모든 생활은 육군 참모들과 함께하면서 지냈다.

○군단에서는 점심 후에 참모들이 돌아가면서 5분 스피치(Speech)를 하였다. 스피치 하는 사람이야 준비하고 발표하는 게 힘들고 귀찮겠지만, 많은 부하들을 거느리고 지휘해야 할 사람에게는 이 5분 스피치가 은연중에 많은 도움이 될 것이라는 생각이 들었다. 어느 날 항공대장이 기상에 대하여 5분 스피치를 하였는데, 끝나자마자 군단장이 "공군은 몇 노트(KTS: Knot와 같은 의미이며 1시간에 1해리의 속도=1,852m를 말함)까지 비행훈련을 하느냐?"라고 질문을 하였다.

"운영 목적상 30KTS까지 제한하여 훈련하고 있습니다"라고 답변했더니 "공군은 겁쟁이들만 모였어"라고 하였다. 이 말을 듣는 순간 나도 모르게 벌떡 일어섰다.

"공군이 겁쟁이들만 있어서 제한하는 것이 아닙니다. 평시에 전력을 보존하기 위하여 제한하는 것이지, 겁이 많아서 제한하는 것은 결코 아닙니다. 유사시가 되면 바람에 제한을 받지 않습니다."

내 말에 군단장의 얼굴색이 변하고 있었다.

공군 비하 발언에 젊은 혈기로 불끈하였지만, 순간 육군문화에 맞지 않는 당돌한 행동을 한 것이 아닌가 하는 생각이 들었다. 그래서 빨리 이 상황을 벗어나야겠다는 마음이 들어 서 있는 자세에서 "기왕 일어선 겸에 하늘에 대하여 더 말씀드리고 앉겠습니다"라고 하였더니 모두가 박수로 응답하였다.

"여기에 앉아 계시는 군단장님께서나, 지휘관 참모님들이나, 기타 모든 사람들은 계절이 변화하는 것을 만물이 생장하는 모습이나 사람들이 걸치고 다니는 옷가지를 보면서 봄, 여름, 가을, 겨울을 구분하시지만, 우리 공군은 하늘의 구름이 변화하는 모습을 보고 봄, 여름, 가을, 겨울을 구분하며 살아갑니다."

첫 운을 떼자 모두가 또 박수를 보냈다. 이어서 나는 봄부터 여름, 가을, 겨울, 계절별로 바뀌는 구름 형태를 자세히 설명했다. 그다음 기상이 항공기 운항에 미치는 영향을 말하면서, 맺는말을 덧붙였다.

"여기 계신 지휘관 참모님들께서는 기상이 나쁠 때는 가능한 항공기를 이용하시지 마시고 시간이 더 걸리더라도 차량을 이용하십시오. 그렇게 하는 것이 오래 사는 길이라는 것을 알아주시면 감사하겠습니다."

말을 마치고 자리에 앉았는데 또 박수가 쏟아졌다. 내 말을 들은 군단 장은 "공군에도 저렇게 말 잘하는 사람이 있었나?"라고 하였다. 그 말에 군단장 옆에 있던 작전참모가 "교관 갔다온 지 얼마 안 되었답니다"라고 답변하였다. 군단장은 이 말을 듣고 고개를 끄덕였다. 당돌한 행동을 모면하기 위한 순간적인 행동이었는데, 대성공이었다. 준비되지 않은 스피치였지만 이상하리만치 막힘없이 말이 술술 나왔다. 육군에서는 교관 경력이 있는 사람을 매우 우수한 자원이라고 생각하는 것 같았다.

식당을 나오는데 누가 뒤에서 나의 손을 잡는 사람이 있었다. 뒤돌아보니 육군 항공대장이었다. 그가 사무실에 가서 차 한잔하자고 팔을 당겼다. 항공대장실로 갔더니 항공대장은 자신이 그렇게 하고 싶었던 이야기를 대신해 주니 너무 고맙고 감사하다고 하였다. 그다음 날부터는 참모마다 서로 자기 방으로 오라고 하며 같이 차를 마시자고 하였다. 그야말로 하루가 지루하다고 느껴본 날이 없었다.

파견임무를 마치고 전투비행대대로 귀대하였다. 그리고 몇 개월이 지난 후, 개인 볼 일이 있어서 속초에 갔다. 파견 중에 함께하였던 ○군단 지휘관 참모들께 인사드리기 위하여 군단에 들렀다. 만나는 참모님들마다 ○군 사령부 높은 분께서 기상이 나쁜데 비행기를 타고 추풍령을 넘다가 산에 추락하였다면서, 그때 열변을 토하던 내 얘기가 실감 났다면서 반갑게 맞이해 주기도 하였다.

파견 중일 때 어느 날 군단장이 "임 소령, 자네도 설악산 대청봉에 한 번 올라가 봐, 올라가서 내려다보면 눈 아래 보이는 것이 모두 내 손아귀에 들어오는 것 같아"라고 하였다. 그래서 나는 "군단장님 저희들은 만 피트만 올라가면 선은 보이지 않지만 동·서해를 한눈에 볼 수가 있습니다"라고 답변하였다. 군단장은 "아! 참 맞다. 공군은 임무 할 때마다 더 넓은 세상을 보면서 살겠네"라고 하였다. 답변은 그렇게 했지만, 속으로는 창피한 마음이 들었다.

지금까지 수없이 하늘에 올라갔다 내려왔다 하였지만 군단장과 같은 이러한 생각과 마음은 한 번도 가져본 적이 없기 때문이다. 역시 존경을 받을 수밖에 없는 군단장이라고 생각되었으며, 매우 고맙고 감사하게 생각되었다. 대청봉보다 아무리 더 높은 곳에 올라간다고 하더라도, 보이는 것이 내 손아귀에 들어온다는 생각을 하지 않는다면, 아무것도 느끼지 못하며 조종석 안만 보고 살아갈 수밖에 없었을 것이다. 군단장이 자연을 보면서 배우는 한 가지 방법을 말하여 준 것이다.

세상의 하늘을 다 누빈다 하여도, 바깥을 보면서 아무런 생각도 없이 그냥 보기만 한다면, 마음은 코딱지만 하게 살아갈 수밖에 없는 사람이 될 것이다. 자연에서 배우는 참으로 값진 교훈을 군단장에게서 배우게 된 것이다.

파견 기간 중에 한미 연합훈련인 팀 스피릿(Team Spirit) 훈련이 도래하였다. ○군단 지역에서는 이 훈련에 참가하지 않았다. 이 기간에 군단장은 군단 예하 모든 영관장교 소양교육을 하라는 지시를 내렸다. 군단장에게 나도 그 교육을 받도록 해달라고 하니 군단장은 좋은 생각이라면서 허락하였다.

2박 3일간 설악산 유스호스텔에서 숙식하면서 교육을 받았다. 육군을 이해하는 데 많은 도움이 되었다. 그뿐만 아니라 많은 사람들을 알고 지낼 수 있어서 좋았다. 이와 같이 스스로 움직이니까, 외롭고 지루하다고 생각할 겨를도 없어지고 많은 것을 배울 수 있음을 다시 한 번 체험하였다.

영관장교 소양교육 3일째 되던 날 울산바위 등반이 계획되어 있었다. 함께 등반을 마치고 부대로 돌아왔다. 군단장이 군악대를 부르고 비어콜(Beer Call: 주파티)을 준비하여 두었다. 분위기가 한창 무르익어 가는 중이었다. 군단장이 마이크를 들고 오늘 여러분께 소개할 사람이 있다더니 공군 ALO 나오라고 하였다. 내가 앞으로 나가서 군단장 옆에 섰다. 군단장은 내 소개를 한 다음 말했다.

"군인은 공군 ALO처럼 누가 시키지 않아도 스스로 할 일을 찾아서 업무를 해야 한다. 각자가 이렇게 업무를 수행했을 때, 비로소 군의 힘이 최대로 발휘하게 된다."

당연히 해야 할 일을 했을 뿐이었다. 그런데 군단장이 너무 과찬한 것 같아 몸 둘 바를 몰랐다. 한편으론 나를 인정해 주는 군단장이 고맙고 감사하였다. 그 이후부터는 항공기와 교신할 수 있는 라디오 지프(Jeep)인 MRC-108(항공기와 교신할 수 있도록 라디오가 장착된 지프) 차량을 타고 부대 밖을 나가면, 지나가는 모든 육군 지프 앞 좌석에 탄 분들과 손을 흔들거나 거수경례하면서 지냈다.

비행대대에서 파견이 내정되고 현장에 도착할 때까지는 왕따가 된 느낌이 들었었다. 하지만 파견 임무 중에 보고, 배우고, 접촉하고, 경험하면서 느낀 것이 매우 많았다. 나에겐 더 없는 유용한 시간이었다고 자신 있게 말할 수 있는 기간이었다. '이 세상은 사람에 따라 더 주거나 덜 주지를 않는다. 자기가 노력한 만큼만 준다'는 것을 다시 한 번 되새기는 기회가 된 기간이었다.

7장

중국 민항기 춘천 불시착, 그 진실을 말한다

진실의 역사를 향하여

1983년 5월 5일, 중국 민항기가 대한민국 영토에 착륙하도록 강제하면서 '새로운 역사'는 만들어졌다. 중국 민항기가 휴전선을 넘어 북쪽으로 날아갔다면 '중국 민항기 춘천 불시착'이란 제목의 역사는 있을 수 없었다. 나아가 중국을 비롯한 공산권 국가들과의 변화된 오늘의 모습도 기대하기는 어려웠을 것이다.

불시착한 중국 민항기(강원일보 제공)

당시 17분 동안의 급박한 상황 속에서 '공중위협기동'을 하여 중국 민항기를 춘천 캠프페이지 기지에 불시착하게 한 주인공인 전투조종사들의 활약상은 그 어디에도 기록으로 남아있지 않다. 지상에서 일어난 일들만을 기록하여 역사라고 만들어 놓은 것 같다. 원인은 두말할 것도 없이, 작전이 완료된 후에 사실대로 보고서를 만들지 않았기 때문이라고 생각한다. 그리고 현재는 사람들의 관심 밖으로 밀려나 있는 상태이다.

그때 나는 실제 임무를 수행한 전투조종사로서 살아있는 동안에, 언젠가는 '만들어 꾸민 역사'를 바로잡아 '사실대로의 역사'를 후손들에게 물려주겠다는 굳센 의지와 소신이 있었다. 그러던 중 강원도와 춘천시에서 그때 불시착한 중국 민항기를 들여와서 캠프페이지 기지 일부를 안보공원으로 조성하겠다는 얘기를 듣게 되었다. 이 또한 거짓의 역사 공원을 만들어서 후손들에게 물려주도록 방관해서는 안 된다는 생각이 함께하여 더욱 용기를 내게 되었다.

그때 당시에 대한민국의 영공을 방어하기 위하여 눈의 역할을 담당하던 대공탐지레이더는 브라인드 에리어(Blind Area: 사각지대)가 많았다. 그때 이러한 상황을 있는 그대로 밝히면, 대한민국 영공방어의 허점을 적에게 노출하는 결과가 되기 때문에 사실대로 밝힐 수가 없었다. 나 자신의 이익에 부합하지 않는다 하여 국가방어의 허점을 공개할 수는 없는 일이었다. 국고가 넉넉하지 못한 상태에서 이렇게 영공방어를 할 수밖에 없었던 시절이었다.

지금의 대한민국 영공 방어체계는 많은 노력을 거듭하여 한자리에 앉아서 우리나라 영공 전체를 지켜보면서 작전을 할 수 있는 데까지 발전하였다. 우리나라 방공식별구역에 미식별항체가 침범할 것으로 예상되면 곧바로 공중작전을 시행한다. 그리고 그 항적을 녹화하여 분석 및 평가를 하고, 국민들에게 브리핑을 할 수 있는 데까지 보완되고 발전되었다. 장비 발전과 맞물려 작전체계 또한 모두 바뀌어 그때 당시에 사용하던 작전절차는 역사 속으로 들어갔다. 그래서 '이제는 말할 수 있다'고 판단하였다.

또 한편으론 당시 관련 있는 사람 중에서 사실을 바로 잡을 수 있는 용기 있는 사람이 한 명이라도 나타날 것이라고 기대했지만, 그 기대가 점점 멀어지고 있다는 생각이 들었다. 그래서 이제는 더 이상 기다릴 수 없다는 생각에 사실대로 공개하기로 결심하였다.

그때 당시에 일어났던 상황을 있었던 그대로 기록하고, 그때 내가 작전하면서 했던 순간순간의 언행과 생각, 느낌은 물론 중국 민항기가 불시착한 그 시기에 여타 귀순기가 왔을 때 내부적으로 전파되었던 일부 내용도 함께 서술하려 한다.

그리고 받아들일 수 없는 사후처리였지만 받아들여야만 했던 안타까운 마음과 이 작전에 직접 참가한 전투조종사로서 실제 행한 사실과 다르게 공표(公表)되었다는 것을 그때 당시에 발표되었던 항적을 분석(分析)하면서 짚어보려고 한다.

'브랜다 23' 스크램블(Scramble)

당시 나는 예천비행단 제202전투비행대대에서 편대장으로 근무하고 있었다. 비행단 콜사인(Call Sign)인 브랜다 23(23은 편대장인 나의 Call Sign이며, 24는 요기의 Call Sign)으로 방공비상대기 임무를 부여받고 요기인 K대위와 횡성기지(현재 원주기지)로 전개하였다. 디오(Duty Officer: 근무 장교) 임무를 담당하는 조종사 C중위는 육로로 이동하였다. 비상대기할 모든 준비를 마치고 횡성기지에서 방공비상대기를 하고 있던 편대와 교대한 후 5분 비상대기에 돌입하였다.

중국 민항기가 우리의 영공을 침범한 날짜는 1983년 5월 5일 어린이날이다. 이날은 모든 비행단에서 비행을 하지 않는 휴무였다. 하지만 비상대기를 하던 나의 편대는 여느 때나 마찬가지로 일출 1시간 30분 전에 기상하였다. 아직 여명이 트기 직전의 깜깜한 새벽이다. 나는 테일넘버(Tail Number: 꼬리번호) 515항공기 시동점검을 마치고, 요기와 프리 브리핑을 한 후 지-슈터(G-Chute: 중력을 더 견디게 하는 덧바지)를 입고 권총을 차고 시간에 맞추어 비상대기에 돌입하였다. 프리 브리핑 주요 내용은 실제상황이 발생했을 때 상황별 대처해야 하는 내용과 항공기에 비상상황이나 비행 중에 비정상상황이 발생했을 때 대처하는 방법 등이었다.

그때 횡성기지는 프로펠러 저속 항공기만 운영하는 곳이었다. 일반 전투비행단의 활주로보다 길이가 1,000피트(Ft: 길이의 단위로서 1Ft=12인치=30.3Cm) 짧았고, 폭이 30피트 좁은 활주로였다. 또 활주로 주변 작업으로 먼지가 많이 일기 때문에 단기 이륙하는 것을 원칙으로 하였다.

점심을 마친 후 나는 쏟아지는 졸음과 맞서고 있었다. 졸면 안 되지 하면서, 몸을 움직이며 졸음을 쫓고 있는데 갑자기 따르릉 하는 비상출동 벨 소리와 함께 "브랜다 23 스크램블(Scramble: 바쁘게 서둘러서 올라가라)" 하면서 인터폰이 울렸다. 그때 시간이 약 13시 53분이었다.

나는 앉아있던 몸을 반사적으로 일으키며 뛰어나가 항공기에 탑승하여 시동을 걸었다. 시동이 완료됨과 동시에 DO 근무를 하던 C중위가 카메라를 챙겨 주었다. 이 카메라를 좌측콘솔에 얹어두고, "브랜드 23 책인" 하니까 요기가 "24"라고 응답하였다. 나는 즉시 "그라운드(Ground: Ground Control의 줄임말로서 지상활주 통제소), 브랜다 23 택시 앤 스크램블 오더(TAXI & Scramble Order: 지상 활주 허가 및 스크램블 오더를 달라)"라고 요구하였다.

그 즉시 Ground 관제사가 "클리어 포 택시 앤드 레디 투 카피?(Clear for TAXI & Ready To Copy?: 지상 활주를 허가한다, 그리고 오더를 받을 준비가 되었는가?)"라고 하였다. 스로틀을 밀어 넣으면서 브레이크에서 발을 내렸다. 그러면서 지상 활주를 시작함과 동시에 "23 레디(23 Ready 준비가 되었다)"라고 응신하였다.

그 즉시 "인니셜 벡터 350, 클라임 12.5, 컨택 판초 매뉴얼00, 브이 맥스 피(Initial Vector 350, climb 12.5, Contact PANCHO Manual 00, V Max P: 초기방향 350도, 고도상승 12,500Ft, 00주파수로 '판초' 관제사와 통화하고, 속도는 최대속도를 유지할 것)"라고 스크램블 오더를 하달하였다. 나는 이것을 받아 적어서 즉시 리더 백(Read Back) 하였다. 관제사가 "23 리더 백 이즈 코렉트, 클리어 포 테이크 엎(23 Read Back is Correct, Clear For Take Off: 리더 백한 스크램블 오더가 정확하다. 이륙을 허가한다)"라고 하면서 이륙허가를 하였다. "23 라저(Roger)"라고 응답하면서 활주로에 진입하였다.

비상대기를 하던 이글루가 이륙하는 활주로와 가장 가까운 곳에 위치하고 있었다. 이 때문에 지상활주허가와 스크램블 오더를 받는 통화가 끝나고 이륙허가가 나자마자 지체 없이 바로 활주로에 진입하게 되었다. 활주로에 정대하여 요기가 정대하는 것을 확인한 후 스로틀(Throttle)을 풀(Full)로 밀어 넣어서 간단 점검을 하고, 요기를 확인한 후 브레이크에서 발을 내리고 약 13시 57분에 이륙하였다. 350도 방향으로 기수를 맞추고 "브랜다 23 고 매뉴얼 ○○(Go Manual ○○: ○○번 주파수로 변경하자)"라고 콜하고 요기가 "24"라고 하는 응답을 듣고 나서 주파수를 변경하였다.

그다음 "브랜다 23 책인(Check In: 출두하라)" 하니까, 요기가 "24 원 미스(One Miss: 편대장 비행기를 보지 못하고 있다)"라고 콜(Call) 하였다. 요기가 넘버원을 미스하였다는 얘기를 들었을 때 순간적으로 난감하였다. 하지만 실제상황이 발생했을 때 이륙시키는 전력이었기 때문에 우선하여 관제사를 불렀다. "판초 콘트롤(Pancho Control) 브랜다 23"이라고 하니, 판초 레이더 관제사가 이 말을 듣자마자 다급한 목소리로 "브랜다 23, 실제상황이며 북괴 IL-28 폭격기가 남하 중에 있습니다"라고 하였다. 그리고 'P-518지역 내에 있는 모든 우군기는 즉시 남하하라'라고 하는 음어방송이 비상주파수로 연이어 나왔다.

이렇게 방송되고 있을 때, '아! 실제상황이구나'라고 생각하며 마음을 가다듬었다. 이처럼 실제상황에서 복잡하게 얽히고 있을 때는 순간적이지만 더욱 냉철하게 판단할 수 있는 마음을 가져야만 했었다.

이륙하면서 요기가 편대장기를 시야에서 놓친 상황이 발생했을 때는 비행장 상공에서 임무가 끝날 때까지 요기 혼자서 대기하도록 하거나, 편대장기가 선회하면서 편대 집합시킨 후 임무수행 하러 같이 가거나, 능력이 되는 요기일 경우는 그대로 따라오도록 하는 3가지 방법 중 하나를 선택하여야만 했다.

북한의 폭격기가 남하하는 상황이고, K대위는 일등요기로서 혼자서도 임무수행을 할 수 있는 조종사였다. 그래서 지체 없이 요기에게 "관제사가 주는 방향, 속도, 고도를 정확히 맞추어 따라와라"라고 지시하면서 북쪽으로 올라가고 있었다. 관제사가 다시 "브랜다 23, 고 매뉴얼

○○○(Go Manual ○○○)"라고 하면서 주파수 변경을 지시하였다. "23 라저, 고 매뉴얼 ○○○(23 Roger, Go Manual ○○○)"라고 응답 하면서 그 즉시 "브랜다 23, 고 매뉴얼 ○○○" 콜을 하였으며, 요기가 "24"라고 응답하는 것을 듣고 주파수를 변경하였다.

주파수를 세팅(Setting)하고 나서 "브랜다23 책 인" 하니까, 요기가 "24"라고 응답을 하였다. 요기가 응답하자마자 관제사가 재차 "브랜다 23, 실제상황이며 북괴 IL-28 폭격기가 남하하고 있습니다"라고 하였 다. IL-28 폭격기는 꼬리 부분에 기총이 장착되어 있는 비행기이다. 그 러므로 이 기총을 회피하면서 제압할 수 있는 기동을 하기 위하여 수 정된 스내치 백(SNATCH BACK: 적군 비행기의 앞쪽이나 후미 쪽으로 진입되지 않도록 기동하여 날개 쪽으로 접근할 수 있는 기동) 기동을 구사하기로 마음을 먹었다.

이럴 때는 짧은 시간이지만 최악의 상황까지 예상하며 구상하여야 했다. 이렇게 공중기동을 하여 IL-28 폭격기의 꼬리 부분에서 후방으 로 기총사격 가능한 구역을 회피하면서 날개 쪽으로 접근하여 조종사 의 의사를 파악하고, 귀순할 의사가 없을 경우 다시 이 공중기동을 해 서 위에서부터 아래로 보면서 기총으로 날개 끝부분에 사격하여 강제 착륙 시키고, 이렇게 하였는데도 기수를 돌리지 않고 계속 북쪽으로 올 라가거나 적대행위가 있으면 IL-28 폭격기의 기총거리 밖에서 미사일 로 격추시키겠다고 순간 결심을 하였다.

관제사가 지시한 비행제원을 맞추며, "브랜다 23 아모 핫(ARMO Hot=Armed Hot: 공대공 미사일과 기총을 즉각 발사 가능한 상태로 스위치를 전환하라)"이라고 콜(Call)하였다. 그 즉시 요기는 "24"라고 응답하였다.

이제부터는 트리거를 당기면 기관포가 발사되고, 버튼을 누르면 미사일이 발사되는 상황이다. 휴전선까지 거리가 얼마 남지 않았다. 마음의 긴장은 더욱 고조됐다. 그래서 조급한 마음으로 "브랜다 23, 리퀘스트 보우기 돞(Request Bogey Dope: 불명 항공기의 정보를 빨리 달라)" 하고 요구하니까, 곧바로 관제사가 "23 하드 레프트 투 파이브 제로, 메인테인 세븐 포인트 파이브(23 Hard Left 250, Maintain 7.5: 급좌선회 하여 250도 방향을 유지하고, 고도 7,500피트를 유지하라)"라고 지시하였다. 즉시 급좌선회를 하여 250도 방향, 고도 7,500Ft를 맞추었다.

관제사가 'IL-28 폭격기가 남하하고 있다'라고 방송했기 때문에 북쪽에서 내려올 것으로 예상되어 12시(전방) 방향부터 우측 방향인 휴전선 쪽으로 찾고 있었다. 그런데 갑자기 관제사가 "첵 레프트 텐어클락(Check Left Ten O'clock: 좌측 10시 방향을 확인하십시오)"라고 하였다. 즉시 좌측으로 고개를 돌려서 확인하니 10시 방향 하방에서 비행기 한 대가 북쪽으로 비행하고 있는 것이 보였다. 북쪽에서 남쪽으로 비행하여야 할 폭격기가 북쪽으로 비행하고 있었으며 IL-28 폭격기가 아니라는 것을 확인하고 나니 뭔가 잘못된 작전이 수행되고 있다는 생각이 순간적으로 들었다. 하지만 지금 당장은 잘잘못을 따지기 전에 목격된 항공기의 기수를 남쪽으로 돌리는 것이 나의 급선무였다.

"텔리 호(Tally Ho: 적기를 육안으로 확인하였다)"라고 응신하면서, 급좌선회 하였다가 강하하면서 우선회 기동을 하였다. 그리고 나의 항공기 기수를 270도 방향으로 하여 중국 민항기 전방으로 약 2,000Ft 거리를 유지하면서 위협비행을 하였다. 관제사가 유도를 잘해주어서 목표물을 보자마자 기동을 많이 하지 않고도 바로 위협비행을 할 수가 있었다.

이때 항공기 기종을 얘기하려고 하는데 전혀 기억이 나지 않았다. 다급한 상황이다 보니, 순간적으로 기억상실증에 걸린 것 같았다. 그 당시에 1982년 10월 16일 중국 조종사인 오영근 씨가 MIG-19기를 몰고 귀순하였다. 그리고 1983년 2월 25일에는 북한의 이웅평 대위가 MIG-19기를 몰고 귀순했다. 이 때문에 전투조종사들에게 항공기 식별교육을 한층 강화하여 실시하고 있을 때였다.

교육은 주로 적성국 항공기 사진을 슬라이드에 순간적으로 비쳤다가 끄고 나서 무슨 기종인지 알아맞히는 식으로 하였다. 그 어느 때보다도 지상에서는 북한 및 공산권 국가에서 보유하고 있는 모든 항공기에 대하여 주기적으로 항공기식별시험을 치르면서 달달달 외우고 있었다. 비행단 대표로 선발되어 작전사령부에 가서 항공기식별시험을 치르기도 한 나였지만, 외형이 유사한 TU-154나 보잉 727조차도 떠오르지 않았다.

그래서 보이는 대로 "IL-28 폭격기가 아니고, 동체에 중국민항(中國民航)이라고 한문으로 크게 쓰여 있습니다"라고 방송하였다. 이때 시간이 약 14시 03분이었다. 이 상황에서 중국 민항기의 위치는 대략 강원도 양구읍에 가까웠다. 정확하게는 계기상으로 횡성(원주) TACAN(Tactical Air Navigation)으로부터 004레디얼(004Radial: 방사상의 004각도) 39NM이었으며 6,000Ft 고도를 유지하여 북쪽 방향으로 비행하고 있었다.

재차 접근하여 중국 민항기 조종사에게 대한민국 전투기라는 것을 식별할 수 있도록 해주면서, 사진 촬영하기 위하여 중국 민항기 옆으로 가까이 접근하여 등속도로 유지하였다. 창가에 앉아있는 승객들의 얼굴윤곽을 확인할 수 있었다. 중국 민항기 내에서 우측에 탑승한 승객이나 승무원들도 나의 비행기 수직 꼬리 판(Vertical Panel)에 적혀있는 테일 넘버(Tail Number) 515를 충분히 읽을 수 있는 거리까지 가까이 접근하였다. 이때까지도 중국 민항기는 360도 방향으로 비행하고 있었다.

마음은 다급하지만, 나의 비행기에 장착된 미사일과 중국 민항기가 한 장에 사진이 나올 수 있도록 사진촬영을 하였다. 착륙 후 횡성기지 사진반에서 현상하였는데 뿌옇게 되어 사진이 나오지 않았다고 하였다. 어디서 잘못되었는지는 모르겠지만 매우 아쉬움이 남았다. 나는 더 가까이 밀착 접근하여 좌측 팔로 좌선회하라는 수신호를 크게 해주었다. 그러는데도 중국 민항기는 계속 북쪽으로 향하고 있었다.

휴전선이 더욱 가까워지면서, 이제 약 1분 정도 지나면 중국 민항기 진행방향 앞쪽에서 기동할 공간이 확보되지 않을 것 같아서 마음이 더 조급해졌다. 그래서 언 로더(Un Load: 중력이 '0'이 되게 만듦) 하면서 후기 연소(After Burner)를 사용하여 증속하였다. 속도를 증가시킨 후에 중국 민항기 우측 앞쪽 밑에서부터 약 1,500Ft 전방으로 급상승 좌선회 기동을 하면서 위협비행을 하였다.

이어서 재차 기동을 하기 위해 상승하고 있었다. 이제는 더 이상 위협비행으로 시간을 보낼 수가 없었다. 그야말로 휴전선까지 거리가 얼마 남지 않았다. 기동할 공간적 여유가 없다는 판단 아래 이번 접근부터는 날개 끝부분에 기총으로 사격하기로 결심을 하였다.

우리나라 영공에 들어온 적성국 항공기에 가장 가까이 있는 전투조종사는 바로 나이다. 전투조종사는 공중에서 미식별된 항공기나 적성국가의 항공기를 만났을 때, 의중을 파악한 후에 위협비행을 하여 우리나라에 강제착륙을 하도록 하여야 한다. 여기에 따르지 않을 때는 위협사격을 하고, 적대행위를 할 때는 격추해야 한다. 이러한 의무가 적기를 조우한 전투조종사에게 부여되어 있었다. 내가 마주한 비행기는 적성국가의 항공기이기 때문에 수단과 방법을 가리지 않고 남한지역에 착륙시켜야 하는 것이 나의 임무였다.

나는 다음 단계인 기총사격을 위해 상승기동을 하면서 고도를 취하고 있었다. 이때 천만다행으로 중국 민항기가 좌선회를 하기 시작하였다. "아휴 다행이다"라는 말이 나도 모르게 나왔다. '이제는 중국 민항기가 다시 북쪽으로 기수를 돌리지 못하게 하면 된다'라고 생각하면서 상 승기동하고 있을 때, 2대의 F-5E 전투기가 선회하고 있는 중국 민항기 후방에서 선회 내측으로 접근하고 있었다. 나중에 알고 보니, 이 편대 는 성남기지에서 방공비상대기 임무를 수행하고 있다가 나의 편대와 같 이 스크램블 이륙을 하여 접근한 편대였다.

이 편대가 중국 민항기 앞쪽 유도대형으로 들어가는 것을 확인하면 서 나는 공격대형으로 중국 민항기로부터 후 상방의 위치로 가고 있는 데, 요기가 "브랜다 23, 윙 락킹(Wing Rocking: 날개를 흔들다) 한번 해주십시오"라고 하였다. 그래서 "23, 라저(Roger)"라고 응답하면서 좌 측으로 날개를 흔들자마자 "텔리 호(Tally Ho: 확인하였다)" 하면서 대 형을 맞추고 있었다. 역시 일등 요기였다. 복잡한 상황이었기 때문에 통 화를 하지 않고 넘버 1(필자)을 보면서 계속 따라온 듯하였다. 그 바쁜 와중에 요기를 생각할 여유가 전혀 없었다. 그런데도 편대장이 순간 판 단한 것을 잘 따라 주어서 고맙기까지 하였다.

F-5E 전투기 4대가 중국 민항기를 중심으로 유도대형을 유지하고 있 었다. 이렇게 같은 목표기를 함께 유도하고 있는데도 전술항공통제본 부에서는 임무를 수행하고 있는 편대들에게 동일한 주파수를 사용하도 록 지시하지 않았다. 그래서 편대 간에 서로 교신을 할 수가 없어서 매 우 불편하였다. 그러나 평소 훈련한 대로 눈치껏 유도대형을 잘 유지하 면서 유도하고 있었다.

그런데 갑자기 또 다른 F-5 편대가 전방으로 공중충돌 직전까지 가까이 접근하여 지나갔다. 나도 모르게 고개를 숙이며 순간적으로 급강하하면서 충돌회피기동까지 하였다. 이때 얼마나 긴박했던지 나도 모르게 반사적으로 "씨~발, 어떤 새끼가 통제하는 거야, 죽을 뻔했잖아"라고 혼잣말이 나올 정도였다. 나는 다시 대형을 맞추었다.

중국 민항기에 접근한 편대 간에 같은 주파수를 사용하도록 요구하려고 하였다. 하지만 복잡한 상황 속에서 현재 통화하고 있는 관제사마저 통화가 되지 않는다면, 더 위험한 상황이나 또 다른 상황으로 전개될 수 있을지도 모른다는 생각에 요구할 수가 없었다. 한 목표기에 여러 편대를 투입시켜서 임무를 수행해야 하는 상황에서는 임무편대 간에 동일한 주파수를 사용하도록 해주는 것은 기본 중에 기본이다. 그런데도 전술항공통제본부에서는 같은 주파수를 사용하도록 조치를 취하지 않았다.

내가 임무를 수행하는데 전술항공통제본부는 나와 한 번도 직접 통화를 하지 않았으며, 관제사가 계속 중계하고 있었다. 그리고 전투기 4대가 정상적인 유도대형을 유지하고 있는데, 왜 추가 편대를 투입하였는지 이해가 되지 않았다. 이러한 상황에서 발진시킨 추가편대가 있었다면 여기에 투입시킬 것이 아니라, 목진지에 투입하여 초계비행시키는 것이 바람직하지 않나? 라고 생각하면서 나도 모르게 욕이 나왔다.

잠시 후에 관제사가 "브랜다 23, 판초 콘트롤" 하고 불렀다. 그래서 "23 고 어헤드(23 Go Ahead: 말하라)"라고 하였더니, 관제사가 "상부

지시사항으로 청주비행장으로 유도하랍니다"라고 하였다. 나는 "라저
(Roger) 23"라고 응답하였으나 이 말을 듣는 순간 중국 민항기 전방에
서 유도대형을 유지하고 있는 편대가 어떻게 조치를 하고 있는지 매우
궁금하였다. 중국 민항기와는 비상주파수도 안 되고 수신호도 통하지
않는다는 것을 위협비행 하면서 나는 간단하게 확인한 사항이고, 이 때
문에, 유도대형으로 들어간 조종사의 의지대로 유도할 수가 없다는 것
을 짐작은 하고 있었기 때문이다.

　그러는 중에 속도가 약 300KTS였는데도 불구하고 갑자기 중국 민항
기의 바퀴다리가 내려오면서 강하하기 시작하였다. 아마도, 중국 민항
기 조종사가 춘천에 있는 미군 캠프페이지 활주로를 본 모양이었다. 중
국 민항기 조종사가 얼마나 다급하고 공포에 질려 있었는지 짐작이 가
는 부분이었다. 우리 편대는 유도대형을 유지하기 위하여 중국 민항기
앞으로 추월되지 않으려고 즉시 외측으로 벌렸다가 다시 대형을 맞추는
기동을 하였다.

　중국 민항기는 계속 춘천캠프페이지 기지로 접근하고 있었다. 상부
지시에 따라 청주기지로 유도하기 위해서, 내가 속도를 증가하여 중국
민항기 배 밑으로 통과해서 전방으로 급상승하여, 더 이상 강하하지 못
하게 위협기동을 하려고 하였다. 그러나 중국 민항기의 내부에서 어떠
한 상황이 벌어지고 있는지?, 연료는 얼마나 남아있는지? 등 아무것도
모르는 상태였다. 그 때문에 더 큰 사고를 부를 수도 있다는 판단을 하
였다. 다행히 춘천캠프페이지 활주로에 차량이나 기타 장애물이 보이지

않았다. 그래서 기동하는 것은 하지 않기로 하였다. 짧은 활주로에 착륙이나 제대로 할 수 있을지 걱정되기도 하였다.

중국 민항기는 계속 접근하여 14시 10분에 미 육군이 운영하는 춘천 캠프페이지 활주로에 착륙하였다. 활주로가 짧고 폭이 좁아서 중국 민항기가 내릴 수 있는 적절한 공항이 아니었다. 그야말로 비상착륙지에 착륙한 것이다.

중국 민항기가 접지하여 활주로에 정지되지 않고 활주로를 지나 잔디밭으로 들어가고 있었다. 나도 모르게 "어어어~" 하고 있는데, 활주로 끝을 지나 잔디밭으로 들어가면서 중국 민항기 뒤에서 발생한 먼지가 중국 민항기 앞쪽으로 구름이 밀려가듯 하면서 항공기를 덮어씌우는 것을 보았다. 이것을 보는 순간에 안도의 한숨을 내쉬면서 "아휴~ 이제 살았다"라는 말이 나도 모르게 나왔다.

위에서 내려다볼 때, 착륙하면서 속도처리 미숙으로 항공기가 앞으로 더 밀려 나갔다면 민가를 덮쳐 대형사고로 발전할 수 있는 환경이었다. 다행히도 활주로 끝을 지나 약 100m 정도에서 정지되었다. 활주로 길이가 약 4,000피트 정도밖에 되지 않는 활주로에서 중국 민항기 조종사의 착륙실력은 대단한 수준이라고 생각되었다.

레이더 관제사가 "브랜다 23, 4,000Ft 상공에서 상황을 중계해 주기 바랍니다"라고 하였다. "라져(Roger: 알았다), 23" 응답하고 4,000Ft에서 착륙할 때 본 그대로 전파하였다. 활주로 상공에서 선회하면서 딱히 중계할 만한 일들은 보이지 않아 질문하는 말에만 답변하였다. 잠시 후 관제사가 14,000피트 올라가라고 하여 상승하고 있었다. 그러면서 "브랜다 23, 노스 트랙(North Track: 북한군의 비행항적) 접근 중"이라고 하면서 전투초계임무로 전환시켰다. "23 라저(Roger)"라고 응답하였다.

중국 민항기가 착륙하고 공중상황이 종료된 후였다. 그런데 뒤늦게 북한 전투기가 이륙하여 현장으로 오고 있다고 하니, 북한 공군의 방공작전체계가 어느 정도인지 짐작이 되었다. 연료를 확인해 보았다. 북한 전투기와 조우하여 공중 전투기동을 한다고 가상했을 때, 연료가 열세한 것으로 판단되었다. 그래서 연료 절약 및 에너지 확보를 위해 고도 23,000Ft로 올려 달라고 요청하였다. 관제사가 곧바로 23,000Ft로 고도변경을 하라고 허가를 하여 상승하고 있었다.

그런데 요기가 다급히 "첵 씩스 원 보기(Check Six One Bogey: 후미 6시 방향 미식별항체 발견) 접근 중"이라고 하여 6시 방향으로 확인하니 전투기 한 대가 후미에서 우리 편대에 접근해 오고 있었다. "원 텔리호(One Tally Ho)"라고 응답하면서 즉시 공중전투기동을 하기위한 준비를 하였다. 그러면서 북한 비행기가 가까이에 내려오고 있다고 관제사가 알려 주었지만 거리상으로 보았을 때 이렇게 빨리 접근할 수는 없는 일이었다.

혹시 관제사가 보지 못한 또 다른 적기가 접근할 수도 있다는 생각에 바짝 긴장을 하고 있었다. 더 가까이 접근해 오는 것을 보니까, 앞부분이 뭉텅하게 잘린 미그(MIG) 계열의 비행기가 아니었다. 앞부분이 뾰족한 F-5 전투기였다. 안도의 숨을 쉬면서 "저 새끼는 또 어디서 온 놈이야. 참 정신없는 놈이네" 하고 혼자 말을 하였다. 편대장기를 놓치고 우리 편대에 접근하여 자기 편대가 아닌 것을 확인한 후 곧바로 이탈하였다. 아마도 중국 민항기를 유도비행 하면서 남하하고 있을 때 공중 충돌 직전까지 전방으로 접근했던 그 조종사일 것이라고 생각되기도 하였다.

23,000Ft에 도달하여 전투초계비행을 하고 있었다. 북한 전투기가 북한지역 상공에 있었지만, 가까이에 와 있기 때문에 긴장을 늦출 수는 없었다. 언제라도 투입시키면 즉시 교전할 준비상태로 비행을 하고 있었다. 한참 시간이 지난 뒤에 관제사가 북한 전투기가 돌아갔다고 하면서 "브랜다 23, 횡성기지에 다시 착륙하랍니다"라고 하였다. "23 라저"라고 대답한 후 "브랜다23 아모 세이프(ARMO Safe=Armed Safe: 무장스위치를 안전위치로 전환하라)" 하니까, 요기가 "24"라고 대답하였다. 그리고 긴장하고 있었던 초계지역을 이탈하였다.

그때 당시에는 횡성기지에 전개하여 비상대기 중에 이륙하게 되면 모기지인 예천기지로 귀환하게 되어 있었다. 예외적으로 이번에는 중요한 임무를 수행하였으므로 혹시 있을지도 모르는 언론인 접촉 등 후속적으로 일어날 일들을 생각해서 '다시 이륙한 기지로 착륙하라고 지시하는구나!'라고 생각하면서 횡성기지로 돌아와서 14시 48분에 착륙하였다.

이제 공중에서 긴박했던 나의 임무는 모두 끝이 났다. 활주로를 개방하여 착륙점검을 마치고 캐노피(Canopy)를 열었다. 그다음 비상대기실 격납고로 들어오고 있는데, 그때 스치는 그 바람이 그렇게 시원할 수가 없었다. 온몸을 쓰다듬어 주는듯한 그 바람을 마음껏 들이켰던 것으로 기억한다. 격납고에 들어오면서 정비사의 유도에 따라 항공기를 정지한 후 엔진을 정지하고 항공기에서 내렸다. C중위와 정비사들이 손을 들어 흔들며 환호하면서 반겨주었다.

이때 전투조종사의 참(眞)맛을 느낄 수가 있었다. 갖은 고생을 하면서 여기까지 왔지만, 전투조종사가 되기를 정말로 잘하였다고 자찬하는 마음이 생겨나기도 하였다. 비상대기실에 들어와서 예천기지 작전과로 상황을 보고하기 위하여 핫라인(Hot Line)전화기를 들었다. 모기지 작전과 선임 장교가 이 전화를 받았다.

내가 상황보고 하겠다고 하자 그가 수고했다며 얘기하라고 했다. 전화상으로 보고를 하려는데 선임 장교가 오히려 나보다 더 들떠 있는 느낌을 받았다. 나는 "13시 57분에 이륙하여 최초로 접근했을 때 '중국 민항기가 북쪽으로 올라가고 있었습니다. 그래서 전방 위협비행을 2회 패스(Pass)하여 기수를 남쪽으로 돌려…"라고 하는데, 그가 "여기서 알아서 할게, 너는 푹 쉬어라. 수고했다"라고 하면서 전화를 끊었다. 그래서 상황보고는 중단되었다. 전술항공통제본부에서 모든 상황을 알고 있었을 것이고, 임무를 성공적으로 수행했으니, 부담을 덜어주려고 한 것으로 알고 대수롭지 않게 생각하였다.

나는 며칠 뒤 횡성기지 비상대기 임무를 마치고 모 기지인 예천기지로 귀환하였다. 특별한 임무를 성공적으로 수행하고 돌아왔으니 작전부장과 단장에게 귀환 신고를 하고 칭찬을 받았다. 예천기지에서는 그때 작전부장이 직접 인터폰으로 전 비행단에 전파했다고 하였다. 그 전파내용은 "우리 브랜다 23가 북괴 IL-28 폭격기를 잡았다"라고 흥분된 목소리로 전파하였으며, 그 소리를 듣고 있던 장병들이 환호하며, 함성을 지르며, 난리가 났다고 하였다.

중국 민항기가 춘천캠프페이지 활주로에 불시착한 이후 뉴스를 보고 있으니 날이 갈수록 점점 더 뿌듯한 마음이 다가왔다. 내가 공중에서 위협기동을 하여 기수를 남쪽으로 돌린 후, 우리 땅에 강제로 착륙하게 한 역사적 사건에 이어서, 자기들의 의지와 관계없이 얼떨결에 방문하게 된 적성국가 승객들의 긴장된 모습이 TV 속이었지만 역력했다.

정부 차원에서 낯선 손님들을 극진히 대접하며, 대한민국을 알리는 데 노력하고 있는 것도 TV를 보면서 느낄 수가 있었다. 특히 외무부와 춘천시, 워커힐호텔, 에버랜드, 삼성전자, 대한항공, 포항제철, 방송국 등등의 숨은 노력이 결실을 보아 현재에 이르고 있다고 나는 생각하고 있다.

수용할 수 없는 사후처리

　중국 민항기 불시착 작전 이후 '공군창설 이래, 가장 잘된 작전'이라고 말하는 사람들을 많이 접할 수가 있었다. 중국 민항기가 춘천에 불시착하기 2개월 10일 전에 이웅평 대위가 1983년 2월 25일 MIG-19기를 몰고 귀순하였다. 이때는 귀순한 이후 한 달도 안 되어 시상식을 한 것으로 알고 있었다. 그런데 무슨 일이 벌어지고 있었는지 모르겠지만 이 작전 후에는 한 달이 지나가도 시상식을 한다는 소식이 없었다. 도무지 이해가 되지 않았다.

　이렇게 시상 소식이 없는 가운데 주위 사람들은 나에게 축하한다며 "자네도 부상으로 포니 한 대 받겠네!"라고 말하곤 했다. 나는 이 말을 이 작전이 여타 귀순기와 다르게 실제 공중작전을 수행하여 성공적으로 임무를 수행하였으니, 당연히 여타 귀순기가 왔을 때보다는 더 좋은 상과 부상을 받는다는 뜻으로 생각하면서 미리 축하해 주는 말로 받아들였다.

　결국 중국 민항기를 춘천에 불시착하게 한 후, 두 달 가까이 된 1983년 7월 1일 공군참모총장이 임석상관으로 참석하여 작전사령부 지역

체육관에서 시상식을 하였다. 그런데 대체, 이게 어떻게 된 일인가? 이웅평 대위 귀순에 비하면 시상 품격이 비참할 정도로 낮게 책정되어 있었다. 무슨 이유인지는 모르겠지만 상식선에서 이해할 수가 없었다.

중국 민항기 춘천 불시착 사건을 전후하여 적성국가 항공기들이 여러 번 귀순해왔다. 귀순기가 올 때마다 언론에서는 '귀순기가 우리나라 영공을 넘어오면서 우리의 전투기를 보자 날개를 아래위로 흔들면서 귀순 의사를 밝혔기 때문에 우리 공군기는 ○○기지에 귀순기를 착륙시킬 수 있었다'라는 발표가 대부분이었다. 하지만 언론 발표와는 다르게 내부적으로는 귀순기가 우리나라 영공을 침범하자마자 마중을 하여 유도비행을 해서 착륙시켰다고 전파되었던 적은 없었던 것으로 기억하고 있다.

지금은 모든 것이 보완되어 물샐 틈 없는 영공방어를 하고 있지만, 그때 당시에는 탐지레이더 사각 지역이 많아 탐지하는 데 매우 어려움을 겪고 있었다. 그러다 보니 최초 탐지하는 데까지 지연되었던 상황이 많이 발생하였다. 특히나, 이웅평 대위가 MIG-19기를 몰고 귀순했을 때는 ○○비행장 착륙장주 내에 들어왔을 때 최초로 확인되었다고 쉬쉬하며 내부적으로 전파 되었다.

중국 민항기는 이와 다르게 납치범에 의하여 우리나라 영공까지 넘어오게 되었다. 내가 현장에서 본 중국 민항기 조종사는 납치된 상황에서도 자기들의 우방국인 북한지역에 착륙하려고 북쪽 방향으로 비행하고 있었다. 이러한 상황에서 위협비행을 하여 기수를 남쪽으로 돌려서 남한지역에 착륙하도록 하였다. 이것은 나를 포함한 전투조종사들과 관제사들의 노력에 의한 것이었다.

그런데 언론에 발표된 내용을 보면 전투조종사가 노력한 내용은 온데간데없고, 그동안 귀순기가 왔을 때의 학습효과에 의한 것인지 모르겠지만, 있지도 않은 말을 만들어서 보도되었다. 즉, 대부분 언론이 중국 민항기가 우리나라 영공을 넘어오면서 우리 전투기를 보자, 날개를 아래위로 흔들면서 귀순 의사를 밝혀왔기 때문에 우리 공군기가 춘천 미군기지로 유도시킬 수 있었다고 보도하였다. 실제상황에서 직접 임무를 수행한 나는 그동안 여타 귀순기가 왔을 때, 언론에서 발표된 내용보다도 쉬쉬하며 내부적으로 전파되었던 내용들이 거짓이 아니었다는 것을 확인하게 되었다. 초긴장된 상태로 조종복이 땀에 젖으며 위협기동을 하여 실제 임무를 수행한 나로서는 이러한 기사를 접할 때마다 기가 막히는 일이었다.

이렇듯 중국 민항기가 춘천캠프페이지 기지에 불시착했을 때 언론에서 발표된 내용은 사실과 전혀 다른 얘기였다. 일반 사람들이 볼 수 없는 곳이라 하여 이렇게 실제와 다르게 꾸며서 발표하는 것은 있어서는 안 되는 일이다. 그때 당시에 발표된 내용이 사실과 부합되지 않았다는 것을 방증(傍證)할 수 있는 내용을 계속해서 기술해 나가겠지만, 여기서는 '공군기가 춘천 미군기지로 유도시킬 수 있었다'는 말이 사실에 부합되지 않는다는 것을 방증(傍證)하는 내용만 살펴보자.

우선, 춘천에 있는 미군 캠프페이지기지는 정상 활주로 길이의 절반도 되지 않는 약 4,000Ft 거리의 짧은 활주로였으며, 활주로 폭도 일반 활주로에 비하여 매우 좁았다. 그래서 중국 민항기가 안전하게 착륙할 수 있는 기지가 아니다. 착륙하면서 사고로 연계될 가능성이 있다고 판단되는 곳에 착륙하도록 유도한다는 것은 전투조종사들 상식에는 있을 수 없는 일이다. 따라서 중국 민항기를 이 기지에 착륙시키려고 유도할 전투조종사는 아무도 없다.

두 번째, 우리나라 영공을 침범한 적성국가의 항공기에 접근한 대한민국 전투조종사라면 대한민국 비행기지에 착륙시키는 것이 우선이지, 소통도 잘되지 않는 미군 기지를 선택하여 유도할 대한민국 전투조종사는 더더욱 없다.

세 번째, 비행 중에 중국 민항기를 청주기지로 데려가라는 상부 지시는 있었다. 그러나 춘천 미군기지에 착륙시키라는 지시는 없었다. 오로지 중국 민항기 조종사가 대한민국의 전투기가 접근하여 공중기동을 하면서 위협비행을 한 후 옆에 붙어 있으니까, 잔뜩 겁을 먹은 차에 그 조종사의 눈에 활주로가 보이니, 활주로에 대한 정보도 모르는 채 막무가내로 착륙을 시도한 것이었다. 성남기지에서 이륙한 편대가 중국 민항기의 좌측 앞에서 유도대형으로 유지하고, 나의 편대는 중국 민항기 후미에서 공격대형을 유지하여 상부 지시에 따라 청주기지로 유도하고 있었다. 그런데 바퀴다리 내리는 제한속도보다 훨씬 높은 속도인 약 300KTS에서 갑자기 바퀴다리를 내리면서 유도에 따르지 않고 즉시 강하하기 시작하였다. 그러면서 중국 민항기 조종사가 디급한 나머지 착륙해서는 안 될 위험한 비상착륙지에 착륙하게 된 것이었다.

네 번째, 사후수습 후 중국 민항기가 춘천캠프페이지에서 이륙할 때, 내부의 의자뿐만 아니라 무게가 나가는 것을 모두 제거하였고, 김포공항까지 갈 수 있는 최소한의 연료를 보급한 상태에서 이륙하게 하였다는 언론의 발표는, 이곳이 착륙해서는 안 될 비행기지라는 것을 또다시 방증해주고 있다 할 것이다.

이렇게 왜곡된 것은 매스컴뿐만이 아니었다. 중국 민항기 춘천 불시착이라는 대한민국 역사 기록에도 전투조종사들의 활약상은 찾아볼 수가 없다. 이것은 당연하다. 최초 보고서를 만들 때부터 꿰어서는 안 될 단추로 꿰맞췄기 때문이다. 그 결과 언론 발표가 왜곡되고, 역사 기록에도 남아있지 않게 된 것이라고 나는 판단하고 있다. 지상에서 무슨 일이, 얼마나 어떻게 벌어지고 있었기에 이렇게 역사 기록에서조차 제외되어 있는지 모르겠다.

하지만 이 사건은 전투조종사들이 출격하여 중국 민항기를 우리 땅에 착륙하도록 하였기 때문에 만들어진 역사이다. 결과적으로는 공군작전이 이루어낸 성과이다. 6·25전쟁 이후 우리 군에서 이 작전만큼 큰 성과를 거둔 작전은 일찍이 없었다고 해도 과언이 아닐 것이다. 이 작전이야말로 빛나는 공군의 업적이며, 군의 업적이라고 하여도 손색이 없다.

휴전 이후 지금까지 성공한 작전의 공로로서 정부에서 수여한 모든 훈장에 대하여 실제 공적사항을 비교해 본다 하더라도, 중국 민항기 춘천 불시착 사건은 그 어떠한 군사작전보다도 국가안보와 나라발전에 기여한 공적이 현저히 크다 할 수 있다. 이렇게 자신있게 말할 수 있는 이유는, 냉전 상태에서 대한민국을 인정하지 않고 있던 지리적으로 가장 가까우면서 가장 큰 적성국가인 중공이란 나라와 국가 간의 최초 공식적인 외교접촉을 하도록 한 공중작전이었기 때문이다. 또 중공이 대한민국이라는 나라를 인정하며 대한민국이란 국호를 최초로 문서에 사용하게 한 작전이었기 때문이다.

이렇게 그동안 귀순기가 왔을 때 하지 않았던 실제 위협비행을 하면서 공중작전을 수행하여 우리 땅에 착륙하도록 하였고, 또 이렇게 부가적인 공적까지 명확한 데도 왜 이토록 폄하하였을까? 더욱 이해할 수 없었던 것은 비행장까지 스스로 찾아온 이웅평 대위의 귀순 때는 무공훈장부터 훈장과 상품이 푸짐했다. 그러나 북쪽으로 비행하고 있는 중국 민항기를 실제 공중기동을 하여, 기수를 남쪽으로 돌려서 착륙시킨 사람들은 훈장도 아닌 '보국포장'을 받았다. 이것이 그때 당시에 내가 듣고, 보고, 또 직접 체험한 훈·포장의 실상이다. 이렇게 사후 처리하는 것을 보고 내가 느꼈던 것은 '훈장은 공적을 평가하여 주는 것이 아니라 운 좋은 사람들만이 받는 상'이라는 비관적인 생각마저 들었다.

상훈은 그 상훈이 가지고 있는 효력이 발생할 수 있도록 관리하여야 한다. 그 상훈의 효력은 자타가 모두 인정할 수 있는 실제 공적사항이 있을 때 발생하는 것이다. 이러할 때, 주위 사람들이 마음에서 우러나오는 박수를 보내주고 존경심이 발생하게 되는 것이다. 그러므로 상훈은 책상에 앉아서 만들어내는 공적이 아니라, 누구나 다 인정할 수 있는 실제 공적이 있어야 한다. 그 실제 공적에 상응하는 평가를 하여 상훈을 주었을 때, 받은 사람은 그 상훈을 볼 때마다 명예스럽고 자랑스럽게 생각하게 된다. 자신이 받은 상훈이 명예스럽고 자랑스러울 때, 집안의 가보로서 대대로 물려줄 수 있는 것이다.

나는 이런 상이 정부 포상이라고 생각하며 살아왔다. 그러나 책상 위에서 만들어낸 공적으로 주는 상훈은 그 상훈의 가치를 훼손시킬 뿐이다. 이러한 상을 받은 사람도 그 상훈이 자부심이 아니라 자기 자신을 속여야 하는 하나의 매개물로 전락하게 될 뿐이다.

이 작전을 이렇게 평가절하하여 박대하는 와중에, 나를 더욱 허탈감에 빠지도록 한 것은 또 다른 거짓이었다.

중국 민항기가 휴전선을 넘어올 때 마중을 하여 후속 편대에 인계하였다고 하면서 실제 없었던 상황을 만들어서 이 작전 중에 최고상인 보국훈장 광복장을 다른 편대에 주었다. 이 상을 받은 편대는 F-5A 기종이며 대구기지에서 이륙한 공군사관학교 출신 조종사들이었다. 여기에서 후속 편대라고 하면 나의 편대를 말하는 것이 된다.

내가 중국 민항기에 최초로 접근하여 중국 민항기의 기수를 남쪽으로 돌린 후, 춘천캠프페이지 기지에 착륙할 때까지 중국 민항기와 같이 있었다. 나에게 인계해준 편대는 없었다.

북쪽으로 비행하고 있는 중국 민항기를 최초로 식별하고 기수를 남쪽으로 돌려서 착륙하는 데까지 7분이 소요되었다. 공중에서 이 짧은 시간에 내가 인수받을 만한 상황은 그 어디에도 없었다. 기가 막히는 일이었다. 만약에 그때 상황을 내가 잘못 인지하고 있었다고 가정하면서 그들이 꾸며 만든 것이 사실이라고 한다면, 진실과는 거리가 먼 의문 사항들이 줄줄이 엮여 나올 것이다.

이러한 의문 중에 몇 가지만 나열해 보도록 한다.

우선 내가 최초로 중국 민항기를 발견한 위치는 횡성 TACAN으로로부터 004레디얼 39NM(약 72Km)이었다. 이 위치는 휴전선으로부터 약 14NM(약 26Km) 남쪽 지역이며, 이 지점에서 중국 민항기는 북쪽 방향으로 비행하고 있었다. 이들이 말하는 대로라면 중국 민항기가 우리나라 영공으로 넘어올 때 전투기가 마중을 하였다고 하였다. 그렇다면 그 이후부터는 나에게 인계할 때까지 계속 유도대형을 유지하여 유도비행을 하고 있어야 맞는 얘기가 된다. 그런데 내가 접근했을 때 유도하고 있는 전투기는 보이지 않고 중국 민항기는 북쪽으로 비행하고 있었다. 또 언론에 발표된 내용에 따르면 '날개를 흔들며 귀순 의사를 밝힌 중국 민항기'였는데, 전투기가 마중을 하여 유도하고 있는 상황에서 다시 기수를 북쪽으로 돌려서 비행한다는 것이 말이나 되는 소리인가? 이렇게 앞뒤 상황이나 사리에 전혀 맞지 않는다.

둘째, 내가 중국 민항기를 최초로 식별한 지점(004레디얼/ 39NM)으로부터 대구기지까지의 거리는 약 135NM(약 250Km)이다. 거리상으로 보았을 때, 나와 동시에 비상 출동지시를 받고 이륙하여 먼저 도달할 수 있는 그 어떠한 방법도 있을 수 없는 상황이다. 중국 민항기가 공중에 떠 있을 때 가까이 있었던 편대는 앞에서 유도대형을 유지한 성남기지에서 이륙한 편대와 뒤에서 공격대형을 유지한 나의 편대였으며, 공중충돌할 뻔했던 편대가 있었을 뿐이었다.

셋째, 대구기지로 귀환하는 길목에 횡성, 청주, 예천기지 등 대구기지보다 가까운 거리에 있는 예비기지가 많이 있다. 그런데 135NM의 거리를 비행하고 대구기지에 정상적으로 착륙한 조종사들이다. 이처럼 연료를 충분히 가지고 있었고, 항공기에 결함이 있었던 것도 아니었다. 그런데 전투조종사가 우리나라 영공에 들어온 적성국가의 민간 항공기에 요격하러 접근하였다가 다른 편대에 인계하고 그 현장을 떠난다는 것이 말이나 되는 소리인가? 전투조종사들 상식에는 있을 수 없는 일이다. 적성국가의 민간 항공기를 진짜로 마중을 했다고 한다면, 대구기지까지 갈 수 없는 연료를 가지고 있었다 하더라도 가까운 기지에 유도착륙이나, 또는 강제착륙을 시킨 후에 예비기지로 가서 착륙하는 것이 전투조종사라면 기본이고 상식이다. 세계 어떤 나라의 전투조종사라 하더라도 이러한 상황에서 후속편대에 인계하고 현장을 떠날 전투조종사는 아무도 없다.

넷째, F-5E 4대가 중국 민항기에 접근하여 유도대형을 유지하면서 유도임무를 수행하고 있었다. 그런데도 전술항공통제본부의 전투 통제관은 임무편대 간에 같은 주파수를 사용하도록 지시조차 하지 않았다. 그리고 전술항공통제본부에서 근무하고 있던 그 어떤 사람과도 나와 직접 통화한 적이 없었다. 그런데 인수를 받아야 할 나의 편대에 어떠한 방법으로 인계를 하였다는 것인가? 정말로 짐승들이 웃을 일이고,

귀신들이 곡할 노릇이다. 이렇듯 마중하여 후속편대에 인계하였다는 얘기가 상황에도 부합되지 않고, 상식에도 맞지 않는다.

이렇게 거짓 공적으로 얼룩지고 있는 그때 그 시절에 일련의 상황들을 직접 체험하였고, 또 기타 적성국가 항공기들이 귀순하여 사후 처리한 얘기를 들을 때마다, 내가 살아오면서 배우고 또 읽어온 인물들의 전기나 업적도 이렇게 하여 만들어진 것이 아닌가? 하는 생각이 들게 하며 개탄스러울 따름이었다.

그렇지만 참을 수밖에는 없었다. 안목 없고 자기 욕심밖에 모르는 사람들이 자기들의 앞가림을 위해 진실을 묻어 버리고 만들어 낸 '연필역사'는 실제 임무를 수행한 전투조종사들의 사기를 땅속으로 추락하게 만들었다. 이 나라의 주인인 국민에게는 허위보고를 한 것이었다.

실제 숨조차 제대로 쉴 수 없는 급박한 상황 속에서 성공적으로 임무를 수행한 사실을 묻어 버리고, 책상에 앉아 연필로 만들면 그것이 역사가 되고 빛나는 전통이 되며 명예스러운 일이 되는 것인가? 정말로 후안무치(厚顔無恥)한 사람들이라고 하지 않을 수가 없었다. 그러면 실제 임무를 수행한 전투조종사들은 끝까지 이들이 만든 연필역사에 편승하여 묻혀 주어야 하는 것인가?

흐르는 세월은 거짓을 감춰주지 않는다. '세상은 아주 작은 촌음이라도 멈추지 않고 변화하고 있다'는 사실을 모르고, 현재 남보다 우위에 있는 삶의 여건이 이 세상 끝까지 변화하지 않고 함께할 것으로 생각한다면 이는 착각이다. '진실은 호주머니 속에 넣어 둔 송곳과 같아서 아무리 감추려고 해도 때가 되면 튀어나오게 마련이다'라는 말이 있다. 이렇게 있지도 않은 일들을 사실인 양 만들어내는 유형의 사람들이 우수한 전투조종사들을 조기 전역하도록 하는 데 일조하였다고 나는 생각한다.

같은 목표를 지향하며 같은 군복을 입고 있다면, 함께 싸울 수 있는 전우를 만드는 것이 군인의 제일 본분이다. 이러한 생각과 마음으로 행동하는 사람만이 진정한 주인정신을 가지고 있는 국민의 군대라고 말할 수 있다. '군인은 돈을 벌기 위해 군복을 입고 있는 것이 아니다. 더욱이 양심을 팔아서 남의 명예를 나의 명예로 만들어서는 안 된다. 군인은 오직 국가와 국민을 위해 목숨을 다해 헌신하는 사람으로서 명예를 먹고 사는 사람들이다'라는 말을 일찍부터 배워왔다. 군인이라면 이 말을 잊어서는 안 될 것이다.

이 작전에서 최초로 접근하여 북쪽방향으로 비행하고 있는 중국 민항기에 대하여 위협비행을 해서 기수를 남쪽으로 돌린 후 공격대형을 유지한 나의 편대와 두 번째 접근하여 중국 민항기 앞쪽으로 들어가서 전방 유도대형에 위치한 성남기지에서 이륙한 편대가 대한민국(춘천캠프페이지 기지)에 불시착하도록 하였다. 이렇게 실제로 임무를 수행한 2개 편대에는 보국포장을 주었다.

이들은 조종간부(공군 제2사관학교 특) 및 공군 제2사관학교 출신들이었다. 공중작전은 성공적으로 잘하고 돌아왔지만 할 말을 잃어버리게

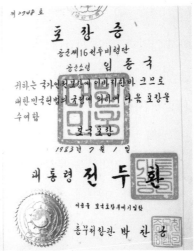

보국포장

해주었다. 이렇게 만들지 않으면 안 되는 이유가 도대체 어디에 있었단 말인가? 착잡한 마음을 혼자서 삭일 수밖에 없었던 현실이 안타깝기만 하였다.

이러한 가운데서도 내가 먼저 식별하였다고 하는 사람이 있었다. 이렇게 생각할 수 있었던 것은, 전투통제관이 하나의 목표기에 같은 임무를 수행하고 있는 편대에 같은 주파수를 사용하도록 만들어 주지 않았기 때문이다.

임무가 끝날 때까지 편대마다 상이한 주파수로 서로 다른 레이더 관제사와 통화하고 있었다. 그렇기 때문에 라디오로 타 편대에 대한 위치 파악이나 현재 상황을 파악할 수가 없었다. 그래서 이 작전에 투입된 조종사들이 다른 편대를 직접 눈으로 확인하지 못했을 때는 자기 편대가 제일 먼저 도착하여 식별하였다고 할 수도 있는 상황이었다. 그렇지만 그날은 5월 5일 어린이날이었다. 모든 비행단은 휴무 날로서 비행을 하지 않았다. 취약 시간대 전투초계비행 외에는 공중에 떠 있는 전투기는 없는 날이었다. 그리고 중국 민항기가 우리나라 영공을 침범하여 작전한 시간대는 취약시간대가 아니었다.

그날에 비상대기를 담당하고 있었던 비행단의 비상대기 전력 중에 필요한 만큼의 전력들을 동시에 비상출동 시키는 것이 정상적인 전술조치였다. 하지만, 만약에 전투통제관이 순차적으로 비상출동을 시켰다고 하더라도, 미식별항체로부터 가장 가까운 거리에 있는 나의 편대부터 출동시키는 것이 정석이었다.

비상대기전력을 동시에 출동지시 했을 경우를 살펴보면 아래와 같이 설명된다.

나의 편대는 횡성기지에서 이륙하였다. 횡성 TACAN으로부터 004 레디얼 39NM(약 72Km)에서 최초로 중국 민항기를 식별하였다. 이 위치로 두 번째 진입한 편대는 성남기지에서 이륙하였다. 성남기지 TACAN으로 부터는 약 052레디얼 53NM(약 98Km)이었다. 대구기지로부터는 약 135NM(약 250Km) 거리에 있었다.

모든 전투기는 육지 상공에서 음속돌파를 방지하기 위한 제한속도가 있다. 이륙하여 이 제한속도를 유지하도록 지시하기 때문에 등속도로 비행하였다. 중국 민항기를 최초에 식별한 지점으로부터 기지별 거리를 보면 나의 편대보다 먼저 도착할 수 있었던 편대는 있을 수 없다는 것이 확인된다. 그리고 이 작전에 투입된 각 편대가 이륙한 기지로부터 중국 민항기를 최초에 식별한 지점까지 거리에 따라 소요되는 시간을 계산해 보면, 성남기지에서 이륙한 편대는 나의 편대보다 약 1분 30초 더 많은 시간이 소요된다는 계산이 나온다.

그러므로 성남기지보다 더 먼 거리에 위치한 편대는 더더욱 목표기에 먼저 도착할 수 없다는 결론을 얻게 된다. 비행을 하면서 상황이 어떻게 전개되었는지 분간을 못 하는 사람들이 하는 소리일 뿐이라고 치부하고 말았다. 비행은 조종사 본인의 의지에 따른 비행이 되도록 조종을 해야지, 비행기가 태워주는 비행을 해서는 안 된다. 비행기가 태워주는 비행을 하는 조종사들에게는 비행사고라는 위험이 항상 더 가까이 따라다닌다는 것을 조종사라면 명심을 해야 한다.

받은 상을 던져 버리고 때가 되면 전역하여 민간 항공사로 가서 세계의 하늘을 누비며 살아야겠다는 마음이 생겨나기도 하였다. 그러나 입대하면서 다짐했던 빨간 마후라, 전투조종사의 꿈을 저버릴 수가 없었다. 그리고 '어디까지 참아야 하는지 한번 갈 때까지 가보자'는 오기가 생기기도 하였다. 참으로 만감이 오가는 착잡한 심정이었다.

많은 사람들은 그때 시절이 시절인 만큼 말을 못했을 것이라고도 하였다. 그러한 면도 없지는 않았다. 하지만 우리나라 영공 방어망에서 눈의 역할을 담당하는 탐지레이더에 사각 지역이 있다는 허점을 노출시킨다면, 적대국에서는 국민의 안녕과 국가번영을 기대할 수 없도록 만들 것이다. 이러한 상황을 생각하고 있는 내가 나의 이익만을 생각할 수는 없는 일이었다.

앞에서 언급한 바와 같이, 6·25전쟁 때 총부리를 겨누며 마주 싸웠던 거대 적성국가인 중공이라는 나라가, 이 사건이 발생하기 전까지는 대한민국을 나라로 인정하지 않았으며 냉전 상태에 있었다. 그러던 중공이 대한민국을 인정하며, 대한민국이라는 국가 칭호를 최초로 문서에 사용하도록 만든 임무를 수행하였다.

그렇지만 제대로 평가를 받지도 못하고, 역사 기록에도 남지 않는 푸대접을 받았다. 받아 들일 수 없는 사후처리였지만 직접 임무를 수행하여 받은 상이기 때문에 그 어떤 상보다도 값지고 빛나며 대대로 물려줄 수 있는 자랑스러운 상이라고 애써 생각해 본다. 하지만 나도 사람인지라 씁쓰레한 마음은 지울 수가 없다.

이해 불가한 항적 및 전술조치

진실이 아닌 거짓을 아무리 정교하게 만든다 하더라도 거기엔 허(虛)가 따르게 되어 있다. 중국 민항기 춘천 불시착 공중작전이 마무리되고 언론에 발표된 내용 중에서 실제상황에 부합되지 않는 부분과 의문스럽게 생각되는 부분 중에 몇 가지만 더 언급하려고 한다.

우리나라를 포함하여 세계 모든 나라에서 취하고 있는 자국의 영공 방어 작전은 미식별항체가 자국의 영공을 한 치라도 침범하지 못하도록 방어하는 것이 기본이다. 이 기본적인 영공방어 작전개념을 염두에 두면서 실제 작전을 수행한 전투조종사로서 공군에서 배운 지식과 경험을 바탕으로 그 당시 언론에 발표되었던 중국 민항기 항적을 분석 및 추리해 보도록 한다.

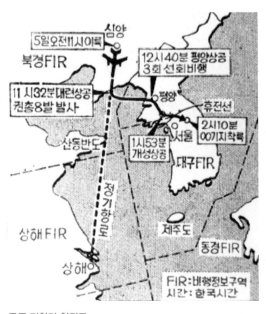

중국 민항기 항적도

첫 번째, 언론에 발표된 위 항적도 내용에 따르면 중국 민항기가 평양 상공에 도착해서 3회 선회비행을 한 후 개성을 지나 우리나라 영공으로 넘어온 것으로 되어 있다. 그런데 내가 스크램블 이륙하여 관제사와 최초교신을 했을 때 '북괴 IL-28 폭격기가 남하하고 있습니다'라고 방송하였다. 그리고 주파수를 변경한 후에도 똑같이 '북괴 IL-28 폭격기가 남하하고 있습니다'라고 방송하였다.

발표된 내용처럼 중국 민항기를 북한지역 상공에서부터 레이더 장비로 탐지 및 식별을 하여 중국 민항기라는 것을 확인하고 있었다면 '중국 민항기가 남하 중에 있습니다'라고 최초교신을 했어야 이치에 맞는 얘기가 된다. 이렇게 하지 않았다는 것은 중국 민항기를 북한지역 상공에서 탐지 및 식별을 하지 못하고 있었다는 방증을 해 주는 것이나 다름 없다 할 것이다.

두 번째, 무슨 기종인지도 정확히 파악하지 못하면서 북한지역 상공에서 비행한 항적을 알고 있었다는 논리가 과연 성립될 수 있겠는가? 살펴보기로 한다.

위 사진의 중국 민항기 항적을 보면, 12시 40분에 평양 상공에 도착하여 3회 선회비행을 하였다. 그리고 개성을 지날 때 시간은 1시 53분으로 되어 있다. 평양 상공에 도착한 시간부터 개성 상공에 도착하는데까지 1시간 13분이 소요된 것으로 계산된다. 평양에서 개성으로 이동할 때 중국 민항기가 유지한 속도는 얼마인지 모른다.

하지만 속도를 300KTS를 유지했다면 1분에 약 5NM을 이동하게 되고, 400KTS를 유지했다면 1분에 약 6.67NM을 이동한다. 평양, 개성 간의 거리가 약 74NM이 되므로, 300KTS를 유지했다면 약 15분이 소요되고, 400KTS를 유지했다면 약 11분이 소요된다는 계산을 할 수 있다. 그러므로 중국 민항기가 300KTS에서 400KTS의 속도로 비행하였다면, 평양 상공에서 3회 선회비행하는 데만, 300KTS를 유지했다면 약 58분이 소요되었고, 400KTS를 유지했다면 약 1시간 2분이 소요되었다는 계산이 나온다.

중국 민항기가 평양 시내 외곽을 세 바퀴 돈 것도 아니고, 3회 선회비행을 하는데 이렇게 많은 시간이 소요되었다는 것이다. 어떠한 상태로 비행했는지 전투조종사 입장에서 보았을 때 도무지 이해가 되지 않는 비행이다.

그래서 민간 항공기 조종사들에게 질문하여 보았다. 그들은 "기종마다 조금의 차이는 있겠지만, 정상적으로 승객들의 안전을 도모하면서 한 바퀴 선회하는데 소요되는 시간은 약 3분 내지 4분이 소요된다"라고 하였다. 전투기가 계기비행을 할 때 홀딩 패턴(Holding Pattern: 항공기의 착륙순위 대기선회)에서 선회대기 하는데 소요되는 시간과 다르지 않았다.

한 바퀴 선회비행하는데 넉넉하게 잡아서 4분이 소요되었다 하더라도 3회 선회비행을 하게 되면 12분이 소요되는데 그친다. 그런데 납치된 중국 민항기는 3회 선회 비행하는 데만 58분 내지 1시간 02분이 소요된 것으로 계산된다. 어떠한 상태로 비행하였는지 도무지 상상이 되지 않는 비행이다.

헬기도 아닌 민간 항공기가 잠시 땅에 앉아 쉬다가 다시 비행할 수는 없는 일이지 않는가?

이렇게 하늘에 떠 있을 수도 없는 낮은 속도로 비행하다가, 1시 53분에 개성 상공에 있던 중국 민항기가 2시10분에 춘천기지에 착륙했다고 되어 있다. 그러므로 중국 민항기가 개성 상공(1시 53분)에서부터 춘천기지에 착륙(2시 10분)하는 데까지 소요된 시간은 17분이다.

내가 중국 민항기를 최초로 식별한 시간은 약 2시 03분이며, 춘천 캠프페이지 기지에 착륙한 시간은 약 2시 10분이었다. 그러므로 중국 민항기를 최초 식별한 지점에서부터 춘천 캠프페이지 활주로에 착륙할 때까지는 약 7분이 소요되었다.

이러하므로 중국 민항기는 개성에서부터 내가 최초 식별한 지점까지는 약 10분이 소요되었다는 추정계산을 할 수가 있다. 중국 민항기가 개성에서부터 실제 비행한 경로가 어느 지점을 통과하였는지 모르겠지만, 납치된 중국 민항기가 10분여 만에 내가 최초로 식별한 지점까지 도착한 후 선회하여 북쪽 방향으로 비행을 할 수가 있겠는가? 의문스럽지 않을 수가 없다.

비행한 고도의 온도와 바람을 무시하고 계기속도로 굳이 그 비행경로를 시간적으로 꿰맞추어 본다면, 중국 민항기가 개성에서부터 시작하여 문산과 연천 사이의 가까운DMZ(Demilitarized Zone: 비무장지대)를 통과하면서 직선비행을 했을 때, 약 66NM에 내가 최초 식별한 지점이 있다. 북쪽 방향으로 기수를 돌리는데 소요되는 시간을 제외하고 약 400KTS의 속도로 직선비행을 하여야만 약 10(9분 55초)분 내에 도달할 수 있는 거리이다.

위 비행경로와 위 속도로 비행을 하였다면 이 비행구간에서만 시간적으로는 어느 정도 계산이 맞을 수 있다. 하지만 납치된 중국 민항기가 비행을 하면서 평양과 개성상공에서는 공중에 떠있을 수 없을 정도의 저속비행을 하다가 개성에서부터 내가 최초 식별한 지점까지 한정된 구간에서만 고속비행을 하였다.

이렇게 구간을 정해놓고 구간마다 많은 속도차이로 들쭉날쭉 비행한다는 것은 있을 수 없는 비행이며 상상할 수도 없는 비행이다. 이러하므로 북한지역상공에서 중국 민항기의 항적을 알고 있었다는 얘기가 무색해질 수밖에 없으며, 실제 비행한 항적과 부합되지 않는 항적이라고 판단할 수밖에 없게 되는 것이다.

세 번째, 중국 민항기가 이 속도로 대한민국 영공에 들어왔다면, 민방공 경보발령 또한 정상적으로 취하지 못하였다는 것을 계산해 보면 알 수 있다. 여기에서 군사적인 상황에서 경보를 발령한다는 것은 적의 침략으로부터 인명과 재산의 피해를 최소화하기 위해서 사전(事前)적인 신호수단으로서 미리 전파하는 것을 말한다는 사전(辭典)적인 뜻을 염두에 두고 살펴보기로 한다.

위 항적도에 의거하여, 중국 민항기가 개성에서부터 400KTS의 속도로 내가 최초 식별한 지점까지 직선비행을 하였다고 가정하면서 계산을 하면, 개성에서부터 'DMZ'를 지날 때까지는 약 8NM의 거리로서 약 1분 15초가 소요된다. 그리고 DMZ에서부터 내가 최초 식별한 지점까지는 약 58NM의 거리로서 약 8분 40초가 소요된다.

그러므로 중국 민항기가 개성 상공에서 13시 53분에 출발하였다면, DMZ를 통과한 시간은 약 13시 54분 15초였다고 추정할 수 있다.

여기에서 중앙민방위경보통제센터에 전화하여 중국 민항기가 넘어올 때 민방공 경보발령 시간에 대하여 문의를 하였다. 그랬더니 "민방공 경보발령은 1983년 5월 5일 13시 57분에 서울, 인천, 경기지역을 대상으로 발령하였다"는 답변을 받았다. 이뿐만 아니라 국민재난안전포털에도 실제 민방공 경보발령현황에 서울, 인천, 경기지역을 대상으로 발령한 것으로 기록되어 있는 것을 확인할 수가 있었다.

이 답변들이 맞는다고 할 때, 발표된 항적에 의한 추정계산으로 요약을 하면, 중국 민항기가 DMZ를 통과한 시간은 약 13시 54분 15초인데 민방공 경보발령은 13시 57분에 하였다. 이를 볼 때 사전경보를 발령한 것이 아니라, 우리나라 영공을 침범하고 난 뒤 약 2분 45초가 경과한 후에 사후경보를 발령했다는 것으로 추정할 수가 있다.

그리고 중국 민항기는 강원도 춘천시에 착륙하였는데 경보발령 대상지역에서 강원도가 제외되어 있었다는 것을 확인할 수가 있었다. 이 사실 또한 중국 민항기의 위치파악을 제대로 하지 못하고 있었을 뿐만 아니라, 우왕좌왕하고 있었다는 것을 방증해주고 있다 할 것이다.

네 번째, 위 항적에는 표현되어 있지 않지만, 이 항적에 내포되어 있는 실제 전투기가 출격할 때 전술항공통제본부에서 전술 조치한 사항을 알아보기로 한다.

그때 당시에 운영하던 전술조치 기본계획은 휴전선 북쪽 지역에 단계별 전술 조치선이 설정되어 있었으며, 단계별 전술조치 선에 따라 행동지시를 하달하게 되어 있었다. 그래서 첫 번째 단계 전술조치 선을 넘어 남하하고 있을 때는 북부 기지에서 비상대기를 하고 있었던 나의 편대에 전투기 조종석에 앉아서 대기하도록 지시해야 한다. 그리고 두 번째 단계 전술조치 선을 넘어 남하하고 있을 때는 나의 편대에 비상벨을 울리면서 인터폰으로 스크램블을 지시하여야 한다.

이렇게 하여 중국 민항기가 휴전선을 넘어오기 전에 나의 편대가 이륙하였어야 하며, 그리고 중국 민항기가 휴전선을 넘어올 때, 나의 편대가 마중을 했어야 그야말로 정상적으로 북한지역에서부터 탐지 및 식별한 가운데 전술조치가 이루어졌다고 할 수 있다.

그런데 그때 당시에 계획되어 있었던 이러한 작전절차는 완전히 무시된 상태로 작전지시를 받았다. 비상대기실에서 갑자기 비상벨 소리와 "브랜다 23 스크램블"이라는 인터폰 방송을 듣고 즉시 뛰어나가서 시동을 걸고 비상 출동하였다. 이륙하여 관제사와 최초 교신을 했을 때, 'IL-28 폭격기가 남하 중에 있습니다'라고 하였다. 계속 비행하여 IL-28 폭격기(중국 민항기)에 접근했을 때, 휴전선을 넘어와야 할 IL-28 폭격기(중국 민항기)가 휴전선으로부터 남쪽으로 약 14NM 지점에서 북쪽 방향으로 비행하고 있었으며, IL-28 폭격기가 아니라 중국 민항기로 확인되었다.

이와 같이 내가 임무를 수행하는 과정 중에, 전술항공통제본부에서 그 당시에 계획되어 있었던 전술조치 선에 따라 작전지시를 한 것은 그 어디에도 없었다. 그리고 IL-28 폭격기라고 하였는데 IL-28 폭격기가 아니고 중국 민항기였다. 이러하였으므로 북부 기지에서 비상대기를 하고 있던 나는 출동 지시한 시간이 바로 중국 민항기를 최초로 탐지레이더에서 발견하게 된 시점이라고 추정할 수밖에 없었다. 그러므로 중국 민항기가 북한지역 상공에 있을 때나, 우리나라 영공을 침범할 때까지도 탐지 및 식별을 하지 못하고 있었다고 판단할 수밖에 없었다.

이해하기 쉽게 반어법으로 요약해서 북한지역에서부터 중국 민항기를 탐지 및 식별을 하고 있었다면,

첫째, '북괴 IL-28 폭격기가 남하 중에 있습니다'라고 관제사가 방송하지는 않았을 것이다.

둘째, 어느 비행구간에서는 하늘에 떠 있을 수 없는 속도로 비행하다가, 어느 구간만 고속으로 비행하는 항적을 만들지 않았을 것이다.

셋째, 민방공 경보발령을 우리나라 영공을 침범한 후에 발령하지는 않았을 것이며, 경보발령 대상지역에서도 중국 민항기가 착륙한 강원도가 제외되지는 않았을 것이다.

넷째, 계획되어 있었던 단계별 전술조치 선에 따른 작전지시를 하지 않고 갑작스러운 스크램블 지시는 하지 않았을 것이다.

이와 같이 발표된 중국 민항기 항적에 허점이 많이 발견된다는 것은 진실과 거리가 멀다는 것을 뒷받침해주고 있다할 것이다. 그리고 그때 작전개념에 맞추어 발표하려고 하다 보니, 휴전선을 넘어올 때 마중을 하였다는 거짓이 만들어지게 된 것이 아닌가 하는 의구심이 들기도 하였다.

결론적으로, 발표된 내용을 이렇게 따져보면 중국 민항기의 실제 비행한 경로나, 유지한 속도나, 우리나라 영공을 침범한 시간과 장소, 그리고 남한지역에서 어디까지 내려갔다가 다시 북쪽 방향으로 비행하고 있었는지? 등을 알고 있는 사람은 항적을 만든 사람이 아니라, 중국 민항기 조종사밖에 없다는 것으로 추리할 수 있다.

내가 지금까지 나열한 그때 당시에 대공 탐지하는데 안고 있었던 문제점과 의문스러웠던 사항들을 확인증명이나 해 주듯이 유사한 사례가 또 우리나라에서 발생되었다. 중국 민항기가 춘천에 불시착한 후 약 2년이 지난, 1985년 8월 24일 중국 IL-28 폭격기가 소리소문없이 중국 땅에서부터 서해를 건너 이리평야에 불시착했다.

그때 내부적으로 전파되었던 내용은 전술조치를 취하여 IL-28 폭격기에 접근한 우리 전투기는 없었다. 그리고 IL-28 폭격기가 불시착하면서 민간인 한 명이 사망하였으며, 불시착한 상태에서 최초로 발견하여 신고한 사람은 민간인이었다고 전파되었던 것으로 기억하고 있다.

이상과 같이 항적에 허(虛)가 많이 발견될 뿐만 아니라, 실제 대공탐지레이더에서부터 탐지하는데 허점이 많았다는 것을 짐작할 수가 있다. 탐지레이더에 비행물체가 나타나지 않으면 운영하는 관제사들과 전술항공통제본부에서 전술조치를 취할 수 있는 그 어떤 방법도 있을 수 없다. 그래서 관련 업무를 관장하고 있는 사람들은 항상 업그레이드된 새로운 장비로 바꾸어 주어야 한다.

대공방어는 적기나, 미식별항체가 레이더장비에 나타나야만 상황에 맞는 전술조치를 취할 수 있고, 그 지시에 따라 전투기가 이륙하여 공중작전을 할 수 있는 것이다. 그때 당시에 이렇게 중요한 장비에서 이러한 허점이 있다는 것을 사실대로 밝힐 수 없었던 것은, 국가안보의 허점을 그대로 노출 시킬 수 없었기 때문이라는 것은 이해를 한다. 그렇다고 해서 실제 있었던 일들은 묵살해 버리고, 특정 출신을 앞세워 꾸며 만든 것을 사실인 양 발표하는 것은 있어서는 안 되는 일이었다.

군인은 현재 상태에서 적과 싸운다고 가정을 하면서 불리하다고 판단되는 것은 이길 수 있는 장비와 작전절차를 바꾸어서 항상 우위를 유지하면서 대비하고 있어야 한다. 이것이 국가방어의 기본이고 군복을 입고 있는 사람들의 할 일이다. 교체해 주어야 할 장비는 교체해 주지 않고, 이러한 방법으로 순간을 모면하면서 사실을 감추게 되면 군의 발전을 가로막는 길이 되며, 역사 앞에서 죄를 짓는 일이 된다.

많은 사람들의 노력으로 현재는 모든 작전상황이 바뀌어 이와 같은 일들이 다시는 일어날 수가 없을 것이라고 나는 확신하고 있다. 하지만 작전상황은 여기에 머물러 있지 않고 항상 변화하고 있다는 것을 알고 끊임없이 대처해 나가야 한다.

'역사라는 것은 오늘을 있게 한 밑거름이며, 미래의 올바른 길을 밝혀 주는 등불이 된다'라는 말이 있다. 그러므로 '역사는 거짓 없이 사실대로 기록된 정직한 역사이어야 대대손손 나라를 건강하게 만든다'는 것을 명심하고 또 명심하여야 한다.

17분 만에 끝난 공중작전

비상대기실에서 비상벨이 울릴 때부터 중국 민항기가 춘천캠프페이지 기지에 착륙할 때까지 17분이 소요되었다. 군사작전 하는 시간이 17분밖에 소요되지 않았다면 무척 짧은 시간이라 할 것이다. 그러나 직접 임무수행을 하고 있던 이 시간이 나에겐 무척 길게 느껴졌었다.

이 시간 동안에 바쁘게 조치해야 할 것이 너무 많았다. 그때그때 상황에 따른 순간순간의 판단과 중대한 결심까지 해야 하며, 임기응변의 조치와 초 시간을 나누어 사용할 줄 알아야 임무수행이 가능한 일이기 때문에 길게 느껴졌을 것이다.

공중작전은 이렇게 짧은 시간에 임무가 종료된다. 짧은 시간에 임무가 종료되는 만큼, 전투조종사들은 평소에 임무지식과 상황에 따른 조치능력 배양을 위해 부단히 노력해야 한다는 부담을 항상 안고 살아간다. 그러면서 개인의 시간제약을 많이 받으면서 살아가야만 부여된 임무를 수행할 수 있다. 이러한 임무를 수행하는 전투조종사들은 자기희생 없이는 불가능한 일이다. 그래서 처음부터 '전투조종사의 신조'를 만들어서 아침마다 외우도록 한 것이 아닌가 하는 생각을 하게 된다.

내가 17분 동안 긴장하며 숨조차 제대로 쉴 틈 없이 마무리한 작전은 냉전 상태에서 가장 가까우면서 가장 큰 적성국가인 중공이, 대한민국을 나라로 인정하며 대한민국이란 국가 칭호를 최초로 문서에 기록하게 만든 작전이었다. 우리나라는 당시 중공을 중화인민공화국으로 칭하였다. 냉전 상태에서 정부 간의 최초 공식 외교접촉을 하게 한 공중작전이었다.

이렇게 큰 임무를 성공적으로 수행한 나는 누가 뭐래도 자부심이 컸다. 하지만 공중에서 아찔했던 그 순간은 지금도 잊을 수가 없으며 가끔 생생하게 떠오르기도 한다.

중국 민항기 조종사가 나의 위협비행을 무시하고 북한지역으로 넘어가는 것을 고집했다면 나로서는 임무를 완수하기 위해 격추시킬 수밖에 없었을 것이다. 이렇게 되지 않도록 나는 숨을 몰아쉬며 등짝에 진땀을 흘려가며 중국 민항기 전방으로 위협기동을 하여 기수를 남쪽으로 돌리게 하였다.

돌이켜보면 중국 민항기 조종사나 나나, 그 짧은 시간에서의 순간 판단은 참으로 훌륭하였다고 생각한다. 만약에 그때 중국 민항기 조종사가 나의 위협비행에 따르지 않겠다는 결심을 하고, 자기들의 우방국인 북한 방향으로 계속 비행을 하였다면 나는 민간항공기로 위장한 적성국가의 정보기로 판단할 수밖에 없었을 것이다. 이러한 상황까지 와서 격추하게 되었다면 무고한 그 많은 승객과 승무원들이 상상하기조차 어려운 상황으로 바뀌었을지도 모를 일이었다. 그리고 중국과의 해빙 무드는 꿈도 꿀 수 없었을 뿐만 아니라, 기타 공산권 국가들과의 교류 및 협력을 한다는 것도 매우 어려웠을 것이라고 생각한다. 어쩌면 돌이킬 수 없는 냉전 상태로 골이 더 깊어졌을지도 모를 일이다.

그때 공중상황(狀況)에서 급박하고 숨 가빴던 나의 마음을 짐작할 수 있는 사고가 곧이어 발생하였다. 중국 민항기가 춘천에 불시착한 후, 불과 약 4개월 뒤인 1983년 9월 1일 새벽 3시경에 대한항공 007편기가 관성항법장비 고장으로 소련 영공을 침범하였다가 격추당한 사건이다.

냉전 상태에서의 영공을 침범했다는 동일한 상황인 것을 생각해 보면 그때 당시에 나의 마음을 어느 정도 헤아려 볼 수 있을 것이다. 다행히도 이러한 불상사가 발생되지 않고 출격임무를 성공적으로 완수하게 된 것에 대하여 늘 하늘에 감사하게 생각하고 있다.

당시 중국인 탑승객들은 신분을 감추기 위해 호텔에 투숙한 뒤 가장 먼저 자신들의 신분증을 잘게 찢어서 화장실 변기통에 버렸다고 하였다. 이러한 행동은 적군에게 포로로 잡혔을 때, 신분을 노출시키지 않으려고 행하는 행동이다. 6·25 한국전쟁 때, 총부리를 겨누며 마주 싸웠던 국가로서 대한민국 국민이나 중국 국민 모두가 서로 깊은 적대국으로 생각하며 살아가던 시절이었다는 것을 생생하게 증명해주는 단면을 탑승객들이 표출한 것이다.

이러한 냉전 상황에서 마음 졸이며 중국 민항기를 춘천캠프페이지에 불시착하게 하였다. 이 사건을 계기로 지금 현재 시점(2018년)에서 보게 되면 가장 가까우면서 가장 큰 적대국가였던 중국이란 나라와 국가

안보 및 정치적으로는 수교 후 한·중 전략적 협력동반자 관계로까지 발전하였으며, 경제적으로는 수출입 상위국이 되어 있다. 휴전 이후 이처럼 나라발전에 크게 기여한 군사(軍事)작전은 일찍이 없었다고 해도 과언이 아닐 것이다.

언론에서는 중국 민항기가 춘천에 불시착했기 때문에 86아시안게임을 할 때 공산권 국가로는 유일하게 중국이 참가하였으며, 이것을 계기로 해서 88서울올림픽게임을 할 때는 공산권 국가가 대거 참여하여 대회를 성공적으로 치르는 밑거름이 되었다고도 보도하였다.

이뿐만 아니라, 중국 사람들은 중국 민항기가 춘천에 착륙했기 때문에 우리(중국)가 잘사는 계기가 되었다고 말들을 한다고 한다. 또 중국, 소련, 기타 공산 국가들과 냉전시대를 마감하는 계기가 되었으며, 그들이 경제발전을 기할 수 있는 계기가 되었다고 평가하는 사람도 있었다.

이렇게 평가하는 글들을 보게 되면, 17분이 소요된 공중작전이 얼마나 큰일을 했는지 짐작하게 한다.

이 공중작전 임무가 끝나고 세월이 흐르면 흐를수록 그 파급효과는 당사국인 대한민국과 중국에 국한되지 않고 전 세계로 퍼져 나갔다. 대한민국 정부뿐만 아니라, 국민 모두가 포착한 이 기회를 잘 활용하여 거침없이 퍼져 나갔다.

17분 동안의 이 공중작전이야말로 우리나라의 안보 분야 뿐만 아니라, 그동안 교류가 없었던 중국을 비롯한 공산권 국가들과 정치, 경제, 사회, 문화, 체육 등 모든 분야에서 상호교류와 협력을 도모할 수 있는 길을 여는데 초석이 되었다. 그리고 그들의 경제발전에 기여하게 한 시발점이 되었다. 이제 이들 나라와 가까워지고 멀어지고, 함께하고 함께하지 않는 것은 후손들의 몫이면서 삶의 숙제이기도 하다.

이 공중작전이 끝나고 나서, 시간이 지나면 지날수록 냉전시대가 봄철에 눈 녹아내리듯이 하였다. 서로 총부리를 겨누지 않고, 피 한 방울 흘리지 않으면서 냉전시대에서 화해·교류·협력의 시대로 세계역사는 바뀌어 갔다.

냉전시대를 타파하는데 이보다 더 평화적인 방법의 수는 이 세상에서 그 누구도 만들어낼 수 없을 것이다. 이렇게 냉전시대의 세상을 변화하게 하는데 밑거름이 된 공중작전을 수행하였지만 몇몇 사람들이 그 공적 및 사실적인 역사를 물밑에 가라앉게 하고 말았다.

하지만 누가 뭐래도 이 작전에 실제 참가한 우리나라 공군 전투조종사들과 관제사들이 냉전시대에서 화해, 교류, 협력의 시대로 세계역사를 바꾸는데 큰 획을 긋는 역할을 하였다는 데 대해서는 그 누구도 부인할 수 없는 일이다. 이 중에서도 중국 민항기의 기수를 돌리면서 그 시발점을 만든 사람이 '전투조종사 임종국'이었다고 자랑스럽게 말하여도 지나침이 없다 할 것이다.

8장

시험비행 조종사
(Test Pilot)가 되다

최저 계급으로
T-33 시험비행 조종사가 되다

    1979년 5월에 중위 계급으로 제3훈련비행단 제216고등비행훈련대대 비행교관으로 차출되었다. 최저계급 교관으로 차출되다 보니 1년이 지나도 말단 교관을 벗어날 수가 없었다. 나에게 주어진 임무를 교대해 줄 수 있는 나보다 낮은 계급의 조종사가 전입해 오지를 않았기 때문이다. 후임 교관들이 전입을 와도 나보다 비행훈련은 늦게 받았지만 계급은 몇 개월 빠른 사람들이었다. 그러니 나의 임무는 변함이 없었다.

    군대는 명령에 따라 죽고, 명령에 따라 사는 것으로 알고 들어왔다. 이러한 생각을 가지고 있으니까 업무의 어려움보다는 이 집단에 들어와서 살고 있는 것만으로도 행복하다는 생각을 하면서 살았다. 그래서 그런 정도의 어려움이야 거뜬히 감당할 수 있었다. 그러나 너무 심한 것 같은 느낌은 지울 수가 없었다.

    대위로 진급을 하고 1년쯤 지나고 있을 때였다. 어느 날 대대장이 나에게 면담을 하자면서, 대대장실로 가자고 하였다. 나는 갑작스러운 대대장의 언행에 긴장하면서 대대장을 따라 대대장실로 들어갔다.

    대대장은 자기 방에 들어서자 뒤돌아보면서 부드러운 말로 앉으라며

차 한잔하자고 하였다. 대대장이 말을 꺼낼 듯 말 듯 하더니 심각한 표정으로 "임 대위가 현재 맡은 임무만 해도 타 교관들보다 많다는 것을 잘 알고 있네. 그런데도 이렇게 임 대위에게 염치없이 얘기하는 내 사정을 좀 이해해주게. 대단히 미안한데 시험비행을 좀 맡아 주게"라고 하였다.

나는 무척 당황스러웠다. 시험비행 임무는 아무나 하는 것이 아니다. 해당 기종에 대하여 비행시간을 많이 보유하고 있고, 또 그 기종에 대한 지식이 가장 풍부하며 전문가가 되어 있는 선임 조종사가 담당하는 것이 정석이며 관례였다. 대대 비행교관 조종사는 한 사람을 제외하고 모두가 나보다 계급이 높은 조종사들이었다. 그럼에도 말단 교관이면서 총 비행시간이 1,000시간도 안 되는 나에게 시험비행을 담당해 달라고 부탁하는 대대장이 오히려 측은하게 느껴졌다.

'그래도 대대장이 비행에서만은 나를 인정해 주는 것이 아니냐? 기왕에 비행하러 여기까지 왔는데, 아무리 어렵고 위험스러운 비행이라 하더라도 못할 이유가 어디 있는가?' 나는 이런 생각을 하며 한편으로는 조금 위험스러운 비행이라 하여 말단 조종사인 나에게까지 미루어지도록 한 선임 조종사들이 얄밉기도 하였다. 하지만 대대장의 부탁에 답변하여야 하는 입장이다. '그래 인명은 재천이다. 불편하게 생각하고 있는 대대장의 마음을 조금이라도 덜어드리자'는 생각으로 그 자리에서 하겠다고 하였다. 의외의 대답을 받아서 그런지 대대장은 잠시 물끄러미 바라보더니 고맙다면서 악수를 청하였다.

이렇게 하여 T-33항공기 시험비행 교육을 받게 되었다. 시험비행 조종사가 되기 위하여 받아야 할 지상교육과 시험비행 훈련을 모두 마치고 1980년 11월에 최저계급으로 T-33 항공기 시험비행 조종사가 되었다. 이 대대에서 시험비행을 담당하게 되면, 대대 비행임무를 기본적으로 수행하면서 간간이 시험비행을 해야 한다.

이 비행대대에서 시험비행이란, T-33 항공기의 주요 부분을 정비하였거나, 주요 부품을 교체하였을 때, 그 부분을 지상과 하늘에서 점검하는 비행이다. 그리고 주기적으로 점검하는 주기검사로서 야전정비대대에 입고되어 분해하여 점검하는 정비작업을 마치고 나온 항공기나, 수리창에서 분해하여 창 정비작업을 마치고 나온 T-33 항공기를 지상과 하늘에서 전체 기능을 점검하는 비행이다. 이렇게 정비한 항공기는 시험비행 조종사가 점검비행을 한 후 서명을 하여야만 일반 조종사들이 탑승할 수가 있다. 시험비행 조종사가 서명을 하지 않으면, 그 항공기는 고철이나 마찬가지이다.

T-33 항공기는 단발 제트엔진이며 오랫동안 운영하던 비행기였다. 시험비행은 시동에서부터 착륙할 때까지 모든 계통이나 부품에서, 저마다 비정상상황이 발생할 수 있다는 것을 염두에 두면서 점검비행을 하여야 한다. 그래서 각 계통을 점검할 때마다 비상상황을 예상하며, 그 비상상황이 발생했을 때 조치해야 할 사항들을 준비하면서 동시에 하나하나 점검하여야 한다.

이 T-33 항공기로 시험비행을 할 때, 가장 주의를 기울여야 할 점검은 연료계통 점검이다. 공중에서 정상연료 계통에서 비상연료 계통으로, 다시 비상 연료계통에서 정상 연료계통으로 변경하면서 점검하는 비행이다. 이 계통을 점검할 때, 변환과정 중 연료계통에 이상이 생겨서 연료가 공급되지 않으면 공중에서 엔진이 꺼지게 되어 있다. 이렇게 되었을 때, 예비로 사용할 수 있는 계통이 없다. 그래서 이 계통을 점검할 때에는 반드시 비행장 상공에서 프레임 아웃(Flame Out: 엔진이 꺼지다)을 대비하여야 한다. 엔진의 추력이 전혀 없는 상태로 글라이드 비행을 하여 착륙할 준비를 하면서 점검비행을 하여야 한다.

모든 시험비행을 할 때는 위험을 감수하면서 비행을 하지만, 사람이 작업을 하다 보니 실수라는 것은 항상 있는 법이라는 것을 추가로 염두에 두면서 비행을 하여야 한다.

시험비행 조종사가 되고 난 다음 대구기지에 있는 제○○수리창에서 창 정비를 마친 항공기시험비행 의뢰가 왔다. 그래서 수리창에 입고시킬 비행기를 타고 대구기지로 전개하였다.

수리창에 도착하여 입고시킬 항공기의 특성을 정비사들에게 브리핑해 주고 시험비행 담당관 실로 올라갔다. 시험비행을 위하여 항공기로 나가기 전에 정비사로부터 그동안 수리창에서 작업한 T-33 항공기의 정비현황에 대하여 브리핑을 받았다. 그리고 비행하기 위하여 비행기가 있는 계류장으로 나갔다.

항공기 외부점검을 하고 난 뒤, 연료 급유 및 기타 보급 상태와 각 계통별로 점검한 기록과 최근에 정비한 현황 등을 기록하는

781FORM(해당 항공기의 정비현황 및 이력을 기록하는 정비일지)을 확인하고 조종사 확인란에 서명하고 탑승하였다. 항공기 시동을 걸고 시동 후 계통별 점검을 하였다. 꼬리 부분은 조종석에 앉아서 직접 볼 수 없기 때문에 작동을 하면서 정비사의 수신호를 확인하면서 정비사와 함께 점검하여야 한다.

시동 후 모든 점검을 마치고 지상 활주하여 최종점검 지역에 도착하였다. 여기에서 내부점검을 마치고, 항공기 외부점검을 마친 정비사의 OK 수신호를 확인하였다. 이렇게 지상에서 단계별 점검을 한 후 이륙하기 위하여 대구기지 콘트롤 타워에 이륙허가를 받고 활주로에 진입하여 이륙을 위한 마지막 점검을 하고 이륙하였다.

이륙한 후 단계별로 해당 계통을 점검하면서 상승하고 있었다. 그런데 약 5,000Ft 고도를 올라가고 있는데 갑자기 앰버라이트(Amber Light: 준 비상사태를 알려주는 황갈색 라이트)가 들어왔다. 즉시 상승하던 것을 멈추고 파워를 줄이면서 강하비행을 하였다. 그러면서 꼬리 부분을 관찰할 수 있는 미러(Mirror)를 봤지만 연기 같은 것은 보이지 않았다. 이렇게 하면서 동시에 비상착륙을 선포(Emergency Landing Call)하고 비상착륙장주로 진입하였다. 파워를 줄이고 조금 지나니까 앰버라이트가 꺼졌다. 하지만 비상착륙 장주를 잘 맞추며 앰버라이트를 예의주시(銳意注視)하면서 착륙하였다.

착륙한 후 활주로를 개방하자마자 바로 엔진을 정지하고 항공기에서 내렸다. 주위에는 소방차가 출동하여 경광등을 켜고 대기하고 있었으며, 비상조치 조언반과 정비사들이 견인차와 함께 출동해 있었다.

　나는 차량을 타고 수리창으로 들어왔고, 항공기는 정비사들이 견인하여 끌고 들어왔다. 수리창에 들어와서 점검해 보니 실제 화염이 흘러나온 흔적으로 기체 내부가 그을려 있는 것을 확인하였다. 조금만 더 늦게 파워를 줄이면서 착륙했다면 기체 일부가 녹아내리며 화재가 발생할 수도 있는 비상상황이었다.

　엔진을 분리하여 분해해 보니까, 엔진 연결부위에 들어가야 할 패킹 (Packing)을 넣지 않아서 발생한 화염으로 밝혀졌다. 인재로 발생한 비상상황이었다. 이렇듯 시험비행은 항상 있을 수 있는 일이라 생각하고 비상상황을 예상하며 비행하여야 한다.

조종사의 참맛을 느낀
제16 전투비행단 품질관리실장

고등비행훈련 교관 임기를 마치고 F-5E/F 기종을 운영하고 있는 예천기지로 발령을 받았다. 전투비행대대에 배치를 받고 일반 전투조종사로 생활을 하고 있었다. 그때 "주골 야마"란 낱말이 만들어져 있었다. 주말인 토요일 낮에는 골프 치고 밤에는 마작을 한다는 얘기이다. 나는 시간이 너무 많이 소요되는 놀이이기 때문에 배우지를 않았다. 내가 모자라는 군사지식을 쌓는 데 노력하기 위해서였다. 마작은 지금도 할 줄 모른다. 함께 모여 놀이를 하는 사람들끼리 형님 아우 하면서 그들만이 뭉쳐지고, 가까이하는 것을 느낄 수가 있었다. 그래도 아랑곳하지 않고 내가 가야 할 길은 스스로 찾아 하면서 지냈다.

1983년 10월에 결혼을 하고 난 후 편대장 집들은 결혼 인사방문을 하지 않았다. 나중에 알고 보니, 어느 편대장 부인으로부터 조언을 받고 아내 혼자서 인사를 다녀왔다고 하였다.

그렇게 지내던 중 1983년 연말이 되었다. 그해 5월 5일 중국 민항기 춘천 불시착 사건의 착륙유도 유공자로서, 괌에서 B-52 폭격기를 운영하고 있는 앤더슨기지 견학을 다녀오라는 작전사령부의 지시가 내려졌다. 작전사령부에서 아예 명단을 선정하여 하달하였으므로 비행단에서 그 명단이 바뀔 염려는 없었다.

태어나서 처음으로 대한민국을 벗어나 외국에 나가는 일이기 때문에 무척 기쁘고 마음이 부풀어 있었다. 그때는 대한민국 국민 중에서 외국을 다녀온 사람은 소수에 불과하던 시절이었다. 그래서 여권을 만드는 것도 자랑스럽게 느껴졌다.

대대장님께 출발 신고를 하였다. 대대장은 신고를 받자마자 허리를 보온할 수 있는 전기보온벨트를 사오라고 하였다. 그래서 '알겠습니다' 하고 나왔다. 전기보온벨트의 가격이 얼마인지는 모르지만 내가 준비한 여행경비로 이 전기보온벨트를 사오는 것은 무리라는 생각이 들었다. 하지만 대대장의 전기보온벨트를 사와야 하니 아내에게 이 얘기를 하면서 용돈을 더 달라고 할 수도 없는 노릇이었다. 어쩔 수 없이 가족이나 동료들의 선물을 줄이는 수밖에 없다는 생각을 하였다. 대대장이 출국하기 전부터 마음을 짓눌리게 하는 무거운 추를 달아주었다.

출국하던 날 새벽 일찍 오산기지에서 미군이 운영하고 있는 공중급유기에 탑승하였다. 항공기 내부는 창고 같았지만, 마음은 들떠 있었다. 이른 새벽 어둠을 뚫고 항공기가 이륙하였다. 창밖은 어둠이 가시지 않은 깜깜한 밤이었다. 송탄 시내의 불빛이 꽃밭을 이루고 있었다. 그 아름답게 보이던 불빛이 점점 멀어지고 있었다.

잠시 눈을 붙이며 졸다가 일어나 보니, 어느새 바다만 보이는 상공에 떠 있었다. 잠시 후 내가 탑승하고 있는 공중급유기에서 B-52 폭격기에 공중 급유하는 과정을 지켜볼 수가 있었다. 처음 보는 것이라 신기하게만 느껴졌다. 수대의 B-52 폭격기에 차례로 공중급유의 임무를 마치고 앤더슨 베이스에 착륙하였다. 공중급유기에서 내리자마자 보이는 것은 실물 크기와 똑같은 크기로 만들어 전시되어있는 B-52 모형폭격기였다. 모형항공기이지만 매우 위엄 있고 웅장하게 보였다.

B-52 폭격기 앞에서

여행 기간 중 기지 내에 있는 장교 숙소에 짐을 풀었다. 이튿날 안내자의 안내에 따라 B-52 폭격기 앞에서 사진도 찍고 탑승하여 내부도 구경하였다. 비행장은 바닷가 언덕 위에 건설되어 있어, 아래로 보이는 바다와 처음 보는 야자수 나무숲이 그림을 그려 놓은 듯 아름답고 깨끗하게 보였다.

다음 날은 괌을 투어하면서 원주민들의 삶을 보았다. 나라를 잃게 되면 저 원주민들처럼 살아야 하는 것이 아닌가 하는 생각이 들었다. 나라의 힘을 키워야 하는 이유가 여기에 있다는 것을 느낄 수가 있었다. 국가 안보의 소중함을 더욱 깨닫게 만들어 주는 살아있는 교육현장이었다.

저녁에는 개인별 파트너와 함께 부대 밖 비치에서 저녁 식사를 했는데, 나의 파트너는 B-52 폭격기 정조종사인 Rich 소령이었다. 식사시

Rich 소령과 가족

간에는 부인도 함께 참석하였다. 바닷가에 자리하고 있는 레스토랑에서 식사를 하였다. 야자수 나무들이 즐비하게 늘어서있고 길게 늘어선 해안은 얕디얕고 잔잔하였다. 식사를 마치고 Rich 소령께서 후식을 먹으러 가자고 하면서 직접 운전을 하여 미 해군부대로 들어갔다. 거기에서 처음으로 접해보는 종류의 아이스크림을 먹고 숙소로 들어왔다.

도착 3일째 날 저녁에 앤더슨 비행사령관 주관으로 실시하는 비치 파티에 참석하였다. 우리는 부대에서 준비한 미니버스를 타고 어제저녁과

는 반대쪽에 있는 비치에 도착하였다. 그 자리에 참석한 미군들은 부부 동반으로 참석하면서 각자 자가용을 타고 참석하였다. 이러한 모습을 보는 순간 우리나라는 언제쯤 이렇게 살아갈 수 있을까? 하는 부러움을 감출 수가 없었다.

파티는 시작되었고 옆자리에 있는 미군들과 술잔을 부딪치며 시간은 흐르고 있었다. 어느새 야자수 잎 사이로 크고 밝은 달빛이 내리고 있었다. 내가 자라오면서 보던 달과는 확연히 다르다는 느낌을 받았다. 파티는 끝이 나고 숙소로 돌아왔다. 이국에서 맛보았던 그 파티가 눈에 아른거리며 마음 한편에 머물러 있었다. 우리나라도 반드시 이들과 같은 삶을 살 수 있는 날이 오기를 바라며 잠이 들었다.

다음 날은 쇼핑이 계획되어 있었는데, 쇼핑은 GIB SON'S라는 면세점 한 곳만 가게 되어 있었다. 그 면세점에서 전기보온벨트를 찾아보았으나, 눈에 발견되지 않았다. 그래서 점원에게 물어보았더니 완판되고 없다고 하였다. 할 수 없이 아내의 선물과 대대원들에게 줄 선물로 볼펜과 그리스 펜을 사 가지고 나왔다.

면세점을 들린 이후 여행 내내 전기보온벨트를 사가지 않으면 오해를 할 텐데 하는 걱정이 앞서기 시작하였다. 태어나서 처음으로 나온 해외 여행인데 구입하지 못한 그놈의 전기보온벨트 때문에 마음 무거운 여행을 할 수밖에 없었다. 죄를 지은 것도 아닌데 찝찝한 마음으로 다시 공중급유기를 타고 귀국하였다.

공교롭게도 그로부터 몇 개월이 지나고 나서 군수부 정비과 품질관리실장으로 보직을 받게 되었다. F-5E/F 항공기 시험비행을 담당하는 보직이다. 그때 당시에는 조종사가 이 자리에 보직을 받으면, 좌천(左遷)으로 생각하였다.

전투비행대대를 떠나면 모든 것이 끝나는 것처럼 생각하던 시절이었다. 나 또한 사람인지라 그러한 생각을 전혀 하지 않았던 것은 아니다. 그러나 일찍이 내가 서 있는 자리를 잘 알고 있었다. 서운한 마음은 달랠 길 없었지만 받아들여야 하는 현실이었다.

나의 목표는 계급이 아닌 전투조종사의 샘플이 되는 것이었다. 이 때문에 이 목표를 달성하려면 모든 사람들이 싫어하거나, 어려워하거나, 힘들어하는 곳에서도 즐거운 마음으로 임무를 수행할 수 있는 그런 조종사가 되어야 한다라고 생각하며 애써 긍정적인 마음으로 전환시켰다.

품질관리실에서 조종사는 단 한 명으로 어느 누구의 지시보다는 스스로 임무를 찾아서 수행하여야 하는 곳이다. 시험비행 조종사가 해야 할 일은 야전정비대대에 주기검사로 입고된 항공기를 전문 베테랑 정비사들이 완전 분해하여 타임 체인지 부품은 교체하고, 수리하여야 할 부분은 수리 및 정비를 마치고 재조립하여 나온 항공기를 시험비행 하는 것이다. 그리고 비행대대에서 일반비행 중에 발생한 결함으로서 주요 부분을 수리하거나 주요 부품을 교체하였을 때 시험비행을 하게 된다.

이 F-5E/F기종의 시험비행은 45,000Ft까지 올라가서 엔진 점검을 하고 35,000Ft에서 다시 엔진 점검을 해야 한다. 여기에서 점검이 완료되면 그 이하 고도로 강하하며 증속한다. 그런 후 바다 상공에서 '음속

돌파를 하며 최고속도를 점검한다. 이 고도 이상에서 여압이 되지 않거나 항공기의 캐노피(Canopy)가 날아가게 되면, 기압 차이 때문에 조종사의 눈이 튀어나올 수도 있고, 또 핏줄이 터져 피를 흘릴 수 있는 고도이다. 미국에서 실제로 있었던 일로 '다이제스트'에 기술된 내용이다.

배면비행 하면서 점검을 할 때는 좌석 밑에 쌓인 먼지뿐만 아니라, 드라이브 등 정비 공구가 튀어나올 때도 있었다. 정비사들도 열심히 노력을 하고 있지만 사람이기 때문에 실수라는 것은 항상 뒤따르게 마련이다. 이러한 상황을 대처하는 방법은 미리 예견하고 준비하며 비행하는 방법밖에 없다.

25,000Ft로 강하하여 한쪽 엔진을 끄고 공중시동(Air Start) 계통을 점검하는데, 엔진 시동이 걸리지 않아서 한쪽 엔진으로 착륙할 때도 있었다. 25,000Ft 이하에서는 주로 플라이트 콘트롤(비행 조종 면) 계통을 점검하게 되어 있다. 저고도에서 해야 하는 점검까지 완료하면 착륙을 한다.

품질관리실장의 임무는 시험비행뿐만 아니라 비행 중인 항공기에서 비상황이 발생하면, 비상조치 조언반 요원으로서 즉시 출동하여 필요한 조언을 해주게 되어 있었다.

어느 날 씨알티(Combat Ready Training: 전투 준비훈련)대대 학생 조종사가 탑승한 항공기가 착륙 장주에서 좌측 바퀴다리가 내려오지 않으니 비상조치 조언반은 즉각 출동하라고 인터폰으로 지시가 하달되었다. 즉시 뛰어나가서 출동차량에 탑승하여 활주로 통제탑으로 달려갔다.

이러한 상황에서 조언할 근거는 비행기술지시서에 있는 비상절차가 우선이다. 그리고 결함계통에 대하여 질문을 할 때는 정비기술지시서에 근거하여 답변을 해주어야 한다. 그래서 정확한 조언을 하는데 도움을 주는 것이다.

잠시 후 단장이 활주로 통제탑에 나왔다. 결함 항공기 조종사에게 조언해 주기 위해 CRT대대장이 마이크를 잡고 있는데, 마이크 잡은 손이 떨리고 있었다. 라디오로 연료량이 얼마냐고 물어보니 탈출 지역으로 보내기도 어려운 상황으로 거의 바닥 상태였다. 현재 위치에서 착륙까지 할 수 있을지 염려되는 연료량이었다.

이때 단장이 마이크를 낚아채듯이 하여 잡고는 학생 조종사에게 그대로 착륙하라고 침착하게 지시하였다. 착륙하기 위하여 마지막 선회하는데 항공기가 밑으로 떨어지는 것 같은 느낌이 오고 있었다. 그리고 불과 몇 초면 착륙할 수 있는 시간이지만 그 시간이 무척 길게 느껴졌다.

학생 조종사이지만, 침착하게 한쪽 바퀴다리로 활주로에 접지를 잘하였다. 접지한 후 바로 좌측으로 기울기 시작하더니, 활주로를 이탈하여 잔디밭으로 미끄러지면서 쏜살같이 이동하고 있었다. 택시 웨이 2(Taxi Way 2: 지상 활주로 2번 출입구)에 비상 출동한 소방차가 대기하고 있었다. 미끄러지면서 달려간 항공기는 이 소방차 앞부분에 항공기의 좌측 날개가 부딪쳤다. 소방차는 두 동강이가 나서 운전석이 따로 구르고 있었다. 항공기는 기웃 둥 기웃 둥 하다가 잔디밭에 멈추어 섰다.

이제 가장 걱정스러운 것은 조종사 생존이었다. 조금 후에 다행히도 캐노피(Canopy)가 열리면서 조종사가 내렸다. 모든 긴장감이 순간에 사라지는 듯하였다. 그러나 소방수는 한쪽 발목에 상해를 입고 병원으로 후송되었다. 단장의 순간 결심이 조종사도 살리고 버려야 할 항공기도 살리게 되었다. 항공기로 달려가서 연료를 드레인(Drain: 배출)하여 점검을 해 보니, 2리터가 채 남지 않았다. 그야말로 천운을 받고 살아난 것이었다.

이 항공기를 견인하여 야전정비대대 행거에 입고시키고 헌병을 배치하였다.

공군본부에서 사고조사팀이 구성되어 현장에 도착하여 사고조사를 하였다. 사고조사팀이 면밀히 조사를 해보았지만 결함이 발견되지 않았다. 예상되는 모든 상황을 만들어서 해보아도 한쪽 다리만 내려오는 상황은 만들어지지 않았다. 결국 결함의 주원인은 찾지를 못하고, 추정 결함으로 만들어서 사고조사를 마쳤다. 다시는 이러한 비상상황이 재발되지 않도록 하는 것이 더욱 중요한 일이라 생각하였다. 기체검사관과 유압검사관의 도움을 받아서, 바퀴다리 부분에서 결함이 발생할 수 있는 모든 예상 상황을 만들었다. 그런 후 바퀴다리 부분에서 비상상황이 발생하였을 때, 조언할 수 있는 '랜딩 기어(Landing Gear: 바퀴 다리) 비상조언 철'을 만들었다. 이 비상조인 철을 각 비행대대 조종사들이 볼 수 있도록 배포해 주었다. 그렇게 하였더니 누구나 조언할 수 있고 실질적이고 필요한 내용으로 구성되어 있다고들 하였다.

그래서 내친김에 기체분야, Landing Gear, 엔진분야, 전기분야, 무장분야 순으로 분야별 검사관들의 도움을 받아서 F-5E/F항공기가 우리나라에 처음 도입하여 운영할 때부터 발생한 주요 결함 사례들을 찾아 모았다. 그리고 다른 나라에서 F-5E/F 기종을 운영하면서 발생된 결함도 함께 모았다.

이렇게 한 후 수집된 내용을 토대로 조종사가 '비행 중 계기판에 나타나는 내용과 조종사가 느끼고 있는 현재 상황을 제목'으로 하여 정리하였다. 그리고 그러한 결함의 원인이 무엇이며, 결함 부위가 항공기 내 어디에 위치하고, 처치는 처치 순서에 따라 읽어 나가면 조언이 될 수 있도록 만들었다. 이렇게 하여 사비를 들여서 'F-5E/F 비상조언집'이라는 책을 만들어 계선을 따라 단장에게까지 보고를 드렸다. 단장은 대단히 수고

F-5E/F 비상조언집

하였다며 칭찬을 아끼지 않았다. 예천기지 비행대대별로 이 책을 한 권씩 배포하였다. 내용이 실질적이어서 각 비행대대에서 아침 매스 브리핑 시간에 이 책을 차례대로 비상교육 자료로 활용하였다고 한다.

이렇게 운영하고 있던 중에 공군본부 안전과에서 O소령이 지도방문을 나와서 이 책을 보더니, 장려사항이므로 가져갈 수 있도록 한 권 달라고 하여 주었다. 그 해(1985년) 이 내용을 공군본부에서 책으로 발간하여 전 비행단으로 배포하였다.

이 책을 받아보고, 단장이 품질관리실장인 나를 찾았다. 나는 무엇 때문에 단장이 찾는지도 모르고 긴장하며 헐레벌떡 단장실로 달려갔다. 무슨 잘못이 있기에 나를 부르는지 걱정이 앞섰다.

문을 열고 들어가니까 단장님께서 차분한 목소리로 소파를 가리키며 거기 앉으라고 하였다. 이때 책 한 권을 들고 소파로 오면서, "군대 생활은 자네처럼 해야 해. 윗사람이 없어도 스스로 찾아서 일을 하는 자네 같은 사람이 진짜 군인이야" 하면서 차를 마시라고 하였다. 한 모금 마시는데 책을 펴 보이며, "이런 나쁜 사람들이 있나. 자네가 만든 것을 본부에서 자기네들이 만든 것으로 머리말을 바꾸어 발간했다"고 하였다. 머리말을 보니 정말 어이가 없었다.

원고료를 한 푼도 챙겨 주지 않으면서 본문은 토씨 하나 틀리지 않은 책으로 만들어져 있었다. 그렇지만, 내가 만든 책이 전 공군에 배포되어 모든 조종사들이 이 책을 보고 사고가 발생하지 않는다면 그것으로 족하고 행복하지 않은가? 생각하면서 긍정적인 마음으로 애써 전환하였다.

단장이 그 자리에서 "자네 미국 유학 한번 다녀오게"라고 하였다. 순간 이 말이 솔깃하게 들여왔다. 그래서 "어디로요" 하니까, "EOD(Explosive Ordnance Disposal: 폭발물 처리) 과정을 다녀오게. 우리나라에서 1인자가 될 수 있는 길이네. 자네 같은 사람이 적임자인 것 같아"라고 하였다. 그래서 "E.O.D 과정에 제가 유학을 가게 되면 무장특기들이 사기가 떨어지지 않겠습니까? 저는 영어도 잘할 줄 모르고 하니, 감사하지만 사양하겠습니다"라고 하였다. 단장은 "알았네. 그럼 자네가 필요할 때 연락을 하게, 꼭 한번은 들어 주겠네"라고 하였다. 나는 감사하다고 인사를 하고 단장실을 나왔다.

이 비상조언집은 공군본부에서 1990년도에 추가로 발간하여 사용하였다.

미국으로 유학은 가지 않았지만 대구기지에서 미군이 주관하여 교육하는 'J-79 잔해분석과정'을 수료하였다.

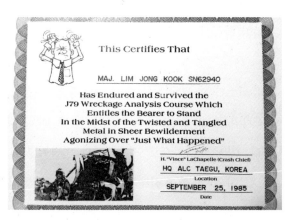

J-79 잔해분석과정

갑자기 사고현장에 나가보면 무엇을 먼저 해야 할지 막막하게 느껴지는 것은 당연하다. 사고현장에서 인명에 대한 수습 외에는 정확한 사고조사를 위해서 현장 보존을 최우선하여야 한다. 그리고 하나하나 매뉴얼에 의하여 점검하여 나가야 한다. 상황에 따라 다르겠지만 빨리 빨리 하는 것은 자칫 사고 원인의 중요한 증거물을 놓칠 수 있다. 수많은 시간이 소요되면서 정확히 사고조사를 해야 하는 이유는 똑같은 사고가 재발되지 않도록 하는 데 있는 것이다.

J-79는 F-4(팬텀기) 전투기 엔진이다. 1주일 동안 받은 교육은 이 항공기가 사고 난 후 엔진 부품이 뒤틀리고, 헝클어지고, 몇 킬로미터까지 멀리 날아간 쇳조각 및 관련 부품들을 찾아서 꿰맞추어 보고 사고 원인을 찾아내는 방법을 배웠다. 정확하고 과학적인 사고조사를 하려면 많은 시간이

소요될 수밖에 없다는 것을 이 교육과정에서 배우고 이해하게 되었다.

어느덧 시간이 흐르면서 사고 난 항공기가 제○○수리창에서 수리를 완료하고 출고되었으니 가져가라고 하였다. 입고할 항공기로 전개하여 사고 난 후 수리한 항공기를 타고 돌아왔다.

비행대대에서 서로가 이 항공기를 받지 않겠다고 하였다. 모든 조종사들이 이 항공기의 사고현장을 두 눈으로 직접 보았으니 당연한 반응이라 생각되었다. 이러한 상황으로 전개되니까 단장이 나를 부르시더니, "항공기가 A급이 될 때까지 자네가 더 타주게"라고 하였다. 그래서 알겠다고 대답하였다. 당분간은 나의 자가용이나 마찬가지였다.

시험비행이 없을 때는 이 항공기를 타고 올라가서 점검비행을 하고 내려와서 수정해야 할 부분은 수정하였다. 이렇게 하면서 얼마 지나지 않아 사고 난 비행기라 할 수 없을 정도로 좋아졌다. B대대장을 찾아가서 "이 비행기는 시간만 채우면 바로 A등급으로 분류됩니다. 제가 자신 있게 권해드립니다"라고 하였더니, "그렇다면 자네를 믿고 우리 대대에서 받겠네"라고 하였다. 그래서 그 비행대대로 이관하게 되었다.

어느 날 시험비행을 마치고 주기장으로 들어오는데, 많은 사람들이 나와 있었다. 가까이 다가가 보니까 단장도 지휘관 참모들과 함께 나와 있었다. 내가 항공기에서 내리자마자 단장은 악수를 청하며 부대에서 만든 모형비행기를 선물로 주면서 수고했다고 하였다. 그날이 시험비행을 100회째 하는 날이었다. 행사의 주인공이 되어 꽃다발도 받고,

시험비행 100회 기념

시험비행 100회 기념 환영

샴페인을 터트려 앞바퀴에 비우면서 지속적인 무사고 시험비행 기원을 하기도 하였다. 그리고 품질관리실 검사관들에 둘러싸여 헹가래를 받았다.

위험하고 어려운 비행이었지만 일반 조종사들이 맛볼 수 없는 조종사의 참맛이 있는 곳이었다.

일반적으로 조종사들이 품질관리실장에 보임되고 나면 6개월 내지는 1년 근무하고 교체를 해주었다. 그런데 나는 3년이라는 세월이 흘러가고 있었다. 어느 날 부임한 지 얼마 되지 않은 작전부장이 나를 찾는다고 하여 작전과로 올라갔다. 올라가면서, '오랫동안 시험비행을 했으니까 보직이동을 해주려고 부르겠지'라고 생각하며 올라갔다. 그런데 보직은 고사하고 작전부장은 나를 보더니, "임 소령은 조종사이니까, 군수부에서 일어나는 모든 일을 나에게 먼저 보고 해야 돼"라고 하였다. 나는 머뭇거리다가 "알겠습니다" 하고 내려왔다.

사무실로 돌아오면서 아무리 생각해 봐도 이해가 되지 않았다. 작전부장이면 작전분야의 일만 잘하면 되지, 권한 밖의 군수부에서 일어나는 일들을 먼저 알아서 뭐하려고 알려 달라 하는 것인지 의문이 생겼다. 나보고 임무 외의 불필요한 일까지 하라는 것으로 생각이 들자 더 이상은 있을 자리가 못 되니 빨리 여기를 벗어나야 한다는 생각이 들었다.

3일 후에 작전부장을 찾아가 "품질관리실장을 한 지 3년이 되었습니다. 이제 대대로 가서 생활하고 싶습니다"라고 하니 작전부장은 "그렇게나 되었어? 알았네. 며칠만 기다려 보게"라고 하였다. 이렇게 하여 품질관리실장을 하번하고 전투비행대대로 다시 돌아왔다.

품질관리실장이란 보직을 받고 비행기에 대한 지식만 쌓이는 것이 아니라, 삶에 대하여도 많은 것을 배우고 느낄 수 있는 자리이기도 하였다.

조종사들은 비상대기 때문에 아예 밖에 나가서 살 수가 없다. 그래서 현재 살아갈 집을 우선하여 배정해 준다. 그러다 보니 살아가는 집을 걱정할 이유가 없었다. 또 일반 장교나 부사관 보다 많은 월급을 받다 보니 씀씀이가 크고 많았다. 앞을 내다볼 줄 모르고 오직 현재 살고 있는 그 자체만을 생각하면서 만족하며 살아왔었다. 그런데 품질관리실장이라는 자리에 있다 보니 미래를 위한 삶의 준비를 하면서 살아가야 한다는 것을 스스로 깨달을 수 있었다. 모든 조종사들이 좋아하지 않는 보직이지만 품질관리실장은 나에겐 아주 값진 자리였다.

그때 당시 조종사들은 자기 집을 장만한 후에 전역하는 사람은 드물게 보였지만, 일반 장교나 부사관들은 집을 장만하지 못하고 전역하는 사람들이 드물게 보였다.

조종사들은 동료들과 술을 한잔하더라도 분위기가 있고 고급스러운 곳을 찾아가서 비싼 돈을 주고 마셨다. 도우미들에게 비싼 팁을 주고도 고맙다는 인사를 받지 못하고 돌아올 때가 많았다. 하지만 정비사들은 같은 술을 마시더라도 실리를 챙기는 곳으로 가서 마셨다. 싼 팁을 주더라도 문밖까지 따라 나와서 고맙다는 인사를 받고 돌아왔다. 이런 모습을 보고 '내가 살아온 길은 앞으로 살아갈 미래에 대하여 한 치 앞도

준비하지 못하고 살아온 것이 아닌가?' 하고 자성(自省)하는 마음이 생겨났다. 그래서 삶의 패턴을 바꾸게 되는 계기가 되었다. 이보다 더 큰 소득을 어디에서 얻을 수 있겠는가? 그때 방향을 전환했기 때문에 그나마 노후걱정 없이 살아가고 있다고 생각한다.

나에겐 자리가 중요한 것이 아니었다. '주어진 자리에서 무엇을 보고, 무엇을 해야 하는지를 우선 생각하여 임무를 수행하고, 삶에 보탬이 되는 일이라고 판단되면 어떻게 내 인생에 접목하느냐가 중요하'고 생각하며 살아왔다. 보면서 느끼면서 스스로 받아들이는 교육, 즉 자연으로부터 배우는 교육이 인생에서 무엇과도 바꿀 수 없는 참교육이었다는 것을 느끼기도 하였다.

만약에 보직에 대한 불만을 마음속에 가지고 있었다면 그 불만스러운 마음의 틀에서 벗어나지 못하여 이러한 것을 보고 배울 수가 없었을 것이다. 이러한 것을 내가 보고 느낄 수 있도록 해준 전우들과 주위환경이 고마울 따름이다.

좋은 자리는 스스로 만든다
: 81수리창 시험비행 담당관

　전투비행대대에서 근무를 하다가 비행단 '안전관리실장 대리'의 보직을 받았다. 3개월 동안 안전관리실장 대리' 임무를 하면서 날로 대형화되어 가는 사고를 미연에 방지하기 위한 그 무엇을 만들어야 하지 않을까? 하는 생각을 하고 있었다.

　그래서 예천기지 주변에서 일어날 수 있는 항공기간의 공중충돌, 조류충돌, 인구 밀집지역에서의 사고, 화재사고, 폭발물 사고, 차량 사고 등의 대형사고를 예방하기 위하여, 예천기지 특성 및 직무의 기본지식, 안전 대책 등을 수록하여 간행물을 만들었다. 이 간행물 책자도 누가 시켜서 만든 것이 아니었다. 내가 해주어야 할 일이라 생각되었기에 만든 것이다.

예천기지 대형사고 방지책

　이것을 단장께 보고했더니 단장은 "일반 간행물로 만들어 두면 사람이 바뀌고 나면 사장될 수가 있다. 그러니, 이것을 교범으로 만들어 지속적으로 볼 수 있도록 해라"라고 지시하면서 칭찬을 아끼지 않았다. 결국 1990년 6월에 '제16전투비행단, 교범 7-22, 예천기지 대형사고 방지책'을 만들어서 활용하였다.

이렇게 누가 시키지도 않은 일을 스스로 찾아서 하는 것을 본 단장은 "자네는 비행단에 있을 것이 아니라, 작전사령부에 가서 더 많은 견문을 넓히고 공군에 필요한 일을 더 많이 해라"라고 하면서 "작전사령부에 인사 요청을 할 테니까 그리 알게"라고 하였다. 그런데 작전사령부에서 '임 중령은 시험비행을 잘한다'고 하면서, 제81수리창 시험비행 담당으로 발령을 하였다.

단장은 나를 도와주려고 하다가, 조종사라면 누구나가 다 좌천으로 생각하는 더 좋지 않은 보직으로 가게 되었으니, 매우 난처하게 생각하고 계신다는 것을 알아차렸다. 그래서 "단장님, 저는 괜찮습니다. 걱정하지 마십시오"라고 얘기하였다. 하지만 지금까지도 그래 왔듯이 마음은 한량없이 무거웠고 보직을 받아들여야만 했다. 받아들이지 않는다면 공군을 이탈하는 길밖에 없었다.

시간이 지나면서 이사 가는 날짜가 도래하였다. 대한통운 트럭에 이삿짐을 싣고 가족들과 함께 대구로 이사하는 길이있다. 민간 항공사에서 전역을 결심하게 되면 자기네 회사로 와줄 것을 여러 번 요청받고 있었다. 이러한 상황에서 또다시 시험비행을 담당하러 간다는 것이 마음의 갈등을 부추겼다. 이러하였지만 가족들에게는 내색할 수 없었다. 그래서 나의 마음은 무겁기만 하였다. 변변치 못한 가장으로서 한계를 드러내고 있는 듯하였다.

이사 가는 길에 하늘은 맑고 푸르렀다. 그 맑고 푸른 하늘에는 나뭇잎같이 생긴 딱 한 조각의 구름이 떠 있었다. 그 구름이 소나기구름도 아니었고, 소나기가 내린 후도 아니었다. 일반적으로 무지개가 피어오를 날씨가 아니었다. 그런데도 그 조각구름 전체에 무지개가 선명하게 피어 있었다.

태어나서 이러한 무지개는 처음 보았다. 이사 가는 길을 하늘에서 환영해 주며 축하해 주는 것 같았다. 하늘에서 이렇게 아름다움을 볼 수 있도록 만들어 주신 것은 필시 나에게 그 무슨 좋은 일이 함께할 것이라는 생각으로 위안 삼으며 대구기지에 도착하였다.

수리창에서 조종사는 나 혼자였다.

여기에서 나의 임무는 수리창에 입고된 F-5E/F 항공기가 모든 정비를 마치고 출고될 때, 직접 시험비행을 하여야 한다. 그리고 타 기종이 시험비행을 할 때는 비행계획 및 비행통제 하는 임무를 수행하는 것이다. 비상대기도 없고 출퇴근 시간이 명확한 곳에서 근무하는 것은 처음이다. 자칫 생각을 잘못하게 되면, 무의미한 삶으로 연결될 수도 있다는 것을 느꼈다.

그동안에도 그렇게 살아왔지만, 무엇인가 할 일을 만들어야 한다는 생각을 하였다. 그러던 중에 예천비행단 기지작전과장 임무를 수행하면서, 저고도 고속으로 침투하는 적기를 방어할 수 있는 '8방향구역화망 사격절차'를 만들어 운영하던 생각이 떠올랐다.

때마침 하늘이 내려준 기회인 듯 ○○사령부에 전산소가 개설되었다. 그래서 남는 시간을 무의미하게 보낼 것이 아니라, 아직도 미완성이라 생각하고 있었던 이 8방향구역화망사격절차를 보다 더 발전된 '저고도 대공방어작전체계'를 만들어야겠다고 생각하였다. 그 이후 '과학적인 탐조등 운용방법'을 근간으로 하여 연구를 거듭하면서 '레이더와 대공포의 상대적인 위치를 컴퓨터에 입력시키고, 레이더에 나타나는 적기의 정보를 컴퓨터에 입력되도록 하여 이것을 컴퓨터가 계산해서 각 대공포로부터 사격제원이 출력되도록 하는 절차를 만들었다. 이렇게 만든 것을 '재래식 대공포의 운영방법 개선'이라 명명하였다. 발전시킨 자세한 내용은 다음 장에 나오는 '끊임없는 직무발명과 특허등록'에서 다루기로 한다.

이것을 완성하여 1990년도 공군본부 제안제도에 제출하여 공군 우수창안으로 채택되었다. 그래서 공군본부에서 그다음 해인 1991년도 국방부 제안제도에 제출하였다. 국방부에서 심사할 때, 제○○수리창 제작공장에서 만들어준 '대공포 운영방법개선 모형도'를 가지고 가서 발표하였다. 그 결과 국방부 장관상과 상금 50만원을 받았다.

이렇게 여유 시간을 잘 이용하는 습관을 계속 만들어 나가고 있었다. 이렇게 살아가면 어디를 가더라도 할 일이 없어서 걱정하는 일은 없을 것 같았다. 어쩌면 삶의 후반에서 가장 중요하게 생각해야 할 부분일지도 모를 일이다.

시간이 지나면서 수리창 3개년 무사고 시험비행 시상식을 가지게 되었다. 이때 최고상은 참모총장상으로서 무사고 시험비행에 관한 상이기 때문에 시험비행조종사가 받는 것이 정석이고 관례였다. 하지만 나는 이 참모총장상을 정비사에게 양보하기로 결심하였다. 그랬더니 공군본부 감찰감으로부터 직접 전화가 왔다.

"왜 참모총장상을 받지 않게 되었냐?"라고 하면서 의아스럽다는 듯이 물어보았다. 내가 양보했다고 하였더니 정말이냐면서 못 믿겠다는 듯이 재차 물었다. "예, 저는 참모총장상을 받은 것이 있기 때문에 제가 먼저 양보하겠다고 얘기하였습니다"라고 답변을 하니 수긍하면서 전화를 끊었다.

무사고 시험비행 300회

수리창에 온 지도 어언 1년이 되어 가고 있었다. 그때 당시에 공군 최초로 제트전투기 시험비행 300회라는 기록을 1991년 4월 30일부로 내가 세우게 되었다.

300회째 시험비행을 마치고 공장앞 주기장으로 들어왔다. 플래카드와 꽃다발과 샴페인을 준비하였으며, 많은 사람들이 나와 있었다. 군수사령부 부사령관까지 나와서 축하행사를 해 주었다. 300회 기록을 세우고 난 뒤 며칠 후 참모총장 안전표창장과 안전표창패를 수상하게 되었다.

무사고 시험비행 300회 안전표창장　　　　무사고 시험비행 300회 안전표창패

　그 이후 1년을 더 시험비행 담당을 하였다. 공군에서 시험비행만 담당하는 보직을 5년을 채우고, 공군본부 지휘통제실 운영담당관으로 보직을 받았다.

　보통 사람들이 한직이라고 하더라도 꼭 한직만이 될 수 없고, 좋은 자리라고 하더라도 좋은 자리만은 될 수 없다. 어떤 마음으로 받아들이며, 어떤 마음으로 일을 하느냐에 따라 달라지겠지만, '좋은 자리는 자신의 노력으로 만들어진다'라는 것을 느끼게 하였던 시험비행 담당 보직이었다.

9장

끊임없는
직무발명과 특허등록

모두가 자신의 직무를 다했을 때 강한 군대가 된다

군인이라면 자신보다 국가와 국민의 안전보장을 위해 우선하여 노력하는 사람이라고 대부분 사람들이 그렇게 알고 있다. 이러한 국방의 임무를 직접 담당하는 개개인들은 '국가와 국민의 안전보장'이란 말만을 그대로 받아들이거나, 너무 큰 뜻으로 받아들인다면 할 일이 무엇인지 선뜻 보이지 않게 된다. 무엇을 어떻게 노력하여야 국가와 국민의 안전을 보장할 수 있는지 개인으로서는 그저 막연하게 느낄 수도 있다.

그러므로 국방조직의 구성원 모두는 자신이 맡은 직무범위 내에서 어떠한 적과 싸운다 하더라도 언제든지 이길 수 있다는 군인 정신으로 새로운 장비나, 새로운 작전절차나, 새로운 운영절차, 새로운 제도 등을 끊임없이 발전시키는 것이 국가와 국민의 안전을 보장하는 것이라고 이해하면서 시행하면 된다. 모든 사람이 이러한 마음으로 지기가 맡은 직무에 최선을 다했을 때, 그것이 하나하나 모여서 조직의 큰 힘이 생겨난다. 국방의 조직원 모두가 이렇게 최선을 다했을 때 강한 군대가 되는 것이다.

이러한 신념으로 자신이 맡은 직무를 최선을 다해 발전시키는 것이, 곧 내가 강한 군대를 만드는 것이 되며, 내가 국가와 국민의 안전보장을 지켜주는 것이 된다. 이렇게 만들어지는 강한 군대 앞에는 적이 나타날 수 없다.

다행히도, 저고도 대공방어작전을 보다 더 완벽하게 하기 위하여 새로운 장비가 도입되고, 새로운 저고도 대공방어작전절차를 만들어서 운영하고 있다는 소식을 들었다. 나에게는 남달리 매우 반가운 소식이었다. 늦은 감은 있었지만 반드시 바뀌어야만 했던 작전절차였기 때문이다. 이 소식을 들으니 그나마 다행이라는 생각에 박수를 보내고 싶었다.

그동안 내가 직접 부딪치며 경험했던 '저고도 대공방어작전'의 허점이 노출되는 문제가 있었기 때문에 말로도, 글로도 표현할 수가 없었다. 그랬는데 이제야 이 글을 쓸 수 있도록 해 주었다.

대공방어를 해야 할 대상물체는 쉬지 않고 발전하고 있다. 그러므로 새로운 장비를 도입했다고 해서 거기에서 끝난 것이 아니다. 항상 이제 시작이라는 마음으로 대상물체의 발전에 발맞추어 끊임없이 발전시켜 나가야 하며, 이는 군인의 기본임무라는 것을 잊어서는 안 될 것이다.

내가 근무하던 시대는 남아있지 않는 역사 속으로 들어갔다. 하지만 전투조종사인 내가 그때 '저고도 대공방어작전'의 현장에서 직접 체험하고 애태우며 노력한 것을 사실 그대로의 글로 표현하여 남기는 이유는, 이와 유사한 사례가 재발하지 않고 보다 더 발전하기를 바라는 마음 때문이다. 이렇게 하는 것이 곧 국가와 국민의 생명과 재산을 보장하는 길이라고 생각되기 때문에 용기를 내어 써내려간다.

'과학적인 탐조등 운용방법' 직무발명

1988년 2월에 제○○전투비행단 기지작전과장 직무대리로 보임되었다. 그때 당시에 전투조종사가 기지작전과장으로 보직을 받는다는 것은 좌천으로 생각하던 시절이었다. 그러다 보니 나도 사람인지라 마음이 한량없이 무거워졌다. 무거운 마음으로 현장에 가서 보니 임무가 막중하다는 것을 알게 되었다. 그 임무는 지상작전을 총괄하는 자리이며, 비행단의 모든 전력을 보호하면서 그 전력들이 최상의 작전을 수행할 수 있도록 여건을 조성해 주는 것이었다.

처음 접해 보는 일이라 걱정이 앞서기 시작하였다. 우선 지상 작전계획을 확인하면서 임무를 익혀 나갔다. 지프도 한 대 배당되어 있었다. 공군에 입대한 이후 차량이 배당된 보직은 처음이었다.

어느 날, 밤 11시를 넘어 차를 타고 야간순찰을 하는데, 초병이 탐조등을 켜서 비추고 있었다. 어떻게 운영하고 있는지 확인해 보고 싶은 마음이 생겨났다. 초소에 올라가 초병에게 "이 탐조등을 언제, 어떻게 사용하느냐?" 질문하였다. 초병은 "정해진 것은 없고 제가 비춰보고 싶을 때 비춥니다"라고 큰 소리로 자신에 찬 대답을 하였다. 이 순간, 아무리 헐값의 장비라 하더라도 군사 장비를 운영절차도 없이 초병 마음

내키는 대로 사용하도록 한다는 것이 이해가 되지 않았다.

사무실로 돌아와서 운영절차를 찾아보았지만 초병의 말 그대로였다. 문제점이라고 생각되는 것을 나의 눈으로 직접 본 이상 그냥 지나칠 수가 없었다. 그래서 탐조등운영을 보다 과학적으로 운영할 방법이 없을까? 생각하며, '대공탐조등 운영에 대한 작전절차'를 만들기로 결심하였다.

대공탐조는 허공에 탐조등을 비추어 물체를 찾아야 하는데, 가장 필요한 것은 탐조할 기준점이라 생각하였다. 그 기준점을 설정해줄 무엇인가를 허공에서 찾아야만 했다. 고민을 거듭하던 중에, 구름 속에서 항공기 계기판에 있는 계기만을 보면서 비행하는 '계기비행'을 할 때, 현 위치에서 대기지점으로 찾아가는 방법인 픽스 투 픽스(FIX TO FIX: 구름 속에서 계기비행을 할 때 현재 위치에서 대기지점으로 가기 위하여 가야 할 방위각을 계기 지시 침으로 찾아서 가는 방법) 방법으로 비행하던 것을 여기에 접목하면 가능할 수도 있겠다는 생각이 떠올랐다.

목표물이 레이더에 나타난 방위각과 거리를 임의로 주어진 위치(FIX)로 가정을 하고, 탐조등 위치를 현재 나의 위치(FIX)라고 가정하여, 현재 나의 위치에서 임의의 위치(FIX)로 가기 위한 방향을 찾으면 탐조할 방위각이 될 수 있겠다는 생각을 한 것이다. 이러한 생각을 바탕으로 연구를 거듭하면서 탐조등에 레이더와 연계하면 충분히 가능할 것으로 판단하였다.

그래서 예산소요가 없고 당장 사용할 수 있는 레이더 장비는 비행기지 내에서 항법장비로 사용하고 있는 GCA(Ground Control Approach: 지상접근 관제소) 내에 ASR(Airport Surveillance Radar: 공항 감시 레이더) 장비이다. 이 ASR 장비는 항법장비이며 방위각과 거리정보만 제공되는 레이더이다. 이 장비에 나타나는 정보를 이용하여 탐조등을 운영할 수 있는 작전절차를 만들어야겠다고 생각하였다.

ASR 장비에서 탐지된 목표물의 방위각과 거리정보를 받고, 고도정보가 없는 레이더이기 때문에 예상 고도를 받아서 탐조등에서부터 목표물의 방위각, 거리 그리고 예상 고각을 찾아낼 수 있는 방법을 만들어내면 되는 것이다. 만약에 물체의 고도를 예상할 수 없어서 고각을 결정할 수 없다 하더라도 탐조등을 도해판에서 찾은 방위각에 맞추다가 목표물이 탐조하여 찾을 수 있는 거리에 도달할 때, 탐조할 방향을 맞추어 아래에서 위로 비춰보는 것만으로도 보다 과학적으로 빨리 찾는 방법임을 알아차렸다. 그래서 연구는 점차 자신이 생기면서 더 탄력을 받게 되었다.

이것을 만들 그 당시에는 컴퓨터가 없던 시절이었다. 이 때문에 허공에 목표물이 있는 지점을 바로 비추기 위해 준비할 사항이 몇 가지 있었다.

첫째, 물체의 정보를 받을 수 있는 레이더와 탐조등 간의 통신망 구축이다.

둘째, 방위각과 거리와 고각을 찾을 수 있는 도해판 제작이었다. 이 도해판은 GCA레이더를 중심으로 하여 방사형으로 축적한 원형 자를 바탕에 그려둔다. 다음은 투명한 판에 이와 똑같이 축적한 원형 자를 만든다. 그런 후 도해판에서 중앙점인 GCA레이더로부터 탐조등의 실제위치에 해당하는 지점에 투명한 원형 자의 중심을 올려두고 자북을 맞춰주면 방위각과 거리를 찾는 도해판이 완성되는 것이다. 물체의 위치를 찾을 때는, GCA에서 불러주는 방위각과 거리를 도해판의 원형 판에 점을 찍으면서 투명한 원형 자를 읽으면 그것이 곧 목표물의 방위각과 거리가되는 것이다. 그리고 고각을 찾는 방법은 도해판에서 가로에 표시된 탐조등의 위치로부터 목표물의 거리와 세로에 표시된 예상 고도가 만나는지점의 각도가 탐조등으로부터 공중에 떠 있는 물체의 각도가 되는 것이다.

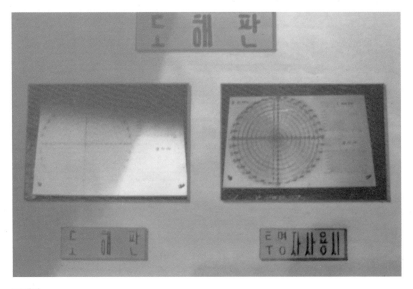

도해판

셋째, 공중에서 움직이는 물체를 탐조하려면 탐조하는 데까지 지연되는 시간에 이동하는 물체의 앞쪽을 비추어야 하므로 비행물체의 속도에 따라 리더 포인트(Leader Point: 선도 점)를 찾을 수 있는 도표를 만들어야 한다. 대상물체의 속도에 따라 이동하는 거리를 찾을 수 있는 공식을 만들어서 계산하고 도표로 만들어 둔다. 그 도표는 세로는 시간당 항공기속도를 표시하고 가로는 지연되는 시간을 초 단위로 표시해 둔다. 그리고 리더 포인트를 찾아야 할 때는 세로축에 표시된 항공기속도와 가로축에 표시된 지연되는 시간(초)이 만나는 칸에 있는 숫자가 리더 해야 할 거리(Ft 단위)가 되는 것이다.

LEAD POINT (선도점) 도표

리더 포인트 도표

넷째, 탐조등 진지에서는 탐조등 몸체에 방위각과 고각을 각도 (Degree)로 표시해 둔다. 방위각 표시는 180도 반대방향으로 표시하여 병사가 탐조하여야 할 방위각 숫자에 포인트를 맞추게 되면 자북방위각의 방향에 탐조가 되도록 하였다.

방위각 부착

이렇게 만들어 운영하는 것을 '과학적인 탐조등 운용방법'이라고 이름 하였다. 이것이 내가 첫 번째 직무발명 한 '저고도 대공방어작전체계'이다.

이 '과학적인 탐조등 운용방법'으로 현재 설치되어 있는 탐조등에서 주변화기와 연계하여 운영하면, 저고도 저속으로 침투하는 적기를 방어하는데 비행기지는 물론, 국가중요시설과 휴전선에서도 야간 대공방어에 한층 더 과학적이고 발전된 방법이 될 것이라 생각하며 만들었다. 해안으로 침투하는 적 침투선을 방어하는 데도 효과적일 것으로 판단하였다.

때마침 이때 제논 탐조등이 도입되고 있었다. 이 제논탐조등은 십리가 훨씬 넘는 거리까지 비출 수 있기 때문에 더더욱 작전절차가 필요하였다. 그래서 이 제논탐조등을 배치하면서 '과학적인 탐조등 운용방법'을 접목하여 검증한 후 운영하기로 하였다. 그런 후 사수가 탐조등을 조작할 수 있는 방위각, 고각을 만들어 탐조등 몸체에 부착하고, 방위각과 거리와 고각과 선도점을 판독할 수 있는 도해판을 만들어 탐조등 옆에 비치 완료하였다. 이렇게 만든 후 야간 기지대공방어 훈련을 하였다.

저속 프로펠러 항공기를 가상적기로 하여 야간에 기지를 침투하게 하고 이 절차로 탐조하여 검증해 보았다. 평소 훈련하던 작전과는 비교되지 않을 정도로 빠른 시간에 찾을 수가 있었다. 그냥 소리 나는 쪽으로, 또는 초병 마음 내키는 대로 허공에 탐조등을 비추어서 찾아내는 방식으로 작전을 하다가, 물체가 있는 지점의 방위각과 거리와 예상고각을 맞추어 기준점이 있는 탐조를 하니 당연한 결과였다. 현재는 항공기 발달과 대공방어 장비의 발달로 허공에 탐조하여 항공기를 찾는 것은 무의미하므로 사용하지 않는 것으로 알고 있다.

하지만 이 '과학적인 탐조등 운영방법'은 여기에서 나이가 저고도 대공방어작전 절차인 '8방향 구역화망사격절차'를 직무발명 할 수 있게 하였고, 또 '재래식 대공포의 운영방법 개선'이라는 직무발명을 하여 국방부장관 상을 받을 수 있게 하였다. 그뿐 아니라 이것을 더욱 발전시켜서 '단거리 대공포 고속자동화망사격지시통제 시스템'을 만들어 대한민국과 미국에 특허등록까지 하게 한 밑거름이 되었다.

육군 방공포부대를 인수하다

이제 지상 작전에 대한 업무를 어느 정도 파악하고 있을 때쯤이었다. 비행기지를 보호하기 위하여 비행기지 '저고도 대공방어'는 육군이 담당해 주고 있었다. 그러다가 1988년도에 육군이 운영하던 '방공포부대'가 공군으로 이관되었다.

나는 이때 제○○전투 비행단의 기지작전과장 대리였으며, 방공포대 인수 담당관으로서 방공포대와 인연을 맺게 되었다. 방공포대의 부대관리보다 우선 걱정이 되는 것은 일면식도 없는 기지대공방어작전을 운영해야 하는 일이었다. 기대도 되었지만 걱정이 앞섰다. 그래서 그동안 했던 대공방어작전의 작전계획을 보자고 하였다. 방공포대장이 보여준 것은 주 사격방향, 예상 침투로 사격방향, 무관측 사격방향으로 되어 있는 작전절차였다. 대공포에 대해 아무것도 알지 못하는 상태에서 비행기지 저고도 대공방어는 이런 식으로 하는구나, 정도로 생각하며 받아들였다. 그러면서 육군으로부터 방공포대 인수를 완료하였다.

그런 후 전군(轉軍)한 장병들과 기지를 공격하는 가상적기로 전투기를 투입하여 기지대공방어 훈련을 실시해 보았다. 육군 복장에서 공군

복장으로 제복만 바뀌었고 운영하던 사람들은 그대로였다. 그런데도 전투조종사 입장에서 그 훈련을 직접 관장하여 실시해 본 결과 저고도 대공방어 작전절차에 나타난 문제점이 한두 가지가 아니었다.

기지를 침투하는 전투기는 공격을 하고 지나갔는데도, 대공포 진지에서는 아직도 기지로 접근 중이라고 방송되고 있었다. 그리고 병사들은 공격해 오는 적기를 눈으로 확인하지 못할 뿐만 아니라, 폭탄을 투하하는 시기가 지나고 직 상공을 지나갈 때 눈으로 확인하는 것이 대부분이었다. 그야말로 단거리 대공포로는 고속으로 침투하는 전투기 방어에는 무방비 상태였다.

대공포를 최초에 도입할 때 프로펠러 저속항공기 및 헬기에 대한 방어 작전절차를 초음속 전투기에도 그대로 적용을 하고 있었다. 우리나라뿐만 아니라 전 세계 모든 나라가 초음속 전투기를 도입하여 운영한 지 수십 년이 지났지만 초음속 전투기를 방어할 수 있는 작전절차를 발전시키고자 노력한 흔적은 찾아볼 수가 없었다. 단지 사용하고 있는 장비들의 부분 개량한 것이 전부였다.

역사 속으로 들어간 그때 당시에 운영하던 저고도 대공'방어 작전절차를 생각나는 대로 순서대로 나열해 본다.

첫째, '전군 방공 조기경보망'이란 통신망이 있었다. 적 항공기의 위치를 이 경보망으로 중앙방공통제소에서 각 제대로 전파하는데 수분에 1회 전파하였다. 이렇게 전파하면서도 항적 수가 증가하면 증가하는 항적 수만큼의 전파하는 시간이 더 지연되게 되어 있었다. 그러면서 병사가 음성으로 전파하는데 시간이 또 소요되고 있었다.

둘째, 지점대공방어작전 상황실에서는 중앙방공통제소에서 전파하는 경보를 접수하여 투명한 아크릴 표정판 뒤에서 기록하는 병사가 글자를 거꾸로 쓰며 수기로 항적을 표시하고 있었다. 그렇게 하여 앞에 앉아 있는 지휘관이 바른 글씨로 읽을 수 있도록 하고 있었다. 이렇게 하면서 지휘관이 결심을 하고, 항적을 표시함과 동시에 대공포 진지로 전파하는데 중앙방공통제소에서 전파하는 내용을 받아 적어서 그대로 똑같이 전파하고 있었다. 여기에서 현재 사용하는 통신망으로 한 지점을 전파하는데 소요되는 시간이 얼마나 되는지 궁금하여 점검해 보기로 하였다. 그래서 Stop Watch를 들고 점검해 보았더니 숙달된 병사가 한 지점을 음성으로 전파하는데 23초가 소요되었다.

셋째, 대공포 진지에서는 전파되고 있는 경보를 수신한 후에 사수가 눈으로 반드시 탐지하여야만 한다. 탐지한 후에 적군기·아군기를 식별하고 나서 적기로 판명될 때, 그 적기를 조준하여 교전 및 사격하는 절차로 되어 있었다.

이렇게 운영되고 있었던 작전절차는 저고도 대공방어를 하기 위하여 최초로 시작되는 '중앙방공통제소'의 경보전파부터, 전투기가 고속으로 침투해 올 때 이동하는 속도와 시간을 전혀 고려하지 않는 경보전파를 하고 있다는 것을 알 수가 있었다. 경보전파 하는데 이렇게 많은 시간이 소요되면서 전파되고 있었으니, 침투항공기가 공격하고 지나간 뒤에도 아직도 진입하고 있다고 방송하는 것이었다.

고속으로 침투해오는 적기는 400KTS의 속도를 유지하면 초당 206m를 이동하게 되고, 480KTS의 속도를 유지하면 초당 246m를 이동하게 된다. 그러므로 10초만 지나면 2Km 이상을 훌쩍 날아가 버린다. 이렇게 빠르게 이동하는데도 불구하고 중앙방공통제소에서부터 대공포 진지까지 경보전파 하는 데만 수분 이상이 소요되는 저고도 대공방어 작전을 하고 있었다.

현장에서 보았을 때, 이렇게 지연되고 있는 경보전파 때문에 사수들이 탐지하는데 오히려 방해가 되었으며 혼란만 가중하고 있었다. 그리고 침투하는 항공기가 지점대공방어 지점에서는 정면으로 공격해 들어오기 때문에 침투기를 탐색하는데 더 어려울 뿐만 아니라, 적·아 식별을 기대하기란 더더욱 어려웠다.

이러한 작전 환경인데도 불구하고, 교범에까지 명시하여 사수들에게 침투해오는 적기를 반드시 눈으로 확인해야만 하는 작전을 고수하고 있었다. 눈으로 침투기를 확인했다고 해서 사격할 수 있는 것도 아니었다. 눈으로 확인한 후에 그 침투기를 식별을 해서, 그 침투기가 적기로 판명이 될 때, 그 적기를 조준경 안에 넣고 장비를 작동하여 사격하도록 하고 있었다.

이러한 작전절차로 방어 가능한 것은 날씨가 아주 좋은 날 조건이 갖추어졌을 때, 헬기나 저속으로 날아다니는 프로펠러 항공기 등 극히 제한적으로 적용할 수밖에 없는 작전절차였다. 그러므로 고속으로 침투해 오는 적 전투기에 이러한 작전절차를 적용한다는 것은 내가 보았을 때 한마디로 어불성설이었다.

이러하니 훈련할 때마다 감독관이 옆에 있을 때는 교전 실패, 감독관이 옆에 없을 때는 100% 교전이라는 웃지 못할 훈련결과가 도출되고 있었다. 훈련결과를 놓고 사수들에게 식별하지 못했다고 투덜댈 일이 아니었다. 내가 현장에서 보았을 때, 사수들이 공중에서 고속으로 이동하고 있는 항공기를 탐색하기 위한 훈련이 부족했을 뿐만 아니라, 그 직접적인 원인은 작전절차에 있었다. 이러한 것을 보고나니 담당하고 있었던 사람들이 지금까지 무엇을 하고 지내왔는지 의문스럽지 않을 수가 없었다.

1988년, 육군에서 공군으로 전군 할 당시에 조종사가 방공포 특기로 전환하려면 조종사 표시인 윙(Wing)을 떼고 오라고 한다는 말을 전해 들었다. 시급히 개선해야 할 작전절차는 이렇게 놔두고 자리 타령이나 하고 있었다는 것을 알았을 때 말문이 막혀왔다.

하지만 누가 하더라도 반드시 보완해야 할 일이었다. '시작하는 것이 가장 빠른 길'이라는 생각을 하며, 고속으로 침투해오는 적 전투기까지 방어할 수 있는 작전절차를 만들어내지 않으면 안 된다는 생각이 나를 강하게 자극했다.

고속 침투기 방어 대안
'8방향 구역화망사격절차'를 만들다

나는 저고도 대공방어작전의 문제점들을 직접 눈으로 확인한 이상 그냥 지나칠 수 없다는 마음이 곧바로 자리를 잡았다. 이러한 문제점들을 어떻게 풀어서 정상적인 저고도 대공방어망을 만들어야 할지 정말로 난감하게만 느껴졌다. 하지만 현재 직위에서 풀어야 할 숙제이기에 지체 없이 도전해야만 했다.

이 문제를 정상적인 절차를 밟아서 사업으로 해결하려면 기약 없는 많은 시간이 필요하다는 것은 비켜 갈 수 없는 현실이었다. 이러한 기간 동안에 저고도 고속으로 침투해오는 적 전투기를 방어하는데 무방비 상태에 있어야 한다는 것을 알고, 세월아 네월아 하면서 그냥 기다리고 있을 수는 없는 일이었다.

훈련결과 해결해야 할 과제는, 정보전파 시간 단축이 최우선이었다. 그다음은 사수들이 침투해오는 적기를 눈으로 확인하지 않고도 사격하여 방어할 수 있는 작전절차가 필요하였다. 부수적으로 이러한 작전절차를 만들려면 소요되는 예산이 비행단에서 감당할 수 있는 범위여야만 한다는 것도 인식하였다.

무엇보다도 현재 사용하는 저고도 대공방어 작전절차를 누가 뭐래도 그대로 사용할 수 없다는 마음이 강하게 작용하였다. 그래서 머릿속은 빠른 시일 내에 고속으로 침투해오는 적기를 방어할 수 있는 새로운 저고도 대공방어 작전절차를 만들어 내야만이 적기를 방어하여 무방비 상태에 있는 비행기지를 보호할 수 있다는 생각만으로 가득 차 있었다.

이러한 상황을 인지한 이후, 매일 밤 12시 전에 퇴근하는 것은 있을 수 없는 일이었다. 이 작전절차를 만드는 기간에 나는 공군대학에서 실시하는 '고급지휘관 및 참모 특별과정' 교육 중이었다. 이 과정의 공부는 할 수가 없었다. 나의 개인 성적보다는 비행기지의 대공방어가 될 수 있는 작전절차를 만드는 것이 우선이라고 생각했기 때문이다. 나는 공군대학에서 배포한 책자를 한번 대충 훑어보는 것으로 만족하고 시험을 치를 수밖에 없었다. 결국 이 과정에서 C학점을 받았다. 과락을 하지 않은 것이 참으로 다행이었다.

나는 대신에 '과학적인 탐조등 운용방법'을 근간으로 하여 GCA 내에 있는 ASR장비를 이용하여 만들기로 하면서 연구에 몰두하였다. 이 ASR장비의 정보를 이용하면 침투하고 있는 적기의 방위각과 거리의 정보는 얻을 수가 있었다. 그래서 침투하는 적기의 탐지할 방향과 사격해야 할 시기를 찾는 데 도움을 주는 방법은 해결되었다.

하지만 또 다른 장벽이 나타났다. 그것은 고도정보가 없는 레이더이기 때문에 고각을 결정할 수가 없다는 점이었다. 그래서 고각을 대신해 줄 수 있는 그 무엇인가를 찾아야만 했다. 이때부터는 눈만 뜨면 이것을 찾기 위해 또 노력에 노력을 거듭하였다. 지성이면 감천이라 했던가? 결국 고각을 대신하면서 사수들이 직접 눈으로 탐지하지 못하더라도 방어할 수 있는 방법을 생각해 낸 것이다. 그것이 곧 '구역화망사격절차'이다. 이제 방어할 수 있는 대공포의 대공사격제원은 해결되었다.

하지만 컴퓨터가 없던 시대이다 보니 이것을 통제 및 전파하는 방법을 찾아야만 했다. 무엇보다 작전 소요시간을 최소화해야 한다는 생각으로 고민하던 끝에 작전통제관을 GCA에 파견하여 직접 레이더 스코프를 보면서 통제 및 지시를 하는 방안으로 만들게 되었다. 이렇게 하여 1988년도에 방공포대를 인수하자마자, 침투하는 적기의 정보를 레이더 스코프를 보면서 거기에서 직접통제 및 사격 지시하는 '8방향 구역화망사격절차'를 완성하였다. 이것이 내가 두 번째 직무발명 한 '저고도 대공방어작전체계'였다.

이렇게 만든 작전절차를 최초로 기지지원 전대장께 보고하고 기지지원 전대장 배석 하에 단장께 보고했다. 이 대공방어 작전절차의 제목이 '제○○전투비행단 작전계획 3500, 8방향 구역화망사격절차'였다. 보고 중 단장은 "정말로 네가 만들었냐?"라고 감탄하면서 결재를 해주셨다. 단장의 표정을 보면서 이 말을 들을 때는 그동안 쌓여있던 스트레스가 눈 녹듯이 사라지는 듯했다.

이 내용을 방공포대 대공포 운영요원들에게 교육해서 운영하고 있었다. 운영하는 중에, 공군에서 전 기지 단거리 방공포부대를 지휘 관리하는 '88 전대 본부' 전대장과 K소령이 지도방문을 왔다. 그들은 이 작전절차를 보더니 장려할 사항이므로 공군 전 방공포부대에 전파하여 운영하도록 하겠다며 '8방향 구역화망사격절차'를 빌려 달라고 하여 그 내용을 주었다.

K소령의 얘기를 듣고, 나는 내가 만든 작전절차를 공군의 모든 부대에서 사용하는 것이 자랑스럽게만 생각되었으며 마음이 뿌듯하였다.

그 이후 비행기지에 고도정보까지 받을 수 있는 RAPCON 장비가 도입되어 운영되었다. 내가 근무한 곳은 더 정확하고 고도정보까지 받을 수 있는 RAPCON 장비의 정보를 이용하여 8방향 구역화망사격절차를 운영하도록 하였다.

그로부터 전투비행대대 비행대장 보직을 마치고 제○○수리창 시험비행담당관, 공군본부 지휘통제실 운영담당관, 제205전투비행대대장, 제○○전투비행단 감찰실장 등의 보직을 받아 방공포와 관련 없는 임무를 수행하면서 수년이 지나갔다.

대령으로 진급을 하고 나서 1997년에 제○○전투비행단 기지지원 전대장으로 보임되었다. 지상 작전계획을 확인하던 중 깜짝 놀라운 것을 발견하였다. 바로 '8방향 구역화망사격절차'였다.

대공방어 작전을 어떻게 해야 한다는 개념을 전혀 모르는 상태에서 그림만 그려져 있었다. 그때, 이 작전절차를 만들기 위하여 교육을 받고 온, 이 비행단의 작전장교가 역량이 부족한 사람이어서 이렇게 만들어 두었겠지, 생각하며 '8방향 구역화망사격절차'를 직접 다시 만들고 있었다.

그러는 중에 L준위로부터 갑자기 전화가 왔다. L준위는 제○○전투비행단에서 이 작전절차를 최초로 만들 때 보조임무를 수행하였다. 당시 원사였는데 준위로 임관하여 다른 부대 기지작전과로 부임하였다. L준위는 "전대장님, 여기 대공방어가 개판입니다"라고 하였다. 나도 "여기도 아니던데"라고 응답하였다.

88전대본부 K소령이 '8방향 구역화망사격절차'라는 저고도 대공방어 작전의 개념을 이해하지 못하면서, 적기의 침투 및 공격방법, 그리고 대공포를 사용했을 때 우군에게 미칠 영향 등을 전혀 고려하지 않고 그림만 전파한 것이다. K소령이라면 이 정도는 이해할 수 있을 것이라고 믿고 이 작전절차를 주었지만 잘못된 생각이었다는 것을 깨달았다.

K소령이 보고 생각하듯이 이 작전절차는 그렇게 쉽게 만들어지는 것이 아니다. 시간을 투자하여 노력하지 않으면 이러한 작전절차를 만들 수 없을 뿐만 아니라, 만든 사람으로부터 교육받지 않으면 제대로 사용할 수도 없다.

각 부대 방공포 작전장교들을 불러서 최초로 전파할 때, 나에게 교육을 의뢰했다면 이러한 일은 일어나지 않았을 것이다. 그런데 원고비용마저 한 푼 챙겨주지 않고, 왜 나에게 교육을 의뢰하지 않았을까? 하는 의문이 생기지 않을 수가 없었다.

나의 개인 이익보다 우선하여 이 작진절차를 만들면서 밤늦게까지 수많은 나날을 보냈다. '8방향 구역화망사격절차' 내용을 정확히 알지도 못하면서 그림만 전파해 두었다는 것을 알았을 때, 나는 매우 아쉬운 일이었으며 괘씸하기 짝이 없었다.

2002년에는 운 좋게도 육, 해, 공군, 해병대의 합동군부대인 '○○○

근무지원단' 참모장으로 보임되었다. 새로운 사람들과 각 군을 이해할 수 있는 좋은 기회라 생각하였다. 그때 지휘관은 타군이었다.

어디를 가던 항상 해온 대로 작전계획부터 확인하기 시작하였다. 그 동안에 대공포와 관련 있는 보직을 받을 때마다 발전시켜온 저고도 대공방어작전이 육군에서는 얼마나 발전을 하였을까? 무척 궁금하였다.

작전 계획서를 보고 나서 상황실과 포대에 순찰을 해보았다. 내가 보기에는 정말 너무하다는 생각밖에는 달리 표현할 수가 없었다. 1988년도에 내가 비행기지 내에 있던 육군 방공포대를 인수하는 임무를 수행하였다. 그런데 경보전파 절차를 포함한 대공방어 작전절차는 그로부터 14년이 흘렀지만 그때 작전절차 그대로였다.

방어가 되지 않는 작전절차를 두고 지금까지 그냥 지나쳐 왔다는 것이 이해가 되지 않았다. 아마도 적 공격기의 이동속도 및 침투 공격전술을 이해하지 못하고 있었기 때문에 나타나는 현상이 아닌가 하는 생각이 들기도 하였다. 이것을 보는 순간 겉으로는 태연자약(泰然自若)한 척 표정관리를 하였지만, 속으로는 욕이란 욕은 다 쏟아부었다. 욕을 한다고 해서 한이 풀리거나, 문제가 해결되는 것은 아니었지만…, 지금까지 저고도 대공방어 작전절차를 발전시키기 위해 나 혼자서만 애태우며 뛰고 있었다는 것이 증명되고 있었다.

나는 여기에서도 '8방향 구역화망사격절차'를 만들기 시작하였다. 인근 레이더와 연계하여 운영하는 것으로 만들어서 단장께 보고했다. 고속으로 침투하는 전투기까지 방어할 수 있는 작전절차를 만들어서 보고하고 있는데, 단장은 톤을 높이면서 화를 냈다.

"참모장은 왜 자꾸 육군 것을 건드느냐? 참모장이 안 해도 다 알아서 한다"면서 단장은 결재를 해주지 않았다. 처음 지상작전계획을 수정할 때도 이렇게 얘기한 분이다. 이러한 사람을 어떻게 보좌해야 할지 정말 난감하였다.

이때가 2002년도 을지훈련 기간이었다. 이 기간에 지역을 담당하는 군단장이 갑자기 ○○○근무지원단을 방문하셨다. 지휘통제실에는 육군 지역사단장 한 분과 ○○○근무지원단 지휘관 참모들이 참석하였다. 이 자리에서 군단장의 훈시가 시작되었는데 첫 마디가 "을지훈련을 하는데 ○○○근무지원단에 대한 사건은 한 건도 올라오지 않아 뭐 하고 있는지 궁금하여 불시에 찾아왔다. 여기는 ○○경비구역으로서 중요한 지역이기 때문에, 평소에 특공대대를 추가 배치하여 두었다."며 강조하셨다.

군단장의 훈시가 마무리돼 가는 단계에서 겁도 없이 내가 끼어들었다.

"군단장님, 단장께서 지시하여 이 지역에 침투하는 고속전투기도 방어할 수 있는 작전절차를 만드는 중입니다."라고 없는 말을 만들어서 말씀드렸다. 이렇게라도 하지 않으면 헤쳐 나갈 길이 없을 것 같아서 욕을 얻어먹을 각오를 하고 무리수를 두었던 것이다.

다행히 군단장이 반가워하는 표정으로 "참 좋은 생각이다. 그거 다 만들어지면 나에게도 반드시 보고하라"고 하였다. 막혀있던 길이 열렸다는 생각에 속으로는 날아갈 듯한 기분이 들었다. 이 지역의 저고도 대공방어 작전절차인 '8방향 구역화망사격절차'는 이미 다 만들어져 있는 상태였다.

군단장이 떠나가고 약 1주일 후에 다시 단장실로 들어가서 결재를 해 달라고 하였다. 그래도 해주지 않았다. 여기에서 결재계선을 지키면서 이 작전절차를 발전시킨다는 것은 더 이상 불가능하다는 판단이 들었다. 그래서 단장실을 나오자마자 ○군단 비서실장에게 전화를 하였다.

"군단장님이 다 만들면 보고해 달라고 했던 '저고도 대공방어작전절차'를 다 만들었습니다. 언제쯤 보고드릴 수 있겠습니까?" 하였더니 비서실장이 "보고 드리고 잠시 후에 전화 드리겠습니다"라고 하여 전화를 끊었다. 그런데 5분도 채 안 되어 비서실장으로부터 전화가 와서 "내일 오전 10시에 보고해 달랍니다"라고 하였다. 뜻밖이었다. 군단장은 진정 이 보고를 기다렸던 것 같았다.

이 전화를 끊고 나서 바로 결재를 받아야 할 문서를 들고 단장실로 다시 들어갔다.

"군단장님께서 내일 오전 10시에 보고해 달랍니다. 결재해 주십시오." 라고 하였더니, 단장은 자리에 앉아 기분 나쁘다는 표정으로 쳐다보며 "참모장이 먼저 전화했어. 거기서 먼저 전화 왔어?"라고 하였다. 그래서 "군단장님께서 여기 오셨을 때, 다 만들면 보고해 달라고 하여 다 만들었다고 제가 전화했습니다. 그랬더니 5분도 안 되어 전화가 다시 와서 받았습니다."라고 하였더니 단장은 그때서야 마지못해 결재해 주었다.

다음 날 군단장실을 찾아가서 ○○○근무지원단 정작처장이 보고하고 나는 배석하였다. 보고를 받은 군단장은 "합동군을 운영하니까 이제 작품이 나오는구나! 이 건은 적어도 참모차장(육군)까지는 보고 드리고 사업이 가도록 해라"라고 지시하면서 "이 사람들에게 상을 주라"라고 하여 군단장상을 받기도 하였다.

내가 공군이다 보니, 공군은 ○○차장께 참고 보고를 했다. 그리고 군단장님의 지시를 이행하기 위하여 계선을 따라 육군 B장군께 보고했다.

그 후 육군 ○○부장 보고가 11월 15일(금) 잡혀 있다고 전화가 왔다. 두근거리는 마음으로 보고준비를 하고 있었는데 갑자기 ○○감 이·취임식 관계로 보고가 연기되었다는 연락을 받았다. 연기된 그날이 2002년 11월 21일 목요일이었다.

○○부장실에서 관련 참모들이 배석한 가운데 보고하고 있었다. ○○부장 E소장은 보고를 받은 후 얼굴이 약간 붉어지는 듯하면서, "이거 내 선에서 끝내자, 내가 알아서 할게"라고 하였다. 이 말을 듣고 나니 사지에 힘이 쭉 빠지면서 말문이 막혀 왔다. 14년 만에 종착역 직전까지 왔는데, 이렇게 막혀서 더 이상 진행을 할 수가 없다니 아쉬운 마음을 말로 표현할 수가 없었다.

나는 이제야 지휘부에 제대로 인식하게 하여 실질적인 방어를 할 수 있는 새로운 저고도 대공방어작전체계로 발전되게 할 수 있다는 다소 흥분된 마음으로 보고하고 있었지만 뜻하지 않는 길로 들어서고 말았다. 나의 마음은 무어라 표현할 수 없이 그저 막막할 따름이었다.

2004년 말 '○○사령부 근무지원단' 단장으로 보임되었다. 여기에서도 '8방향 구역화망사격절차'라는 것을 만들어 놓았다. 이곳 역시도 여느 부대와 마찬가지로 방어가 되지 않는 그림만 전파되어 있었다. 내가 최초로 이 작전절차를 만들고 난 다음 16년이란 세월이 흘렀지만 가는 곳마다 발전은 고사하고 퇴보되었다고 표현할 수도 없는 상태였다. 한마디로 엉망진창이라고 표현할 수밖에 없는 상황이었다.

이러한 사실을 직접 보면서 체험하니 마음속이 터질 듯하며 욕이 저절로 나왔다. 그림은 전파되어 있는데, 적기가 폭탄을 투하하는 고도까지 총알이 올라가지 않도록 계획되어 있는가 하면, 화망구성을 왜 해야 하는지, 어떻게 구성해야 하는지도 모르는 체 그림만 전파되어 있었다. 심지어는 공중에서 자폭한 파편이 항공기가 이륙해야 하는 활주로에 떨어지는 것마저도 고려하지 않았다. 이러하니 내가 근무하러 가지 않은 곳은 '어찌하리오!'라는 생각이 들었다. 항공기의 특성을 알고, 침투기의 공격전술을 알고 있는 전투조종사들이 대공방어를 담당하는 것이 오히려 효과적이라는 생각이 들기도 하였다.

여기에서 또 숙명적으로 내가 만들어야만 하는 일이라고 생각하면서 만들기 시작하였다. 예산소요가 많이 들지 않는 범위 내에서 재원으로 활용할 수 있다고 판단이 되면 기꺼이 활용하여 만들어 나가는 것이 나에게는 이미 습관화되어있었다. 여기에서는 '8방향 구역화망사격절차'를 만드는데 지금까지 만든 것보다 더 발전된 작전절차를 만들기 위하여 인근에 있는 대공 레이더의 스코프를 지상 작전상황실에 연동하여 통제하는 절차를 만들었다.

이렇게 하였더니 경보전파시간이 그야말로 최소화가 되면서 작전통제가 훨씬 수월해졌다. 그리고 소요되는 경비 없이 적·아 식별기능과 전파방해방어기능을 자동으로 도모할 수 있는 저고도 대공방어작전 절차가 완성되었다.

이 작전절차를 운용하기 전에 공군 ○○사령부 참모장, 부사령관 순으로 보고했다. 마지막으로 ○○사령관께 보고드릴 차례였다. ○○사령관은 공군 ○○차장으로 계실 때, ○○○지역 저고도 대공방어의 현실태 및 문제점과 발전방향에 대한 나의 참고보고를 받으면서 "야! 이게 정말이냐?"라며 깜짝 놀라던 분이다. 그러던 분이 이 기지의 대공방어현 실태 및 문제점을 보고하는 중에 "이것을 왜 나에게 보고하냐?"면서 고성으로 야단을 쳤다. ○○사령부 예하, 모든 부대에 저고도 대공방어를 하고 있는 방공포부대가 있고, 또 ○○사령부에 '방공포 처'가 편제되어 있었다. 그럼에도 불구하고 모든 작전을 총괄하는 분이 이런 말을 하면서 고성으로 노발대발하니까 이해가 되지 않았다.

혹시 4년 전에 보고받은 내용과 일치하는 것을 알아차렸다면 야단을 치고 끝낼 것이 아니라 '아직도 저고도 대공방어의 문제점이 개선되지 않고 있음'을 인지하고, 빠른 시일 내에 방어가 될 수 있는 저고도 대공방어망을 구축하도록 지시해야 마땅하다 할 것이다. 그런 후에 추진되는 것을 확인 감독하는 것이 지휘관으로서 해야 할 일일 것이다.

아마도 대공포 작전절차의 문제라면 방공포병사령부에서 해야 할 임무라고 생각하여서 야단을 치고 있는지도 모를 일이었다. 물론 방공포병 사령관께도 이미 보고 드렸다.

야단치는 소리를 듣고 놀란 부사령관이 뛰어들어왔다. 정말 나로서는 어이가 없는 일이었다. 보고는 더 이상 진행될 수가 없었다. 부사령관께서 나의 팔을 잡고 나가자고 하여 사령관실을 나왔다. 나와서도 이해가 되지 않았다.

나는 이 보고가 끝나면 방공포병 처장에게 지시하여, '저고도 대공방어작전'에 대하여 문제제기를 한 나를 포함하여 연구위원회를 구성해서 문제점들을 해결하도록 지시할 것으로 예상하고 들어갔다. 그런데 럭비공처럼 예측하지 못한 방향으로 튀고 말았다.

저고도 대공방어작전에 문제점이 있다는 것을 알았더라도, 내가 모르는 척하고 그냥 지나친다면 욕을 얻어먹지 않고 희희낙락하며 살 수 있다는 것을 모르고 있었던 것은 아니었다. 하지만 나의 군인정신 하나가 그냥 지나칠 수 없도록 하였다. 저고도 대공방어작전 절차를 만들어 나가려면 현시점에서 욕을 얻어먹으면서 머저리같이 살 수밖에 없는 상황이었다.

앞에서도 언급되어 있지만 가는 곳마다, 이 업무를 발전시키고 독려(督勵)하여야 할 사람들이 오히려 더 어렵게 만들고 있었다. 하지만 저고도 고속으로 침투하는 적 침투기를 방어하는데 문제점이 있다는 것을 알고 있는 나는 여기에서 중단할 수가 없었다. 그래서 나는 '그래, 강한 태풍의 소용돌이를 견뎌내고 자라는 나무가 더 강하게 살아간다'라는 말을 곱씹으며, '이 정도의 야단으로 끝맺을 수는 없다'고 생각하고, '내가 만들어내지 않으면 안 된다. 반드시 만들어내야 한다'라고 생각하며 더욱 굳게 다짐하였다.

나 자신이 생각을 해봐도 내가 여기에 완전히 미쳐있는 것이 아닌가 하는 생각이 들기도 하였다. 이상하게도 이 '저고도 대공방어작전'에 대하여 야단을 맞으면 오히려 독기 서린 오기로 발전하고 있었다.

제아무리 방어망을 잘 만들었다고 하더라도 검증이 되지 않으면 아무런 소용이 없다. 여기에서 이 검증훈련을 하려면 미군 전투기가 기지를 공격해 주어야만 훈련을 할 수가 있다. 고심을 거듭하다가 미 공군 비행단장을 찾아가기로 결심하였다. 이 기지의 방호 총책임자인 비행단장이었지만, 어설프게 접근할 수는 없는 일이었다. 작심을 하고 미 공군 제○○비행단장을 찾아갔다. 나는 그를 만나 상황을 얘기했다.

"적기가 저고도로 침투하여 우리 기지를 공격한다고 가정을 했을 때, 우리가 함께 피해를 최소화하고 생존할 수 있는 최선의 방법은 평시에 대공방어 훈련을 많이 해야 한다. 그리고 이 기지의 중요성을 인식하고 저고도 대공방어를 더욱 완벽하게 하기 위해서 '8방향 구역화망사격절차'를 만들었다. 우리 기지작전과에 와서 '8방향 구역화망사격절차'에 대하여 브리핑을 받아보고, 비행단장의 의견을 들어봤으면 좋겠다."

그는 내가 걱정하고 있었던 것과는 달리 나의 초대에 쾌히 승낙해 주었다.

미 공군비행단장의 방문 날짜가 결정되었다. 방문한 미 공군비행단장에게 기지작전과에서 '8방향 구역화망사격절차'를 브리핑했다.

브리핑이 끝난 후 나는 "이 기지에서 대공방어 훈련을 시켜줄 자원은 미 공군 ○○비행단밖에 없다. 훈련을 할 수 있도록 비행장을 공격하는

미 공군 제○○비행단장 부대 방문

가상적기 임무로 비행지원을 해주길 바란다"고 하였다. 이렇게 하여 미 공군 ○○비행단장으로부터 "훈련을 위해 비행지원을 해 주겠다"는 답변을 받아냈다.

그런 후 훈련 주간이 결정되면서 1주일 동안 노 노티스(No Notice: 사전 통보 없이 불시에)로 기지를 공격해 주라고 자신 있게 요청하였다. 그래서 1주일 동안 기지방어훈련을 하면서 총 4회에 걸쳐 공격을 해주었다.

그 결과 저고도 대공방어를 할 수 있는 가장 중요한 키포인트인, 레이더로부터 대공포 사수까지 경보전파 하는데 지연되는 시간이 그야말로 최소화되었다는 것을 확인할 수가 있었다. 그리고 RAPCON에 파견근무를 하지 않고 지상 작전상황실에서 직접 작전을 통제하니까 매우 수월하게 통제 및 사격지시를 할 수가 있었다. 사수들은 침투하는 항공기가 총구 끝 주변에서 나타나니까 어려움 없이 탐색할 수가 있었다고 하였으며, 대부분 사수들이 2번째 사격 지시하기 전에 공격기를 눈으로 확인하면서 교전하였다고 하였다. 이렇게 하여 검증훈련까지 마치게 되었다.

이 훈련은 국방일보에 게재되기도 하였다. 또 이 내용을 인터넷에 있는 '유용원의 군사세계'에도 게재되어있는 것을 확인하였다. 여기에서 '공군 고속화망사격체계 구축'이라는 제목에 달린 댓글을 보면, 내가 왜 이 분야에 욕을 얻어먹으면서 미친 듯이 매달려 있었는지 조금은 이해할 수 있을 것이다.

국방일보 기사

그때는 대공방어 작전의 노출 문제로 답글을 달아줄 수가 없었다. 댓글은 '보다 발전된 작전절차를 만들어내라'는 하나의 채찍으로 받아들였다.

방공포 특기자도 아닌 내가 앞에서 기술한 것과 같이 노력하고 있었다. 하지만 정작 방공포 특기를 가진 사람들은 대공포에 의한 저고도 대공방어에는 관심도 없어 보였다. 많은 방공포병 특기자와 대화를 나누어 보았지만 저고도 대공방어작전의 전문가를 만날 수가 없었다. 대화를 하다가 불리하면, 그들은 '현재 보유하고 있는 대공포는 고속으로 침투하는 적기를 방어할 수 있는 무기가 아니다'라고 말하기 일쑤였다. 그뿐만 아니라, 교범에도 제한사항이 게재되어 있었다. 이러한데도 이 임무를 담당하고 있는 사람들은 발전시키려고 하는 의지가 전혀 보이지 않았다.

앞에서 장황하게 설명했듯이, 문제점들이 있는 '저고도 대공방어작전'의 현실을 직시하고 관심이 있었다면, 저고도 고속으로 침투하는 적기를 방어할 수 있는 무기를 진작 도입했을 것이며, 작전절차 또한 발전시켰을 것이라는 것은 두말할 필요가 없다.

내가 1988년도에 처음 방공포대와 인연을 맺고 '저고도 대공방어작전절차'를 발전시키기 시작한 때로부터 18년이 지나고 있었다. 문제가 많은 이 '저고도 대공방어작전'을 담당하는 부서에서는 이러지도 저러지도 않고 있는 현실을 보고 있으니 내 속은 까맣게는 타들어 가고 있었다.

나는 이제 약 1주일이 지나면 ○○사령부 근무지원단 단장을 하번하게 된다. 현장에서는 더 이상 근무를 할 수 없고, 전역만을 남겨 두는 상황이 된다. 이 문제를 해결하게 하려면 누군가에게라도 현재 운영되고 있는 저고도 대공방어망의 문제점을 확실하게 인식하도록 만들어주고 떠나야 했다.

그래서 점심을 하면서 용기를 내어 ○○○○사령관께 '저고도 대공방어작전 전술토의'를 제의하였다. 옆에 앉아있는 분들을 의식했는지는 모르겠지만 다행히 허락해 주었다. 그 순간 ○○○○사령관이 고마웠다.

전술토의를 한 그 날이 2006년 12월 26일이었다. 오후 4시부터 6시 10분까지 ○○○○사령부 지휘통제실에서 전술토의를 하였다. 조종사는 나 혼자였다. 방공포와 관련된 특기자는 K사령관을 비롯해서 15명 이상이 참석하였다.

이 자리에서 현재 운영하고 있는 저고도 대공방어망의 문제점을 자세하게 설명하고 전술토의를 하였다. 하지만, 대공포의 가장 전문가들이라고 할 수 있는 사람들과 토의를 하면서 느낀 것은, 앞에서 설명한 것처럼 저고도 대공방어망에 대하여 고민하면서 새로운 작전절차를 만들어낼 사람이 있다고 기대할 수 없는 것이 현실이라는 것을 느끼게 하였다. 토의를 하는 동안에 ○○사령부 근무지원단 기지작전과장이 브리핑을 하고 난 다음부터는 나 혼자서 말하고 있을 뿐이었다.

이렇게 진행되는 중에 ○○사령부 방공포 처장인 L대령이 "단장(필자)님 말씀이 맞습니다. 우리가 빠른 시일 내에 보완되도록 노력하겠습니다"라고 하여 회의를 끝냈다.

군에서 대공포를 수십 년 동안 운영해 왔다. 하지만 대공포에 의한 저고도 대공방어작전절차는 바뀌지 않고 있었다.

적·아 할 것 없이 전투기 및 무장의 발달과 함께 공격전술 또한 많이 발전하여 왔다. 침투기의 이러한 발전에 발맞추어 방어할 수 있는 '저고도 대공방어작전'을 만들어서 방어해야 하는 것은 군인으로서 당연한 일이다. 하지만 발전시키려고 노력하는 사람을 볼 수가 없었다.

새로운 작전절차를 만들어서 보고할 때에는, 현재 운영하고 있는 작전절차의 문제점들을 조목조목 자세하게 보고한 후에 새로 만들어진 작전절차를 보고한다.

하지만 나로 인해 저고도 대공방어의 문제점들을 알게 되었고 해당분야에서 장군으로 까지 진급한 분들이 있었음에도 이 분야에 전문가가 되어 발전시키고 있다는 소식을 듣지 못하였다.

이러한 현실에서 나는 저고도 대공방어작전의 발전을 위해 군에서 영향력 있는 많은 사람들에게 널리 알려야겠다는 생각이 들었다. 그래서 지위가 있는 분들에게 보고하는 것을 주저하지 않았다. 이 임무와 직접적으로 관련 없는 분들까지 수십 명 이상 보고했지만 모두가 보고받는 것으로 끝이었다. 참으로 답답하였다.

그렇다고 권한 밖의 일을 전투조종사인 내가 주관하여 방공포 특기자들을 불러 모아서 교육할 수도 없는 노릇이었다. 최소한 이 작전절차를 운영하는 사람들만이라도 정확하게 운영하도록 하여야 했다. 그래서 가는 곳마다 대공방어를 담당하고 있는 간부들을 보조원으로 하여 가르치면서 그 지형에 맞추어 '8방향 구역화망사격절차'를 만들어 왔다.

지금도 내가 한 가지 아쉽게 생각하는 것은 이 작전절차를 운영하기 위한 '전력배치방법 및 운영방법에 대한 교범'을 직접 만들어주지 못하고 전역한 것이다.

이 8방향 구역화망사격절차는 컴퓨터로 운영하는 것이 아니기 때문에 새로 도입된 장비의 컴퓨터가 고장 났을 때를 대비한 예비작전절차로 사용해도 되고, 전자 방해가 있을 때 사용해도 된다. 그리고 새 장비와 혼용해서 사용해도 손색없는 '저고도 대공방어작전절차'이다.

전역 후에 들리는 얘기에 의하면, ○○기지에서 내가 최종으로 만든 저고도 대공방어 '8방향 구역화망사격절차'를 공군의 모든 비행기지에서 사용하고 있다고 한다. 내가 약 18년여 동안 그 어려운 환경 속에서도 굴하지 않고 만들어낸 작전절차가 전 공군에서 사용하고 있다고 하니 마음 뿌듯했다. 하지만 마음의 물음표는 여전히 남아있다.

최초 컴퓨터를 이용한
저고도 대공방어작전 체계구성

1990년 공군 ○○사령부 ○○수리창 시험비행 담당을 할 때였다.

위험스럽고 힘든 비행이었지만 출퇴근 시간이 명확하고, 업무 외의 시간이 많은 보직이었다. 현재까지 운영되고 있는 저고도 대공방어작전의 문제점들을 속속들이 알고 있는 사람은 나뿐이라는 생각을 지울 수가 없었다.

앞에서 그 당시의 작전절차를 기록해 두었지만 적기가 침투할 때, 그 침투기를 격추시키기 위한 대공포 사격에서 가장 중요한 사격타이밍에 대한 개념이 없는 작전절차였으며, 사수들이 반드시 눈으로 확인하고 있어야만 교전이 가능한 작전절차였다.

적 전투기는 레이더망을 피하기 위해서 저고도 고속으로 접근하여 목표물 가까이에서 상승 기동하여 목표물에 정대한 후 폭탄을 투하하는 데까지 수초밖에 걸리지 않는다. 그리고 폭탄을 투하하자마자 즉시 고속으로 대공포 회피기동을 하면서 공격한 지역을 이탈하는 것이 적·아 할 것 없이 공통된 기동조작이었다.

이러한 상황에서 방어하고 있는 대공포의 사거리로 계산해 보면 무장을 투하하기 전에 교전할 수 있는 시간은 불과 몇 초밖에 되지 않기 때문에 사격하는 타이밍이 매우 중요하다. 그 당시에 전투기를 가상적기로 하여 실제 훈련을 해본 결과, 사수들이 공격해 들어오는 전투기를 적·아 식별은 고사하고 눈으로 탐지조차 하지 못하는 실정이었다.

그런데 그때 당시에 대공포를 운영하고 있었던 많은 사람과 저고도 대공방어작전의 발전을 위해 얘기를 나누어 보았지만, 이러한 상황을 인식하지 못하고 있었다. 그러면서 실제 눈으로 확인할 수 없는 적기를 눈으로 탐지한 후 식별하게 하고 있었다. 그런 후에 사수가 보지도 못하는 그 적기를 조준경 안에 넣고 그 상태를 유지하면서 사격하도록 하고 있었다.

이렇게 대공사격을 하기 위하여 눈으로 찾고 준비하는 시간에 적 전투기는 벌써 폭탄을 투하하고 이탈한다. 폭탄이 떨어져서 폭발하고 있고 비행기는 지나가고 없는데, 적 전투기를 어떻게 조준사격을 할 수 있겠는가? 현실이 이러한데도 이 작전절차를 수정 없이 그대로 사용하고 있었다.

새로운 저고도 대공방어작전절차를 구상히어 만들려면 적어도 적 전투기들의 특성뿐만 아니라 어떠한 방법으로 침투 및 공격을 해 오는지 알고 있어야 한다. 그리고 초음속 전투기의 이동하는 속도와 대공포의 탄알 속도를 계산할 수 있는 능력이 있어야 한다. 또 정보를 얻을 수 있는 대공레이더의 성능과 제원 등을 알고 있어야 한다.

기본임무를 수행하면서 위와 같은 경험과 지식을 겸비할 수 있는 사람은 전투조종사밖에 없다고 할 수 있다. 경험과 지식을 겸비한 전투조종사라 하더라도 저고도 대공방어작전을 하는 데 관심이 없다면 발전시킬 것이라는 기대는 할 수 없다.

세상이 왜, 방공포 특기자도 아닌 나에게 이러한 저고도 대공방어작전절차의 문제점을 눈에 보이게 하였는지? 또, 주 임무도 아닌데 왜, 내가 스스로 아이디어를 짜내어서 저고도 대공방어작전절차를 만들어야 하는지? 나 자신도 이해가 되지 않았다.

나에게 주 임무가 아니었지만, 내가 이렇게 노심초사하면서 만들도록 마음으로 결심하게 한 것은 숙명적으로 내가 하지 않으면 안 되는 일이기 때문에 세상이 맡겨준 일이라 생각하였다. 그래서 기본임무를 수행하면서 여유시간을 활용하여 '8방향 구역화망사격절차'보다도 더 완벽하게 방어할 수 있는 작전절차를 만들어주어야 한다는 생각을 하고 있었다.

앞에서도 기술했지만 고속으로 침투하는 적 전투기를 눈으로 탐지하여 적·아 식별을 한 후에 장비를 작동시켜서 사격한다는 것은 한마디로 어불성설이다. 이것은 계산상으로도 확인될 뿐만 아니라 훈련하면서 확인된 사항이다.

그 당시에 군에서 운영하고 있었던 저고도 대공방어작전절차는 날씨가 아주 좋은 날 극히 제한된 조건에서 헬기나 저속 프로펠러 항공기에 사용 가능한 대공방어 작전절차였다. 야간이나 시정이 감소하면 이런 저속항공기마저 방어하는데 어려움을 겪는다. 그 이유는 사수가 사격 준비 하는데 소요되는 시간 전에 반드시 눈으로 확인하여야만 사격이 가능한 작전절차이기 때문이다.

이러한 저고도 대공방어작전절차를 수십 년 동안 운영해 왔지만 작전절차를 발전시키려고 노력한 흔적은 찾아볼 수가 없었다. 그냥 유지하는 것에 만족하고 있었다는 느낌을 지울 수가 없었다. 야간이나 시정이 감소할 때 적 전투기가 저고도 고속으로 공중침투하여 공격한다면 그냥 얻어맞아야 하는 실정이었다.

어떠한 상황에서도 방어할 방법을 찾아서 방어해야 하는 것이 군인의 본업이다. 그러므로 예산사업으로 새로운 장비를 보강하든지, 새로운 아이디어로 작전절차를 만들어 내든지, 방법을 가리지 않고 방어가 되도록 하여야 한다. 위와 같은 저고도 대공방어작전의 문제점들을 알고 있는 내가 주 임무가 아니라고 하여 손 놓고 있을 수는 없는 일이었다. 그래서 적기의 침투 및 공격상황에 대응할 수 있는 작전절차를 만들기로 결심한 것이다.

무엇보다 중요한 것은 지금까지 운영하고 있던 작전절차의 틀을 벗어나는 것이었다. 그 틀을 벗어나려면 '우선 경보전파 하는데 지연되는 시간을 최소화하고, 침투하는 적기를 사수들이 눈으로 확인하지 못하고 있다 하더라도 저고도 대공방어를 할 수 있는 작전체계가 필요했다. 부수적으로 대공포 사수들이 방독면을 쓰고 있고, 또 소음이 심하더라도 불편 없이 대공방어를 할 수 있는 작전체계를 만들어야 한다는 생각도 들었다.

때마침 군에 컴퓨터가 도입되기 시작하였다. 공군 ○○사령부에도 전산소가 개설되었다. 세상이 새로운 '저고도 대공방어작전체계'를 만들라고 때를 맞춰 하사해 주는 것 같았다. 이는 천군만마를 얻은 것처럼 의용이 솟아났다.

나는 다시 앞에서 언급한 '과학적인 탐조등 운용방법'을 근간으로 저고도 대공방어작전을 만들기 시작하였다. 레이더와 대공포의 상대적인 위치와 레이더로부터 필요한 적기의 정보가 컴퓨터에 입력되도록 하였다. 그리고 컴퓨터에서 계산하여 각각의 대공포로부터 사격해야 할 리더 포인트의 방위각, 고각, 거리가 시현되도록 하는 공식을 만들고 프로그램을 만들었다.

이렇게 하여 사수들이 포진지에서 모니터에 시현되고 있는 방위각과 고각을 맞추면서 총구 앞을 보면 적기가 나타나게 되어 있다. 그래서 쉽게 적기를 발견할 수 있고 또 눈으로 발견하지 못하더라도 방위각, 고각을 맞추다가 사격지시가 있을 때, 방아쇠만 당겨주면 적기를 위협하여 임무를 거부할 수가 있고, 또 운 좋으면 격추도 가능한 '저고도 대공방어작전체계'를 만들어내게 되었다.

이 작전체계를 '재래식 대공포의 운영방법 개선'이라 명명하였다. 이는 컴퓨터가 군에 공급되자마자 최초로 만들어 낸 대공방어작전체계로서, 내가 세 번째 직무발명 한 '저고도 대공방어작전체계'이다.

그동안 우여곡절도 많았지만 내용을 요약해본다.
이때까지 운영하던 작전절차는 통신장비를 이용하여 음성으로 전파

하는 방식으로서 경보 전파하는데 많은 시간이 소요되었다. 그리고 사수들이 음성으로 전파하는 통신장비의 경보를 듣고 눈으로 침투기를 찾아서 적기인지, 아군기인지를 식별한 후에 대공포를 조작하여 사격하게 되어 있었다. 그래서 사수들이 교전하는데 많은 어려움을 겪어야 할 뿐만 아니라 실제 훈련을 해본 결과 실효성 없는 작전절차로 판명되었다.

이러한 문제점을 보완하여 발전시킨 '재래식 대공포의 운영방법 개선'은 적·아 식별은 탐지레이더에서 하기 때문에 사수들이 적군기인지, 아군기인지를 식별할 필요가 없어졌다. 그리고 음성으로 경보 전파하는 것이 아니라, 탐지레이더에서부터 각각의 대공무기까지 실시간으로 대공사격제원이 모니터에 시현되도록 하여 전파되기 때문에 수분이 소요되었던 경보 전파시간을 제로(0)화 하였다. 사수들은 시현되고 있는 사격제원을 맞추면서 총구 앞에 나타나는 적기를 확인하고 조준하다가 사격지시가 있을 때 방아쇠를 당겨 사격하면 되는 것이다.

그야말로 획기적인 저고도 대공방어작전체계를 만들어내게 된 것이다.

이것을 1991년도에 국방부 제안제도에 제출하였다. 그리고 국방부 심사관들이 쉽게 이해할 수 있도록 '대공포 운영방법 개선' 모형도를 만들었다. 그해 12월경에 이 모형도를 들고 국방부에 가서 심사관들께 브리핑을 하고 난 후에 국방부 장관상과 상금 50만원을 받았다.

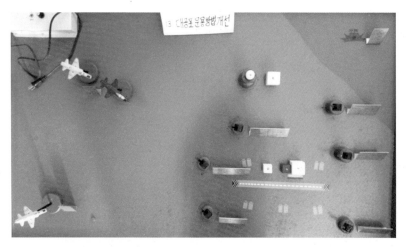

대공포 운영방법 개선 모형도

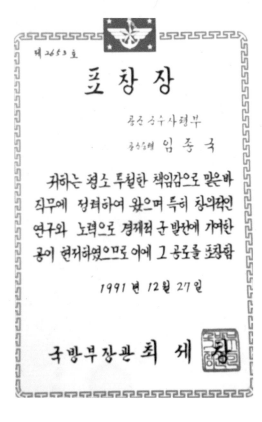

제 2653 호

표 창 장

공군 수수사령부

공군중사 임 종 국

귀하는 평소 투철한 책임감으로 맡은바
직무에 정려하여 왔으며 특히 창의적인
연구와 노력으로 경제적 군 발전에 기여한
공이 현저하였으므로 이에 그 공로를 표창함

1991 년 12 월 27일

국방부장관 최 세 장

국방부 제안 장관상

'단거리 대공포 고속자동화망사격지시통제체계' 특허등록

'재래식 대공포의 운영방법 개선'으로 국방부 장관상을 받았지만 이것으로도 끝날 일이 아니었다. 앞에서 언급한 대로 방공포 특기자도 아니고 나의 주 임무도 아니었지만 저고도 저속·고속으로 침투하는 적기를 방어할 수 있는 '저고도 대공방어작전'의 발전을 위해 나는 많은 노력을 해왔다.

이 '저고도 대공방어작전'에 집착할 수밖에 없었던 동기는 그 첫 번째는 사람들의 무관심이었다. 즉, '저고도 고속으로 침투하는 적기를 방어할 수 없다'는 것을 확인한 후에 '8방향 구역화망사격절차'를 만들어서 방공포병 특기자뿐만 아니라, 공군, 육군, 해병대 등 수많은 사람들에게 상세하게 보고했지만, 모두가 보고받는 것으로 끝이었다. 그래서 내가 만들지 않으면, 저고도 고속으로 침투하는 적기에 대한 방어허점을 보완할 수 없다는 마음이 세월이 가면 갈수록 더욱 강해진 것이다.

두 번째는 '방공전사에 기술되어 있는 대공포의 위력이다. 이 방공전사에 의하면 제2차 세계대전(1942~1945) 당시 미 공군은 대공포에 의

해 5,380대의 항공기 손실을 보았다. 한국전쟁 때는 544대, 월남전 때에는 고정익 항공기 2,100대, 헬기 410대, 걸프전 때는 6대, 아프가니스탄전에서는 고정익 1대 헬기 2대의 손실을 보았다. 물론 전쟁의 기간이 같지 않고, 항공기의 발달과 공격전술 또한 같지 않지만, 현대전으로 갈수록 대공화기에 의한 격추율은 급격하게 낮아지고 있음을 볼 수 있다. 이렇게 나타난 격추율 수치는 여러 가지로 판단할 수 있겠지만, 내가 판단하기엔 전 세계적으로 대공방어작전체계가 항공기의 발달과 침투공격 전술의 발전만큼 대응장비와 대응작전절차가 따라가지 못한 것이 가장 큰 원인으로 보였기 때문이다.

세 번째는 군인은 어떠한 상황에서도 적과 싸우면 반드시 이겨야 한다는 원칙 때문이다. 그래야 국가와 국민의 생명과 재산을 보호하며 안전을 보장할 수 있고 이것 때문에 국민들이 세금을 내서 군복을 입혀준 것이라는 생각을 하며 나의 군인정신이 비켜 갈 수 없도록 만들었다.

이렇게 집착하였던 동기를 밝히는 말은 구차한 변명일지도 모른다. 어쩌면 오기가 발동하여 끝까지 노력하였다고 한마디로 표현하는 것이 오히려 더 어울리는 말일지도 모르겠다.

방어가 되지도 않는 작전절차를 비밀이란 틀 속에 묶어두고 국민들을 모르게 한다고 해서 공격해 오는 적으로부터 실제방어가 되는 것은 아니다. 무엇을 가지고 있는지 모르게 하는 것은 함부로 덤벼들지 못하도록 하는데 한몫은 할 수 있을지 모르겠지만, 싸우게 되면 반드시 패하는 길밖에 없다. 이는 군인이 가야 할 길이 아니다.

군인이라면 실제 허점이 없는 준비된 상태에서 오히려 자신 있게 오픈하여야 한다고 생각한다. 그래서 우리는 이렇게 물샐 틈 없는 방어작전을 하고 있으니 함부로 덤벼들지 말라고 하는 것이 오히려 방어에 더 큰 효과를 볼 수가 있다. 이렇게 하는 것이 군인이 가야 할 길이다. 그러면서 진짜 비밀은 확실한 관리를 해 주어야 한다. 그래야만 언제든지 이길 수 있는 군대가 되는 것이다. 이기는 군대를 유지하고 있어야만 국가와 국민은 안전보장을 받을 수 있다.

국방부라는 틀 속에서 '저고도 대공방어작전'의 발전을 위하여 애태우며 노력해 보았지만 함께해 주는 사람들이 없었다. 그래서 이 작전절차를 만드는데 전역한 후에도 지속적으로 노력하여 사격지시가 있을 때, 사수들이 방아쇠만 당겨주면 적기의 진행방향 앞에 자동으로 화망이 구성되도록 만들었다.

이 화망을 만들어야 하는 이유는 레이더의 오차도 있을 수 있고, 대공포의 자체 오차도 있을 수 있고, 탄약의 장약에 따른 거리오차도 있을 수 있고, 사수들이 조작하면서 생길 수 있는 오차도 있을 것이며, 공기밀도와 바람 등 외부환경에 의한 오차 등등, 면밀하게 계산을 할 수 없는 오차들이 있다는 것은 피할 수 없는 현실이다.

이러한 오차들을 모두 커버할 수 있고, 또 침투기가 대공포를 회피하기 위하여 방향변화기동을 하는 것까지 어느 정도 커버하려면 이에 맞는 방어작전이 필요하다. 이러한 오차들 때문에 개별적인 대공포 사격으로 격추 또는 방어한다는 것은 한계가 있으므로 저고도 대공방어작전절차를 더욱 발전된 방향으로 만들어야 한다는 것이 대두(擡頭)되었다.

나는 이런 필요성에 따라 주야간 어떠한 조건에서도 저속·고속에 관계없이 적기가 레이더에 나타나기만 하면 침투해 오거나 또는 무장투하하기 전에 대공포 사거리 내에서 교전하여, 임무거부 및 격추할 수 있는 '저고도 대공방어작전체계'를 만들어낸 것이다.

이것이 내가 네 번째로 만들어 낸 '저고도 대공방어작전체계'이다. 이 작전체계를 '단거리 대공포 고속 자동화망사격지시통제시스템'이라는 제목으로 하여 대한민국과 미국에 특허출원하였다.

특허출원과 때를 같이하여 저고도 고속으로 침투하는 적기까지 방어할 수 있는 새로운 저고도 '단거리 대공포 고속 자동화망사격지시통제시스템'을 '국민권익위원회'에 '나의 제안'(신청번호: 1AB-1009-008095)으로 올리면 관철될 거라는 생각으로 올렸다. 그랬더니, 방사청으로 이관되어 검토하였으며, 불채택되었다는 통보를 받았다. 그 이유는 '유사한 개념의 사업(방공무기사업팀/방공지휘통제경보체계, 공중지휘통제체계사업팀/비행기지대공사격통제 체계)을 추진하고 있으므로 채택하기에는 무리가 있다'는 것이었다.

내가 국방부 제안제도에 출품하여 국방부 장관상을 받고 난 뒤, 약 24년이 지나면서 나의 직무발명과 유사한 제품을 이제서야 만들고 있다고 하였다. 이 소식을 들으니 한편으로는 안도의 마음이 생기기도 하고, 또 한편으로는 통탄의 마음이 생기기도 하였다.

내가 제출한 내용보다 얼마나 더 발전된 제품을 만들었는지 궁금한 마음 감출 수가 없었다. 하지만 그 궁금한 마음보다 먼저 그나마 다행으로 생각한 것은, 그때 당시에 사용하던 쓸모없는 작전절차를 역사 속의 뒤안길로 들어가게 한 것이었다. 그래서 이 글을 쓸 기회를 만들어준 데 대하여 더없이 고맙게 느껴졌다.

특허출원하는 과정도 순탄치가 않았다. 특허출원 선행기술 검토하는 단계에 있었다.

어느 날 갑자기 변리사가 특허 청구항목을 조정해야 한다고 하였다. 그러면서 "임 선생님(필자)께서 제출한 내용과 유사한 '비행기지대공사격통제장치'가 공개되어 있습니다" 하면서 프린트물을 넘겨주었다. 그래서 공개되어 있는 '비행기지대공사격통제장치' 내용을 자세히 확인해 보았다. 내용을 보면 볼수록 기가 막히는 일이었다.

이 '비행기지대공사격통제장치'를 특허청에 출원한 시기는 2007년이었으며, 특허등록 되지 않은 채 공개되어 있었다. 공개된 시기는 2009년이었다. 내가 1991년도 국방부 제안제도에 출품하여 국방부 장관상을 수상한 '재래식 대공포의 운용방법 개선'과 비교해 보았더니 '어쩌면 이렇게도 똑같이 만들 수 있을까?' 하는 의문이 들었다. 단지 제목과 낱말만 몇 군데 틀릴 뿐이었다.

사용하는 낱말이 틀리다 보니 공군 작전개념에 맞지 않는 내용으로 표현된 곳이 몇 군데 있을 뿐만 아니라, 레이더 장비의 성능에 부합되지 않는 표현을 한 곳도 있었다. 이러하니 특허등록 되지 않은 것은 누가 봐도 당연했다. 또한 공개되어있는 이 '비행기지대공사격통제장치'를 특허청에 출원한 2007년도 이전에 벌써, 공군의 모든 비행기지에서는 고도정보까지 받을 수 있는 RAPCON 장비가 들어와서 운영되고 있었다.

내가 '재래식 대공포의 운영방법 개선'이라는 직무발명을 연구하여 만든 시기에 비행기지에서 보유하고 있었던 레이더는 ASR 장비밖에 없었다. 그리고 비행기지에서 감당할 수 있는 예산으로 비행기지를 보호할 수 있는 작전절차가 필요하였다. 그래서 궁여지책으로 비행단에서 보유하고 있는 ASR 장비를 임시로 사용하는 것으로 만들게 되었던 것이었다.

또, 내가 직무발명 제목을 비행기지에 국한하지 않고 '재래식 대공포의 운영방법 개선'이라고 한 이유는 연구를 거듭하다 보니 육군, 해군, 공군, 해병대뿐만 아니라, 국가 중요시설 등 모든 곳에서 적용할 수 있는 작전체계였기 때문이다.

'비행기지대공사격통제장치'와 같이 새로운 '저고도 대공방어작전체계'를 연구하여 만들 수 있는 사람이라면 분명히 이 분야에 전문가이면서도 능력 있는 사람이라 할 것이다. 그런데 2007년도에 와서 예산을 절감하기 위해 비행기지에서 보유하고 있는 ASR 장비를 이용하여 만들겠다고 결심한 데 대해서는 진수(眞髓)라고 할 수 없다. 왜냐하면, ASR 장비의 정보를 이용하면 고도정보가 없는 레이더이기 때문에 '대공사격제원'을 산출(導出)해 낼 수가 없고, 단지 탐지하는 데 도움을 줄 수 있는 방위각과 거리정보만 얻을 수 있기 때문이다.

또 연구자가 비행기지만을 보호하기 위하여 작전절차를 만들었다 하더라도, 전 공군기지에서 사용하고 있는 레이더 장비 중에 고도정보까지 받아서 사격제원을 산출해낼 수 있는 RAPCON 장비로부터 적기정보를 받는 것으로 만들어야 한다는 것은 삼척동자(三尺童子)라 하더라도 생각할 수 있는 일이다. 그럼에도 불구하고 고도정보를 받을 수 없는 ASR 장비의 정보를 이용하는 것으로 만들었다.

저고도 대공방어를 해야 할 곳이 비행기지만 있는 것이 아니다. 앞에서도 언급했지만 이러한 저고도 대공방어작전절차는 육군, 해군, 공군, 해병대 및 국가 중요시설 등등 그 대상은 수없이 많다. 새로운 '저고도 대공방어작전체계'에 대해 연구를 한 사람이 이렇게 적용하여야 할 대상이 많은데도 불구하고 제목을 축소하여 비행기지에 국한(局限)하는 것으로 만들었다는 것은 연구해본 사람이라면 납득할 수 없는 발상이라는 의구심이 들게 하였다.

제대로 된 저고도 대공방어작전절차를 만들려면 항법레이더가 아닌 실시간 사격제원을 산출할 수 있는 대공레이더의 정보를 이용하는 것으로 만들어야 한다. 그리고 공중에 떠 있는 물체를 맞추는 것은 날아가는 새를 맞추는 것과 같은 원리이다. 그러므로 사격제원을 산출한다는 것은 대공포의 위치로부터 물체의 방위각을 결정해야 하고, 물체의 고도에 따른 대공포의 고각을 결정해야 하며, 사격시기를 결정해야 할 거리를 산출해야 하는 것은 3대 필수사항이다.

또한 공중에서 움직이는 물체를 맞추려면 이동하고 있는 물체의 방향 앞쪽(선도점)을 겨냥해서 쏴야 한다. 따라서 그 물체의 속도에 따른 리더 포인트를 계산해서 대공포로부터 그 리더 포인트의 방위각, 고각, 거리가 산출되어서 시현되어야 비로소 대공 사격제원이 되는 것이다.

이러한 기본을 이해하면서 '비행기지대공사격통제장치'에서 적용한 탐지레이더 부분에서만 간단하게 살펴보기로 한다.

ASR 장비는 적기가 침투하는 것을 탐지하는 대공감시 레이더가 아니다. ASR 장비는 공항에 입출항하는 항공기들을 관제하는 레이더로서 '공항감시 레이더'라고 한다. 이 ASR 장비는 앞에서도 언급했지만 고도정보가 나타나지 않는다. 그러므로 고각을 계산해 낼 수 없다.

이러하기 때문에 ASR 장비의 정보를 받아서, 컴퓨터에서 계산하여 대공사격제원(방위각, 고각, 거리)을 산출해 낸다는 것은 있을 수 없는 일이다. 또 고도정보를 받을 수 있는 RAPCON 장비가 운영되고 있는데도 불구하고, 고도정보가 없는 ASR 장비의 정보를 이용하는 것으로 하였다.

이러한 것들을 보면, 이 '비행기지대공사격통제장치'를 만든 연구자는 공군 비행기지 내에서 어떠한 종류의 레이더 장비들을 운영하고 있었는지? ASR 장비로 사격제원을 산출해 낼 수 있는 정보를 얻을 수 있는지? 등 연구자로서 연구 시작부터 기본적으로 제일 먼저 파악했어야 할 것도 모르고 있었다는 것을 스스로 증명하고 있는 것이나 다름없었다. '비행기지대공사격통제장치'에 적용한 레이더 부분만 보더라도 실제 연구한 연구자가 아니지 않는가 하는 의심을 할 수밖에 없었다.

이러한 의문사항들을 해소해 보고 싶은 마음의 충동이 일어나기 시작하였다. 그래서 '비행기지대공사격통제장치'를 특허청에 출원한 당사자에게 전화로 직접 통화(2010년 7월)해 보기로 하였다. 내가 핸드폰으로 통화하며 물었다.

"공군 출신도 아니면서 어떻게 비행기지를 보호할 수 있는 작전절차를 만들게 되었습니까?"

"공군 전발단장(전투발전단장)께 활주로 통제탑에서 사용되는 브라이트 장비에 대하여 보고 드리는 과정에서, '이것으로 대공방어 하면 되겠네'라는 전발단장의 말을 듣고 만들었습니다."

이 말을 듣고 나니 아무리 이해를 하려고 해도 더 이해가 되지 않았다. 점점 더 첩첩산중으로 들어가는 느낌을 받았다. 동시에 그때 당시에 국방부 제안업무에 관련있던 BB라는 이름을 가진 사람과 동행하여 대구기지까지 현장실사 나온 분이 있었다. 혹시 그때 그 사람이 아닌가 하는 생각이 들기도 하였다.

이러한 '저고도 대공방어작전체계'를 만들어내려면 침투하는 항공기의 특성 및 공격전술, 레이더의 성능 및 제원, 대공포의 성능 및 제원 등에 대하여 어느 정도의 지식을 가지고 있는 사람이라야 가능하다. 특히 대공방어작전체계라고 하는 것은 어떤 한 분야에 전문 지식이 있다 하더라도 실제 해당임무를 수행해 보지 않고는 만들어 낼 수 있는 성질의 소재가 아니다. 왜냐하면 침투해오는 적 전투기의 공격전술을 정확히 알고 있어야 대응할 수 있는 방안을 도출할 수 있을 뿐만 아니라, 현재 운영하는 작전체제를 꿰뚫어 알고 있으면서 문제점이 무엇인지 알고 있어야 가능한 일이기 때문이다.

이러하기 때문에 대공포를 약 50~60여 년 동안 직접 운영하여왔던 그 수많은 사람들조차도 새로운 저고도 대공방어작전절차를 만들어낼 수 없었던 것이 아니었나 하는 생각을 하게 하였다. 앞에서도 언급했지만 이 때문에 비행기의 특성을 잘 알고 있고, 레이더에 대한 지식도 겸비하고 있는 전투조종사들이 대공방어를 담당하는 것이 효과적이라고까지 생각하게 된 것이다.

그런데 본인이 선택한 탐지레이더의 성능도 제대로 알지 못할 뿐만 아니라, 공군에서 근무하지도 않은 사람이 이 말 한마디 듣고 비행기지를 방어할 수 있는 새로운 '저고도 대공방어 작전체계'를 과연 만들어낼 수 있을까? 하는 의문을 지울 수가 없었다. 그래서 1991년도 국방부제안 심사할 때, 설명하기 위하여 만들어 둔 '재래식 대공포의 운영방법 개선'의 모형도와 공개된 '비행기지대공사격통제장치' 내용을 들고 가까운 변리사 사무실을 찾아갔다.

변리사에게 어떻게 다른지 설명을 부탁하였더니, 같은 내용이라는 답변이었다. 다른 그림으로 표현하고 낱말을 바꾸어 쓴다고 해서, 레이더의 정보를 받아서 컴퓨터로 계산하여 각각의 대공포 위치로부터 대공사격제원을 시현되게 하는 대공포운영방법이, 내가 직무발명을 한 '재래식 대공포의 운영방법 개선'의 체계구성개념에서 벗어날 수는 없는 것이다.

할 수 없이 내가 특허출원하기 위하여 청구한 항목 중에서 '재래식 대공포의 운영방법 개선'의 내용과 '비행기지대공사격통제장치'의 내용이 일치되는 항목, 즉 '레이더에 나타난 적기의 정보를 받아서 컴퓨터에서 계산하여 각각의 대공포 위치로부터 사격제원을 시현해주는 항목'을 삭제하였다. 그리고 사격지시 통제하는 '상황실의 콘솔'과 사수들이 들고 볼 수 있는 '핸드콘솔'과 각 대공포 사수들이 시현되고 있는 사격제원을 맞추다가 사격지시가 있을 때 방아쇠만 당겨주면 침투 공격하는 적기 앞에 '자동으로 화망구성'이 되도록 만들었다.

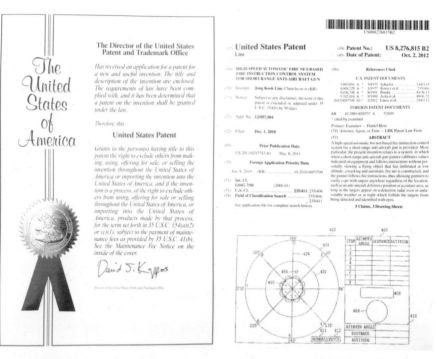

미국특허증

이렇게 하여 침투 공격하는 적기를 방어할 수 있는 보다 더 발전된 내용으로 대한민국과 미국의 특허청에 출원하였다. 그로부터 2년이 경과하면서 2012년 11월, 미국에 특허등록 되었다. 2013년 1월에는 대한민국에 특허등록 되었다.

사람이 살아가는 세상은 무슨 일이든지 공짜로 얻어지는 것은 없다. 이러한 일을 겪으면서 '세상은 생각하며 준비하고 있는 사람에게 기회를 주며, 그 기회를 놓치지 않고 꾸준히 노력하는 사람에게만 성공이란 낱말을 수여해준다'라는 말을 터득하기도 하였다.

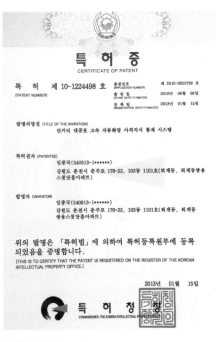

대한민국특허

이렇게 특허등록까지 하였지만 의구심이 사라지지를 않았다. 그래서 내가 국방부 제안제도에 출품한 자료와 얼마나, 어떻게 다른지 그 내용을 확인하고 싶었다. 그리고 군사자료 유출의 의심이 가시지를 않아 국방부에 민원(2015년)을 올렸다. 그랬더니 국방부에서는 '1991년 그때 당시에 제안서의 보존기간이 5년으로 되어 있었기 때문에 5년이 지나고 나서 관련 제안서를 폐기하였으며, 군사자료 유출 여부는 제안 담당공무원이 확인할 수 있는 업무 범위가 아님을 양지 바랍니다'라고 답변이 왔다.

이 답변에서 직무발명 보존기간인 5년이 지나고 나서 폐기했다고 하였지만, 1991년 당시에 내가 직무 발명한 '재래식 대공포의 운영방법 개선'에 대하여 국방부 공무원들이 '공무원 직무발명 보상규정'과 '특허법', '저작권법' 등에 해당되는 규정과 법조항을 바탕으로 하여 정상적인 업무처리를 하지 않았다는 것을 발견할 수가 있었다.

그중에서 일부 예를 들면, 당시 대통령령 제13088호 '공무원 직무발명 보상규정' 제7조(가승계의 결정)1항 신고를 받은 그 발명이 직무발명에 속하는지 여부와 특허를 받을 수 있는 권리를 기관의 장이 승계(이하 "가승계"라 한다)할 것인지를 결정하여야 한다. 2항 기관의 장은 제1항의 규정에 따른 결정 내용을 서면으로 발명자에게 통지하여야 한다. 이 규정에 근거하여 본인은 국방부 제안제도에 제출하여 국방부 장관상과 상금 50만원을 받았으며, 제8조(권리의 양도)에 근거하여 기관의장에게 자동으로 양도 되었다. 제9조(출원)1항 제8조의 규정에 따라 특허를 받을 수 있는 권리를 양도받은 기관의 장은 지체 없이 특허청장에게 특허출원을 하여야 한다는 규정이 있었다. 그다음 제10조(발명자의 특허출원)1항 발명자는 제7조의 규정에 따라 기관의 장이 특허를 받을 권리를 가승계하지 아니하겠다는 통지를 받은 이후가 아니면 자기명의로 특허출원을 할 수 없다고 규정되어 있었다. 이러한 규정이 있는데도 불구하고 특허출원도 하지 않았으며, 가승계를 하지 아니하겠다는 통지도 없었다. 또한 국방부에서는 내가 '컴퓨터 프로그램'까지 제출한 직무발명을 5년간 보관한 후 총리령에 의하여 폐기하였다고 답변을 해 왔다. 하지만 1991년도 저작권법 제36조(보호기간의 원칙) 1항에 '컴퓨터 프로그램'은 저작자가 생존한 동안과 사망한 후 50년(현재 70년)간 존속하게 되어 있었다. 이러함에도 불구하고 국방부에서는 5년간 관리 후 폐기하였다. 알아보면 알아볼수록 억울한 마음은 더욱 커져만 갔다.

그래서 변호사의 조언을 듣고 '단거리 대공사격 프로그램'을 한국저작권 위원회에 저작권등록을 신청하였다. 그랬더니 2016년 10월에 저작권등록이 되어 '프로그램등록증'이 나왔다. 이렇게 등록될 수 있는 것을 국방부에서는 폐기해 버린 것이다.

프로그램등록증

이렇게 업무 처리한 것을 볼 때, 국방부의 직무발명은 보존기간을 5년으로 할 것이 아니라 더 발전된 유사한 제품이 나와서 실용가치가 없을 때로 하여야 한다는 생각이 들었다. 보상시효 또한 없애야 한다는 것이 여기에서 느껴졌다.

국방부라고 해서 개인의 지적재산권을 함부로 다루어서는 안 된다고 생각한다. 개인이 올린 직무발명을 사용할 때, 국방부에서는 스스로 그 직무발명을 한 당사자를 찾아서 법과 규정에 따라 보상을 해주어야 한다. 이렇게 법과 규정이 되어 있지만 업무를 수행하는 사람들이 지키려고 하는 신사도(紳士道) 정신이 없다면 무용지물이 되고 만다. 만약에 국방부에서 직무발명을 사용하면서도 직무발명을 한 개인을 찾아서 보상해 주지 않는다면 개인으로서는 어떻게 할 방법이 없다.

이러한 부당한 일이 발생되지 않게 하려면 그 직무발명이 비밀로서 가치를 상실하여 공개 된 후에라도 당사자 또는 상속권자가 알게 되었을 때, 시효에 관계없이 언제든지 보상을 청구할 수 있도록 제도를 마련해 주어야 한다. 특히나 직무발명을 장려하고 계도해야 할 국방부에서 개인의 지적재산권을 잘못 처리했을 때는 더더욱 시효에 구애받지 않아야 한다고 생각한다.

이렇게 법과 규정을 개정하여 개인의 지적재산권을 확실하게 보장해 준다면, 국방부 직무발명 제안에 많은 장병과 군무원이 능동적이고도 적극적으로 참여할 것이다. 이렇게 하는 것이 곧 우리의 아이디어로 국방예산을 절감하면서 보다 튼튼하고 발전된 국방의 틀을 다질 수 있는 하나의 방편이 된다고 생각되기 때문이다. 제안서를 폐기하였다 하더라도 국방부 장관상을 수여해 놓고, 수여한 국방부장관 상훈 근거마저 없앴단 말인가? 하는 생각에 정보공개 요구서를 국방부에 제출(2015.7.1.)하였다. 그랬더니 국방부에서 관리하는 자료가 아닌 공군본부에서 관리하고 있던 자료가 발송되어왔다.

국방부에는 헌병수사관도 있고, 기무부대도 있다. 그런데도 군사자료 유출의심에 대하여 국방부장관께 올린 민원을 어떻게 민원 담당관 선에서 업무범위가 아니라고 답변할 수가 있는가? 민원담당관이 해결할 수 있는 업무가 아니라면 그 민원과 관련된 부서에 이첩하여 문제가 해결되도록 해주는 것이 민원담당관의 임무일 것이다. 그리고 최소한 민원인이 해소할 수 있는 창구라도 알려주어야 마땅하다할 것이다. 그런데도 이렇게 답변하는 것은 민원인을 무시하는 처사일 뿐만 아니라, 민원을 해결해 주려는 의지가 전혀 없는 것으로 받아들일 수밖에 없었다.

이러한 민원 답변을 받고 나니까, 개인이 국방부에 민원으로 문제 해결을 바란다는 것은 그야말로 하나의 요행수(僥倖數)에 불과하다는 생각마저 들었다. 이러한 사례가 재발하지 않도록 하기 위해서 감사원에 '국방부의 직무발명에 대한 업무처리의 부당함과 군사자료 유출 의심'에 대한 감사제보를 올렸다. 이와 함께 육군, 해군, 공군, 해병대가 운영하는 단거리 대공포 작전의 업무혁신을 제인(2015년 4월)하였다.

이 또한 국방부로 이관되어 국방부에서 답변이 왔다. 그동안 받아왔던 답변과 별다른 것은 없었다. 지금까지 계선을 따라 상급부서에 보고하고 제보까지 하였지만 시간 낭비만 초래하였을 뿐이었다.

이런 결과를 놓고 보니 우리나라에서는 더욱 발전된 저고도 단거리 대공방어시스템을 만드는데, 우리의 아이디어를, 우리 손으로 만들어서, 우리가 사용하고, 또 수출한다는 것은 기대할 수 없다는 판단이 들었다. 그래서 비싼 돈을 지불하며 사들어 올 수밖에 없는 나라라는 비관적인 생각마저 들게 하였다.

유사하다던
'비행기지사격통제체계'?

국민권익위원회에 '나의 제안'(1AB-1009-008095: 2010년 9월)으로 '단거리 대공포 고속자동화망사격지시통제체계'를 올렸다. 그 내용은 이렇다.

'본 발명은 저고도로 침투하는 적기에 대하여, 사수가 적기를 직접 눈으로 보지 않고도 장비에 시현되는 수치를 맞추며 지시에 따르면 추적 및 자동화망이 구성되고 사격지시에 따르면 방어가 되는 작전체계로서, 눈으로 탐지 및 식별할 수 없는 악천후나 야간에도 탐지레이더에만 나타나면 지점대공방어, 접적지역 등 어디서나 사수들이 쉽게 100% 교전할 수 있는 시스템이다.'라고 올렸더니 방사청으로 이관되어 검토한 후에 방사청으로부터 답변이 왔다.

'본 제안을 검토한 결과 비행기지 또는 지점 대공방어지역 주변레이더를 활용하여 단거리 대공포를 효율적으로 운용함으로써 저고도 침투 공격항적에 대한 효과적인 대공방어가 가능할 것으로 판단됩니다. 그러나 현재 방위사업청에서는 제안과 유사한 개념의 사업(방공사업팀/방공지휘통제경보체계사업 및 공중지휘통제체계사업팀/비행기지대공사격통제체계사업)을 추진하고 있는 실정이므로 제안으로 채택하기에는 무리가 있는 것으로 사료됩니다'라는 답변이었다.

이 답변을 받아보고 24년 전에 내가 직무발명으로 국방부 장관상을 받은 내용과 유사한 개념의 장비를 지금에 와서야 사업을 하고 있다고 하니, '그럼 그동안 뭐 하고 있었단 말인가?' 하는 반문이 먼저 들었다. 하지만 이제라도 시작하는 것이 제일 빠른 길이라는 말을 곱씹으며 마음은 씁쓸하였지만 대수롭지 않게 생각하며 그냥 흘러 버리고 말았다.

그러던 중에 민간인이 특허출원하여 공개되어있는 '비행기지대공사격통제장치'와 방사청에서 사업을 진행하고 있다는 '비행기지대공사격통제체계'라는 제목이 다르지 않다는 것을 발견하게 되었다. 단지 마지막 단어인 '장치'와 '체계'란 낱말만 다를 뿐이었다.

민간인 한 명이 만든 것과 국방부 산하 대공방어전문가들이 만든 새로운 '저고도 대공방어작전체계'가 유사한 시기에, 유사한 개념과 유사한 제목으로 연구하여 만들어졌다는 것을 우연한 일치라고 치부하기에는 왠지 모르게 의혹이 일었다. 얼마나 다른지 확인을 해 보고 싶은 마음이 일어나기 시작하였다.

그래서 또다시 민원을 제기하였다. 민간인이 특허출원하여 공개되어 있는 '비행기지대공사격통제장치'와 방사청에서 사업을 진행하고 있는 '비행기지대공사격통제체계'가 같은 내용으로 만들어졌는지 알려달라고 하였다. 방사청으로부터 답변이 왔다.

'공개특허 비행기지대공사격통제장치는 본 사업과 체계 구성개념은 유사한 것으로 볼 수 있습니다. 다만 공개특허의 내용이 일반적인 개념으로만 구성되어 있어 해당 특허내용에 기재된 사항이 공중지휘통제감시사업팀에서 추진하고 있는 사업과 동일한지는 확인하기가 제한됩니다. 그리고 위 특허는 공개된 것인데 반해, 해당 사업내용은 일반인에게 공개가 제한되어있는 사항입니다. 따라서 이미 일반인에게 공개된 특허와 공개되지 않은 사업의 기술내용 간 유사성 여부를 판단하는 것은 공개가 제한된 기술내용을 공개하는 결과가 될 수 있으므로 유사성 판단이 제한됨을 이해해주시기 바랍니다.'

　민원 담당관으로서 군 특성상 이 이상의 어떠한 답변도 해줄 수 없다는 것은 짐작하고 있었다. 하지만 체계구성 개념이 유사한 것으로 볼 수 있다고 하면서 유사성 판단을 하는 것은 공개가 제한된 기술내용을 공개하는 결과가 될 수 있으므로 유사성 판단이 제한된다고 하였다. 이는 무엇을 의미하는 것일까?

　아직도 나에겐 군인정신이 조금은 남아있는 듯하였다. 몇 번의 민원 답변을 받아보고 나니까 '국가와 국민들이 안전을 보장받으려면 포기해서는 안 되는 일'이라는 생각이 마음에 자리를 잡기 시작했다. 왜냐하면, 많이 늦었지만 그래도 많은 예산을 투입하여 새로운 장비를 만든다고 한다면, 예산을 투입한 만큼의 실질적인 작전효과를 기대할 수 있는 장비를 만들어서 도입해야 된다고 생각되었기 때문이다. 그래서 이제부터는 어떠한 어려움이 닥친다 하더라도 확인할 수 있는데 까지 확인하기로 결심하였다.

이 답변에서 중요한 것은 '체계구성개념이 유사하다'는 반복적인 답변을 받아낸 것이었다. 우선, 민원 답변에서 민간인이 만든 '비행기지대공사격통제장치'와 방사청에서 사업을 하는 '비행기지대공사격통제체계'는 체계구성개념이 유사하다고 수차례 답변을 하였다. 그리고 '비행기지대공사격통제장치'와 내가 만든 '재래식대공포의 운영방법 개선'은 변리사가 체계구성개념이 같은 내용이라고 하였다.

그러므로 방사청에서 사업을 하는 '비행기지대공사격통제체계'와 내가 만든 '재래식대공포의 운영방법 개선'의 체계구성개념은 '유사하거나 같다'는 결론이다. 또한, 방사청은 '단거리 대공포 고속자동화망사격지시통제체계'와 '방공지휘통제경보체계 및 비행기지대공사격통제체계'를 유사한 개념이라고 답변을 하였다. 이 '단거리 대공포 고속자동화망사격지시통제체계'는 내가 대한민국과 미국에 특허출원하여 특허 등록된 것으로서 '재래식대공포의 운영방법 개선'의 체계구성개념과 똑같다. 이 체계구성개념을 바탕으로 하여 더 발전시킨 저고도 대공방어작전체계이다.

결론적으로 '체계구성개념이 유사하다'는 답변은 곧 24년 전에 내가 직무 발명한 '재래식 대공포의 운영방법 개선'의 체계구성개념과 유사하다는 답변이나 다름없다는 판단을 하였다. 그러므로 유사하다고 하는 답변은 곧, 국방부에서 나의 직무발명을 폐기했다고 답변하면서, 24년이란 긴 세월이 지나고 난 지금에 와서야 비로소 '재래식 대공포의 운영방법 개선'과 유사한 체계구성개념으로 장비를 만들고 있다는 것이나 다를 바가 없는 것이었다.

여기에서 간과(看過)할 수 없는 것은 저고도 대공방어를 하기 위한 새로운 장비를 만드는 것을 직접 주관한 방사청에서 체계구성개념이 유사하다고 답변하였다. 그리고 제삼자인 변리사는 체계구성개념이 '같은 내용'이라고 답변을 하였다는 것이다. 나의 판단으로는 유사한 것이 아니라, '탐지레이더로부터 적기의 정보를 받아서, 컴퓨터에서 계산하여, 각 대공무기의 위치로부터 대공사격제원이 시현되게 하는 체계구성'이 다를 수가 없다고 생각한다.

나는 '재래식 대공포의 운영방법 개선'으로 국방부제안 평가관들의 낮은 평가 덕분으로 1991년도 제안상 중에 최하위 상이었지만 국방부 장관상을 받았다. 이 국방부 장관상이 곧, '탐지레이더로부터 적기의 정보를 받아서 컴퓨터에서 계산하여, 실시간으로 각 대공포의 위치로부터 대공사격제원이 시현'되도록 하는 저고도 대공방어작전체계구성개념이 최초였다는 것을 국방부에서 인정한 증거이며, 내가 만들었다는 증거가 되는 것이다. 더욱이 이는 컴퓨터가 군에 공급되자마자 만들어낸 저고도 대공방어작전체계이다.

이 저고도 대공방어작전체계는 가상적기를 투입하여 훈련을 하면서 저고도 대공방어의 문제점을 확인하고, 실제로 그 문제점들을 최초로 끄집어낸 사람이 나라는 것을 9장의 '육군방공포부대를 인수하다'에서 자세하게 설명해 두었다. 그러지는 않았겠지만, 9장 '단거리 대공포 고속자동화망사격지시통제체계 특허등록'에서 자세하게 언급해둔 것과 같이 민간인이 특허출원하여 공개되어 있는 '비행기지대공사격통제 장치'의 내용과 같은 내용으로 '비행기지대공사격통제체계'를 만들었다고 한다면, '재래식 대공포의 운영방법 개선'보다 더 발전된 내용으로 제품을 만들었을 것이라는 기대는 할 수 없다는 생각이 들었다. 그래서 더욱더 알고 싶어지는 마음이 가만히 있을 수 없도록 만들고 있었다.

그러던 중 2016년도 방산제품의 전시회가 열린다는 소식을 듣게 되었다. 일반인이 관람할 수 있는 전시회 이튿날, 일산에 있는 킨텍스 전시장에서 무엇을 전시하고 있는지도 모르면서 무턱대고 찾아가 보았다.

웃옷을 벗어들고 따가운 햇볕을 피하며 연신 손부채를 흔들며 전시장에 도착하였다. 전시장을 둘러보는데 갑자기 발걸음을 멈추게 하는 곳이 있었다. 천운을 받은 듯, 이렇게 타이밍을 정확히 맞춰서 찾아올 수는 없는 일이었다. 본인의 의지보다는 어디에서 나오는 힘인지 모르겠지만 누군가에게 떠밀려서 여기까지 오게 된 것 같은 느낌을 받기도 하였다.

놀랍게도 여기에서 '비행기지 사격통제체계'와 '방공지휘통제경보체계'를 대형 스크린에서 영상으로 홍보하고 있었다. 거기에 우두커니 서서 제조한 회사가 홍보하고 있는 화면을 보고 있었다. 나도 모르게 시선이 그 홍보 화면에 푹 빠져들어 고정되고 있었다. 정신없이 한참을 보고 있는데 회사 여직원이 커피잔을 들고 와서 드시라면서 주었다. 감사하다고 인사하고 커피잔을 받아 들었지만 발걸음을 뗄 수가 없었다.

두근거리는 마음을 억누르면서 이 회사에서 홍보하고 있는 화면을 구석구석까지 토씨 하나 놓치지 않고 읽어보고 있었다. 영상은 보면 볼수록 할 말을 잃어버리게 하며, 한참 동안 더 멍하니 서 있을 수밖에 없도록 만들었다.

'공무원 직무발명 보상규정 제21조(발명자 등의 의무) 1항 발명자는 그 발명의 실시를 위하여 필요한 사항에 대해서는 특별한 사유가 없으면 협력하여야 한다'라고 명시되어 있다. 그런데 이 화면을 보고 있는 동안에 실제 연구한 사람이 참여하거나 협력하지 않았다는 것을 가장 중요한 부분에서 발견할 수가 있었다. 그것은 선택한 탐지레이더 부분이며, 격추시킬 수 있는 사격타이밍 부분이었다.

첫째, 여기에서 선택한 탐지레이더로는 대공사격제원을 산출할 수가 없다. 이 내용은 아래 비교설명 부분에서 자세하게 설명하기로 한다.

둘째, 격추시킬 수 있는 사격타이밍을 맞추려면 적 침투기에 대한 성능과 공격전술, 대공무기의 성능, 등을 잘 알고 있어야 가능한 일이다.

참고로, 침투하는 공격기는 레이더와 대공포를 회피하기 위한 기동을 하면서 비행을 한다. 그러다가 목표지점을 공격하기 위하여 최종기동을 한 다음, 목표지점에 정확하게 폭탄을 투하하기 위하여 목표물에 정대한 후 짧은 시간이지만 일정한 시간 동안 방향변화 없이 직진 비행하면서 폭탄을 투하하여야 한다. 그러므로 대공포로 대공방어 지점에서 교전할 수 있는 때와 시간은 그 일정한 시간 내에서 폭탄을 투하하기 직전까지이며, 그 지점에서 방어하고 있는 대공무기의 비과거리를 고려했을 때, 교전할 수 있는 시간은 불과 몇 초밖에 되지 않는다.

이와 같이 지점에서 대공방어 할 수 있는 시간이 이렇게 짧기 때문에, 탐지레이더로부터 대공무기까지 실시간으로 대공사격제원이 산출되어 시현되어야만 교전할 기회를 가질 수 있다. 이것이 저고도 대공방어 작전체계에서 가장 중요하게 고려해야 할 항목이기도 하다.

이와 같은 내용과 선택한 탐지레이더의 성능을 제대로 알고 있었다면 화면과 같은 체계구성 도를 만들지 않았을 것이다.

홍보하고 있는 화면을 눈을 비비며 몇 번이고 다시 확인해 보았지만, 민간인이 특허 출원하여 공개되어있는 내용과 체계구성개념이 다르지 않았다. 내가 보았을 때, 여기에서도 민간인이 만든 '비행기지대공사격통제장치'와 같이 선택한 단어와 그림만 다르게 표현되어 있을 뿐이었다. 그러면서 방공지휘통제경보체계는 침투기를 격추시킬 수 있는 대공사격제원을 산출하는데 필요한 탐지레이더를 보강하는 것보다는 경보전파 하는 데 필요 이상의 장비들을 추가하였을 뿐이었다. 내가 1991년도에 제안으로 올린 내용보다 24년이란 세월이 흘렀지만 공개되어있는 내용 중에 더 발전된 것은 찾아볼 수가 없었다. 그리고 제작회사에서 홍보하고 있는 화면을 구석구석 놓치지 않고 보았지만, 내가 제안한 '재래식 대공포의 운영방법 개선'과 홍보화면에 그려져 있는 그림의 체계구성개념은 다르지 않았다.

이러한데도 국방부 민원회신(2015년 4월)에서는 '귀하(필자)께서 제안한 업무는 지난 24년간 외부환경과 기술변화에 맞춘 여러 공무원들의 업무수행 결과로 점점 개선되고 있습니다' 라고 답변하여 왔다. 많은 세월이 흘렀기 때문에 담당 공무원들이 더 개선시키는 것은 당연하다고 생각하며 받아들였던 이 답변은, 홍보화면을 보고 난 후에 다시 읽어보는 순간 할 말을 잃어버리게 하며 분기(憤氣)는 하늘을 찌를 듯 치솟게 하였다.

현장에서 그 어려운 역경을 견디며 직무발명을 한 나로서는 참으로 언어도단(言語道斷)이었다. 그래서 24년 전에 내가 만든 '재래식 대공포의 운영방법 개선'보다, 그들이 말하듯이 얼마나 점점 더 개선했는지 확인해 보기로 한다.

제작회사인 ○○시스템의 홈페이지에서 '사업소개 ➡ LAND ➡ 지휘통제체계'에 들어가서 '비행기지사격통제체계'와 '방공지휘통제경보체계'를 클릭하면 그림으로 표현한 체계구성도를 볼 수가 있었다. 이것을 옮겨와서 '재래식 대공포의 운영방법 개선'과 비교해 보기로 한다.

---

1) 재래식 대공포의 운영방법 개선

1991년도 국방부 제안제도에 출품하여 그해 12월 27일 국방부장관 상을 받은 것으로서, 그 내용은 레이더와 각각의 대공포 간의 상대적인 위치정보를 컴퓨터에 입력시킨다. 그리고 탐지레이더에 나타난 적기의 방위각, 고도, 거리 정보와 적기의 속도 및 방향(Heading)을 컴퓨터에 입력되도록 하여 컴퓨터에서 계산해 각 대공포로부터 사격할 리더 포인터를 기준으로 방위각 고각, 거리가 시현되도록 하는 대공방어작전 체계이다.

이와 같은 방법으로 해안포에 적용한다면 해안방어도 할 수 있는 작전체계이다.

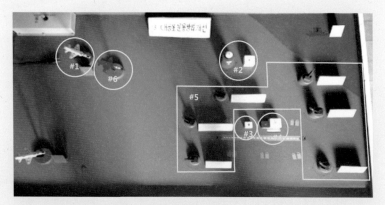

1991년 국방부에서 제안 발표할 때 사용한 보조자료

2) 비행기지 사격통제 체계

비행기지 레이더(ASR, TPS-830K), 공군전술 C4I(AFCCS), 지상 작전상황실(GOC) 및 대공진지 무기체계를 네트워크로 연결하여 비행기지를 공격하는 적 공중위협을 제거하기 위한 지휘/통제 및 사격제원 전파를 자동화하는 체계이다.

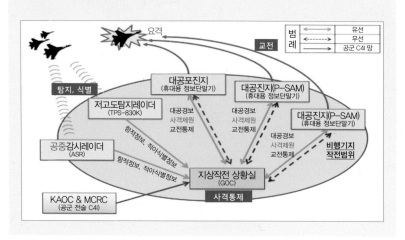

3) 방공 지휘통제 경보체계

군단/사단 방공레이더, 방공무기체계, 방공지휘통제소를 네트워크로 연결, 통합 방공작전을 수행하는 체계입니다.

한반도 전구급 방공작전은 MCRC에서, 중/저고도 국지방공은 C2A체계가 수행합니다.

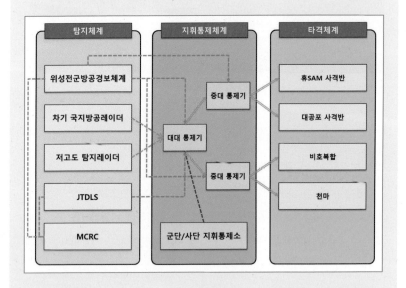

* JTDLS(Joint Tectical Data Link System): 한국형 합동 전술 데이터 링크
* MCRC(Master Control And Reporting Center): 중앙방공통제소

4) 각 체계구성개념도에서 표현한 낱말비교

① 재래식 대공포의 운영방법 개선		② 비행기지 대공사격체계	③ 방공지휘통제 경보체계
#1. 적 침투기	#2. 레이더 및 송신	탐지/식별	탐지체계
		• 저고도탐지레이더 • 공중감시레이더 • MCRC	• 저고도탐지레이더 • 차기국지방공레이더 • JTDLS • MCRC • 위성전군방공경보
#3. 수신	#4. 모뎀 및 컴퓨터	지상 작전상황실	지휘통제체계
		• 사격통제 • 대공경보 • 사격제원 • 교전통제	• 방공지휘통제소 • 대대통제기 • 중대통제기 • 군단/사단지휘통제소
#5. 사격제원 시현	#6. 격추	교전/요격	타격체계
		• 대공포진지 • 대공진지(P–SAM)	• 방공무기체계 • 휴SAM 사격반 • 대공포 사격반 • 비호복합 • 천마

그림 4)에서 보듯이 그 체계구성개념과 표현한 낱말들은 아래와 같으며, 괄호 속은 '재래식 대공포의 운영방법 개선' / '비행기지사격통제체계' / '방공지휘통제경보체계' 순으로 표현된 낱말들이다.

첫째, 레이더에서 탐지한 적기의 정보를 컴퓨터로 보낸다.

　　　(#1 적 침투기, #2 레이더 및 송신 / 탐지·식별 / 탐지체계)

둘째, 수신한 적기의 정보를 컴퓨터에서 계산하여 산출된 대공사격제원을 실시간으로 각 대공무기로 보내면서 동시에 사격지시 및 통제를 한다.

　　　(#3 수신, #4 모뎀 및 컴퓨터 / 지상 작전상황실 / 지휘통제체계〈대대통제기, 중대통제기〉)

셋째, 각 대공진지에서 시현되고 있는 대공사격제원을 맞추면서 사격한다.

　　　(#5 사격제원 시현, #6 격추 / 교전·요격 / 타격체계)

이와 같이 체계구성개념은 다르지 않다는 것을 알 수가 있다. 단지, 낱말과 그림만을 다르게 표현했을 뿐이다. 표현한 낱말비교에서 보듯이 '재래식 대공포의 운영방법개선'은 체계를 구성한 '원시(元始: 사물의 처음)적인 장비 이름의 낱말로 표현'한데 반해, '비행기지사격통제체계'와 '방공지휘통제경보체계'는 '운영개념의 낱말로 표현'되어 있다는 것을 알 수가 있다.

그러면서 탐지레이더의 성능에 맞지 않는 표현을 하고 있는 곳이 있다.

첫째, TPS-830 K와 ASR 장비에서 탐지한 적기의 정보를 이용하여 사격제원을 대공진지에 전파하는 것으로 표현하고 있다. 이들 레이더는 고도정보가 없는 레이더이다. 그러므로 고각을 결정할 수 없기 때문에 '대공사격제원'을 산출해 낼 수가 없다. 단지, 방위각과 거리만을 산출할 수 있다.

둘째, ASR은 공중감시레이더가 아니다. Airport Surveillance Radar의 앞글자를 따서 표현한 것이며, 공항 지역의 항공기를 관제하기 위한 레이더로서, 공항감시레이더라고 표현하는 것이 맞는 말이다. 그리고 ASR 장비는 안테나가 매 회전할 때마다 한번 정보를 받을 수 있다. 그래서 안테나가 회전할 때마다 회전시간만큼의 리더 포인트를 계산해 주어야 하기 때문에 안테나 회전시간이 길면 길수록 그만큼의 리더를 더해주어야 해서 격추기대율은 급격히 낮아지게 되는 것이다. 그래서 탐지레이더는 이러한 것을 보완해줄 수 있는 대공탐지레이더를 사용하여야 한다.

이런 사실을 알고 있었다면, 많은 예산을 투입하여 새로운 장비를 만들면서까지 사격제원을 산출할 수 없는 ASR 장비나 TPS-830K 장비를 탐지레이더로 선택하지는 않았을 것이라고 생각한다. 또, 굳이 예산을 절감하기 위하여 ASR 장비를 사용했다고 한다면 이것도 이치에 맞지 않는다. 왜냐하면 비행기지에서 운영하고 있는 레이더장비 중에서 대공사격제원을 산출해 낼 수 있는 RAPCON 장비의 정보를 받는 것으로 만들었어야 이치에 맞다 할 수 있기 때문이다. 레이더에 대하여는 더 이상 언급하지 않기로 한다.

레이더의 정보를 이용하여 새로운 '저고도 대공방어작전체계'를 만들어내려면, 그 연구자는 사용하여야 할 탐지레이더의 성능 및 제원부터 우선적으로 파악하여야 한다는 것은 기본 중 기본이다. 그럼에도 불구하고, 위 그림에서 보듯이 선택해서는 안 될 탐지레이더를 선택했을 뿐만 아니라 선택한 탐지레이더의 정보로는 대공사격제원을 산출할 수 없는데도 불구하고 산출되는 것으로 표현하고 있다.

이와 같이 이미 공개되어 있는 한도 내에서 확인하고 있지만, 이러한 것들을 실수에 의한 표현이라고 하기엔 너무나 거리가 먼 것 같다.

이런데도 '지난 24년간 외부환경과 기술변화에 맞춘 여러 공무원들의 업무수행 결과로 점점 개선되고 있습니다'라고 답변할 수 있단 말인가? 참으로 하늘을 우러러 통탄하지 않을 수가 없었다.

또한 앞에서 설명한 민간인이 만든 '비행기지대공사격통제장치'와 방사청에서 사업을 한 비행기지대공사격통제체계가 유사하다고 수차례 민원답변을 받았지만 다르지가 않았다. 어쩌면 이렇게도 똑같이 만들수 있을까? 하는 생각이 들었다. 그것은, 레이더의 정보를 이용하는 데있어서 비행기지 내에 보유하고 있는 레이더 중에 고도정보를 받을 수있는 RAPCON 장비를 사용하지 않고, 고도정보를 받을 수 없는 ASR

장비를 사용한 것부터 이 레이더의 정보로는 대공사격제원을 산출할 수 없는데도 불구하고 대공사격제원을 대공무기까지 전파하는 것으로 표현해 둔 것까지 같았다. 또한 비행기지뿐만 아니라, 공군 내에서도 미사일 기지 등 대공방어를 해야 할 곳은 많이 있다. 그리고 육군, 해군, 해병대 및 국가중요시설 등, 사용하여야 할 대상이 무수히 많은 '저고도 대공방어작전체계'임에도 불구하고 제목을 비행기지에 국한하는 것까지 같았다. 제목 또한 '장치'와 '체계'란 마지막 낱말만 다르게 표현되어 있을 뿐이었다.

레이더의 정보를 이용한 저고도 대공방어작전체계를 최초로 직무 발명한 사람으로서 지금까지 내가 만든 '재래식 대공포의 운영방법개선'과 민간인이 만든 '비행기지대공사격통제장치'와 방사청에서 사업을 한 '비행기지대공사격통제체계' 및 '방공지휘통제경보체계'에 대하여 공개되어 있는 내용만으로 비교해 보았다.

위에서 보았듯 내가 1988년도에 방공포부대와 인연을 맺으면서부터 전역한 후 2013년까지 약 26년간 '저고도 대공방어작전'의 발전을 위해 많은 노력을 하였지만 군에서 노력한 흔적은 온데간데없었다. 그러면서 민원답변을 보면 오직 자기네들이 노력하여 개선하고 발전시킨 것처럼 답변이 왔다.

지금까지의 모든 사실은 내가 전투조종사의 신조인 살신보국의 희생

정신을 배우며 살아왔고, 또 전투조종사의 샘플이 되겠다는 꿈을 안고 전투조종사의 길을 걸어온 나의 삶과는 확연하게 달랐다.

생각이 선행되어야 발전할 수 있다

나는 나의 주 임무가 아니었지만 나 개인을 위한 시간도 저고도 대공방어작전체계 계발에 투자하며, 때로는 욕을 얻어먹기도 하고, 때로는 얼굴을 붉히며 냉가슴 앓듯이 하며 살아온 날들이 대부분이었다. 내가 하지 않아도 누가 뭐라 할 사람이 없는 일이었다. 하지만 군인정신 하나로 그 어려운 여건 속에서도 더 새롭고 발전된 '저고도 대공방어작전체계'를 만들기 위하여 그 누구에게도 굴하지 않고 노력을 거듭하여 왔다.

내가 살아온 과정은 역사 속으로 들어가고 말았다. 하지만 사람이 살아가는 세상은 오늘의 우군이 내일의 적이 될 수 있고, 오늘의 적이 내일의 우군이 될 수 있다. 그러므로 '국가와 국민들의 안전보장을 위해서는 주적뿐만 아니라, 주변 국가들까지 날로 발전되어 가고 있는 항공기 및 무기, 그리고 공격전술 등에 발맞추어 대공방어작전체계를 동시에 발전시켜 나가야 한다' 이 마음 간절하게 전하고 싶다.

나는 지금까지 레이더 정보에 의존하는 저고도 대공방어작전의 발전을 위해 노력하여 왔다. 그러나 현재 이 세상에는 최신 공격무기라 할 수 있는 스텔스(Stealth: 레이더, 적외선, 가시광선 따위에 잡히지 않게 하는 것) 기능을 가진 항공기를 많이 만들어내고 있다. 이러한 스텔스 항공기로 공격해 오는 적 침투기를 무력화하면서 대응할 수 있는 여러 가지 대안들을 연구하고 있을 것이라고 예상은 되지만, 그중 하나의 방법이 될 수 있는 나의 생각을 여기에 남기고자 한다.

나는 '틀을 바꾸어 생각하면 거기에 답이 있다'고 늘 생각하며 살아왔다. 이렇게 생각의 틀을 바꿔 지금까지 전파를 이용하고 있는 레이더 정보의 틀을 벗어나 보는 것이다. 그것은 바로 '소리'를 추적하는 것이다. 모든 비행물체에는 출력되고 있는 소리가 있다.

그 소리의 음원이 가지고 있는 고유음향을 기억할 수 있는 기기를 만들어 미사일에 장착하여 발사한 후에도 그 고유음향을 끝까지 추적하게 하거나, 고유음향을 추적하다가 열 추적으로 전환하는 미사일을 개발하는 것이라는 말을 남기며 맺는다.

10장

대관령 계획
임무 수행

조종사의 꽃
전투비행대대장 보직을 받고…

공군본부 지휘통제실 운영담당관으로 재직하면서, 전투조종사 생활 중 꽃이라 할 수 있는 '전투비행대대 대대장' 보직명령을 받았다. 그래서 시간이 나는 대로 짬짬이 대대장으로 나가기 위한 준비를 하고 있었다.

그러던 어느 날 갑자기 작전사령부 인행부장에게서 전화가 왔다. 그는 "모 중령이 아이가 아파서 205대대장으로 나갔으면 좋겠다고 요구해 왔는데, 임 중령(필자)이 ○○○대대장으로 몇 개월 늦게 나가면 안 되겠냐?"라고 하였다. 갑자기 받은 전화라 어리둥절하였으며, 정말 어이가 없는 얘기였다.

○○○전투비행대대장보다 한두 달 먼저 보임되는 205전투비행대대장 직책이었다. 그리고 제205전투비행대대는 몇 개월 후에 강릉기지로 이동해야 되는 대대였다. 아기가 아파서 대대장 보직을 바꾸어 달라고 하는 것은 내가 보기엔 이치에 맞지 않는 얘기였다. 그래서 나는 "205대대가 대대장 보임되자마자 강릉으로 이사해야 하는 대대인데, 아기가 아프면 현재 치료를 받는 곳에서 치료를 받는 것이 오히려 바람직하지 않습니까?"라고 답변을 하였다. 그랬더니 인행부장은 그 즉시 "아, 맞다. 없었던 것으로 하자" 하면서 전화를 끊었다.

사람이 살아가면서 듣지 말아야 할 얘기를 듣게 되었다. 정말 생각지도 못했던 일이었지만 이러한 일에 집착해서 머물러 있을 수는 없는 일이었다. 희망을 안고 대대장으로 부임할 준비를 하였다.

우선 '평시에 땀을 많이 흘리면 전시에 피를 적게 흘린다(平時出汗愈多, 戰時出血愈少)'라는 군인으로서 마땅히 수련하면서 시행해야 할 내용과 '우리 함께 승리하는 대대를 만들자'라는 내용을 위주로 취임사를 준비하였다. 그런 후에 대대장으로 취임하기 전에 받아야 하는 '재자격 비행훈련'을 받기 위해 제205전투비행대대에 도착하여 사전훈련을 받으면서 대대 현황을 확인하고 있었다.

그런데 대대 현황을 들여다보면 볼수록 기가 막히는 노릇이었다. 바로 대대원들의 인적구성문제였다. 제205전투비행대대에서 비행을 조금 잘한다고 평가를 받고 있었던 조종사는 이 비행단에 남도록 인사 조처하였다. 그리고 비행하면서 약간의 문제가 있어서 2선으로 나가 있던 조종사나, 비행시간이 동기생들에 비해 적은 조종사들은 이사를 해야 하는 제205전투비행대대로 배속시켜두었다. 그러면서 이사 갈 무렵에 전역하겠다고 한 조종사는 그대로 두고 있었다. 심지어는 허리가 아파서 '비행 휴'를 받고 2선에 나가서 근무하는 조종사를 의무대대에서 비행허가가 나지 않았는데도 불구하고 이사 가는 이 대대에 배속시켜 두었다. 이렇게 비행단에서 벌써 인사 조처를 완료해 두고 있었다.

좀 더 자세하게 설명하면, 비행교관 자격을 가지고 있어야 할 1, 3, 4, 고정편대장은 편대장도 아닌 분대장 자격을 가지고 있었다. 그리고 한참 비행을 많이 하면서 비행대대의 허리 역할을 담당해야 하는 중간 계층 3개 기수인 공군사관학교 35기, 36기, 37기급은 텅 비어 있는 것이나 마찬가지였다. 그러면서 편대장(4기를 공중지휘 할 수 있는 자격을 가진 조종사)자격을 가지고 있는 조종사는 한 명도 없었다.

비행계획 장교는 비행에 자신이 있고 자타가 인정하는 비행기량을 보유하고 있어야 하며, 대대원들 한명 한명에 대한 비행능력을 파악할 수 있는 사람으로서 적어도 편대장 자격을 가지고 있는 조종사가 담당하는 게 정석이었다.

그때 모든 F-5 기종 전투비행대대에서는 공군사관학교 36기급으로서 편대장 자격을 가지고 있는 조종사가 비행계획 장교로 보임되어 있었다. 그런데 제205전투비행대대에서는 2개 기수 낮은 38기 분대장(2기를 공중지휘 할 수 있는 자격을 가진 조종사) 자격을 가지고 있는 조종사가 비행계획 장교를 할 수밖에 없도록 만들어 두었다.

이렇게 조정을 하다 보니 이사를 해야 하는 제205전투비행대대의 주기수는 공군사관학교 38기, 39기급이었고 막내 기수는 40기였다. 38기 조종사들은 대부분 분대장 자격을 가지고 있었고 39기 40기급들은 대부분 요기 자격을 가지고 있었다. 이러한 대대 구성원 현황을 보니 한숨만 깊어지며 앞길이 막막하게만 느껴질 뿐이었다.

아무리 계급이 높고 인사권을 가지고 있다 하더라도 금기사항은 있는 법이다. 특히 비행전대장이란 직책을 가지고 있는 지휘관이라면 욕심을 부리고 싶어도 대대 구성원을 대상으로 이렇게 횡포를 부려서는 안 된다. 모든 사람들이 우러러보는 지휘관이라면 떠나가는 대대의 어려움을 고려하여 오히려 대대 구성원을 보강하여 보내 주었을 것이다.

전투비행대대가 어디에 있다 하더라도 대대급에서 발휘해야 할 군사적인 힘을 언제든지 발휘할 수 있도록 구성원들을 만들어 주는 것이 지휘관이 해야 할 일 중에 하나이다. 어쩌면 가장 중요하게 생각해야 할 항목이기도 하다.

전투비행대대가 기본임무 수행마저 제대로 할 수 없도록 인사 조처를 하는 것은 그 전투비행대대의 힘을 발휘할 수 없도록 와해시키는 일이 된다. 이러함에도 지휘관이라는 사람이 어떤 생각을 하고 있었기에 대대 구성원을 이렇게까지 만들어 두었는지 도무지 이해가 되지 않았다. 또 그때까지 대대를 책임지고 있었던 제205전투비행대대장과 비행대장은 어떻게 이 지경이 될 때까지 그냥 받아들이면서 지나치고 있었는지 이해가 되지 않았다.

본인들이 떠나고 난 뒤의 일이라고 생각하여 막지 않았던 것인지, 아니면 지휘관의 등쌀에 못 견뎌 막지 못하였던 것인지는 모르겠지만 어찌 되었든 이 지경이 되도록 방치하였다는 사실이 매우 유감스럽게 생각되었다.

전투비행대대장 앞에 놓인 숙제

1994년 4월 22일 제205전투비행대대장으로 취임하였다.

전투비행대대 임무를 기본으로 수행하면서 대관령계획(제205전투비행대대가 예천기지에서 강릉기지로 이사 가는 계획) 임무를 수행하여야 한다. 여기에다 단일 기종으로 7만 시간 무사고 기록을 눈앞에 두고 있었다. 그래서 비행관리에 그 어느 비행대대보다도 많은 부담을 않고 관리하여야 하는 대대이다.

이러한 임무를 수행하여야 하는 전투비행대대의 인적 구성원들을 이

대대장 취임식

렇게 비정상적으로 만들어 두었으니 더욱더 난감하게만 느껴졌다. 이러한 상황으로 만들어 두었지만, 전투비행 대대장으로 보임된 나마저 그 조종사들을 버릴 수는 없는 일이었다. 하지만 해도 해도 너무하다는 생각을 지울 수가 없었다.

그래서 대대장으로 취임하고 난 뒤에 '비행 휴'에 있는 C대위를 비행계획 하여 이 비행단에서 어떤 반응들이 나오는지 확인해 보고 싶었다. 그래서 며칠 후, 당연히 비행 취소할 준비를 하고 C대위를 비행계획에 반영하여 보았다. 그랬더니, 아니나 다를까, 아침회의가 끝나자마자 바로 감찰실장이 대대로 달려왔었다. 감찰실장은 대대 현관문으로 들어오자마자 "C대위를 비행계획 하면 어떡하나?" 하면서 큰 소리로 질책하듯이 하였다. 결과는 C대위가 비행을 하면 안 된다는 것을 알고 있는 비행단이었다는 것이었다.

그래서 평소에 친분이 있었던 분이라 분풀이하듯 쏘아붙였다. "아니, 비행도 할 수 없는 조종사를 왜 이사 가는 대대에 보냅니까? 이거 너무하다 생각지 않습니까? 전투비행대대를 이렇게 만들어 보내는 것이 정상이라고 생각합니까?" 그 말에 감찰실장은 "너무하다는 것은 인정한다. 그렇다고 나한테는 성질 내지 마라"라고 하였다. 나는 "감찰실장님께서 문제점을 보고하고 수정되도록 해줘야지 무슨 소리 하십니까? 이렇게 하려면 앞으로 대대에 오지도 마십시오"라고 하면서 속 시원하게 쏘아붙였다. 나는 속으로 '그래 당신들이 이 조종사들을 버리듯이 하였지만 보란 듯이 내가 키우겠다'라고 다짐하였다.

우선 대대 비행 운영을 원활히 하려면 허리 역할을 담당하는 편대장이 있어야 한다. 이 대대에 한 명도 없는 편대장 자격을 가진 조종사를 만들어 내는 것이 급선무였다. 그나마 다행히도 편대장으로 승급시키기위하여 2명이 훈련받고 있었다. 편대장 자격훈련을 받고 있었던 사람은 4편대장과 비행계획 장교였다. 간신(艱辛)히 이사 가기 전에 교육이 완료되어 편대장 자격을 가진 조종사 두 명을 확보하게 되었다.

비행대대가 이동하기 전에, 앞으로 살아가야 할 강릉기지에 있는 비행대대 건물 내외부의 정리정돈 등 사전준비를 위해 선발대를 보내야만 했다. 허리 아픈 C대위와 나와 이름이 같은 J중위를 선발대로 보냈다. 그리고 약 1개월 후에 대대장으로서 대대가 이동하여 살아가야 할 비행대대 준비사항을 확인하고, 추가로 준비해야 할 것들은 없는지 등을 점검하기 위하여 내가 강릉기지로 전개하였다. 선발대가 참으로 많은 일을 하고 있는 것을 보았다.

지금 당장 대대가 이동해 온다 하더라도 문제 될 것이 없을 정도로 준비되어 있었다. 선발대원들은 강릉 비행단에서도 많은 것을 지원해주고 있어서 불편한 것이 없다고 하였다. 그들은 예천비행단에서 버리듯이 한 조종사였지만 205전투비행대대에 와서는 보배로운 조종사였다.

전반기가 끝나면서 갑자기 비행전대장을 하고 있는 H대령이 비행계획 장교와 1, 2, 3, 4편대장, 비행대장, 대대장까지 전대장실로 오라고 하여 영문도 모르고 올라갔다. 전대장은 7명을 책상 앞에 세워두고 큰소리로 야단을 치는데 정말 어이가 없는 행동을 하고 있었다. 내가 왜 이러한 수모를 받아야 하는지 이해가 되지 않았다. 취임한 지 얼마 되지 않는 대대장(나)을 부하들 앞에서 아예 깔아뭉개기 위해 작정을 한 것 같았다. 자질구레하면서도 앞뒤가 맞지 않는 내용으로 야단을 치고 있었지만 주된 요지는 C대위에 관한 얘기였다.

허리가 아파서 '비행 휴'를 받고 기지운항실에서 근무하고 있던 C대위를 이사 가는 제205전투비행대대로 배속시켜놓은 사람은 지금 야단치고 있는 비행전대장이었다. 조종사들의 인사권을 가지고 있는 본인이 이렇게 인사를 해 놓고는, C대위의 전반기 연간요구량을 채워놓지 않았다고 큰소리치고 있었다.

쉽게 얘기하면 C대위는 허리가 아파서 비행을 하지 못하였다. 이러한 C대위를 비행한 것으로 해서 문서를 만들지 않았다고 큰소리치고 있는 것이었다. 한마디로 아예 쇼를 하고 있었다. 책상을 들고 들이받으면서 덤벼들고 싶었다. 들이받는다고 그 자리에서 문제가 해결될 것 같았으면 몇백 번이라도 들이받았을 것이다. 하지만, 이러한 행동은 문제 해결의 순리가 아니라는 것을 알아차렸다.

현재 모든 면에서 내가 약자의 위치이기 때문에 소리가 나면 나만 손해이므로 꾹 참을 수밖에는 다른 방법이 없었다. 출입문을 열어두고 야단치는 소리가 2층에 있는 지휘관 실까지 들리도록 하고 있었다. 이것을 가지고 큰소리치는 대령이 불쌍하게 느껴지기도 하였다.

대대 이동 약 2개월을 남겨두고 또 다른 날벼락 같은 소리를 듣게 되었다. 비행대장인 Y소령이 갑자기 개인면담을 신청하였다. 면담 내용은 작전사령부에 자리가 났으니, 가도록 해달라는 것이다. 이 말을 듣는 순간 이 사람이 진정 군인이 맞는가? 하는 생각과 함께 정말 어이가 없었다.

제205전투비행대대의 '대관령계획'이라는 중요한 임무가 코앞에 놓여 있었다. 다시 말하면, 예천기지에서 강릉기지로 대대 전체가 이동하는 계획이다. 이렇게 중요한 임무가 계획되어 있는 전투비행대대에서 그는 넘버 2 보직인 비행대장이라는 임무를 담당하고 있는 사람이었다. 그런데도 대대는 나 몰라라 하고 자신의 발전만을 위해 대대를 떠나 작전사령부로 가겠다고 하니 나로서는 그가 진정 군인인지 의아할 수밖에 없었다.

그는 비행대대의 모든 임무를 총괄하다시피 해야 할 사람이다. 비행단에서 제205전투비행대대의 비행운영이 어려울 정도로 조종사 구성원들을 바꾸고 있었지만 그는 문제제기를 하지 않았던 사람이다. 그래 놓고는 작전사령부에 자리가 났다면서 자기만의 출세를 위해 자리 타령을 하고 있으니, 그야말로 한심하기 짝이 없는 노릇이었다.

이러한 것을 보니, 이 사람은 비행대대의 중요한 임무는 안중에도 없고, 오직 자신의 출세만을 생각하며 살아가는 사람으로 보였다. 일반적으로 생각하고 바라는 군인상과는 거리가 있는 사람이라 생각되었다.

전투조종사들은 살신보국의 희생정신을 배우며 살았고 또 그렇게 가르치며 산다. 하지만 이 사람에게는 전투조종사의 신조인 살신보국의 희생정신을 찾아볼 수가 없었다. 이미 마음이 콩밭에 가 있는 사람을 데리고 있어 봐야 도움보다는 불편만 가중될 것이라고 판단하였다. 우선 내 곁에서 빨리 보내는 것이 한 방법이 될 수도 있다는 생각으로 "자네가 작전사령부에 가서 잘나가게 되면, 지금 여기에서 고생하고 있는 후배들을 잘 이끌어 주겠다는 약속을 하면 보내주겠네"라고 토를 달아서 보내주었다.

말은 이렇게 하였지만 물론 기대할 재목은 아니었다. 왜냐하면 함께 하는 정신이 있는 사람이라면 이러한 면담을 하지 않았을 것이며, 대관령계획 임무를 수행하는 데 전념했을 것이기 때문이다.

인생 전체를 찰나라고 표현하는 사람도 있지만, 그 인생을 길다고 생각하면 길다. 현재 살아가고 있는 순간순간의 삶은 그야말로 찰나에 불과하며 변화하고 있는 것이 세상이다. 그런 줄도 모르고 현재 남보다 조금 낫다고 하는 주변 환경이나 여건이 죽을 때까지 영속될 것이라고 착각에 빠지면 그 순간부터 사람의 본성을 잊어버리기가 쉽다. 모든 것이 마음에서부터 시작된다. 사람이 본성을 잊어버리면 실수를 하게 되고, 곧 후회되는 인생을 살 수밖에 없는 사람이 된다. 이것은 타인이 만드는 것이 아니라 자아 도취된 마음이 스스로 자기의 인생에서 돌이킬 수 없는 실수의 길을 만들어 나가는 것이다. 사람이 좋은 세상에서 함께 살아가려면 이러한 길은 걸어서는 안 되는 것이다.

비행대장이 작전사령부로 전속을 간다는 것을 알게 된 비행전대장은 "비행대장 요원은 대대장이 알아서 데려와야지, 내가 데려다주어야 하나?"라고 비꼬듯이 하였다. 그렇지 않아도 백방으로 비행대장 요원을 찾는 중이었다. 때마침 전술개발본부에서 교관생활 만기가 도래된 U소령이 있다는 얘기를 듣고 바로 전화하였다. 나는 다짜고짜 그에게 "나 205대대장인데, 나하고 같이 일 한번 해볼 수 없겠냐?"라고 하였다. 그랬더니 그가 생각할 수 있도록 3일 만 말미를 달라고 하여 그러라고 하고 전화를 끊었다. 그다음 날 전화를 한 U소령이 대대로 오겠다고 하였다. 이 한마디에 천하를 얻는 듯한 기분이 들었다.

그런데 며칠 후에 비행전대장이 U소령이 온다는 것을 알면서도 모르는 척하며, 비행대장을 같은 동기생들에 비해 비행시간도 적고 자격도 편대장밖에 안 되는 사람을 데리고 쓰라고 하였다. 내가 직접 찾아서 대대로 오게 만든 사람이 우수자원이니까 또 비행단에서 바꾸려고 하였다.

이것만은 하늘이 두 쪽 나도 양보할 수가 없었다. 나는 작심을 하고 단장실로 올라갔다. "단장님, 이것만은 막아 주십시오. 비행단에서 문제가 있다고 하는 조종사들을 제가 대대장으로 보임되기 전에 205대대에 배속시켜두었을 뿐만 아니라, 1, 3, 4 고정편대장은 분대장 자격을 가지고 있습니다. 그런데 제가 직접 찾아서 데려오는 비행대장마저 바꾸려고 합니다. 비행대장을 바꾸면 저희 대대 교관은 저를 포함해서 3명밖에 되지 않습니다. 대대를 운영할 수 있도록 이것만은 막아 주시기 바랍니다"라고 하였더니 단장은 "대대원 구성이 그렇게밖에 안 돼? 그렇다면 비행대장은 바꾸지 못하도록 해 주겠네"라고 하였다. 나는 더 이상 구차하게 얘기하지 않고 감사하다고 한마디 하고 대대로 돌아왔다.

일이 힘 드는 것이 아니라 지원하고 독려해 주어야 할 지휘관이라는 사람이 딴전만 걸고 있으니, 이것이 더욱 힘들었다. 조직에 몸 담은 사람은 조직의 발전을 위해 열심히 노력하다 보면 인정을 받고, 개인에게 돌아오는 득도 받게 되는 것이다. 나 개인을 위해 우선하는 사람들은 찰나의 작은 이익은 얻을 수 있을지 모르지만, 큰 이익은 절대로 돌아가지 않는 것이 세상 이치다. 어쩌면 개인의 욕심이라는 마음에 구속되어, 더 넓고 더 아름다운 세상을 함께하지 못하며, 스스로 중도하차 하는 길을 선택하는 사람이라고 생각되기도 하였다.

나는 '아무리 짓눌러도 나는 살아날 수 있다'라는 마음을 굳게 다짐하면서 가깝고 앞에 보이는 일부터 실수 없이 차근차근히 해 나가는 것이 정답이라 생각하였다.

새로운 비행대장이 보임되고 나니까 마음이 든든해지기 시작하였다. 이 부대에서 박대하면 박대할수록 대대원들은 반사적으로 더욱더 똘똘 뭉치고 있었다.

비행스케줄은 쌀 포대 종이에 매직펜으로 써서 압핀으로 고정하여 운영하였다. 비행단에서 도와주기는커녕, 아무도 대대에 오지 않는 것이 오히려 도와주는 것이었다. 이 와중에 공군본부 감찰감이 대관령계획 준비 상태를 확인 점검하기 위하여 현장방문을 나오신다는 연락을 받았다. 보고 준비를 하면서 비행단에서 인원 조정한 것이라든지, 이동할 예산에 대하여 한마디 해줄 것을 은근히 희망적인 마음으로 기다리고 있었다.

편대장 이상 보직 장교들과 함께 대대 현관 앞에서 도열하여 감찰감을 맞이하였다. 그런데 생각지도 못했던 비행단장까지 수행하여 함께 방문하였다. 그러니 대대의 어려운 상황을 얘기할 수도 없었다. 뿐만 아니라 이 어려운 여건을 도와주려고 하는 것은 어디에서도 찾아볼 수 없었다.

바쁜 와중에도 현황판을 만들어서 보고했다. 뒷짐을 지고 서서 나의 보고를 모두 받은 감찰감은 "수고해, 내가 여기 있는 것보다 빨리 가주는 것이 도와주는 것이겠지"라고 하면서 빨리 가주는 것이 큰 선심을 쓰는 것같이 하고는 대대를 떠나갔다. 이사 가는 현장을 확인하러 오셨다면 적어도 단장 수행 없이 혼자 왔어야 하며, 이사 가는 대대의 어려움은 없는지?, 하달한 예산은 어떻게 집행되고 있는지? 정도는 질문하고 돌아갔어야 할 것이다. 왜 여기까지 왔는지 이해가 되지 않았다.

그때 기상은 50년 만에 찾아왔다고 하는 무더위가 기성을 부리고 있었다. 이처럼 주위 사람들이나 자연환경이 모든 상황을 모질게도 어렵게 만들어 주고 있었다. '제아무리 어려움을 준다 해도 여기에서 멈추어 설 내가 아니다'라는 마음속의 오기가 발동하고 있었다.

어려움이 지속되고 있었지만 세월은 흐르고 있었다. 이사를 해야 할 시기가 도래하여 가족 이사부터 시작되었다. 비행단에서 지원해주는 사람들이 없어서 비행 없는 대대원들이 돌아가면서 가족들의 이삿짐을 차에 실어 이동하였다.

내가 예천비행단에 온 지도, 대대장으로 취임한 지도 얼마 되지 않았다. 이 비행단의 지휘관 참모들과 다툰 일도, 싸운 일도 없었다. 그런데 가족 이사나 대대 이사를 하는데 이 비행단에서 도와주는 사람은 한 사람도 없었다. 이사 가는 대대의 어려움을 생각하여 도와주는 사람이 한 사람도 없다는 것이 안타까울 따름이었다. 이것이 한울타리에서 살아온 전우들이란 말인가? 참으로 무심하게 생각되었다.

예천비행단에서는 이렇게 어려운 상황들이 전개되고 있었지만 내가 살아갈 수 있는 길은 있었다. 이사를 먼저 한 가족들로부터 기쁜 소식이 들려왔다.

강릉기지에 도착하니까 많은 사람들이 기다리고 있다가 짐을 아파트에 올려주고 정리까지 해주고 갔다는 얘기였다. 우리 대대원들에게 희망이 생기게 되고 더욱 결속하게 해주는 소식이었다. 그 소식에 내가 "그래, 우리가 살아가야 할 곳은 이제 강릉이다. 여기서 어떠한 어려움이 있더라도 기분 좋게 견디어 나가자. 우리에게 희망이 있으니까?"라고 대대원들에게 얘기하였더니, 모두가 이 말에 공감하는 분위기였다.

대대 짐까지 보내고 있었지만, 아직도 예산에 대해 브리핑을 해 주지 않았다. 전임 대대장이 이사 갈 때 쓰라고 판공비를 모아두었다가 준 60만원이 고작이었다. 전임 대대장이 너무 고마웠다.

비행단에서 비행대대가 이동하는데 소요되는 예산 및 경비를 지원해 주는 업무를 담당하는 사람을 공군 비행단에서는 관리처장이라 한다. 이러한 업무를 담당하는 관리처장이 대대로 와서 이동 예산에 대해 브리핑은 해 주지 않고 대단히 죄송하다면서 녹음테이프를 분석할 때 사용할 수 있는 빨간색 녹음기 한 대를 관리처장 개인 돈으로 샀다면서 이사 가는 선물로 주었다.

대관령계획이란 작전계획을 세워서 전투비행대대 조종사와 정비사와 그 가족 등을 포함하여 수백 명의 인원과 항공기 및 장비 물자들이 이동하였다. 비행대대가 영구 이동하면서 대관령계획이란 명칭까지 붙여진 공군 중요 작전계획을 시행하는 지휘관인 나에게 대대 이동하는 데 필요한 예산에 대하여 브리핑을 해 주지도 않았고 또, 내가 결재한 문서도 없었다.

이제 모든 이삿짐 꾸러미는 이동되었고, 항공기 이동만 남아있었다. 비행준비를 마치고 이글루(IGLOO: 전투기가 들어가는 반원형의 집) 앞에서 떠나기 전에 비행단장께 대대 이동 신고를 하고 시동을 걸고 있는데 비행취소가 되었다. 강릉기지에 갑자기 해무가 밀려와서 활주로를 덮고 있다고 하였다.

대대로 들어와서 쉬다가 날씨가 회복되면 이륙하여 떠날 준비를 하고 있었다. 이륙하기를 기다리면서 비행을 준비하였다가 취소되고, 항공기 시동을 걸고 활주로까지 나갔다가 취소되기도 하였다. 며칠을 이렇게 기다리면서 시간을 보내고 있으니까 조종사들이 지쳐가고 있는 것이 느껴졌다.

그래서 주말에 버스 1대를 지원받아 점촌읍에 있는 동로계곡으로 갔다. 그 계곡에서 더위를 시키며 기분전환이 되도록 하였다. 1주일이 지났지만 기약이 없었다. 활주로에 계란을 터뜨리면 계란이 익어가는 무더운 날씨가 계속되고 있었다. 이러한데도 비행 나갈 때마다 매번 비행 단장께 신고하게 하였다.

전 대대원이 대열을 갖추고 대대장이 앞에 나가서 신고를 하는 형식 이다. 이글루 앞에서 신고 준비하는데 벌써 조종복이 젖어오기 시작하는 날씨였다. 그런데도 비행 나갈 때마다 똑같은 내용의 신고를 에어컨이 나오는 차량을 타고 와서 꼬박꼬박 받고 갔다. 받는다는 것에 대해서는 융통성마저 전혀 찾아볼 수가 없었다. 모든 것이 야속하게만 느껴졌다. 마지막 떠나는 시간까지 정말로 뒤돌아보기 싫은 비행단이었다.

하지만 세상은 공평하였다. 세상은 이들과 편승하여 모든 것을 외면하게 그냥 두지는 않았다. 이 비행단에서 힘들게 하면 할수록 대대원들은 더욱더 똘똘 뭉쳐지고 있었다. 함께 승리하는 대대를 만들기 위해서 대대원들이 뭉치는 것은 필수사항이다. 그 어려운 가운데서도 대대원들이 똘똘 뭉치는 결속력을 자연스럽게 얻을 수가 있었다.

강릉 날씨가 좋아져서 계획보다 늦은 1994년 8월 11일 내가 제일 마지막 편대로 이륙하였다. 그 지긋지긋한 이 비행단을 뒤로하고, 이제 아침 해를 가장 먼저 볼 수 있는 '빨간 마후라의 고장'인 강릉으로 떠나고 있었다. 그동안 참고 또 참으면서 머금고 있던 울분을 저 푸른 하늘에 훌훌 털어내며 대관령 쪽으로 가고 있었다.

이륙하기 전까지 그렇게 어렵고 힘들게 만들어 준 상황이나 환경이 내 앞에 나타난 것은, 나를 한 단계 더 성숙한 사람으로 만들어 주기 위해 신께서 내려주신 일이라 생각하며 하늘을 날고 있었다. 아래를 내려다보니, 어느새 대관령을 넘고 있었다. 강릉 시내와 약간 떨어져서 동해의 푸른 바다 해안선에 접해 있는 활주로가 눈에 들어왔다. 기지 상공을 지나 착륙장주로 진입하여 강릉기지에 착륙하였다. 지상 활주하여 주기장으로 들어와 항공기에서 내렸다.

주기장에는 단장과 지휘관 참모 및 장병들이 나와 있었다. 꽃다발을 주면서 환영행사까지 해 주었다. 떠나온 곳과는 말 그대로 하늘과 땅 차이였다.

대대 이동 환영행사

기지의 참주인이 되어가는 205전투비행대대

행사가 끝나고 앞으로 살아가야 할 새로운 대대 건물로 입성하였다. 대대 앞에는 '이제 아침 해를 가장 먼저 볼 수 있습니다'라는 플래카드까지 걸어두었다. 대대 건물 내로 들어갔다. 이제 여기에서 비행대대에 주어진 모든 임무를 수행해 나가야 한다. 선발대가 참으로 많은 일을 했다는 것을 그냥 느낄 수 있었다.

강릉기지에 도착해 매스 브리핑실에서 이동 후 최초 디 브리핑을 하였다. 그런데 착륙할 때 한 사람도 제대로 착륙한 사람이 없었다고 하였다. 그동안 모든 조종사들이 주로 정풍(앞에서 불어오는 바람)을 받고 착륙을 하였다. 배풍(뒤에서 불어오는 바람)에 밀리면서 착륙하는 것은 극히 드물었다. 이처럼 훈련이 되어 있지 않았으니, 제대로 착륙할 수 없었던 것은 당연한 일이었다.

이 비행기지는 지형적 특성으로 육지 쪽에서는 육풍이, 바다 쪽에서는 해풍이 불어와서, 양쪽으로 배풍이 불 때가 많은 기지이다. 거기에 갑작스럽게 해무가 밀려오기도 하는 기지이다. 여기에 더하여 바다 쪽에서 착륙을 할 때, 착륙 최종단계에서 갈매기 떼가 항상 날고 있다. 저고도 저속도에서 조류충돌 되었을 때 처치절차는 항상 마음속에 두고 착륙하여야한다. 대대 구성원 문제도 많았지만 이러한 비행환경이 비행을 운영해야 하는 대대장인 나를 더욱 긴장하게 하였다.

이제 모든 이동은 완료되었으니까, 이 비행단에 빨리 적응하는 일이 우선이었다. 비행적응도 중요하지만 각 개인이 여기에서 살고 싶은 마음이 생기도록 하는 게 더 중요하다고 생각하였다. 모든 일은 사람이 하는 것이고, 그 일을 하는 사람은 마음에서부터 시작하니까, 당연한 이치이기 때문이다.

일의 매듭을 지으면서, 사기진작을 위해 동해에서 나오는 오징어 회로 가족과 함께 저녁 만찬을 하기로 하였다. 식사하기 전에 대대원 모두 같이 목욕탕에 들어갔다. 모든 조종사들이 그동안 얼마나 열심히 일했는지 발끝부터 목까지 온통 땀띠투성이었다. 이것을 보는 순간 이사전까지 참아왔던 서러움이 복받쳐 눈물을 감출 수가 없었다. 대대장이 눈물을 보일 수 없어 구석에 붙어있는 샤워기를 틀어 놓고 남에게 들키지 않게 흐느껴 울었다. 샤워를 끝내고 물기를 닦으면서 거울을 보니까 눈은 발갛게 물들어 있었다.

이 비행단의 활주로 동쪽 끝은 바다에 연결되어 있다. 여름이면 이곳을 해수욕장으로 개장하여 장병과 군무원들이 사용할 수 있도록 하였다. 우리 대대가 이동완료 했을 때, 해수욕장 개장 날짜가 지났다. 단장은 개장 날짜를 연장하여 내륙에 살다 온 제205전투비행대대원 및 정비사들과 가족들이 바다의 맛을 볼 수 있도록 배려해 주었다.

때마침 멸치 떼가 몰려왔다. 파도에 휩쓸려 백사장에 올라와서 펄떡펄떡 뛰는 광경을 볼 수가 있었다. 파도에 밀려와 모래 위에서 뛰고 있는 멸치를 아이들은 손으로 잡고 있었다. 대대원들도 입고 있던 티셔츠를 벗어 팔과 목 부위를 묶고 바다에 들어가서 멸치를 잡는 체험을 하였다. 멸치 떼 바깥 바다에는 고등어 떼가 물장구를 치면서 멸치 떼를 몰고 있었다. 멸치는 고등어의 먹이가 되지 않으려고 백사장까지 파도에 밀리면서 올라온 것이었다.

이처럼 세상을 살아가면서 약자가 된다면, 멸치 떼와 같이 보금자리에서 쫓겨나 생을 마감해야 한다. 바다에서 강자존, 약자멸(强者存, 弱者滅)이라는 군인다운 교훈을 가르쳐주고 있었다. 꿈에서도 볼 수 없는 광경이었다.

이러한 광경은 자주 볼 수 있는 것이 아니며, 몇십 년 만에 한번 있을까 말까 하다고 하였다. 제205전투비행대대원들은 오자마자 이러한 광경을 볼 수 있는 행운을 얻은 것이다. 생각하지 않으려 해도 이동전과 비교하지 않을 수가 없었다. 여기 단장의 배려가 한없이 고맙게 느껴졌다.

앞에서 언급하였지만 가장 시급한 것은 조종사들의 이착륙 기량향상이었다. 대대 비행교관은 대대장인 나를 포함하여 비행대장, 2편대장, 1편대장보 등 4명이었다. 이 교관 중에도 등급이 있다. 저등급 교관은 중요임무나, 저등급 조종사들과 같이 비행계획을 할 수 없게 되어 있었다. 이러하니 대대장과 비행대장, 2편대장은 매일 2번씩 비행을 하여야만 했다.

어느 날 활주로 통제탑에 나가니까, 기존에 있던 대대장들이 "당신은 교관 하러 왔소, 대대장 하러 왔소"라고 하였다. 그래서 "좀 어렵지만 대대원을 좀 섞어주면 안 되겠냐?"라고 했더니, 그다음부터는 이런 말을 하지 않았다. 비행전대장은 "호박이 넝쿨 채로 굴러간다고 하더니 호박은커녕 껍데기만 왔네"라고 하기도 하였다. 그래서 나는 "대대장 보임 전 교육을 받으려 내려가니까 벌써 정리가 다 되어 있어 손을 쓸 수가 없었습니다"라고 답변할 수밖에 없었다.

호박이 넝쿨 채로 굴러간다는 얘기가 왜 나왔을까? 비행전대장이라면 비행대대가 이사하는데, 준비하는 과정에서 부족한 것은 없는지, 대대 운영하는데 문제점은 없는지, 이사 가기 전에 대대에서 추가로 필요한 것은 없는지 등, 바로 위의 직속상관인 지휘관으로서 대관령계획 임무를 성공적으로 수행할 수 있도록 확인 감독 및 지원해주어야 할 사람이다.

이렇게 챙겨주어야 할 사람이 전투비행대대의 기본임무 수행마저 운영하기 어렵게 대대 구성원들을 조정해 놓고, 어떻게 호박이 넝쿨 채로 굴러간다는 얘기를 입으로 할 수 있단 말인가?

정말로 어처구니없는 말이었다. 세상에 하나밖에 없는 소인배가 만들어낸 소리라고 생각하며 마음을 달래기도 하였다.

강릉기지에서는 비행할 수 없는 날씨가 되면, 지휘관 참모 및 비행대대 조종사들이 체육관에 모여서, 주로 배구시합을 하면서 결속을 다지며 사기진작 활동을 하고 있었다. 나는 이를 비행단 적응을 좀 더 빠르게 하기 위한 수단 매체로 활용해야겠다고 결심을 하였다. 노력하여 이기는 운동을 하게 되면, 대대원 결속도 되고 이 비행단에 적응하는데 지름길이 될 수 있다고 판단되었기 때문이다.

이 비행단에서는 9인제 배구시합을 주로 하고 있었다. 그래서 타 대대에서는 아무도 모르게, 일과 후 매일 배구 주전 멤버인 전위 3명과 센터, 후위센터 등 5명을 ○○고등학교 배구선수단의 훈련 장소에 보내서 협조하에 훈련을 받아왔다. 이 사람들을 대대에 초대하여 감사의 표현도 하였다. 또 기선제압을 위하여 정열적이면서도 타오르는 듯한 인상을 심어줄 수 있는 붉은색으로 된 체련복 상하의를 구매하여 복장을 통일하였다. 이렇게 하여 모든 준비가 완료된 상태에서 날씨가 배구시합을 하도록 만들어 주었다.

붉은색 체련복

배구경기는 그야말로 불꽃 튀기는 시합이었다. 이 경기를 하면서 대대원이 하나가 되어 있음을 실감하였다. 단장도 "205가 오니까 배구다운 배구를 보는 것 같다"라고 하였다. 배구 시합할 때마다 수시로 우리 대대가 우승을 하여 양주 한 박스를 타 와서 대대원 결속을 위한 파티를 하였다. 사전에 준비한 보람이 있었다. 이렇게 하면서 대대원들의 눈빛이 빛나기 시작하고, 나 개인 보다는 함께하는 마음이 앞서고 있다는 것을 느낄 수가 있었다. 땀과 노력 없이는 얻어지는 것이 없다는 것을 누가 가르쳐 주지 않아도 저절로 교육이 되는 듯하였다.

배구경기 우승 상품

　뭐니 뭐니 해도 전투비행대대는 비행안전이 최우선이다. 모든 비행단계에서 비상상황은 언제든지 발생할 수가 있다. 그렇기 때문에 항상 긴장과 함께 비상상황에 대비하면서 비행을 한다.

그중에서도 이륙하는 단계에서 발생되는 비상상황이 가장 취약하기 때문에 강조하지 않을 수 없는 부분이었다. 나는 이륙하는 단계에서 항공기가 비상상황으로 돌입되는 것을 최대한 막을 수 있는 것은 '비행 전 외부점검'이라고 생각하면서 비행임무를 수행해 왔다.

그래서 이륙하는 단계에서 비상상황을 최대로 줄여보자는 생각으로, 'F-5E/F항공기 외부 점검법'을 만들어야겠다고 생각하였다. 그동안 시험 비행 조종사로서 얻은 경험을 바탕으로 해서 자료를 수집하였다. 여기에는 내가 소유하고 있었던 동영상 사진기를 사용하였다. 대대원들에게 맡기지 않고 대대장인 내가 직접자료를 수집하여 시나리오를 작성하고, 제작, 감독, 출연하여 만들었다. 단지 촬영과 편집은 3편대장이 도와주었다.

내용은 '비행기술지시서'의 항공기 외부점검내용과 외부점검을 소홀히 하여 발생되었던 비상사례나, F-5E/F 기종이 이륙단계에서 일어났던 사고 자료들을 수집하였다. 점검항목마다, 이 부분의 점검을 소홀히 하게 되면 어떠한 유형의 비상상황으로 발전되는지를 설명하였다. 그리고 이 부분을 점검하지 않아서 실제로 일어났던 사고사례들 중심으로 하여 만들었다. 그런 후 비행안전교육 자료로 활용하고 있었다.

이 VTR 테이프를 보게 된 공군본부 감찰감실 비행안전 담당관이 장려사항이라며 가지고 갔었다. 지금까지 안전사고는 임무를 수행하는 주변 환경이나 여건, 지식부족 등에서 기인한다고 생각하며 교육을 받아왔고 또 그렇게 가르쳐 왔다. 나 역시 'F-5E/F 항공기 외부점검법' VTR 테이프뿐만 아니라, 'F-5E/F 항공기 비상조언집', '예천기지 대형사고 방지책' 등, 안전에 관련된 책자를 만든 것도 모두 주변 환경이나 여건에서 발생할 수 있는 내용과 부족하다고 생각되는 지식을 함양하는데 필요한 내용들로 구성하여 만들었다.

이러한 내용도 중요하지만 지휘관 입장에서 보는 더 중요한 안전은 사람들의 마음을 관리하는 것이라는 것을 느끼게 되었다. 왜냐하면 모든 사람들이 무엇인가를 행하려고 하면 마음에서부터 시작되기 때문이다. 모든 일을 시작하려면 즐거운 마음과 하고 싶은 마음으로 시작하면서, 안전한 가운데 마무리되도록 하여야 한다.

무엇을 시작한다는 것도 마음에서부터 시작되지만, 안전을 지켜야 한다는 것도 마음에서부터 시작된다. 안전이란 독립되어 따로 움직이고 있는 것이 아니라 내가 하고 있는 일들뿐만 아니라, 살아있는 동안 때와 장소를 가리지 않고 항상 나와 함께하고 있다. 그러니 그 안전은 내가 지켜야 만이 이룰 수 있는 것이다. 안전이라는 것은 내가 있는 데서 발생하는 것이며, 나로부터 시작되기 때문에 '내가 나 자신을 통제할 수 있을 때 나의 안전이 지켜지게 되는 것이다.'

바로 이 마음이 원초적인 안전이라고 생각하였다. 그래서 대대원들이 살고 싶어 하는 대대를 만들면서 대대원 각자가 자기 자신을 통제할 수 있는 마음이 생기도록 나 나름대로 노력을 하였다. 대대장이라는 책임감 때문인지 모르겠지만 나의 모든 것을 대대에 투자하고 싶었다.

대대 이동을 하면서 바쁜 일정을 소화시키며 살아왔는데 어느덧 '7만

시간 무사고 비행기록'을 수립하게 되었다. 7만 시간을 채우는 비행을 복좌항공기로 내가 후방석에 탑승하였다. 임무를 마치고 착륙해서 이글루 앞에 도착하였다. 7만 시간 무사고 비행기록을 축하하는 플래카드와 꽃다발과 샴페인을 준비하였다. 비행단장과 지휘관 참모, 대대원 모두가 나와서 7만 시간 무사고 비행기록 수립' 축하 기념행사를 하였다.

7만 시간 무사고비행 기념

전투비행대대에서 7만 시간 동안 무사고 비행을 기록하는 것은 전 세계에서 찾아보기 힘든 기록이다. 이러한데도 단일기종인 F-5 기종만으로 7만 시간이라는 무사고 비행기록을 수립하였다. 가히 얼마나 어려운 무사고 비행기록 달성인가를 짐작할 수 있을 것이다. 이러한 기록은 현재 생활하고 있는 사람들만이 만들어 낸 것이 아니다. 그동안에 이 대대를 지나간 모든 선배 조종사들과 정비사들의 철저한 비행안전에 대한 의식이 세워져 있는 상태에서 생활하였기 때문에 달성할 수 있었던 것이다.

이 내용으로 KBS 라디오 탐방에 대대장인 나와 대대원 3명이 출연하는 기회도 가졌다. 내가 전역한 후에도, 후배 조종사들이 지속적인 노력으로 이 기록을 갱신하여 단일 기종으로 13만 시간 무사고 비행기록을 수립하였다는 얘기를 들었을 때 가슴 뭉클하였다.

제205전투비행대대가 자리 잡은 곳은 전에 이 자리에 있었던 대대에서 연달아 비행사고가 발생하여 패쇄하였던 건물이었다. 그리고 반지하 건물로서 건물 안쪽에 습기가 많았다. 벽에 손으로 문지르면 물이 뚝뚝 떨어졌다.

이러한 환경 속에서 조종사들이 몸으로 감당하며 살아가도록 내버려둘 수는 없었다. 그래서 조종사들의 건강을 생각해서 대대 건물 옆에 있는 소나무 숲에 정자를 만들기로 결심을 하였다. 소나무 밑에 모기나 벌레들이 없어지는 환경을 만들기 위해 우선 잔풀과 담쟁이 넝쿨을 걷어내는 작업을 하도록 협조하였다. 그리고 기둥과 서까래를 구하여 조종사들이 짬짬이 다듬어 두었다.

동시에 대대원 모두가 참여해서 정자 이름을 공모하였다. 그리고 밖에서 이름 있다고 하는 85세 되신 '지관'을 모시고 왔다. 그분께서 정자 터를 잡고 정자 이름을 선별하도록 하였다.

지관은 이 터는 밖에 있었더라면 억대가 넘어가는 자리라고 하면서 지점과 방향을 잡아주었다. 그리고 공모해 둔 정자 이름 중에 내가 내놓은 것이 당첨되었다. 그 이름은 소나무 향기 품은 솔바람이 불어오는 정자라는 뜻의 '송풍정(松風亭)'이다.

송풍정

정자의 자리와 어울리는 이름이며, 글자 획수 또한 이 자리와 맞는다고 하면서 선택하였다. 현판 글씨는 내가 쓰고, 조각은 S중위가 했으며, 전체 총감독은 K중위가 하였다. 이 정자 지붕에 올라가는 기와는 나의 고등학교 동창들이 경비를 부담해 주어 정자가 완성되었다. 물론 인터폰을 설치하여 언제든지 통신선상에서 쉴 수 있는 자리로 만든 것이다. 많은 조종사들이 이용하고 주말에는 가족들도 함께 와서 놀기도 하였다.

또 예전에 있었던 닭장을 걷어내고 채소밭으로 만들어 가족들과 함께 와서 먹고 놀 수 있도록 만들었다. 주말에 순찰을 하다 보면 가족들은 정자에서 놀고 있고, 조종사는 대대에서 비행준비나, 자기가 보완해야 할 공부를 하는 모습을 자주 볼 수 있었다.

이제 조종사들도 비행이나 지상업무나 모든 면에서 정착되어가면서 정상을 찾아가고 있었다. 2선에서 근무하던 조종사와 교관생활을 만료하고 전투 비행단으로 배속되어 오는 조종사들이 대대로 한 명 두 명 보충되었다. 계급과 자격 분포가 기형적인 구성에서 정상적인 대대 구성원으로 채워지기 시작하였다.

연말이 가까이 오면서 작전사령부 표준화평가관실에서 주관하여 실시하는 전 조종사 학술평가계획서가 하달되었다. 우리 대대에서는 자율적인 학습 분위기를 유도하였다. 본인들이 모자란다고 생각하면 스스로 남아서 공부를 하다가 퇴근하는 사람들이 대부분이었다. 그리고 주말에 나와서 공부하는 조종사들을 많이 볼 수가 있었다.

시험을 위하여 전체가 모여서 단체로 교육하는 것은 강요하지 않았다. 지금 당장 대대 평균점수가 좋지 않은 결과가 나온다 하더라도 조종사 개인이 스스로 할 수 있는 능력을 키워주는 데 주력하였다. 스스로 찾아서 할 줄 아는 사람이 되어야 이 조직에 살아가면서 많은 경쟁자들과의 경쟁에서 이길 수 있는 기본자세가 확립된다고 판단했기 때문이다. 이렇게 시험점수 올리기와 상관없이 시행하고 있었다.

그해 연말이 가까이 다가오고 있었다. 작전사령부 표준화평가관실에서 부대 방문하여 학술평가를 실시하였다. 그 학술평가 결과는 기존에 있던 양개대대는 대대 과락을 하였다. 제205전투비행대대는 평균 94점을 상회하여 비행단 과락점수를 면할 수 있게 하였다. 비행단 입장에서는 비행단 과락을 면하게 해준 제205전투비행대대가 고맙고 자랑스럽게 여겨졌을 것이다.

이렇게 예상치 못했던 결과가 나오니 오히려 대대원들이 스스로 식당에서나 숙소에서, 타 대대 조종사들에게 예기치 않게 실례되는 행동을 할까 봐 스스로 '언행을 조심하자'라고 하면서 자중하기도 하였다. 또한 강릉기지에서 그해 외국으로 유학가는 조종사 중에 한 사람을 제외한 모두가 205대대원들이 가기도 하였다.

이제 지상에서는 기존에 있던 주인들을 제치고 205전투비행대대가 참 주인이 되어가고 있었다.

보라매 공중사격대회, 지옥에서 천당까지

전투비행대대장으로 취임하기 전에 푸른 꿈을 안고 취임할 제205전투비행대대에 도착하여 '재자격 비행훈련'을 받고 있었다. 이 교육을 받으면서 푸른 꿈은 고사하고 앞길이 막막하다는 것을 확인하였다. 앞에서 설명하였듯이 대대원 구성이 완전히 기형적으로 이뤄져 있다는 것을 알았기 때문이다.

제205전투비행대대장으로 취임한 후에 공중사격훈련을 하려고 비행계획을 세우면, '이사를 하니까 중무장 훈련을 하지 마라, 난이도가 높은 비행임무는 하지 마라'는 지시가 수시로 내려졌다. 또한, 날씨는 활주로에 계란을 터뜨리면 익어버릴 정도로 50년 만에 찾아온 무더위가 극성을 부려, 엎친 데 덮친 격으로 기상마저 비행훈련을 스스로 제한하도록 하였다. 결국 예천기지에서 사격기량 향상은 꿈도 꿀 수 없었다. 비행훈련 여건이 이러하다 보니 보라매 공중사격대회를 겨냥한 기량향상보다는 안전한 가운데 대관령 계획 임무를 완수하는 데 중점을 두고 대대를 관리하여야 한다는 생각뿐이었다.

마침내 8월 11일 강릉비행단으로 전개하여 이사는 완료되었다. 그러나 대대 구성원이 기형적이다 보니, 대대장인 나는 복좌 항공기로 매일

2번씩 비행을 해야만 했다. 사격기량 향상 훈련을 하여도 모자랄 판에 비행의 가장 기본인 이착륙 기량향상을 우선 훈련시켜야만 하는 전투 비행대대 지휘관의 심정을 그 누가 알아주겠는가? 이러하다 보니 상심(償心)이 클 수밖에 없었다.

아직도 불안한 날갯짓으로 둥지에 들어와 앉는 새에게 먹이를 잡아 오라고 할 어미 새는 이 세상에서 단 한 마리도 없을 것이다. 그렇지만 나는 이러한 대대를 내가 지휘해서 이동하여 왔기 때문에 이 비행단 어디에다 넋두리하거나 목 놓아 하소연할 곳도 없었다. 어려워도 대대장이라는 직책 때문에 겉으로는 아무 일 없는 듯이 표정관리를 해야만 했다. 이런 남모르는 서러움을 혼자서 감내해야만 했다. 당장 공중사격대회를 한다면 우리 대대는 비행 기량에 관계없이 겨우 1개 편대를 구성할 수밖에 없는 인적자원이다 보니 보라매 공중사격대회에 중점을 두고 비행관리를 할 수는 없었다. 보라매 공중사격대회까지 2개월도 채 남지 않았다. 2개월은 사격기량 향상 훈련에는 턱없이 부족한 기간이었다.

이런 고민을 하던 중 어느 날 단장이 활주로 통제탑에 나왔다. 결심을 하고 단장에게 말하였다.

"대대 이사하면서 사격훈련을 제대로 할 수 없었습니다. 그래서 이번 1994년도 보라매 공중 사격대회에 출전하는 것은 포기하겠습니다." 하고 말씀드렸다.

제205전투비행대대가 이사 오기 전에 사격편대 구성도 제대로 할 수 없는 대대 구성원으로 만들어 보낸 것을 자세하게 모르는 단장은 "포기를 왜 해? 평소 실력대로 하면 되지"라고 말하였다.

단장의 말이 천번만번 지당하다. 사격기량향상을 위하여 별도로 추가 계획하여 훈련하는 것이 아니라, 평소에 꾸준히 훈련하여 언제든지 명령만 내리면 임무를 수행할 수 있도록 해 두는 것이 전투비행대대가 해야 할 일이다. 하지만 제205전투비행대대의 상황은 실제 공중사격대회에 참가할 구성원부터 문제에 부딪히고 있는 터라 대대장으로서 정말 난감하였다. 나는 제205전투비행대대 여건으로 사격대회에 출전하면 사격점수보다 비행안전을 먼저 걱정해야 하는 상황이다 보니 비행 대대장으로서 포기하려고 했다. 그러나 단장의 말을 듣고 거역할 수는 없었다. '그래! 죽기 아니면 까무러치기'라고 생각하면서 출전하기로 결심을 바꾸었다.

보라매 공중사격대회에 출전은 하지만, 대대장으로서 사격대회에 출전하는 구성원들이 평소에 개인적으로 비행에 대한 평이 나 있는 것을 무시할 수는 없는 일이었다. 이런 인적 구성원의 문제뿐만 아니라, 우리 대대는 대관령 계획이라는 중요한 임무 때문에 여타 전투비행대대에 비하여 사격대회에 출전할 준비가 아주 미비한 상태였다.

이러한 상황에서 공군 보라매 공중사격대회는 시작되었고, 드디어 우리 대대가 사격대회 출전하는 날이 왔다. 나는 사격멤버들 브리핑이 끝나고 비행 나갈 때 활주로 통제탑으로 나갔다. 거기에는 단장도 이미 나와 있었다. 우리 대대 사격편조가 이륙하여 사격장에 들어가는데까지 라디오로 모니터를 하였다. 사격이 끝나고 우리 대대 사격편대가 강릉기지 콘트롤 타워(Control Tower)에 컨택(Contact)하고 있었다. 마음이 두근두근 그랬다. 제발 더도 말고 들도 말고 꼴찌만 면했으면 좋겠다는 생각이 들었다.

강릉기지에서는 착륙장주에 진입할 때는 통상 2기씩 진입하고 있었다. 사격대회에 출전한 제205전투비행대대 사격편대는, 4기편대로 정상진입 고도보다 약간 낮은 고도로 진입하였다. 그리고 각 비행기 간의 간격을 맞추어 빅토리아 피치 업(약간 상승하면서 한 대씩 장주로 진입하는 조작)을 하고 있었다.

이것을 보는 순간, 비슷하게 사격을 했기 때문에 이러한 대형으로 들어오지 않겠나? 생각하면서 사격점수는 그렇게 큰 걱정을 하지 않아도 되겠다는 생각이 들었다. 이러한 조작을 한다는 것은 본인들이 판단했을 때 기대 이상으로 잘했다는 것을 표출하는 행동이라고 볼 수 있기 때문이다. 그래서 사격점수에 대해서는 마음속으로 다행스럽게 생각하고 있었다. 이렇게 들어오는 사격편대를 보던 단장도 "어, 촌놈들 잘하고 온 모양이지?"라고 하였다. 사격점수는 다행이라고 생각하였지만 이러한 비행은 불 군기 비행에 해당한다.

사격편대가 착륙하고 난 후, 다음 비행을 위하여 대대로 들어왔다. 사격편조에게 당장 야단을 치면서 벌칙을 부과하여야 하지만 대대 분위기를 흩트리지 않기 위해서 벌칙도 다른 방법을 모색하여야만 했다. 그때는 참을 수밖에 없었다.

며칠이 지나면서 공군 보라매 공중사격대회가 모두 끝이 났다. 작전사령부에서 결과가 종합되어 '1994년 보라매 공중사격대회 결과'가 문서로 하달되었다. 이 문서를 받아보는 순간 등줄기에서는 땀방울이 또르르, 또르르 흘러내리고 있는 것을 느꼈다. 전 공군에서 꼴찌였다. 앞이 캄캄해 오면서 문서에 있는 글자가 보이지 않았다. 정신을 차리면서 다시 문서를 읽어보았지만 달라진 글자는 보이지 않았다. 이젠 쏟아진 물이었다. 주워 담을 수 있는 길이 없었다.

대대원 중에서 그래도 비행을 잘한다고 하는 조종사들이 출전하였다. 그런데 본인들이 생각했을 때는 사격을 잘했다고 판단하여 '빅토리아 피치 업'을 했을 텐데… 결과가 꼴찌이니 할 말이 없어졌다. 앞으로 비행관리 하는데 더더욱 신중을 기해야 한다는 것을 대대장인 나에게 암시해 주고 있다고 생각하며 받아들였다.

이제 대대장으로서 해야 할 일이 무엇인가부터 생각하기 시작하였다. 그런 후 매스 브리핑 시간에 전 대대원들이 모인 자리에서 분위기 전환을 위해 일성을 날렸다.

"이번 사격대회의 모든 책임은 대대장에게 있다. 이사한다고 훈련을 못 했는데, 우리 대대가 꼴찌를 하지 않으면 어느 대대가 꼴찌를 하겠냐? 환경이 어떻게 주어지든지 간에, 노력이라는 것을 하지 않거나, 못하면 좋은 결과를 얻을 수 없다는 것을 느꼈을 것이다. 이것으로 살아 있는 교육을 여러분들이 체험하면서 받은 것이다. 이제부터 사격대회에 대하여 왈가왈부하지 말고, 현재 우리들이 해야 할 일은 강릉기지에 빨리 정착하는 것이다. 우리 모두 여기에 매진하자."

대대장으로서 겉으로는 이렇게 표현하였지만 속은 터질 듯이 부글부글 끓어 올랐다. 하지만 이도 혼자서 삭혀야만 하는 일이었다.

이렇게 하여도 출전한 조종사들은 눈치를 보면서 생활하고 있음을 느꼈다. 그래서 그 사람들에게 더 가까이 접근하면서 잊어버리도록 분위기를 만들어 갔다. 주위 사람들도 가만히 있지를 않았다. 그중에서도 비행전대장은 옆 비행대대장들이 함께 있는데도 아랑곳하지 않고 또, "호박이 넝쿨 채로 굴러간다고 하더니 이게 호박이 넝쿨 채로 굴러 온 것이냐?"라고 핀잔을 주기도 하였다.

이 말을 들을 때는 이사하기 전에 모질게도 어렵게 만들어 주었던 비행전대장 H대령 생각이 떠오르면서, 이분도 인간적으로 다를 바가 없다는 생각에 심장이 끓어오르며 맥박이 살갗을 툭툭 튀게 만들었지만 참아야만 하는 처지였다.

이러한 말은 내가 만들어 낸 것이 아니었다. 동기생끼리 주고받은 말이라 추측되지만 나로서는 할 말이 없었다. 모든 것을 수용할 수밖에 없는 처지가 안타깝기만 하였다. 참으로 참기가 어려웠다. 그렇다고 누구에게 하소연하면서 얘기할 수도 없는 일이었다. 꼴찌로 낙인찍힌 것이 쉽사리 사라지지 않았다. 주위 사람들이 가는 곳마다, 앉는 자리마다 얼굴을 붉히게 만들었다.

이러한 분위기를 언제쯤 떨쳐낼 수 있을까 하는 생각을 하면 막연하게 그냥 안타까울 뿐이었다. 세상이 너무 야속하게 느껴졌지만 참고 또 참을 수밖에 없었다. 그야말로 나날이 지옥이었지만 다른 처방 약은 없었다.

기다려야 할 기간은 멀지만 그래도 가장 가까운 것은 내년 보라매 공중사격대회에서 좋은 성적으로 전세(戰勢)를 뒤집는 길밖에는 없었다. 이 지옥을 버텨나가는 것은 오직 인(忍)밖에는 없었다.

　그해 11월 말경에 전 대대원이 있는 자리에서 지시하였다. "내년에 또 보라매 공중사격대회에서 꼴찌를 하면 꼴찌의 전통을 가지는 대대가 될 수 있다. 그렇게 되면 여기에 앉아있는 나나, 여러분들이나, 꼴찌의 전통을 만든 사람들이 된다. 그러니까, 내년에는 중상 이상의 결과가 나오도록 '사격기량향상 계획'을 수립하여 시행하자. 단 모든 조종사들이 참여한 가운데 계획서를 만들어라." 그래서 12월 말경에 '1995년도 사격기량향상 계획서'가 완료되었다.

　전 대대원들이 함께한 자리에서 그 계획서를 교육하였다. 1995년 1월부터 그 계획에 따라 시행을 하였다. 처음 시작할 때엔 너 나 할 것 없이 모두가 열심히 참여하였다. 대대장으로서 대대원들이 스스로 노력하고 있는 모습을 보고 있을 때는 마음이 흐뭇하였다. 시간이 흐르면서, 대대원 하나둘씩 꼴찌 했던 창피한 기억을 잊어가고 있다는 것을 느낄 수가 있었다.

　너도 잊어먹고, 나도 잊어먹게 되면 모두가 잊어먹게 된다. 이렇게 되면 그동안 노력하며 흘린 땀과 시간과 모든 계획이 물거품으로 돌아가고 만다. 사람의 망각 곡선이라는 것을 지휘관은 잊어서는 안 된다. 망각은 반드시 찾아오게 되어 있다.

시작한 지 약 3개월이 지나고 있었다. 대대원들이 스스로 참여할 수 있게 하는 동기부여가 필요한 시기라 판단하였다. 그래서 대대장실에서 대대원들이 아무도 모를 것이라고 판단되는 작전절차나, 기술지시서 그리고 사격할 때 필요한 기술지시서에서 3~4개 아이템을 찾아냈다.

이렇게 준비하여 매스 브리핑 시간에 참석한다. 각 편대장 및 비행대장의 전달사항이 끝나고 나면 근무 장교가 "대대장님 지시사항 말씀해 주십시오"라고 한다. 이때 기본적으로 지시할 사항을 지시한다. 그리고 몰래 준비한 사항으로 대대원 한 명 한 명에게 질문을 하기 시작한다. 지명한 사람들이 답변하지 못할 때 "알고 있는 사람 손 들어 봐" 하면 아무도 손을 들지 못한다. 나의 계획대로 잘 되어가고 있었다.

2번째 질문을 하면서는 속으로 빙긋이 웃고 있지만, 그동안 쓰지 않던 인상을 찌푸리기 시작하였다. 이때부터 연기력이 필요하였다. 3번째 질문을 하고는 점점 더 고성으로 몰아붙인다. "이렇게 기본적으로 알고 있어야 할 것도, 아는 사람 한 명도 없고, 그렇다고 스스로 노력하는 사람도 없고, 이러니까 우리 모두가 하자고 결심했던 것도 제대로 하지 않지." 하고는 벌떡 일어나 자리를 박차고 나오면서 문까지 쾅 닫고 나온다.

바로 옆방이 대대장 방이었다. 방에 들어와서 담배를 한 대 물고 연극이 제대로 되었는지 다시 생각해 보면서 비행대장이 야단치고 있는 소리를 듣고 있었다. 비행대장이 야단을 치고 문을 쾅하고 닫고 나오는 것을 들으면서 또 담배 한 대에 불을 붙인다. 그다음은 선임 편대장이 일어나서 낮은 소리로 대대원들을 다독이면서 맺는말로 지속적으로 잘하자고 하면서 나온다.

이러고 있는 동안에 담배를 3개피를 피우면서 혼자 싱긋이 웃고 있었다. 혼자만의 연극은 성공적이었다. 이렇게 꾸민 대대장만의 연극을 보라매 공중사격대회 전까지 3회 실시하면서 지나갔다. 대대원들의 망각곡선은 약 3개월 정도 되는 것 같았으며, 시간이 지나갈수록 그 기간이 조금씩 짧아지고 있음을 느꼈다. 대대장으로서 보이지 않는 노력과 연극을 하는 것은, 대대원들이 망각곡선에 들어가지 않게 하고, 지속적으로 노력하도록 하기 위한 것이었다. 즉, 대대원 모두가 하려고 하는 분위기를 만드는 것이 보라매 공중사격대회의 대대장 임무 중 하나라고 생각하면서 시행한 것이다.

대대 분위기는 이제 기존에 있던 대대를 제치고 기지 내에서 주인이 되어가고 있음을 느낄 수가 있었다. 강릉기지로 배속받아서 오거나, 비행단 2선 근무를 마치고 전투비행대대로 복귀할 때는 제205전투비행대대에서 근무하기를 선호한다는 얘기가 들리기 시작하였다. 그래서 우수 자원들을 쉽게 받아들일 수가 있었다. 대대장의 임무이기도 한 조종사 자원 확보는 조종사들이 스스로 대대에 오고 싶어 하기 때문에 큰 문제 없이 보강되고 있었다.

보라매 공중사격대회가 가까워져 오면서 확정된 사격 멤버들에게 사격장 현장을 직접 눈으로 확인하게끔 사격장으로 보냈다. 직접 사격장에 가서 보면, 한량없이 넓어 보이면서 '여기에 폭탄을 넣지 못할 이유가 없다'는 생각이 든다. 그리고 비행하면서 참조 점을 정할 때, 보다 더 정확한 거리로 참조 점을 만들 뿐만 아니라 그 참조 점에 대하여 확실한 믿음이 생기게 된다. 사격멤버들에게 이런 자신감을 배양하고자 보낸 것이다.

현재 운영되고 있는 우리나라 주력 전투기들은 사격제원을 맞추어 버튼을 누르고 있으면 장비가 계산하여 정확한 목표지점에 폭탄이 자동으로 투하된다. 하지만 내가 타던 전투기는 모든 사격제원을 직접 계산해서 계산된 제원에 맞추어 폭탄을 투하하여야 했다. 이렇게 하려면 지상에서 기상대로부터 각 고도별로 상층풍을 받아서 그 자료를 가지고 직접 연필을 들고 계산을 하여야 한다.

그런 후 비행하면서 바람이 불어오는 방향에 따라 계산된 사격 장주를 맞추고, 사격하기 위한 축선과 제원을 맞춘다. 폭탄을 투하하기 직전 항공기속도는 초당 200m를 훌쩍 넘는 속도로 이동한다. 이렇게 빠른 속도로 이동하는 중에 강하 각을 맞추면서 투하고도에 도달하면 폭탄 버튼을 눌러서 폭탄을 투하한다. 이 가운데서도 강하 각이 기준각도보다 많거나 적을 때, 또 속도가 기준 속도보다 많거나 적을 때 순간적인 암산을 한다. 그래서 고도로 잘못된 부분을 보상이 되도록 하기 위하여 폭탄 버튼을 눌러 주는 시기를 조절하여야 한다.

이렇게 복잡하고 빠른 동작이 필요할 때 가장 중요한 것은 항공기를 계획한 제원에 가능한 한 빨리 맞추면서 항공기를 안정시키는 일이다. 이게 빠르면 빠를수록 여유 있게 사격을 할 수가 있다. 이것을 위하여 평소에 훈련을 하는 것이라고 해도 과언이 아니다.

사격 대표선수와 대대원 모두가 함께하는 분위기는 대대장이 만들어야 한다고 생각하며, 나름대로 사격기량향상 계획에 따라 준비를 차근차근히 하였다.

어느덧 세월이 지나면서 '1995년 보라매 공중사격대회' 문서가 하달되었다. 사격대회 1개월여 남짓 남겨두고 나는 1995년 9월 25일부로 제205전투비행 대대장 보직을 '하번' 하고 이 비행단 '표준화평가관 실장'으로 보임되었다. 대대장직을 하번하였지만 사격멤버들과 사격대회가 끝날 때까지 수시로 함께하였다. 마침내 1995년도 보라매 공중사격대회가 시작되었고 드디어 제205전투비행대대가 사격대회에 출전하는 날이 되었다. 작년과 다르게 중상위 그룹 이상의 성적이 나올 수 있는 능력 있는 조종사들이 출전하였다.

기량이 있더라도 하늘의 날씨는 변화무쌍하다. 기량 이외의 요소가 영향을 미칠 수 있다. 또 작년에 꼴찌 한 대대였고, 운칠기삼이라는 말이 있듯 마음에서 긴장을 늦출 수는 없었다.

편대장이 공대지사격을 마치고 항공기에서 내리자마자 전화가 왔다. 수화기를 드는 순간 편대장이 흥분된 목소리로 "상위 그룹의 결과가 나올 것으로 예상됩니다."라고 하였다.

이 말을 듣는 순간 대대원들이 더없이 고맙고 감사하게 느껴졌다.

하지만 아직 공대공 사격이 남아있다. 이제 공대공 사격에서 히트만 하면 무난한 상위그룹에 진입하게 된다. 공대공사격 날짜가 도래하였다. 이제는 할 수 있는 것이 아무것도 없었다. 오직 기도하는 수밖에 없었다. 임무를 마치고 내려온 편대장이 히트시키고 내려왔다고 하였다. 이제 대관령 계획을 모두 마무리하면서 대대를 떠나게 만들어 주는 것 같아서 더욱 고맙게 느껴졌다.

'1995년 보라매 공중사격대회'가 모두 끝나고 결과가 하달되었다. 제205전투비행대대가 상위 그룹이 아니라, 95 보라매 공중사격대회 '종합 최우수대대'로 선정되어 있었다. 그야말로 공군 전체에서 일등한 것이다. 이 문서를 보는 순간 '꿈을 꾸는 것이 아닌가? 이 꿈이 깨어나지 않았으면 좋겠다.'라는 생각까지 들었다. 등줄기에 흐르던 땀방울이 엊그제 같은데 종합 최우수대대가 되었다. 이보다 더 좋을 수가 없었다. 이 결과로 제205전투비행대대는 대통령 부대표창을 받았다.

정말로 자랑스러운 대대원들이었다. 그동안 받아오던 서러움과 비아냥거리는 소리가 주마등처럼 스쳐 지나가기도 하였다.

공군본부 지휘관 참모들께서 "작년(1994년)에 이사하면서 꼴찌 한 대대가, 1년 만에 종합 최우수대대가 되었다는 것은 대대장의 공로를 인정하지 않을 수 없다"라고 하면서, 공군 보라매 공중사격대회 역사상 전무(前無)한 공로표창장과 공로패를 대대장에게 만들어 주었다. 그것도 하번한 대대장에게 공로표창장과 공로패를 만들어 준다는 것은 더욱 기대할 수 없었던 일이었다. 하지만 꿈에서도 받을 수 없는 상을 공군 역사상 최초로 받게 되었다.

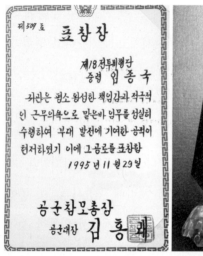

보라매 공중사격대회 공로 표창장   보라매 공중사격대회 공로패

　그동안 대대의 어려웠던 일들을 어떻게 글로 다 표현할 수 있겠는가? 그 어려웠던 여건 속에서도 굴하지 않고 묵묵히 동행해준 대대원들이 한없이 고맙고 자랑스러울 따름이었다. 지금 이 시간에도 살아있는 모든 힘을 쏟아부어 이 세상 끝까지 퍼져 나가도록 큰 소리로 외치고 싶다.

　굳세게~
　뭉치자~~

11장

기천문(氣天門) 수련을 만나다

서서히 나타난
기천문 수련의 힘

어릴 때, 아저씨들이 동네 어귀에 나무를 다듬어 평행봉을 만들어 두고 매일 저녁 모여서 운동을 하며 이야기를 나누곤 하였다. 그때 그 아저씨들의 이야기를 엿들은 적이 있다.

얘기인즉슨 열심히 운동을 하다 보면 '허연 노인'이 나타나서 권법을 가르쳐 준다는 것이었다. 이 말을 믿고 허연 노인이 나에게 나타나 주기를 맹목적으로 기다렸던 시절도 있었다. 그런 기대와 함께 운동을 게을리하지 않았다. 이러한 마음이 봄, 여름, 가을, 겨울 할 것 없이 냇가에서 발가벗고 수영을 하게 하는 힘이 되었다.

공군에 입대하여 장교로 임관을 하였다. 임관 후부터는 일과가 끝나고 나면, 매일 비행장 외곽을 한 바퀴 돌며 구보를 하였다. 구보를 할 때마다 참을 수 없는 인간한계의 고통이 왔었다. 하지만 그 시간만큼은 세상사 어려운 모든 것을 잊어버릴 수 있었고, 나만의 시간이라는 것을 알아차렸기에 지속할 수 있는 동력이 되었다.

구보라는 운동이 체력만 단련시켜 주는 줄 알았는데, 정신까지도 변화하게 하였다. 구보는 나에게 지구력과 인내심을 키우면서 한번 물면 놓지 않는 '불도그' 정신마저 강해지도록 만들어 주었다. 그래서 이 고통의 시간이 내가 가야 할 길을 흔들리지 않고 갈 수 있도록 해준다고 생각하며 살아왔다.

이렇게 살아오던 중에 강릉기지 군 법사께서 '기천문'을 가르쳐 준다고 하였다. 기천문이라는 것이 무엇인지도 모르고 배우기 시작하였다.

처음에 이 기천문을 배우기 위해 모인 사람들은 24명이었다. 이 기천문 수련이 가만히 서 있는 자세이지만 무척이나 힘들었다. 그러다 보니 한 명 두 명 줄어들기 시작하였다. 내가 강릉기지를 떠날 때쯤에는 반으로 줄어들었다. 그때 같이 배우던 사람 중에서 지금까지 이 기천문을 수련하고 있는 사람은 나 혼자인 것으로 알고 있다.

처음 시작했을 때 '내가신장 자세'부터 배우기 시작했다. 이 내가신장 자세로 약 5분 동안 서 있으면 땀이 체련복 상의를 반은 적시곤 하였다. 그런데 이렇게 흘린 땀 냄새가 본인이 흘린 땀인데도 무척 역겹게 느껴졌다. 몸속에 쌓여있던 노폐물을 배출시켜 주는 운동이라는 것을 느낄 수 있었다. 이 기천문 수련이 진짜 운동이라고 생각하며, 수련하면서 오는 고통을 참기 시작하였다. 약 3개월이 지나고 났을 때부터 나의 몸에 변화가 오기 시작하였다.

얼굴에 뽀두라지가 없어졌다. 변기가 넘칠 정도의 숙변을 보는 현상이 나타났다. 이 현상이 나타나고부터는

내가신장 자세

몸이 매우 가볍다는 것을 느꼈다. 약 6개월이 지나고 나니까 사타구니에 원형 습진이 심하게 있었는데, 그것이 사라지고 없어졌다. 체질이 개선되고 있음을 체험하고 있었다.

어느날 강릉기지에서 3일간 내린 눈이 97.7㎝의 적설량을 기록한 적이 있었다. 눈이 내리기 시작할 때부터 활주로에 쌓이기 시작하였다. 나는 이 눈을 치워야 하는 임무를 담당하고 있는 '기지지원 전대장'으로 근무하고 있었다.

활주로에서 제설차가 한번 지나가고 다시 돌아올 때는 차량이 가야 할 길이 보이지 않았다. 때문에 SE-88(항공기 엔진을 차량에 장착하여 그 엔진을 돌려서 쌓인 눈을 불어내는 제설차) 제설차량의 뒤를 따라다니면서 차량의 방향을 좌로, 우로 하면서 통제해 주어야 했다. 그래야만 제설차량이 똑바로 직진할 수가 있기 때문이다.

밤샘작업을 하고 이튿날 단장이 주관하는 아침회의에 참석하였다. 단장은 "무전기 사용하는 소리가 왜 한 번도 들리지 않느냐?" 하면서 질책하듯이 하였다. 밤새워 열심히 일한 사람에게 칭찬은 해주지 못하더라도 질책하듯이 말을 하니 반감이 앞섰다. 하지만 참아야만 했다.

단장에게 "제설차와 작업자끼리만 무전통화 하였습니다"라고 답변했더니, "오늘 밤부터는 모두가 들리도록 무전기를 사용해라"라고 지시하였다.

이 말을 들으면서 '이렇게 지시하는 사람이 나의 지휘관이 맞는가?'

하는 생각이 들었다. 작업을 하는 사람들만 통화하면 되지, 잠을 자야 하는 시간에 모든 지휘관 참모들이 들을 수 있도록 작업을 하라고 지시하는 것은, 나를 못 믿겠다는 소리밖에 더 되는가? 지휘관이지만 괘씸하기 짝이 없다는 생각이 들었다.

하지만 나의 임무는 동북부 최전방기지의 전력 공백 시간이 없도록 하는 것이다. 지휘관의 지시로 작업을 하는 것이 아니라, 나의 임무이기 때문에 스스로 알아서 해야 하는 일이다. 그렇지만 지휘관의 성격을 잘 알고 있었으니 지시를 따르지 않을 수가 없었다. 그래서 지휘관 참모들이 잠을 자야 하는 시간에 매우 미안한 마음이 들었지만 이튿날은 무전기를 가지고 있는 사람은 모두가 들리도록 하여 작업을 하였다.

임무에 관련 없는 지휘관 참모들까지 숙면하지 못하도록 하는 지휘관은 무슨 마음으로 이렇게 지휘를 하는 것일까? 꼭 듣고 싶다면 본인이 소지한 무전기 주파수만 바꾸면 들을 수 있는데! 왜 이러한 지시를 하였는지 의문을 지울 수가 없었다. 일은, 일하는 즐거운 마음과 하고 싶은 마음으로 해야만 능률도 오르고 피로도 덜 느낀다. 하지만 지휘관의 부당한 간섭이나 지시는 작업자들에게 오히려 반감만 사게 된다는 것을 지휘관이라면 알아야 한다.

주간작업이 끝나고 야간작업이 시작되었다. 야간에 작업할 때에는 따라다니면서 또 조언을 해 주어야 했다. 작업 중에 연료 보급이나, 작업자를 교체해야 할 때 생기는 틈새 시간을 이용하여 '내가신장' 자세로 운동하면서 또 밤샘작업을 하였다. 그 이튿날 아침 작업현장을 보기 위해 현장지휘소에 나온 지휘관 참모들이 이구동성으로 나를 보고 한마디씩 했다.

"아니, 전대장님은 이틀을 밤샘작업 했는데도, 집에서 자고 나온 저희들보다 오히려 더 멀쩡해 보이십니다."

나 자신도 피곤하다고 느껴지지 않았을 뿐만 아니라, 지휘관이 나를 불신하고 있다는 마음이 들었을 때 괘씸하게 생각되었던 그 마음도 어디론가 사라지고 없어졌다.

내가 신장 자세로 약 10분간 서 있다가 일어나면 이상할 정도로 피로하다는 것을 느낄 수가 없었으며, 정신이 맑아지는 것을 느끼기에 이 수련이 정말로 신기하게 느껴졌다. 이렇게 직접 체험하고 있었으니 이 수련을 지속할 수밖에 없었다.

몸에서 느껴지는 피로뿐만 아니라, 아이디어도 보통 사람들과 다르다는 것을 느끼기도 하였다. 활주로에 쌓인 눈 치우는 작업을 지금까지 해 오던 방법에서 장비 운영하는 방법을 조금 다르게 하니 훨씬 빨리 작업을 마무리할 수 있었으며, 손으로 치워야 할 일은 활주로와 유도로 가장자리에 있는 등을 찾는 작업만 하면 되었다. 그래서 그동안 장병 및 군무원들이 활주로 및 유도로에 투입되어 수작업을 많이 해 왔지만 그렇게 할 필요가 없어졌다. 해당 대대 주기장만 제설작업하면 되도록 하였다.

여름철에 날씨가 나빠서 비행하지 못하는 날에는 장병 및 군무원들이 모두 활주로 및 유도로에 나와서 제초기 및 낫을 들고 대대별로 할

당된 담당구역에서 제초작업을 하였다. 비행이 없는 날에는 장병들이 그동안 밀려있는 업무나 신변정리를 하고, 또 사기진작을 위한 활동을 하도록 해주어야 하나, 그 시간에 제초작업을 해야 하니 불평이 따르는 건 당연했다. 이러한 불평을 해소해야 한다는 생각이 들어서 자주식 동력 제초기를 다섯 대 구입하였다. 그래서 활주로 및 유도로 가장자리의 제초작업은 자주식 동력 제초기 네 대가 일렬종대로 제초기 간격만큼 벌여서 따라가도록 하고 활주로 등 및 유도로 등 주변 작업을 위해 배부식 동력 예초기 2대를 뒤따라가도록 하였다. 나머지 자주식 동력 제초기 한 대는 예비기로 운영하였다. 그래서 총 6명이 투입되어 가장자리 제초작업을 마무리하였다.

안쪽 넓은 지역은 트랙터 제초기를 투입하여 작업을 하니 장병 및 군무원들의 일손이 필요 없어졌다. 그동안 비행장 제설 및 제초작업을 해온 지 수십 년이 지났지만 이렇게 장병과 군무원들의 일손을 줄이는 아이디어가 왜 나의 머리에서 나왔을까?

몸과 정신의 변화가 시작되다

건군 이후 화생방전에 대비하기 위하여 육, 해, 공군, 해병대 군인이라면 누구나 화생방 방호훈련을 해야 한다. 이 화생방 방호작전이 힘들다고 얘기하는 사람들을 많이 만났지만 그동안 그렇게 힘든 화생방 방호작전절차를 보다 쉽고, 보다 빠르게 작업할 수 있는 제독작전의 변화는 볼 수 없었다.

화생방 방호훈련 때마다 제독차 보닛 앞에 2명의 병사가 방독면을 쓰고, 침투 보호의를 입고, 덧신을 신고, 장갑을 끼고, 차에서 떨어지지 않도록 안전띠를 조여 매고, 상반신을 엎드려 물을 뿌리며 제독하는 것을 보았다. 이렇게 훈련하는 모습을 보니, 특히 여름철에 이러한 방법으로 화생방 방호작전을 한다면, 작업자가 견디어 낼 수 없을 것이라는 생각이 들었다. 특히 비행장은 적으로부터 우선적인 공격목표이며 평평하면서도 넓은 지역이어서 제독 작업량이 더 많다. 이런 여건에서 항공기의 재출동 시간을 단축하려면 새로운 제독작전이 필요하다는 생각이 들었다.

그리고 작전하는 병사들이 너무 힘들어하는 것을 보고 내가 새로운 대안을 만들어 주어야 한다는 마음이 생겨났다. 그래서 사람 없이 더욱 정교하고 빠르게 물을 뿌릴 방법이 없을까? 고민하였다. 그 방법을 찾으려 먼저 제독차에 장착되어 있는 펌프 압력을 점검해 보았다. 그런 후에 제독차 앞범퍼에 파이프를 부착하여 펌프에서 나오는 물 호스를 연결하였다. 그 파이프에 분사기를 부착하였다. 분사기는 차량 앞범퍼 높이에서부터 분사되는 각도를 계산하여 분사기 4개를 부착하였다.

이렇게 하여 가상 제독작전을 해 보았다. 그 결과는 놀라웠다.

첫째, 사람이 물을 뿌리는 것보다 더 정교하게 뿌려지는 것을 확인하였다.

둘째, 제독작업 시간을 많이 단축할 수 있었다. 이것은 화생방전 상황에서 제독작전을 빠른 시간 내에 할 수 있으므로 모든 작전시간을 앞당길 수 있었다. 특히 항공작전의 재출동시간을 단축하는데 획기적인 발상이라 할 수 있었다.

셋째, 제독차 보닛 앞에 앉아있어야 하는 2명의 병사도 필요 없게 되었다.

이 내용으로 공군 제안제도에 출품하여 공군 참모총장상을 수상하였다. 이 제안은 공군뿐만 아니라 육군에서도 수정된 장비를 만들어 제독작전을 할 때, 물을 뿌리며 사용하고 있는 것을 직접 보았다.

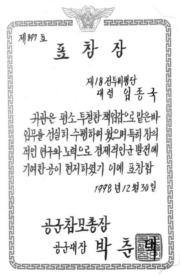

공군제안 참모총장상

개선 전 제독 물 분사

개선 후 수정된 제독 물 분사

이렇게 기천문을 수련하면서 육체적인 변화와 정신적인 변화만 있는 것이 아니라 생각에서도 변화가 오고 있음을 느끼기도 하였다. 강릉기지를 떠나게 될 때 법사께서는 "이 수련을 계속하다 보면 가는 곳마다 고수를 만나게 될 것입니다"라고 하였다. 나는 "그렇게만 된다면 참으로 좋겠습니다"라고 응답하였다.

이후 어디를 가더라도 이 수련을 게을리하지 않았다. 참으로 얻는 것이 많음을 느끼고 있었다. 그러하니, 안 할 수가 없었다.

공군 ○○사령부 계획부장으로 부임하였다.

퇴근 후 저녁에는 숙소 밖에서 매일 '내가신장' 자세로 수련을 하고 '태극권법'을 하였다. 집에 들어와서 샤워를 하기 위해 공군체련복을 벗는데 다리에 빨간 점이 수없이 많아서 세어 보았다. 58군데나 모기에 물려 있었다. 그러나 운동하면서 모기가 무는지를 느끼지 못하였다.

어느 날 공군○○○○학교에서 학생들로부터 교회 신설부지 때문에 많은 민원이 발생하였다. 민원은 감찰실에서 담당하게 되어 있었다. 감찰실장이 나보다 선임 대령이 보임되어 있었다. 그런데 ○○사령관께서 이 민원을 계획부장이 해결하라고 지시하였다.

감찰실장이 보임되어 있는데, 왜 나보고 해결하라고 했는지는 모르겠다. 사령관의 지시사항이니 안 할 수가 없었다. 그래서 그 민원 내용을 분석해 보고, 직접 당사자들을 만나면서 문제의 핵심을 찾아 대안을 제시해주고, 문제를 해결하였다.

또 하루는 사령관이 "1년 전에 정훈실장에게 ○○사령부 홍보비디오를 제작하라고 지시했는데, 아직도 초안도 안 되어 있으니, 계획부장이 맡아서 한 달 만에 만들어라"라고 지시하였다. 이것도 계획부장의 일이 아니었다. 그러나 지시사항이니까 추진하였다.

나의 착각인지는 모르겠지만, 어쩌면 일하는 법을 ○○사령부 지휘관 참모들에게 한번 보여주라는 특명 같기도 하였다. 정훈장교와 교훈부 장교들을 데리고 지시한 기간 내에 ○○사령부 홍보비디오를 만들어 지휘관 참모들 앞에서 시사회를 하고 합격을 받았다. 정훈실장이 얼마나 고맙게 생각했는지, 전속을 갔는데도 나의 얼굴을 직접 그림으로 그려서 연말에 카드를 만들어 보내주기도 하였다.

정훈실장 카드

공군 ○○사령부가 1988년에 이사를 하였다.

예하부대의 ○○훈련 상황을 실시간 종합하여 통제, 지시 및 보고할 수 있는 지휘통제실이 만들어져 있지 않았다. 나는 항상 시작하는 지금 이 가장 빠른 길이라는 생각으로 살았다. 언제, 누가 해도 해야 할 일이다. 물론 이 지휘통제실을 만드는 것은 내가 해야 할 일이 아니었다. 누가 시켜서 한 것도 아니며, 계획부에서 사용할 상황실도 아니었다. 단지 공간을 조정하는 임무가 있었기에 여기에 명목을 걸어서 지휘통제실을 만들어 주기로 결심한 것이었다.

그래서 본청 지하에 약 60평 되는 창고 같은 공간을 재정비하여 지휘통제실로 만들었다. 많은 예하부대에서 진행되는 ○○훈련 현황을 한눈에 볼 수 있도록 각 부대별 현황판을 한쪽 벽면 전체를 이용하여 만들었다. 정면에는 빔프로젝터(Beam Project)를 사용할 수 있는 공간을 마련한 다음, 각 예하 부대와 통신망을 설치하였다.

이렇게 만들어 두고 예하부대의 훈련 진행상황을 종합하여 지휘관께 보고하고, 필요할 때 통제 및 지시할 수 있도록 만들었다. 이렇게 지휘통제실을 만들어 주면 ○○훈련부에서 운영할 줄 알았다. 그런데 네가 만들었으니 네가 운영하라는 식이었다. 어이없는 일이었었다. 계획부에 근무하는 간부들에게는 매우 미안하였지만, ○○훈련부에서 알아차릴 때까지 당분간은 계획부에서 운영해 주기로 하였다.

이렇게 일을 추진해 오던 중에 '을지훈련'이 다가왔다. 새로 만들어진 지휘통제실에서 을지훈련을 할 수 있게 되었다. ○○사령부에서 을지훈련의 통제단장은 계획부장인 내가 담당하는 것은 당연하다. 그리고 을지훈련 실시단장은 ○○훈련부장이 담당하는 것이 이치에 맞는 일이다. 그런데 ○○사령부의 중추적인 임무를 수행하고 있는 ○○훈련부장께서 을지훈련 실시단장을 하지 못하겠다고 하였다.

이 훈련은 국가 비상사태에 능동적으로 대처하기 위하여 정부 차원에서 종합적으로 시행하는 훈련이며, 통상 군사훈련과 연계하여 실시하는 훈련이다. 이와 같이 국가적으로 시행하는 훈련인데도 어떤 연유에서 이렇게 행동하고 있었는지 모르겠지만, 나로서는 이해가 되지 않았으며 매우 난감하였다. 실시단장을 왜 하지 않느냐고 하면서 물어볼 수도, 싸울 수도 없는 일이었다. 하는 수 없이 내가 실시단장까지 하기로 하였다.

이러한 사실을 덮어두고 ○○사령관께 보고했다.

"금년 을지훈련의 통제단장 임무와 실시단장 임무는 저 혼자 맡아서 시행하도록 하겠습니다."

사령관은 왜 혼자서 해야 하는지 묻지도 않으면서 "혼자 할 수 있겠어?"라고 하였다. 나는 자신 있게 한번 해보겠다고 대답하였다.

을지훈련이 시작되어 내가 통제단장, 실시단장을 하면서 훈련을 진행하였다. 그런데 을지훈련 기간 매일 새벽 일찍 사전회의를 하고 있는데, 실시단장을 하지 않겠다고 하던 ○○훈련부장이 하루도 빠지지 않고 구석진 뒷좌석에 앉아서 무엇인가 메모를 하고 있었다. 나도 사람인지라 세월이 흐르면서 일하는 것과 승진하는 것은 별개라는 것을 느끼게 해주었을 때 한쪽 편으로는 씁쓸한 마음이 밀려들기도 하였다.

을지훈련이 모두 끝났다. 참가한 모든 사람들이 나에게 나를 염두에 두고 한 얘기인지는 모르겠으나, "역대 ○○사령부에서 실시한 을지훈련 중에서 훈련다운 훈련을 한 것은 처음입니다"라고들 하였다. 이 말을 듣는 순간 기분은 나쁘지 않았다.

어디에서 나오는 힘인지는 모르겠지만 이렇듯 나는 일에 겁이 없었다. 자신감이 있었으며 무엇이든지 '할 수 있다'는 마음이 항상 세워져 있었다. 예전에 없었던 그 무슨 힘이 생기는 것을 확실히 느끼고 있었다.

정통 기천문과 갈수록 커지는
수련의 힘

○○사령부 계획부장 임무를 마치고 '○○○근무지원단' 참모장으로 보임되고 나서, 기천문의 고수 중에 고수이신 박사규 문주를 만나게 되었다. 행운이었다. 그로부터 직접 교육을 받을 수가 있었다.

처음으로 기천문 도복인 검은색 바지와 흰색 저고리를 입고 수련을 하였다. 기천문은 산중비전(山中秘傳: 산속에서 비밀로 하여 특정한 사람에게만 전수 되는 것)으로 맥을 이어왔다고 하였다. 어릴 때 아저씨들이 얘기해 주던 그 허연 노인이 나의 앞에 나타난 게 아닌가? 하는 생각도 들었다. 지금까지 배운 자세는 비슷하였지만, 진수는 아니었다. 그럼에도 체질 변화되는 것과 정신과 생각의 변화를 경험하고 있었으니, 얼마나 좋은 수련인지 짐작이 갔다.

우선 기천(氣天)이라는 것은 무엇을 의미하는가?

'보이지도 잡히지도 아니하고 무게도 형체도 이름도 없으니 이를 이름 하여 기천이라 한다'라고 하였다. 기천을 거꾸로 하면 천기가 된다. 기천은, 기와 하늘의 공부이며, 하늘의 기를 공부하는 우주의 비밀이며, 깨우침이 기천이다. 즉 기천은 자연의 법칙이며, 우주의 이치이며, 하늘의 이치이며, 깨우침의 이치이며, 진리의 모습이라고 할 수 있다.

기(氣)란 사전적인 의미로는 활동의 근원이 되는 힘이라고 되어 있다. 일상생활 속에서 사용되고 있는 기(氣)의 표현은 기력, 기운, 생기, 원기, 용기, 기를 쓰다, 기가 나다, 기가 넘치다, 기가 등등하다, 기를 펴다, 기가 차다, 기가 질리다, 기가 막히다, 기가 죽다, 등등 참으로 셀 수 없이 쓰임이 많다.

이처럼 사람이 살아가는 데 없어서는 안 되며, 반드시 필요한 것이 '기(氣)'인 것은 분명해 보인다. 하지만 보이지도 잡히지도 아니하고 무게도 형체도 없으니 직접 해보지 않으면 더더욱 설명이 되지 않는 수련이라 생각되었다. 다만, 기천문을 수련하면서 내가 느끼는 것은 수련할 때는 그렇게도 참기 어려운 고통이 오지만, 끝나고 나면 몸이 가벼워지고 기운이 난다는 것이다.

그리고 기(氣)는 내가 노력한 만큼만 받을 수 있으며, 더 받지도 덜 받지도 않는다는 사실이다.

수련을 하다 보니 사람을 소우주(小宇宙)라고 표현하는 사람들을 많이 만날 수 있었다. 나도 여기에 전적으로 동의한다. 우선 우리들이 알고 있는 이 지구와 사람의 몸이 다르다 할 수가 없다.

사람의 몸에 수분과 지구에 물이 약 70%로 비슷하다. 지구 내부에 용암이 끓고 있고, 사람의 몸에 심장이 운동하면서 온도라는 것이 존재한다. 삼척에 있는 '환선굴'에 가보면 해발 500m 높이인데도 동굴 안에 폭포가 흐르고 있음을 볼 수가 있다. 이 폭포가 중력(重力)에 의하여 만들어지는 것이 아니라는 것을 느낄 수가 있다. 무슨 힘으로 흐르는지는 모르겠지만 산의 높낮이와 관계없이 물이 흐르고 있기 때문에 지구의 표피가 살아있고, 식물들이 살 수가 있다. 땅속에서 물이 흐르지 않는 곳은 사막을 만들어낸다. 사람 또한 몸속에서 높낮이와 관계없이 압력에 의해 피가 흐르고 있어서 살아있는 피부를 유지할 수가 있다. 피가 흐르지 않으면 뒷발꿈치에 생기는 굳은살과 같이 변하게 된다. 이는 사막과 다르지 않다고 할 것이다.

공기 역시도 흐름을 원활하게 하며 생명체가 살아갈 수 있도록 한다. 그래서 살아있는 우주가 되는 것이다. 사람 또한 숨을 쉬기 때문에 내부에 피가 원활하게 흐르며 살아있는 생명체로 유지된다.

이렇게 보았을 때 사람의 몸이 지구와 다를 바가 없다고 생각한다. 그러므로 우리들의 몸 자체가 소우주라고 말할 수 있다. 그래서 사람이 수행을 하려고 한다면 우선 가지고 있는 몸, 즉 소우주(小宇宙)를 먼저 깨끗하게 정화해야 한다. 그런 연후에 '대우주(大宇宙)'의 정신세계로 일치시키기 위하여 정진하여야 한다. 이러한 순서로 수련하며 정진하는 것이 곧 수행이라 생각되었다.

이를 깨닫고 나니 내가 소우주(小宇宙), 즉 몸을 정화시키기 위한 최적의 수련인 기(氣)수련을 갈망하고 있었던 것이 아닌가 하는 생각이 들었다. 그러다가 만나게 된 기천문이다 보니, 고통은 오지만 남다르게 반가운 마음으로 받아들였다.

박사규 문주를 만나서 처음 수련이 시작되었던 것은 '단배공'이었다.

그는 우리가 알고 있는 절하는 방법과 다른 방법으로 절하는 것을 가르쳐 주었다. 설명해 주지 않아도 이해할 것 같았다. '기(氣)'를 함부로 써먹지 말고 자신을 낮추라'는 것으로 생각되었다. 그리고 수련을 하기 전에 서로 간에 예를 갖추며, 마음을 정돈하고, 준비운동을 하는 동작이라고 생각되었다. 이러한 것은 내 느낌과 생각이었을 뿐이었다.

단배공은 사람의 품성을 다듬고 가꾸는 수련법이라는 점을 배울 수 있었다. 이 단배공의 자세와 동작 구성은 우주 속에 자신이 존재하는 것이며, 자신이 우주의 주인임을 인식하도록 하는 것이다. 대단히 깊은 철학적 사상을 몸동작으로 구성해 두었다고 하며, 기천에 참 입문을 하기 위해서는 이 수련과정이 필수적이라고 하였다.

바른 생각, 바른 행동, 바른말이 가장 중요한 기본이며, 도의와 대의를 위해서 기천의 힘을 사용할 것과 민족의 얼을 깨닫는 과정이 들어 있다고도 하였다. 단배공을 하지 않은 채 힘을 기르고, 공력을 단련하고, 수를 익히는 데만 열중하는 것은 살인병기를 만드는 것과 다를 바가 없다는 것이다. 그래서 자신을 낮추고 올바르게 살 수 있는 힘을 기르게 하는 것이라고 하였다.

단배공은 단군배공의 줄임 말이며, 기천의 태산심법을 기본으로 한다. 온몸을 역근하여 호흡을 멈추고 태산을 누르듯 무겁게 가라앉혀야 하며, 다시 태산을 들어 올리듯 무겁게 들어올려려 한다. 단전에 주(主)를 함은 기본이니 이 태산심법을 행한 자와 행하지 않은 자는 후에 공력과 도의 경지가 크게 차이 날 것이라고 하였다. 이렇게 행하는 단배공의 자세와 동작이 결코 쉬운 것은 아니었다. 처음에는 19배를 하다가 점차 늘어나서 49배까지 하였다. 이렇게 49배를 하는데 약 1시간 이상이 소요되었다.

이 과정을 수련하면서 나는 동작을 빠르게 하는 것보다 천천히 하는 것이 보이지도 잡히지도 않지만 몸에 와 닿는 그 무엇을 강하게 느낄 수가 있었다.

단배공을 어느 정도 수련하고 나서 기천 수련에 대하여 박사규 문주께서 다음을 깨우쳐 주었다.

"사람은 몸의 중심이 무너지면 마음의 중심 또한 쉽게 무너지게 되어 있다. 사람은 몸이 없으면 마음도 없다. 그래서 몸과 마음이 둘이 아닌 하나라는 것을 뜻한다. 기천의 수련은 몸의 축을 세워서 마음의 중심을 함께 잡아가는 성명(性命; 인성과 천명)쌍수법이자 치신득도법(治身得道法; 몸을 다스려 도를 얻는다)이다."

그다음은 육합단공을 수련하기 시작하였다. 육합단공에서 6이라는 숫자는 삼 법의 수이다. 육은 신이 부여해준 완벽한 수이며, 우주에서 가장 완벽한 수라 할 수 있다. 육합은 변화의 수를 상징하며 완성된 수를 의미한다. 이것을 신체를 통해서 이룰 수 있다는 것이다. 다시 말해서 기천의 공부는 우주의 원리와 신체의 원리가 서로 같다.

앞에서 언급했듯이, 우주가 대우주라면 인체는 소우주라 할 수 있는데, 이러한 우주의 이치를 몸으로 구형해 내는 것이 바로 육합이라고 하였다. 육합단공은 '역근법'이며 육체적으로 '중용'을 이루는 자세이다.

이 여섯 가지 자세는 '내가신장', '범도', '대도', '소도', '금계독립', '허공'세로 구분된다. 이러한 육합자세는 신체 각 부위를 강화시켜주고 굳어진 뼈마디를 풀어준다. 즉 몸의 유연성을 극대화해주며, 하체를 강력하게 단련시켜주는 운동이다. 이를 행하지 않으면 아무것도 얻을 수가 없다.

여기에서는 이 수련을 꾸준히 했을 때 변화될 수 있는 내용을 '기천문 입문' 책자에 의거하여 간단하게 소개하고, 각 자세의 동작 및 자세한 설명은 하지 않기로 한다(참조 문헌: 기천문 입문).

첫째, '내가신장'의 정식 명칭은 '기천태양역근마법내가신장(氣天太陽易筋馬法內家神掌)'이다. 기천문의 핵심인 동시에 정수이며 내가신장 한 수에 기천의 모든 것이 다 들어 있다 해도 과언이 아니다. 육합단공에서 가장 쉬운 자세이며 가장 기를 많이 받을 수 있는 자세이다. 이를 글이나 말로 표현하는 것 자체가 한계를 가질 수밖에 없다. 이 자세로 지속적으로 수련하다 보면, 정신의 건강과 육체의 건강이 동시에 찾아오며, 몸에 기운이 차오르면서 매사에 자신감을 갖게 해준다. 그리고 사람의 성격을 적극적이고 자신감에 넘치는 사람으로 변화시키는 강력한 힘을 가지고 있을 뿐만 아니라, 세상에 대하여 열린 마음을 가질 수 있도록 생각의 변화를 가져오게 하는 그러한 힘을 가지고 있는 자세이다.

둘째, '범도'는 호랑이가 싸움하기 전에 대적하고 있는 자세이며 공격과 방어를 쉽게 할 수 있는 자세이다. 이 자세는 다리 외각부의 혈을 집중적으로 운행시키는 작용과, 간과 담을 강화시키는 작용을 한다. 더불어 소화기 계통을 강화시켜 준다.

셋째, '대도'는 크게 벌려 선다고 해서 대도라 한다. 이 자세는 견고한 자세를 만들어 주며, 상하간의 지지력을 길러준다.

넷째, '소도'는 소가 밭갈이하는 모양 세를 띤다 해서 소도라고 한다. 작은 체구에서 가장 폭발적인 힘을 발휘할 수 있는 합리적 결합구조를 띠고 있다. 또한 정신적, 육체적 한계를 수시로 돌파하게 하는 특징을 가지고 있는 자세이다.

다섯째, '금계독립'은 금빛 닭이 한 발로 서 있는 자세이다. 한쪽 다리를 들고 섬으로서 몸의 평행감각을 길러주며 발가락으로 땅을 움켜쥠으로써 민첩성이 발달한다. 그리고 육합 중 장수법의 하나이다.

여섯째, '허공'은 호랑이가 배를 땅에 대고 웅크리고 있다가 갑자기 공중으로 튀어 오르면서 덮치기 직전의 모습으로서 '복호세'라고도 한다. 이 자세는 다리 안쪽의 기혈을 소통시키는데 대단히 효과적이다. 그리고 대단히 힘든 자세로서 살이 빠지게 하는 역할을 해 준다.

이러한 기천을 수련하는 데는 말이나 글에 집착하지 말고 몸으로 수행함을 요한다. 이것은 이론이나 말을 완전히 배제하라는 뜻이 아니다. 그것에 이끌려 다니지 말고 체득법을 통해 스스로 우주의 이치를 깨달으라는 뜻이다.

여기에서 기천문에 대한 원리나 이론에 대하여 더는 기술하지 않으려 한다. 앞에서도 일부 언급해 두었지만, 이 기천문 수련을 하면서 나에게 육체적으로나 정신적으로 변화되고 있거나, 변화된 사실들과 실제 경험한 일들을 위주로 서술한다.

전투체육일이나, 휴무일 집에 올라갈 수 없을 때는 '갑사'에 머무는 문주를 찾아갔다(현재는 계룡산 서쪽 '하대리'에 있음). 거기에 가서 도복으로 갈아입고 문주와 산속으로 들어가서 훈련을 한다.

들어가서 보면 숲이 훈련장을 만들어 준 듯이 사방의 숲이 훈련장을 중심으로 늘어져 있었다. 이러한 곳에서 훈련이 시작되면 인정사정이 없다. '몸에 오는 고통은 말로 표현이 안 된다'는 표현이 맞을 것 같다. 이러한 수련을 마치고 하산할 때는 몸이 그렇게 가벼울 수 없었다.

갑사 계곡에 흐르는 물을 받아두었다가 수련을 한 후에 샤워를 하면서 거울을 보면, 등줄기에 죽비로 타통해준 자리에는 대나무 자국의 핏줄이 선명하게 보이는 날이 대부분이었다. 그런데 그 이튿날이 되면 멍들어 있는 곳 하나 없이 깨끗하였다. 한번은 골프운동을 하면서 동반자가 3번 우드로 볼을 쳤는데, 그 볼이 나무 옆쪽에 맞고 스핀이 걸려 날아와서 모자 쓰고 있는 나의 이마에 맞았다. 혹이 튀어나왔는데도, 멍들지 않았다. 신통하게 느껴졌다.

지속적으로 이 기천문을 수련하다 보니까 나의 몸에 변화가 계속되고 있었다. 나는 결가부좌(먼저 오른발의 발바닥을 위로하여 왼편 넓적다리 위에 얹고, 왼발을 오른편 넓적다리 위에 얹어 앉는 자세)는 아예 할 수가 없었다. 반가부좌(오른발을 왼편 허벅다리에 얹고, 왼발을 오른편 무릎 밑에 넣고 앉는 자세)를 하고서도 5분을 앉아있을 수 없었다.

그런데 이 운동을 하고 1년이 지나고 어느 날부터는 반가부좌뿐만 아니라 결가부좌도 할 수 있었다. 지금은 결가부좌를 하여 20분 이상 앉아있을 수 있고, 반가부좌는 1시간 이상을 앉아있을 수 있다. 이와 같이 다리 관절의 유연성이 저절로 나타났다.

나의 나이가 63세 때 헬스장에 가서 '인 바디' 점검을 해 보았다. 그런데 트레이너가 기계가 고장 났으니 다음에 해보자고 하였다. 3일 후에 헬스장에 가서 다시 점검을 받아보았다.

헬스장 트레이너가 고개를 갸우뚱하면서 "신체 나이가 27~28세밖에 안 나옵니다"라고 하였다. 기천문을 수련하면서 육체적인 변화가 계속되고 있었다. 정말 신기한 운동임을 스스로 느끼게 해주었다.

'계룡대'에서 기가 가장 세다고 소문이 난 곳은 제1 정문 쪽에 세워진 탑이 있는 곳이라고 듣고 있었다. 이 탑 뒤쪽에 잔디밭이 있었다. 평일에는 밤 9시부터 10시까지 이 잔디밭 한쪽 구석에서 내가신장 수련을 하였다.

여기에서 수련하는 나름의 이유는 담을 키우기 위하여서였다. 우리나라에서 토속 신앙의 일종으로 귀신을 부르며 기도하는 곳이 많기로 유명하였던 지역이었다. 이러한 곳에서 3m 이상 앞이 보이지 않는 컴컴한 밤에, 한 시간 이상 수련을 하고 숙소로 돌아오곤 하였다. 처음에는 두렵고 무서운 마음이 자리하며 머리카락 끝이 삐쭉삐쭉 서기도 하였다.

하지만 시간이 지나면서 두려움과 무서움이 생길 때, 마음을 호흡하는데 머물도록 노력하였다. 숨을 들어 쉴 때는 코끝에서부터 단전까지 내려가는 것을 마음이 따라가도록 하고, 내쉴 때는 단전에서부터 독맥을 따라 백회까지 마음이 따라가도록 하였다. 그러니 무서움과 공포감뿐만 아니라 몸에 오는 고통도 느낄 수 없었다.

내가신장 자세는 기천문 수련 중에서 가장 쉬운 자세이지만, 처음 접해보는 사람들은 젊은 장정이라 하더라도 5분 동안 서 있기 힘들어하는 자세이다. 이 동작으로 20분 이상 서 있게 되니 몸에 오는 고통이 희열을 느끼기 시작하였다. 점점 시간이 연장되어 지금은 1시간 이상도 서 있을 수 있다.

이 수련을 하면서 고통을 느끼게 하는 것은 통증이 오는 그곳에 마음이 머물고 있을 때, 가장 크게 고통을 느끼게 된다는 것을 체험하였다. 마음을 다른 곳에 두고 있을 때는 그 고통이 느껴지지 않는다는 것도 체험해 보았다.

이 내가신장 자세를 시작할 때에는 나 역시도 육체의 고통을 견디지 못하였다. 하지만 내가신장 자세로 서 있는 시간이 길어지면서 육체적인 고통이 사라지며 마음의 고요함이 자리를 하는 것을 체험하였다. '이것이 바로 수행하는 것이 아닌가?' 하는 생각이 들기도 하였다.

이 수련은 신체적인 변화나 정신적인 변화뿐만 아니라 매사에 자신감이 있고 배짱이 두둑해지면서 나도 모르는 힘이 생기고 있었다. 본래 나는 내성적인 성격이었으며, 대중 앞에 나서는 것을 두려워했던 사람이었다. 그랬는데 기천문을 수련하고부터 모든 면에서 변화하기 시작하였으며, 자신감이 생겨났다.

○○○근무지원단 참모장의 보직을 받고 우선 작전계획을 확인하고 있을 때였다. 그런데 그냥 무시하고 넘어가서는 안 될 중요한 부분이 발견되었다. 상위 작전개념에 맞지 않게 ○○○근무지원단과 관련 없는

구역을 만들어서 운영하고 있었다.

　이 지역 군단장은 이곳의 중요성을 인식하고 평시에 완벽한 기지방어를 유지하도록 특공대대를 보냈고 그 특공대대가 그 구역을 담당하고 있었다. '유사시가 되었을 때, 여기에 있는 특공대대에 임무가 하달되어 떠나면 그 구역이 공백상태가 되었다. 그리고 ○○○근무지원단 주관으로 작전을 해야 할 담당구역을 방어하는데 전시상황이 되어도 담당구역을 방어하기 위한 병력이 한 명도 증원되지 않도록 계획되어 있었다. 이러한 것을 눈으로 보고 알게 되었으니 타군의 작전계획이지만 즉시 수정해서 보완되도록 해야 한다고 생각하였다.

　이 작전계획을 수정하기 위하여 단장께 보고했다. 그랬더니 "참모장은 왜 육군 일을 건드려? 육군이 알아서 할 텐데"라고 하였다. 그래서 "단장님, 전쟁이 일어나면 저는 단장님을 보좌하고, 근무지원단 전쟁 지휘는 단장님이 해야 할 일입니다. 육군이 해야 할 일이 아니고 우리가 해야 할 일입니다"라고 내가 답변하였으나 결재를 해주지 않았다.

　이 일을 어떻게 수습해야 하나 걱정이 앞서기 시작하였다. 육군 중령인 정작처장을 불러서 얘기해 보았다. 평소에 업무를 똑 부러지게 잘하고 있었던 정작처장이었지만 이 작전계획을 수정하는 데는 힘에 부치는 일이라 하였다. 이렇게 고심하던 중에 때마침 육군 B장군께서 이 지역방어에 대하여 방공포 진지에서 전술토의를 하자는 계획이 하달되었다. 이 계획서를 보는 순간 그렇게 반가울 수가 없었다. 내가 회의에 참석하여 어필하고 싶었지만, 공군인 내가 회의에 참석하여 육군 작전계획이 잘못되어 있다고 하게 되면 모양새가 좋지 않다는 생각이 들었다. 그래서 정작처장에게 임무를 주었다. 회의 가는 날 정작처장을 불러서 재강조하였다.

"처장이 이번에 제대로 어필하지 못하고 돌아오면 다시는 수정할 기회가 돌아오지 않는다. 그러니 이 참모장(필자)을 팔아서라도 최선을 다하고 돌아와라."라며 회의 장소에 보냈다.

회의에 참석하였던 정작처장이 돌아왔다. 회의 중에 정작처장이 이 얘기를 꺼내니까, 그 지역을 담당하고 있는 연대장이 항의를 많이 했다고 하였다. 그러나 B장군께서 "○○○근무지원단에서 건의한 사항이 맞는 얘기다."라고 하니, 모두가 조용해졌으며 작전계획을 수정하기로 결정하였다고 하였다.

물론 ○○○근무지원단의 임무와 관련되는 내용도 있지만, 공군인 내가 타군의 잘못되어 있는 작전계획을 단장(타군)의 반대에도 불구하고 수정하게 하였다.

그 많은 사람들 중에 왜! 하필이면 나의 눈에 이러한 것이 보이게 되었는지? 잘못된 것을 보았다 하더라도 겁도 없이 타군의 작전계획을 수정하겠다는 마음을 먹게 되었는지? 이러한 힘과 배짱이 어디서 나오는지? 나 자신도 모르는 일이었다. 이렇게 예전에 없었던 배짱이 생기면서 자신감이 생겨나는 것을 분명하게 느끼고 있었다.

'육합단공'을 마스터하고 '기본 무학' 단계로 들어가서 훈련하는 중에 공군 인사이동 계획에 따라 내가 다른 임지로 이동하게 되었다. 그래서 박 문주께서 직접 가르쳐 주는 훈련은 끝이 났다. 그렇지만 어디를 가더라도 이 기천문 수련은 쉴 수가 없다는 마음의 끈이 굳게 묶어져 있었다. 그래서 혼자 있더라도 이 육합단공 수련을 지속하고 있다.

이 책을 쓰면서 이 장에서뿐만 아니라, 여기저기에 많이 기술해 놓았지만 보통 사람들이 엄두를 내지 못하는 일들도 거뜬히 할 수가 있었다. 그리고 신체 나이가 젊어지고 유연해지는 것을 체험하였다. 얼굴에 뾰두라지가 없어지고 사타구니에 있던 원형 습진이 없어지면서 피부가 맑아졌다. 또 생각지도 못하는 아이디어가 생기기도 하였다.

대중들이 모여 있는 단상에 올라가면 다리가 떨리던 현상과 입 마름이 현상이 사라졌다. 매사에 자신감이 생겨나고 배짱이 생겨났다. 참을성이 강해지고 수용하는 마음으로 변화하고 있었다. 내성적인 성격에서 외향적인 성격으로 바뀌어 갔다. 한번 물면 놓지 않는 불도그 정신도 강해졌다.

이 책을 쓸 수 있는 용기 또한 이 수련이 뒷받침되었다는 것을 부인할 수 없다. 이러한 현상들이 왜 나에게 오고 있는지 과학적인 증명을 할 수 있는 자료가 없다. 하지만, 이 기천문을 수련하면서 내가 직접 체험한 내용과 변화되어 나타난 내용들을 나열해 보았다.

이 수련을 하면서 육체적으로나, 마음 적으로나, 정신적으로나, 너무나 많은 변화가 오는 것을 경험하고 느꼈기에 혼자 이 운동을 하기가 아깝다는 생각이 들었다. 많은 사람들이 이 기천문 수련으로 육체도 건강하고, 마음도 건강하고, 정신도 건강하게 하여 함께 살아갔으면 좋겠다는 생각이 들었다.

그래서 진행하고 있는 일들이 어느 정도 마무리되고 나면 내가 살고 있는 지역에서, 그동안에 배워온 기천문을 배우고 싶은 분들에게 지식기부를 하려고 준비하는 중이다. 고대로부터 산중비전(山中祕傳)으로 맥을 이어오며 기천문인들이 섬겨온 '문훈'인, '기천명(氣天銘)'을 읽고 또 읽다 보니 기천문이라는 수련이 어떠한 것인지를 이해하는 데 도움이 되었다.

그래서 함께하는 마음으로 여기에 그 '기천명'을 자세하게 소개하기로 한다. 읽을 때 마음이 함께 따라가게 하면서 읽어보기를 권장한다.

氣 武 天 然(기무천년): 기천 무학은 자연 그대로이며

身 活 心 明(신활신명): 몸은 활기차고 마음은 밝도다.

眼 光 透 靑(안광투청): 눈은 맑고 푸르며

一 態 美 嚴(일태미엄): 그 한 자세는 아름답고도 장엄하다.

手 手 華 英(수수화영): 손 씀씀이는 화려한 꽃봉오리요

步 步 飛 雲(보보비운): 걸음걸음은 나는 구름이라

神 氣 鬼 影(신기귀영): 신의 기운이요 귀신의 그림자이니

無 虛 無 實(무허무실): 허도 없고 실도 없도다.

武 道 暗 香(무도암향): 무도란 은은한 향기와 같은 것

岩 中 石 花(암중석화): 바위 속에 핀 돌꽃이라

同 遊 狂 風(동유광풍): 거친 바람과 함께 노닐고

同 宿 醉 月(동숙취월): 취한 달과 함께 자도다.

一 拳 打 魔(일권타마): 한 손의 지름은 마를 부수고

一 劍 破 邪(일검파사): 일 검의 내려침은 사악함을 가른다.

心 如 浮 雲(심여부운): 마음은 뜬구름이니

靈 光 照 天(영광조천): 영롱한 빛이 하늘에 비친다.

12장

마지막
지휘관

미군과의 연합과 공조는
영어실력이 아니다

2004년 12월 공군 '○○사령부 근무지원단'(이하 작근단) 단장으로 보임되었다. 공군에서 조종사가 대령 계급으로 단장을 하는 곳은 극히 드물다. 내가 지휘·관리해야 하는 것은 작근단 부대뿐만 아니라 이 기지에 주둔하고 있는 타 부대 병사들이 먹고 자는 것을 관리하는 것이다.

이러한 부대를 지휘할 수 있도록 한 배려에 감사하게 생각하며 취임을 하였다. 늘 해온 것처럼 작전계획부터 보기 시작하였다. 해야 할 일들이 그 어디보다도 많은 것으로 파악되었다.

작전분야에서 주 임무는 기지방호이다. 하지만 침투하는 적을 방어하는 기지방어 주 책임은 미군에게 있었다. 그래서 연합군 부대에서는 어떻게 하고 있는지 더더욱 궁금하였다. 외곽순찰을 하면서 미군이 담당하는 지역으로 들어가서 외곽을 확인하는 중이었다. 초소에는 초병이 없었다. 그러나 초소에 올라간 지 불과 얼마 지나지 않았는데 미군 병사들이 총을 겨누면서 손들어 하면서 다가왔다. 손을 들고 서서 처음 당하는 일이라 매우 당황스러웠다. 하지만 기지방어 시스템이 우리와는 완전히 다르다는 것을 금방 느낄 수가 있었다.

나는 미군에게 "새로 취임한 한국군 ○○사령부 근무지원 단장이다. 한국군 지역 기지방어의 임무를 책임지고 있기 때문에 현장을 확인하는 중"이라고 하였다. 그랬더니 그 미군 병사가 "여기는 미군 지역입니다"라고 하였다. "여기에서는 한미 연합하여 함께 임무를 수행해야 기지방어가 완벽해진다. 그래서 미군이 담당하는 지역이지만 순찰하고 있다"라고 하였더니 잠시 후 총을 내리면서 거수경례를 하고 그 자리를 떠났다.

실제 나의 부대는 기본적으로 한국군 작전지역을 방어하며, 미 공군을 보조하여 임무를 수행하면 된다. 그렇지만 실제 작전을 하다 보면 내 구역, 네 구역에서만 작전할 수는 없다. 그리고 도움을 줄 때도 있지만 도움을 받아야 할 때도 있다는 것은 자명하다. 그래서 방어해야 할 지형이 어떻게 생겼는지, 방어자산은 어떤 것이 있는지 등을 기본적으로 알아야 한다는 것은 당연하며, 임무 전체를 알고 지휘를 해야 원활한 기지방어 작전을 할 수 있으므로 확인하지 않을 수가 없었다.

연합군의 힘으로 방어해야 하는 곳에서 너는 너대로, 나는 나대로 해서는 안 되는 일이지 않은가? 영어도 잘할 줄 모르는데, 앞으로 일어날 일들이 막막하게 생각되었다. 확인해 보니, 다행히 통역관을 이용하는 데 제한은 없었다. 그동안 통역관을 이용한 흔적이 별로 없었다. 있는 자원을 활용하지도 않고 지금까지 지레 겁을 먹고 접근하지 않은 것 같았다. 그러면서 언로가 없어서 못 했다는 핑계만 대고 있다는 것을 느낄 수가 있었다.

'문을 두드리면 언젠가는 문이 열릴 것이라는 믿음으로 부닥쳐보자'라는 마음이 그 어느 때보다도 강하게 생겨났다. 여기는 미군이 주둔하고 있는 부대지만 내가 살고 있는 우리나라 땅이라고 생각을 하니까 머뭇거릴 이유가 없어지며 자신감이 생겨나기 시작하였다.

부대 복지기금의 불합리를 개선하다

취임 후 얼마 지나지 않아 인사참모가 들어왔다.

"오늘 생월 자 파티가 있는데 참석하시겠습니까?" 하고 물었다. 나는 당연히 참석해야지 하고 시간에 맞추어 참석하였다. 준비된 음식을 보는 순간 왜 생월자 파티를 하는지 이해가 되지 않았다.

케이크 하나 사서 탁자 위에 올려두고 부대찌개가 나왔다. 그 찌개는 멀건 국물에 소시지 몇 쪽이 둥둥 떠 있었다. 이것을 보는 순간, 이건 아닌데 하는 생각과 매우 안타까운 마음이 다가왔다. 이러한 상황을 부모님들께서 직접 보았다면 어떻게 생각하실까? 내 아들의 생일이라면 이렇게 해 줄 것인가? 정말 이건 아닌 것 같다는 생각이 들었다. 이건 생월 자 파티가 아니라, 생월 자를 조롱하는 자리인 것 같이 느껴졌다. 다시 말하자면, 남들이 하고 있으니까 마지못해 만드는 자리인 것 같기도 하였다.

나는 항상 인적관리를 우선으로 생각하며 살아왔다. 이렇게 생각하는 이유는 사람마다 하고 싶은 마음이 우러나와야 스스로 일을 찾아서 하고 또 행동한다는 것을 믿고 있었기 때문이다. 그래서 조직원들이 보이지 않는 곳이라 하더라도 믿음으로서 관리가 되기 때문이다. 이렇게 하여 '장병 모두가 스스로 할 일을 찾아서 임무를 수행할 때 가장 강한 군사적인 힘을 발휘할 수 있으며, 사고가 발생하지 않는다'라는 것을 나는 굳게 믿고 있었다.

이런 내 생각과 다르게, 생월자 파티를 왜 이렇게밖에 할 수가 없었는지 의문이 생겼다. 이 의문사항을 확인하기 위해 인사참모를 불러서 복지금에 대하여 현황보고를 받아보았다. 이 보고를 받아보는 순간 한마디로 무법, 무기준이었다. 놀라울 따름이었다.

이 지역에서 복지금이 발생하는 부대는 내가 지휘하고 있는 작근단이다. 작근단에서 발생되는 복지금은 연간 1억원을 상회하였다. 이렇게 발생되는 복지금 중에 작근단에 배당되어 있는 금액은 장병 1인당 기준으로 볼 때, 타 부대에 배당된 금액의 3분의 1도 채 안 되었다. 이 금액은 작근단에서 발생되는 총액의 8분의 1에도 못 미친다. 그리고 주둔군 부대 병사들의 내무반 등의 복지를 위한 자금이 한 푼도 배당되어 있지 않았다. 여기에 사용되는 복지금액도 작근단에 배당되어 있는 복지금에서 지출하여야 했다. 그래서 부대 운영에 매우 어려움을 겪고 있었다는 것을 알게 되었다.

이와 같이 작근단은 복지금을 발생시키는 부대임에도 불구하고 부대 운영마저 어렵게 할당을 해두고, 장군이 지휘하고 있는 주둔군 부대에는 넉넉하게 나누어 주고 있었다. 이렇게 만들어 둔 것은 역대 작근단장들이 아니라는 것을 직감적으로 느낄 수 있었다. 그리고 현재 지휘하고 있는 주둔군 부대, 장군들께서 만든 것도 아니었다. 그렇지만 이 문제를 해결하는데 쉽지 않다는 것을 느꼈다.

　지금까지 모든 사람들이 지나쳐 왔지만 나는 그냥 지나칠 수가 없었다. 일과 후고 주말이고 할 것 없이 사무실로 출근하여 직접 연필을 들고 작근단의 복지금 확보 방안을 만들기 시작하였다. 한 달 가까이 걸려서 5개 안을 만들었다.

　그런 후 이 일의 방향을 잡기 위해서 주둔군 부대 인사참모 회의를 소집하였다. 그 자리에서 "부대별 복지금을 재조정하여야 한다"라고 하였다. 그랬더니, 각 주둔군 부대 인사참모들 대부분이 난색을 표하였다. 내가 잘못 생각하고 있었는지는 모르겠지만, 나의 판단으로는 작근단에서 발생되는 복지금을 주둔군 부대에 나누어 쓰고 있다는 것은 정상적인 절차가 아니라는 것을 인사참모라면 인지하고 있을 것이라 생각하면서 5개 안을 모두 설명하였다.

　이 설명을 모두 듣고 나더니, 내가 만든 5개 안 중에서 하나씩 자기네 부대 안으로 하겠다고 하였다. 내가 생각하지도 못한 행동을 하고 있었다. 각 부대 인사참모들이 내 생각과 다르지 않다는 것을 확인할 수가 있었다. 인사참모들이 스스로 나에게 자신감을 심어주고 있었다. 다섯 개 안을 만든 것이 참으로 잘한 것 같았다.

　이 안들의 주된 내용은 작근단에서 발생되는 복지금은 우선 다른 부대와 형평성에 맞게 상향조정을 하고, 그동안 항목에 없었던 주둔군 부대 병사들을 위한 운영자금을 우선 배정하는데 주안점을 두고 작성하였다. 그리고 남는 금액은 주둔군 부대에 나누어 줄 것이 아니라, '공군 중앙복지금'으로 입금시키는 것이 타당하다는 내용이었다. 하지만 마지막 항목을 내가 강하게 내세우다가는 역풍을 맞을 수 있다는 생각이 들었다. 그래서 나보다 계급이 낮은 인사참모들에게만 방향을 잡기 위하여 은근슬쩍 이 말을 던져 보았다. 내 생각과 다르지 않다는 것을 느낄 수가 있었다.

조금 더 자세히 설명하면 주둔군 부대들은 공군본부에서 지급되는 중앙복지금을 받고 있었다. 그리고 또 작근단에서 발생되는 복지금을 공군 중앙복지금의 3배 이상 되는 금액을 받는 부대도 있었다. 이와 같이 기준에도 맞지 않는 부대복지금을 이중으로 받아쓰고 있었다. 이렇게 배정하게 된 이유가 틀림없이 있었을 것이라고 생각은 된다. 하지만 현재 시점에서 보았을 때는 이유될 만한 자료를 찾을 수가 없었다. 이 때문에 작근단에서 발생된 복지금을 주둔군 부대에 나누어주지 않아도 된다는 것이 나의 생각이었다.

하지만 지금까지 내려오고 있는 규정과 관행을 완전히 무시하고 이렇게 안을 만들면 주둔군 부대장들의 결재를 받는데 어려울 것으로 판단되었다. 그래서 수단과 방법을 가리지 않고, 내가 지휘하는 부대의 원활한 운영을 하기 위하여 작근단 복지금 상향조정과 주둔군 부대 병사들의 복지향상을 위해서 공통비용을 확보하는 것이 우선이었다. 그리고 주둔군 부대장들의 결재가 가능하도록 만들어야 했다. 이 두 마리 토끼를 잡으려면 불합리함을 지적하고 대안을 제시하는 문서를 만들어야만 했다. 그다음은 미안하지만 후임 단장들이 남은 문제를 해결하도록 미루는 수밖에 없었다.

이렇게 고민에 고민을 거듭하면서 '○○기지 부대복지기금 합리적 운영 방안'을 다섯 가지 안으로 만들었다. 이 중에서 주 안인 작근단 안은 그동안에 없었던 새로운 항목으로 주둔군 부대를 포함하여 병사들의 복지를 위한 공통비용을 만들었다. 그리고 작근단 부대 복지금은 타 부대 복지금 평균에는 조금 미치지 못하지만, 현재 받는 금액의 배수 가까이 되는 금액을 만들었다.

반면에 장군이 지휘하는 부대는 부대에 따라 약 900~1,300여만 원을 줄이는 방안으로 만들었다. 이 안을 가지고 찾아다니면서 직접 보고를 하고 결재를 받아냈다. 대령 계급을 달고 있는 내가, 장군이 지휘하는 상급부대들의 복지금을 자를 수 있는 배짱이 어디에서 나왔는지 모르겠다. 기준에 맞고, 맞지 않고, 잘하고, 잘못하고를 떠나서, 지금까지 받아오던 복지금을 나의 보고를 받고 이해하며, 선뜻 결재해 준 징군들도 대단한 분들이라고 생각되었다. 그리고 감사하게 느껴졌다.

그 이후 공군본부 감찰감실 근무자들이 이 지역에 출장을 올 때마다 나의 사무실로 찾아와서 "저희가 이 문제를 해결해 드려야 하는데, 대신해 주어서 고맙습니다"라고 하면서 인사를 하곤 하였다. 이렇게 하여 복지금 배당은 일단락을 지었다.

그런 후 '기지 복지위원회' 회의를 하게 되었다.

이 회의 중에 위원장인 장군께서 "복지금을 배분할 때는 먹어서 복지금을 발생시켜 주는 장교가 많은 부대에 복지금을 많이 배정하여야 한다"라고 하였다. 비행단장을 역임하고 오신 분이 이렇게 말을 하고 있으니 정말 어이가 없었다. 복지금은 먹어주기 때문에 발생하는 것이 아니다. 먹는 것은 일반 시중 음식에 비해 싸게 팔고 있으므로 먹는 사람이 복지혜택을 받게 되는 구조로 되어 있었다. 복지금의 발생은 주로 임대수익으로 발생되고 있었다.

지금의 문제는 이분과 같은 생각으로 명확한 기준도 없이 저 계급자가 지휘하는 부대는 운영하는데 문제가 있든 말든, 계급 우선순위로 나누어서 본인만 불편 없이 사용하면 된다는 생각을 가지고 있었던 지휘관이 만들어 둔 기준일 것이라고 생각되기도 하였다.

생월자 파티

자금이 확보되고 나니, 부대 운영이 한결 좋아졌다. 업무 파악하면서 울컥했던 생월자 회식을 우선하여 변화를 주었다. 어머니께서 해 주는 생일상처럼 정성을 담아 성찬을 차려 줄 수는 없지만 병사들에게 생월자 파티하는 그날 저녁만큼은 삼겹살을 개인이 먹고 싶은 만큼 먹게 하였다. 소주도 능력껏 마실 수 있도록 하였다.

이렇게 2년 가까이 매월 실시했지만 생월 자 파티와 연결되어 문제를 일으킨 병사는 단 한 명도 없었다. 그야말로 각 대대 주임원사와 병사 간의 소통과 병사들 간에 상호소통이 되고 신뢰가 쌓이는 장소가 되었다. 또한 복지 비품비가 증가하니 병사들의 내무실 및 사병회관, 사병식당, 실내·외 체육시설 등 병사들이 필요로 하는 환경개선과 필요한 비품을 구입할 수 있었다. 야간근무를 하고 주간에 잠을 자야 하는 병사들을 위해 내무실에 암막커튼을 설치하여 주었다. 그리고 병사들의 내무반에 케이블 TV 및 Sky Life도 설치해 주었다.

단장 취임 후, 최초 생월자 파티할 때 울적했던 그 마음이, 그 누구도 감히 엄두를 내지 못했던 일을 해내게 하였다. 장군께서 지휘하는 부대의 복지금을 잘라야 한다는 결심을 하고 시행을 할 때는 내 마음의 동요도 만만치 않았다. 하지만 결재를 받고 난 다음, 이렇게 변화하고 있는 모습을 볼 때마다 지휘관으로서의 마음이 넉넉해지고 있음을 느꼈다.

미군과의 유대관계

취임한 후 꽤 많은 시간이 흘렀지만 미군과 소통이 이루어지지 않고 있었다. 계획되어 있는 한·미 연합회의마저 시행한 기록이 남아있지 않았다.

얼마의 시간이 지난 후 이 기지에 주둔하고 있는 연합군 부대들의 특성을 조금씩 알 수가 있었다. 특히 미군과 함께 살아가는 기지이다 보니까 협조해야 할 사항이 많이 있었다. 협조를 하려면 서로가 잘 알고 지내며 소통이 원활해야 한다. 하지만 이를 알고 있다고 해서 이루어지는 것이 아니다. 반드시 부딪히며 시행하여야만 기대할 수 있는 것이다. 그래서 소통을 원만하게 하려면 유대관계를 돈독히 하는 것이 중요하다고 생각하였다.

미군부대 중에서 가장 많이 협조해야 할 부서는 미군 제○○비행단 기지지원전대이다. 전대 장은 여군 대령이었다. 먼저 초대하여 서로 간에 파트너 대대장끼리 인사도 시키고, 대한민국이라는 나라를 기억할 수 있도록 하여야겠다는 마음으로 만남의 자리를 만들었다.

장소는 부대 밖 음식점이었다. 식사는 방석에 앉아서 하는 것으로 하였다. 그리고 파트너 대대장을 마주 보게 자리를 배치하였다. 모든 것이 정리되고 내가 일어나서 인사말을 하였다.

"만나서 반갑습니다. 오늘 이 자리는 여러분들이 지금 대한민국에 살고 있으니까 우리식으로 식사를 준비하였습니다. 다소 불편하더라도 우리나라의 풍습을 조금이라도 체험을 해보는 것이 여러분들께서 오랫동안 기억에 남을 것이라 생각되어, 이와 같은 자리를 마련하였습니다. 모두 좋은 시간을 가지기 바랍니다."

통역이 뒤따르고 우리 부대 지휘관 참모들을 소개하고 앉았다. '하우' 대령이 일어나서 감사의 인사를 하고 미군 지휘관 참모들을 소개하였다. 식사가 시작되었는데, 5분도 채 안 되어 몸을 비비 틀기 시작하였다. 모른척하면서, 술 따르는 법과 술을 받을 때 잔을 잡는 법 등을 얘기하며 딴청을 부렸다. 모두 '반가부좌'를 시작하고 약 7분 가까이 되었다.

미군 지휘관 참모들이 하지도 못하는 반가부좌를 하려고 애쓰고 있는 모습을 볼 때 우리와 함께하려는 마음가짐이 있음을 느끼기도 하였다. 이렇게 한 연후에 "이제 우리의 문화체험은 끝내고, 각자 편한 자세로 식사하기 바란다"라고 하였다. 그랬더니 좋아하며 박수를 치면서 다리를 펴고 앉았다.

파트너 대대장끼리 술잔이 오고 가고 하면서 분위기가 무르익고 있었다. 자리를 만든 것이 참으로 잘한 것 같았다. 어느 정도 시간이 흐르면서 하우 대령이 일어나서, 다시 한 번 감사의 말과 "다음에는 미국식으로 여러분들을 초대하겠습니다"라고 하였다. 모두들 웃으면서 박수를 쳤다. 반가부좌가 기억에서 지울 수 없을 것이라고 생각되었다. 계획대로 순조롭게 진행되었다.

모두 식사가 끝나고 밖에서 기념 촬영을 하고 부대로 들어왔다.

한미 지휘관참모 단합만찬 후

　며칠이 지나고 하우 대령이 나의 부대 지휘관 참모들을 미군 장교클럽으로 초대하였다. 거기에서 하우 대령의 인사말 첫 마디가 "오늘은 미국식으로 식사를 하겠습니다"라고 하였다. 그 말에 모두가 웃으면서 손뼉 치고, 어떤 사람은 팔로·반가부좌 모양을 하면서 고개를 절레절레 흔드는 사람도 있었다. 처음 시도한 것이 성공적이었음을 확인할 수가 있었다.

　이렇게 시작하여 점점 가까워지기 시작하였다. 우리나라 명절 때는 미군들과 카드와 함께 선물을 주고받고 하면서 지냈다. 이러한 것보다 더 중요한 것은 미군 RAPCON 장비에서 항공기 정보를 받을 수 있도록 우리 기지 작전과와 통신망을 연결해 주기도 한 것이다.

　제 ○○비행단장께서는 저고도 대공방어 훈련을 할 수 있도록 가상적기를 지원해 주었다. 그리고 연합으로 해야 할 전술토의나, 회의에 빠짐없이 참석하도록 하였다. 당연히 해 왔어야 할 일들이었다. 하지만 최초로 시행한 일들이 대부분이었다.

○○사령관께서도 식사를 하는 자리에서 농담 섞인 말로 "작근단장은 어떻게 살았기에 미군들이 선물을 다 주냐?"라고 할 정도로 유대관계가 좋아지고 있었다. 너는 너대로 나는 나대로가 아닌, 함께하는 부대로 발전하게끔 길을 만들어 두었다. 모든 분야에서 적극적으로 협조를 하여 주었다.

　　당시 그들과 함께했던 여러 활동 중 몇몇 장면을 사진으로 소개한다.

○○기지 대테러 전술토의

한·미 장병 진위천 대청소

한·미 합동 차례

미 헌병대대장 감사패 수여

미신임 헌병대대장 인사방문

한·미 장병을 위한 국악축제

위문열차 공연

　문이 닫혀 있다고 그 문을 열지 않으면, 죽었다 깨어나도 그 안쪽을 들여다볼 수 없다. '두드려라, 그리하면 열릴 것'이라는 말이 있다. 이말은 문을 열 수 있다는 마음이 있어야 그 문을 두드릴 수 있다는 것이다. '문을 열 수 있다는 그 마음은 업무에 자신이 있는 사람에게만 생겨나게 해주며, 그 문을 열려고 노력하는 사람에게만 문이 열린다'는 것을 스스로 체험하였다.

제4대 작근단장으로 취임하여 2년간의
지휘관 임무를 수행하면서 어려움도 많았
지만, 보람도 많이 느낄 수 있었다. 그 간
에 기지방호 및 대비태세 분야, 후방지원
업무 분야, 부대관리 분야 등에서 개선 및
발전시킨 사항들이 최초로 만들어지고 최
초로 시행한 것이 대부분이었다. 책으로
한 권 만들 정도로 노력하여 왔다.

개선/발전사항

내가 공군생활을 하면서 지휘관 생활을 한 것은 '제205 전투비행 대
대장', '제○○전투비행단 기지지원 전대장', '○○사령부 근무지원 단
장' 등이었다. 이렇게 지휘관 생활을 하면서 느낀 것은 '지휘관이라는
자리는 외로운 자리이다. 그렇다고 외로움을 달래기 위한 지휘 관리를
해서는 안 된다. 외로움이 느껴지지 않도록 긍정적인 활동을 하여야
한다'라는 것이었다. 지휘관이라면 마음에 담고 살아가야 할 말이라고
생각한다.

13장

전투기의 선물, 국가유공자

애기(愛機)가 준 난청

○○사령부 근무지원 단장으로 재직 중에 2006년 11월 11일 유지비행(개인 비행기량을 유지하기 위하여 일정한 기간 내에 하는 비행)으로 '공중 전투기동' 임무를 수행하고 착륙하여 주기장으로 들어왔다.

그날따라 항공기 소음 소리가 매우 약하게 들리며 귀가 먹먹하였다. 비행을 하고 나면, 평소에도 자주 있는 일이라 대수롭지 않게 생각하고 발살바(양쪽 콧구멍이 막히도록 손으로 잡고 흥하고 숨을 코로 불게 되면 고막이 바깥쪽으로 이동하게 하는 행위)를 하면서 부대로 돌아왔다.

그런데 평소 비행할 때와는 다르게 그 다음 날이 되어도 귀가 먹먹하였다. 좌측 귀로는 전화를 받을 수가 없었다. 소리는 들리는데, 소리 나는 방향을 전혀 구분할 수가 없었다.

이틀 밤을 자고 나도 마찬가지였다. 의무대를 찾아갔다. 군의관이 진찰을 하더니 '감각신경성난청'으로 진단을 내렸다. 그리고 며칠 후에 '공군 항공우주의료원'에 입원을 하였다. 입원하여 점검을 받는 중에 충북대학 병원으로 가서 위탁 검사를 받게 하였다. 평소에 조종사들이 공군에서 실시하는 신체검사와 비슷하였지만 더 정밀한 검사를 하였다. 말 따라 하기와 수면상태에서도 검사를 하였다. 충북대학 병원에서 검사한 결과는 '좌측 귀는 농, 우측 귀는 고주파 영역 청력 저하'로 진단을 받았다.

진단결과를 받는 순간 앞이 캄캄해 왔다. 이제는 세상의 소리를 제대로 듣지 못하고 살아가야 한다는 것이 매우 안타깝고 초조한 마음이 일어나고 있었다. 하지만 현실을 받아들이지 않을 수 없다는 것을 알아차렸다.

나는 1974년 10월에 입대하여 6개월간 기본 군사훈련 및 지상교육을 받고 비행훈련을 시작하였다. 이때부터 약 33년을 공군에서 근무하였다.

'공군본부 지휘통제실'을 비롯해서 '계룡대 근무지원단', '공군 교육사령부'에서 근무한 기간과 파견이나 교육을 받기 위하여 잠시 비행장을 떠나서 살아온 기간은 약 6년이다. 이 기간을 제외하고는 제트전투기가 지축을 흔들면서 이륙할 때, 온몸이 흔들리며 사람의 청각으로는 그냥 들을 수 없는 굉음을 참아가며 비행장 내에서 살아왔다. 이렇게 큰 소음에 노출되면서 살아가지 않으면 임무를 수행할 수 없는 곳이다.

나라가 잘 살지 못하던 시절에 누구를 탓하겠는가? 내가 살아온 그 시대의 삶의 환경은 몸으로 때우며 살던 시절이었다. 그리고 소음 대책이라는 말조차 없었던 시절에 살아왔있다. 조종사와 정비사들은 보통 사람들이 견디기 어려운 그 소음 속의 중심에서 살아야 했다. 우리나라가 잘살게 되면서 국민들의 목소리가 반영되기 시작하였다.

비행기 소음에 대하여 국민적 관심사항으로 확대되고 있었던 2003년 전반기에, 공군에서 전 공군 비행장과 공대지 사격장을 대상으로 민간 전문기관에 의뢰하여 소음측정을 하였다. 그 결과 비행장 안은 사람이 살아가는 데 매우 불편한 지역으로 평가된 것으로 알고 있다.

나는 여기에 더하여 모든 조종사들이 담당하기 싫어하는 시험비행 임무를 가장 오랜 기간 담당한 조종사였다. 시험비행은 일반비행과는 다르게 소음에 가장 많이 노출되면서 점검을 해야만 한다. 그리고 일반 조종사들이 올라가지 않는 4만5천 피트 고도까지 올라가서 점검비행을 하여야 한다. 고도를 높이 올라가면 갈수록 고막 내부가 크게 팽창해지면서 고막의 움직임이 커지게 된다. 그래서 비행 중이나 비행 후에도 귀가 먹먹하거나 통증을 느끼는 것이 대부분이다.

감기 기운이 있고 '발살바'가 되지 않을 때는 아예 비행을 할 수 없는 고도이다. 나는 이러한 시험비행을 전담하는 보직에서만 약 5년간 임무 수행을 하였다. 그때 우리나라에서 제트전투기 시험비행을 가장 많이 한 전투조종사였다. 이러한 환경에서 살아왔으니 청력이 저하될 수밖에 없었던 것이다.

입대할 때 나는 신체적으로 누구보다도 건강하였다. 하지만 전투기를 타면서 살신보국의 희생정신을 배우며 그렇게 살아왔다. 그동안 애지중지(愛之重之)하며 함께 해온 그 전투기가 준 선물은 세상의 소리를 제대로 듣지 못하고 살아가야 하는 난청이었다.

나는 국가유공자다

'국가유공자 등 예우 및 지원에 관한 법률'에 의거해서 필요한 서류를 준비하여 국가보훈처에 국가유공자등록신청을 하였다.

그런데 보훈처에서 '양측 귀의 청력 장애로 감각 신경성 난청의 진단 하에 치료를 받은 기록은 확인된다'고 하면서도, '특별히 군 공무수행과 관련되어 발병하였음을 확인할 수 있는 구체적이고 객관적인 입증자료가 없어, 이를 공무상 상이로 인정할 수 없다'라는 이유로 '국가유공자 비해당' 결정을 하여 답변서를 보내왔다.

이러한 답변서를 받고 보니 국가보훈처에서 국가 상이유공 대상자를 선정하는 업무처리에 대하여 납득할 수가 없었다. 나는 국가유공자등록 신청서를 제출할 때 필요한 서류와 함께, 비행임무 중에 발생한 난청으로서 공군에서 인정한 '전공 상' 문서를 동봉하였다. 그런데도 국가보훈처에서는 이렇게 공군에서 인정한 '전공 상' 문서를 아예 배척해 버리고 공무수행과 관련되어 발병하였음을 확인할 수 있는 구체적이고 객관적인 자료가 없다고 하였다.

이보다 더 구체적이고 객관적인 자료가 어디에 있다는 것인가?

해당 군에서 '전공 상'을 인정받으려면 의무관을 비롯해서 관련자들로 구성된 위원회의를 거쳐 임원 모두가 인정하고 사인을 하여야만 성립되는 문서이다. 이러한 문서를 배척해 버리고 너무나 어처구니없는 답변을 하여왔다. 해당 군에서 인정한 문서까지 자의적으로 배척할 수 있는 권한을 국가보훈처에서는 가지고 있는 것인가? 하는 생각이 들었다.

나는 '공군 항공우주의료원'으로 찾아갔다. 공군 항공우주의료원에서는 공군 모든 조종사들이 조종사가 되기 위하여 비행훈련에 입과 하기 전부터 전역할 때까지의 적성검사 및 의무기록지를 보관 관리를 하는 곳이다. 거기에서 의무기록 지를 관리하는 담당자를 만났다.

"혹시 국가보훈처에서 나의 의무기록 지를 확인하러 왔다 갔느냐? 물어보았다. 담당자는 국가보훈처에서 찾아온 사람은 아무도 없었습니다"라고 하였다. "혹시 전화로 문의한 사람은 없었느냐?"라고 다시 물었다. 그는 "전화로 문의한 사람도 없었습니다"라고 하였다.

이와 같이 국가보훈처에서 사실을 확인하기 위하여 현장을 방문하지 않았을 뿐만 아니라 전화로도 확인하지 않았다. 이렇게 담당하고 있는 부서에 사실 조사도 하지 않고 국가유공자 비해당 결정을 한 것으로 확인된 것이다. 그리고 제트전투기의 소음 속에서 임무를 수행하는 전투조종사의 난청을 공무수행과 관련되어 발병하였다는 입증자료가 없다고 판단한 것은 무엇을 보고, 무슨 근거로 판단하였는지 의문스럽지 않을 수가 없었다.

이렇게 확인하고 나니까 국가보훈처에서는 무조건 비해당 결정으로 신청자에게 돌려보낸 것이나 다름없다는 생각이 들었다. 그래서 금전적으로 여유가 없는 사람들이 국가유공자가 될 수 없도록 하는 처사인 것 같이 느껴졌다. 또 절차를 잘 모르는 사람들도 국가유공자가 되는 것을 아예 포기하도록 만드는 것 같은 느낌을 지울 수가 없었다.

국가와 국민들의 생명과 재산을 보호하기 위해 불철주야 헌신 노력하며 소리 내지 않고 묵묵히 헌신하는 사람들에게 찾아가는 행정서비스는 하지 못할망정 최소한의 사실 확인은 했어야 하는 것이 아닌가 하는 생각에 허탈한 마음이 생겨나기도 하였다.

어쩔 수 없이, 없는 돈을 마련해서 변호사를 선임하였다.

이렇게 하여 '이 건은 사실관계를 잘못 파악하고, 더 나아가 공군이 '전공 상'으로 인정한 것을 아무런 이유 없이 배척함으로써 재량권을 현저히 일탈한 위법, 부당한 처분이므로 당연히 취소되어야 한다'라는 내용으로 법원에서 심판을 받기로 하였다. 재판과정 중에 법원에서 지정한 '원주의과대학 원주기독병원'에서 또 신체검사를 받게 하였다. 그 결과는 충북대학병원에서 진단한 내용과 같았다. 이 재판을 받는 과정에서 또다시 항공우주의료원에 찾아갔다. 거기서 내가 그동안 신체검사한 기록지를 세밀하게 확인해 보았다. 너무나 자세하게 기록되어 있었다. 이곳에서는 돌아가신 분들의 외래기록지도 관리하고 있었다. 여기에서 관리하는 조종사들의 신체검사 기록지를 보니까 전투조종사로서의 자부심을 다시 한번 느끼게 하였다. 죽고 나서도 신체검사 기록지를 관리해 주는 것은 아마도 조종사밖에 없을 것이다.

나의 기록지상에 난청으로 가장 많이 나쁘게 진행된 시기는 시험비행을 담당하던 시기였음을 볼 수가 있었다. 그리고 진료 기록지에 담당 군의관의 진단내용이 명확하게 기록되어 있었다. 국가보훈처에서 사실 확인을 위해 실사를 했더라면 변호사 수임비까지 들이면서 불편하게 이러한 재판과정을 거치지 않아도 될 일이었다는 것을 알 수가 있었다. 그 의무기록지 내용을 변호사가 법원에 제출하였다.

그러는 중에 원주기독병원에서 실시한 신체검사 결과가 법원으로 보내졌다. 이렇게 하여 법원에서 '국가유공자 비해당 결정 처분취소' 판결을 받게 되었다. 이렇게 재판을 받은 후에 보훈병원에서 또다시 신체검사를 받고 상이등급을 받으면서 두 번째 국가유공자가 되었다. (첫 번째는 보국훈장 삼일장 수훈으로 국가유공자 증서를 받았다.)

국가유공자 증서

불공정한 난청 상이

'감각 신경성 난청' 상이로 국가유공자가 된 후에 '국가유공자 등 예우 및 지원에 관한 법률'을 자세히 확인해 보았다. 그 결과, 모든 상이는 정상적인 사람을 기준으로 하여 상이 정도에 따라 상이등급이 설정되어 있었다.

그런데 난청상이자는 정상인을 기준으로 상이등급을 설정하는 것이 아니었다. 고주파 영역에 대하여는 아예 제외되어 있었다. 어지간히 나빠서는 상이 유공자가 될 수 없었다. 등급도 형평성이 맞지 않는 기준 때문에 난청 상이자는 다른 상이자와 같은 기준의 등급을 받을 수가 없게 되어 있었다.

어떤 근거에 의하여 이렇게 만들어져 있는지 확인해 보기 위해서 ○○보훈지청을 찾아가 면담을 신청하였다. ○○보훈지청에 가서 "난청은 다른 상이 기준과 너무 불공정하게 기준이 설정된 것 같다"라고 하면서 의문이 있었던 내용들을 질문하였다. 그랬더니, "난청은 대상자가 너무 많기 때문에 어쩔 수 없이 고주파 영역을 제외하지 않으면 안 된다"라고 하였다. 면담한 공무원이 잘못 알고 답변하였는지는 모르겠지만 이것은 정당한 이유가 될 수 없다고 생각되었다.

최초에 조종사가 되면서부터 임무를 수행하는 동안에 매년 신체검사를 하면서 여섯 단계(500, 1000, 2000, 3000, 4000, 6000Khz)의 주파수대 청력검사를 하였다. 그런 후에 비행 적격·부적격으로 판단을 받으면서 살아왔다. 그런데 국가상이유공자로 결정할 때나, 상이등급을 결정할 때에는 3단계(500, 1000, 2000Khz)의 주파수대만을 계산하여 상이유공자로 결정한다는 것이었다.

나는 이러한 결정을 이해할 수 없었다. 타 상이와 같이 정상인을 기준으로 하여 제외하는 주파수대 없이 각 주파수대별 기준에 따른 난청상이를 판단하여야 할 텐데, 국가가 필요할 때는 6단계의 주파수대를 검사하고, 보상해 줄 때는 가장 많이 나빠지는 고주파수대(3000, 4000, 6000Khz) 영역을 제외한 3단계 주파수대만 검사하여 보상해 준다는 것은 누가 보더라도 불공정하기 때문이다. 또 대상자가 많다고 해서 상이의 일정 부분을 인정해 주지 않고 제외한다는 것은 더더욱 이해가 되지 않았다.

이것은 제트전투기의 소음으로 사람이 살아서는 안 될 곳에서, 국가와 국민의 생명과 재산을 보호하기 위해 불철주야 살신보국의 희생정신을 신조로 하며 임무를 수행하고 있는 조종사와 정비사들에게 혜택을 주지 못하도록 하는 기준 설정이라고 생각되었다.

이를 볼 때 난청에 대한 상이등급 기준에서, 현재 고주파영역을 제외하고 있는 불공정한 기준을 다른 상이기준과 형평성이 대등하도록 '국가유공자 등 예우 및 지원에 관한 법률 시행규칙'을 수정·보완해야 한다는 생각이 들었다. 국가 안보분야에서 가장 핵심적이고도 가장 중요한 임무를 수행하면서 소음 속에서 살아야 하는 사람들의 사기증진과 복지향상을 위해서라도 이 기준을 바꾸어 주어야 할 것이다.

국가와 국민의 안전보장을 위하여 자기 몸을 기꺼이 바치면서 임무를 수행하고 있는 이러한 사람들에게, 임무수행 중 실수에 의한 안전사고나, 운동하면서 발생한 안전사고나, 안전지침을 지키지 않아서 발생한 상이보다도 더 우선하여 국가상이유공자로 보상해 주어야 마땅할 것이다.

아는 사람만 받는 장애보조금

　군인이 군 복무 중 상이를 입은 경우에 장애보조금을 지급하게 되어 있었다. 1, 2급은 국방부에서 지급하지만, 3급 이하 장애보조금은 해당 군에서 지급하도록 되어 있었다.

　군에서 상이를 입고 국가상이유공자로 판정을 받았다면 당연히 담당하는 행정부서에서 장애보조금을 챙겨주는 것이 정상적인 업무처리일 것이다. 현역에 있을 때 그렇게 살아왔고 또 당연히 그렇게 해주는 줄 알고 있었다. 내가 이 일을 경험하면서 그렇지가 않다는 것을 알게 되었다.

　장애 입은 당사자가 이러한 제도가 있다는 것을 알고 신청해야만 했다. 당사자가 이러한 제도가 있다는 것을 모르고 있다면 장애보조금을 받을 수가 없었다. 이 업무를 담당하고 있는 부서에서 이렇게 업무처리를 해서는 안 된다고 생각한다. 나도 이러한 제도가 있다는 것을 다행히도 국방부에서 발행한 '전역간부 안내서'를 보고 알게 되었다. 그래서 공군에 문의하여 '공군 원호사업 시행지침'에 따라 장애보조금을 신청하였다. 그랬더니 복지정책과에서는 아래와 같이 답변을 해 왔었다.

　'임 대령님께서 신청하신 장애보조금은 공중 근무자 중 타 특기로 전환(조종 ➡ 일반특기)한 자에게 지급되는 바 임 대령님의 경우는 타 특기로 전환이 아니고 조종특기 내에서 특수기능을 수행하는 작전행정장교(1409A)로 특기를 부여받은 경우로 장애보조금 지급대상이 아님을 알려드립니다'라고 답변이 왔다.

이 답변을 받아보니, 공군에서는 '공군 원호사업시행지침'을 만들어 두고 이 지침에 따라 장애보조금을 지원해주려고 하는 것이 아니라, 주지 않으려고 노력하고 있는 것처럼 느껴졌다. 그리고 또 어떻게 하면 지급대상에서 제외시킬 것인가에 대하여 고민한 흔적이 역연(歷然: 누가 보아도 분명하다)한 답변이라고 생각되었다.

전역한 후에 법원에서 재판을 받고 국가상이유공자로 판정되어 상이등급까지 받았다는 것은 나에게 장애가 있다는 것을 재판부에서 인정한 것이다. 장애가 있을 때 보조해 주는 것이 장애보조금이라는 것은 삼척동자라 하더라도 알고 있을 것이다. 그런데 장애가 있는 사람의 특기전환에 맞추어 장애보조금을 지급해준다는 답변은 너무나 황당하게 느껴졌다. 이 답변을 보면, 복무 중에 장애를 입은 장병들에게 지급하기 위한 원호사업을 우선하는 것이 아니라, 특기전환에 맞추어 장애보조금을 지급한다는 발상 자체가 일탈된 업무처리를 하고 있다는 생각이 들었다.

'공군 원호사업시행 지침서'에 의하면 장애보조금 지급대상은 '공중근무자 중 공상으로 인한 일반특기 전환자'로 되어 있었다. 나는 공상처리가 되어 있는 상태에서 전투기를 탈 수 있는 '1409F(전투조종사)' 특기에서 비행기를 탈 수 없는 '1409A(작전행정장교)'라는 특기로 바뀌어 있었다. 그러므로 1409A라는 특기는 조종특기 내에서 특수임무를 수행하는 특기라고 하지만 비행기를 탈 수 없다면 일반특기일 뿐이다. 그뿐만 아니라, 비행기를 탈 수 없는 신체조건이 되었는데 어떻게 조종사 특기를 가지고 있을 수 있다는 것인가?

그리고 조종특기 내에서 무슨 특수임무를 수행하기에 전역한 사람의 특기까지 작전행정특기로 바꾸지 않으면 안 되는 일이라도 있다는 것인가? 나는 나의 특기가 바뀐 줄도 모르고 전역한 후에 전투조종사로서 국가위기에 대처하기 위해 병무청에 가서 '퇴역'으로 신고하지 않고 '전역'으로 신고를 하였다. 이러한 나의 마음을 조금이라도 헤아려주기는커녕 갈기갈기 찢어놓고 말았다.

나를 더욱 황당하게 한 것은, 특기를 바꾸기 전에 당사자인 나에게 한마디 언질도 없었다는 것이다. 나는 장애보조금을 신청하여 답변서를 받아보고 특기가 바뀌어 있었다는 것을 알게 되었다. 내가 장애보조금을 신청하지 않았더라면 나의 특기가 바뀐 것을 영원히 모를 뻔했다. 장애보조금 몇 푼 때문에 당사자도 모르게 특기전환까지 해 두었단 말인가? 참으로 하늘을 우르르 탄식하지 않을 수가 없었다.

33년여를 공군에서 근무하면서 일반 전투조종사들이 싫어하는 보직인 '시험비행담당' 임무만 5년간을 하면서도 불평 하나 없이 살아왔다. 이렇게 어려운 일을 마다치 않고 온몸으로 부딪치며 살아온 나였다. 이렇게 만든 몇몇 사람들 때문에, 한마디로 공군에서 배신을 당하는 기분이 들었다. 나는 공군생활을 하면서 이러한 특기가 있는지도 모르고 살아왔다. 그래서 다시 민원을 제기하였다.

'작전행정' 특기의 임무가 무엇이며, 언제 이러한 특기가 만들어져 있었으며, 우리 공군에서 이 특기를 가진 자가 몇 명이나 됩니까? 그리고 들리는 소문에 의하면 모 장군께서 전역할 때에는 장애보조금을 지급하였고, 모 소령은 나와 똑같은 작전행정 특기를 부여받고 장애보조금을 받지 못하였다는 얘기를 들었습니다. 정말로 이러한 사실이 있었는지 알려주기 바랍니다'라고 민원을 올렸다.

그랬더니 담당관들도 무슨 임무를 하는지 똑 부러지게 답변을 하지 못하였다. 그리고 이 1409A(작전행정)라는 특기가 만들어진 지도 얼마되지 않았으며, 우리 공군에서 이 특기를 부여받고 있는 사람은 나를 포함하여 총 9명이 있다고 하였다. 마지막 질문에는 답변조차 하지 않았던 것으로 기억된다.

기존에 '작전' 특기도 있고, '행정' 특기도 있었다. 그럼에도 불구하고 '작전행정(1409A)'이라는 특기를 진정 공군에서 새로 만들지 않으면 안 될 그렇게 필요한 특기였단 말인가?

이 특기를 부여받은 사람들은 공군 전체에서 나를 포함하여 총 9명밖에 없다는 것과, 이 9명 모두는 조종사로서 신체적 이상으로 비행할 수 없게 된 사람들뿐이라는 것이, 그렇지 않다는 것을 뒷받침해 주고 있다 할 것이다. 이 '원호사업 시행지짐'을 보는 순간 사기진작을 위한 원호사업 시행지침이 아니라, 소수를 제외한 일반 장·사병 및 군무원들에게는 사기를 저하시키는 지침서라고 생각되었다.

이러한 불공정한 내용들을 포함하여 감찰감 '직견'으로 또다시 민원을 제출하였다. 그동안에 장애보조금을 받지 못했던 사람들 8명 모두가 나와 같이 장애보조금을 받아야 정상이라 생각하고 올렸다. 그랬더니 이들 중에 몇 명만이 나와 함께 장애보조금을 받게 되었다는 얘기를 나중에 듣게 되었다.

일선에서 열심히 근무하고 있는 사람들의 사기가 저하되는 일이 없도록 '찾아가는 행정서비스'가 절실히 필요하다. 이러한 서비스는 원호지원금이 많고 적음을 떠나서, 보다 더 사기를 진작시킬 수 있는 대안이 될 것이라 생각한다.

마음을 바꾸면 세상이 바뀐다

난청이 되고 나니, 눈으로 확인되지 않는 곳에서 나를 부를 때, 소리 나는 방향을 알 수가 없다. 그래서 상대방이 아무리 목청을 높여서 불러도 나의 눈에 들어올 때까지는 두리번거리며 찾아야 하는 어려움을 겪고 있다.

눈에 들어오지 않으면 가까운 거리에서 부르고 있는 사람이라 할지라도 찾는데 어려움을 겼는다. 그러다 보니 상대방이 나를 부르다가 성질을 내는 것이 다반사이다. 또 길을 가다가 눈에 보이지 않는 곳에서 다가오는 차량이나 오토바이의 소리가 들리기는 하지만 방향을 감지할 수가 없다. 그러다 보니 운전자로부터 욕을 얻어먹기도 하고, 사고의 위험을 느껴보기도 하였다.

대화를 나눌 때 정확하게 들으려면, 말하는 상대방 쪽으로 우측 귀를 돌리며 입을 보고 있어야만 한다. 그래야만 어느 정도 정확하게 들을 수 있다. 이러하다 보니 대화하는 상대방이 나를 이상한 사람으로 생각하는 사람들이 대부분이었다. 또한 3명 이상이 모여 있는 곳에 가면 소리는 들리는데, 무슨 말을 하고 있는지 분간하지 못할 때가 대부분이다.

그래서 남들이 웃으면 무슨 말인지도 모르고 따라 웃는다. 이렇게 남들의 얼굴을 보면서 분위기를 맞춰주기 위해 바보 같은 행동을 하면서 살아가야 한다.

나는 이러한 장애의 신체조건이 되어 매우 불편한 삶을 살아가고 있다. 하지만 불편한 것을 불편하다고만 생각하고 살아가면 불편하다는 '마음의 틀' 속에 갇혀 살게 된다는 것을 알아차렸다. 여기에서 벗어나려면 긍정적인 생각으로 마음을 바꾸어야만 했다. 마음을 바꾸는 것은 타인에 의하는 것이 아니라 자신의 의지로 바꿀 수밖에 없다.

자신의 마음을 바꾸면 세상이 바뀐다.

나의 신체조건이 이렇게 만들어진 것은 남은 생 동안 '세상의 소리를 다 듣지 말고, 들리는 만큼만 듣고 살아가라는 암시로 받아들이자'라고 생각하며 살아간다.

난청이라는 불편함을 안고 있지만 아직도 나에겐 내일이라는 희망이 있다. 그 내일을 향해 나는 오늘도 또 다른 도전을 꿈꾼다.

하늘에 새긴 신념

펴낸날 2018년 11월 15일

지은이 임종국

펴낸이 주계수 | **편집책임** 윤정현 | **꾸민이** 전은정

펴낸곳 밥북 | **출판등록** 제 2014-000085 호

주소 서울시 마포구 양화로 59 화승리버스텔 303호

전화 02-6925-0370 | **팩스** 02-6925-0380

홈페이지 www.bobbook.co.kr | **이메일** bobbook@hanmail.net

© 임종국, 2018.
ISBN 979-11-5858-474-0 (03810)

※ 이 도서의 국립중앙도서관 출판시도서목록(CIP)은 e-CIP 홈페이지(http://www.nl.go.kr/
cip)에서 이용하실 수 있습니다. (CIP 2018030614)